U0529780

THE
PROTAGONISTS

主 人 公

蒋 方 舟 重 返 文 学 群 星 闪 耀 时

蒋方舟 著

九州出版社
JIUZHOUPRESS

图书在版编目（CIP）数据

主人公：蒋方舟重返文学群星闪耀时 / 蒋方舟著. -- 北京：九州出版社，2023.7
ISBN 978-7-5225-1964-7

Ⅰ.①主… Ⅱ.①蒋… Ⅲ.①随笔—作品集—中国—当代 Ⅳ.① I267.1

中国国家版本馆 CIP 数据核字（2023）第 122150 号

主人公：蒋方舟重返文学群星闪耀时

作　　者	蒋方舟 著
责任编辑	牛　叶
出版发行	九州出版社
地　　址	北京市西城区阜外大街甲 35 号（100037）
发行电话	（010）68992190/3/5/6
网　　址	www.jiuzhoupress.com
印　　刷	河北中科印刷科技发展有限公司
开　　本	889 毫米 × 1194 毫米　32 开
印　　张	16.5
字　　数	300 千字
版　　次	2023 年 7 月第 1 版
印　　次	2023 年 7 月第 1 次印刷
书　　号	ISBN 978-7-5225-1964-7
定　　价	78.00 元

★ 版权所有　侵权必究 ★

每个人都是自己秘密生活的主人公，
是自己的作家，也是自己所创造的角色。

目录

前言：我们都曾以为自己会是小说的主人公 ········· v

Part1　你看那个说故事的人

01　卡夫卡：困在系统中 ········ 004

02　米兰·昆德拉：我用一生的软弱去对抗 ········ 031

\#　关于刻奇的笔记 ········ 042

03　塞万提斯：一个死于人设的人 ········ 047

04　王尔德：恶莫大于肤浅 ········ 068

05　马尔克斯：多年以后，准会想起的一个遥远的下午 ········ 094

Part2 她没有一间自己的房间

* 女作家之困 ……… 119
06 玛丽·雪莱：我是你造出的怪物 ……… 122
07 勃朗特姐妹：听我灵魂深处的狂风 ……… 148
08 弗吉尼亚·伍尔夫：那个被打了一耳光的女人 ……… 171
09 李清照：一个女人要被重新发明多少次 ……… 193
10 阿赫玛托娃：直到初雪落满大地 ……… 207
11 成为琼·狄迪恩 ……… 225
不能和聪明的女人在一起的理由 ……… 240

Part3　悲剧已经诞生

12　《洛丽塔》是一部不道德的小说吗？……… 250

13　《奥赛罗》：你看你看那个异乡人的脸 ……… 266

14　《英雄叛国记》："做自己"带来的无尽痛苦 ……… 280

15　菲茨杰拉德：他们加起来比不上你一个 ……… 296

16　太宰治：人生太重，惩罚太轻 ……… 312

\#　月亮误了谁 ……… 329

17　加缪：我们每个人身上都有"鼠疫" ……… 335

18　"在母亲下葬时不哭是种罪吗？" ……… 342

\#　记得那个吻 ……… 357

19　维克多·雨果：当巨人写作 ……… 364

Part4　在青铜骑士雕像下

* 　文学与权力 ……… 387

20　普希金：诗人与沙皇 ……… 390

21　列夫·托尔斯泰：人与上帝 ……… 425

22　陀思妥耶夫斯基：人与苦难 ……… 456

23　纳博科夫：作家与记忆 ……… 485

前言：我们都曾以为自己会是
　　　小说的主人公

[1]

我小时候听到最多的话是："把书放下吧。"

我乖乖地放下书本，跑到几个正在玩闹的小朋友不远不近处，以一种可疑的姿态假装参与他们的游戏，当没有大人在看我的时候，我就跑回原处，继续开始看书。

大人不懂。在生活中，我只是一个在任何游戏中都表现得胆小和笨拙的孩子，但是在看书的时候，我是唯一的主人公，那个被命运眷顾的人，那个把所有的困难都当成磨炼的复杂的英雄。

有个诗人写：

"我们只看过一次世界

在童年的时候

余生只是记忆"

我唯一看过的世界是在书架上。赤脚踩在书桌上，在书架上寻找我的朋友。鲁迅是个穿深蓝色布衫的大方块头；张爱玲是个细窄白脸女人，衣服上有很多蛀虫留下的洞；维克多·雨果是个小孩，脏兮兮的，眨着可怜的大眼睛；托尔斯泰的个头比鲁迅还要大，他很凶，爱教训人，有一次从书柜拿出来时重重砸在我脚上。还有些尚未认识的藏在书架最深处，等待成为我的傀儡、我的玩伴。

我所知的世界是这些玩伴向我展示的，他们教给我爱、尊严、谦恭与忍耐，还告诉我该如何生活。

[2]

小说里的人是如何生活的？

在小说里，往往会有一个时刻，主人公忽然醒悟了，他们脱离了自身，也脱离了故事，仿佛忽然从作家的笔下挣脱出来，置身事外，看清了一切事物。《了不起的盖茨比》的叙述者尼克，在目睹了盖茨比的遭遇之后，对上流社会的虚荣与无情感到倦怠，转身离开；《局外人》里始终倦怠的默尔索，在临刑的前夜，忽然从冷漠与虚无中醒了过来，第一次向冷漠的世界敞开心扉，感到过去曾经是幸福的，现在仍然是幸福的。

我读小说时，总是在等待这神奇的一刻：主人公对自己所经历的一切提出怀疑，推翻过往的生活。世界随之震动，褪去伪装的表皮。

在现实里，我们总是逃避这样的时刻。我们努力不去盘问自己。不去质疑自身遭遇的意义，想尽办法自我欺骗，把视线牢牢钉死在脚下的那块地方，只去考虑具体的生活。

生活的具体是个陷阱。王小波写:"任何一种负面的生活方式都有很多乱七八糟的细节,使它变得很有趣。人就在这种趣味中沉沦下去,从根本上忘记这种生活需要改变。"

[3]

我原来还读小说,现在不读了。小说都是假的,我还是更愿意看一些历史、哲学、经济方面的书——我时常听到人们这样骄傲地宣称。

不,不是这样的。小说不仅不是假的,它还让生活变得更真实。王尔德说过一句俏皮话:"不知道你们注意到没有,这段时间,大自然变得越来越像科罗笔下的风景画了。"这话是说,画家科罗提供了一种看待自然的目光,看过科罗的画之后,观众也能看清风中的笔触。

小说也同理。在某些时刻,我们会发现生活变得越来越像卡夫卡的小说了。

在卡夫卡的故事里,人一觉醒来,忽然发现自己或是处于一个巨大的没有出口的迷宫,或是变成人人嫌弃的甲虫,或是成为了无从辩解、无处申冤、无辜无解的犯人。

在卡夫卡出现之前,当我们面对巨大且不可知的力量,那种孤独无助的状态不曾被命名。

[4]

巴别尔(Isaac Babel)有句形容夜晚的话,在残忍的战场上,"只有月亮用它青色的双手抱住它亮晶晶、无忧无虑、圆滚滚的脑袋在窗外徜徉"。

从此以后,我总能在月亮那圆缺不定的形状中看出它的五官与表情。

文学不提供正能量,不提供"腹有诗书气自华"的美容美发,它只能提供一种目光。

同一块土地,植物学家会辨认出花草蕨类;厨师看到的是食材;房地产商看到的是它未来建起高楼的商机;文学看到的是这片土地的过去与未来、辽阔与细微。草屑如何在夕阳下吱吱作响,小鸟又曾怎样在雪地中留下楔形爪痕。这块土地数百年前是战场,数百年后又会芳草凄迷,将白骨变为尘土。

你一旦具备文学的目光,就不会再失去它,如同漫威英雄无意中获得的超能力。

你会发现万事万物之间微弱的联系,所有的细枝末节——哪怕空气中的尘埃,都在以微弱的电流交谈。

你会发现时间并不是线性的,而是一种幻觉。

不信的话,请反复阅读《百年孤独》那个著名的开头吧:"多年以后,面对行刑队,奥雷里亚诺·布恩迪亚上校将会回想起父亲带他去见识冰块的那个遥远的下午。"

读了多遍,你开始眩晕,你发现上校同时站在三个时间点上:过去、现在、未来。

[5]

小说已死。写作者也总这样发出哀鸣。

小说的功能看起来消失了。农民不需要一个皱着眉头的作家来替自己描述黄土地的艰辛,他们可以自己拿起手机,把镜头对准自己,向千万观众展示。这样的记录不是更真实吗?

我今年在追一系列短视频,一个非洲女人嫁到中国乡村,熟练地做中国美食,给人以朴素而奇异的观感。追得时间长了,我发现了一些微妙的变化,女人和丈夫打情骂俏的片段越来越多,想来是因为观众爱看这部分。

发现这种变化之后,我忽然觉得视频索然无味。

这当然是观众的无礼苛刻。观众要求"真实",一旦发现所观看之物有表演意识,就丧失了兴趣。然而,一旦有观察者的介入,真实本身就成为了伪命题。

在流量时代,这种观众和表演者的"相看两厌"更是频繁。表演者愈演愈烈地构建虚构的人设故事,观众沉迷其间不可自拔,很快,观众忽然厌倦,迅速抛弃,寻找下一个"真实的表演"。

还是小说里的世界更经得起反复打量。

《活着》中的福贵不会因为察觉到有人边读边哭,就愈发卖力悲惨;哈姆雷特也并不是因为有人凝视才装腔作势地说:"生存还是毁灭,这是个问题。"

更典型的例子,是契诃夫和伍尔夫笔下的人物,他们经常在走神。女仆在温暖的篝火旁,妇人在给手帕绣花时,思绪逐渐愈飘愈远,视线开始涣散。这些作家对人类心理的揭示远超心理学家,他们不仅能刻画真实的意识,甚至能精准地描述出无意识的真实。

[6]

小说会死吗?

小说会死,当它不能满足世界所需之时。

如今的世界变得越来越复杂,人们却越来越需要简单。十五秒之内,讲一个绝大部分人都能理解的故事,把情绪渲染到位,找到一个人们都能指责的对象,提供一个明确的答案。

小说刚好相反。小说所做的一切都是在说:"等等,停下来,你再看一眼,有没有发现什么不同?"长久凝视之后,原本立场鲜明的读者变得犹豫不决了。

可笑的堂吉诃德进入小说的结尾时变得可敬了;《红与黑》里一心想往上爬的于连,逐渐显现出骄傲与自卑的交织之后,竟然显得天真了;陀思妥耶夫斯基小说里的每个主角更是要把我们的脑袋搅乱。

文学在读者脑袋里植入从未思考过的问题,却拒绝提供答案。

如今,困惑不再让人好奇了,而是让人愤怒——人觉得自己被作家冒犯。

[7]

作家的确始终在冒犯读者。

不仅冒犯,还欺骗。

今天很多读者对作家的心态犹如粉丝对偶像,崇拜以外,还夹杂着代入、怜爱。

契诃夫的形象是一个缺钱的懒汉,被引用最多的话是:"对未来我充满希望。天气好极了,钱几乎没有!"

契诃夫还写:"我没有钱用,但又懒得去挣钱。请您给我寄一些钱来吧!我决不食言:我只懒到5月份,从6月1日起我就坐下来写作。"

卡夫卡也是一个丧气专家,名言是:"我最擅长的事,就是一蹶不振。"

原来名作家也和我们一样啊。不,契诃夫在骗你。他的勤奋超过任何人。他短短一生写了四百多篇中短篇小说和十几个剧本,每篇文字都在水准之上,其中不乏经典。

"一蹶不振"的卡夫卡下班之后才能开始写作,仅仅用了一个晚上就写完了小说《判决》。他显得丧只是因为他把人生中所有的兴趣——爱、吃喝、欣赏艺术,全部汇总交付给了写作。

作家们展示给你灰烬,却隐瞒了他们怎样燃烧过。

[8]

作家为了什么而燃烧?

契诃夫从来没有觉得自己的作品重要得可以传世,羸弱的他很早就意识到自己将两手空空离开这个世界。卡夫卡去世前更是要求把自己所有的作品付之一炬。

那么为什么要写作？为什么会有人穷极一生，只为了用不同字句的组合来描述人类经验？

最显而易见的答案最接近正确：因为他们可以。

他们可以讲从没有人讲过的故事。

当我去看女作家们的人生时，这一点感受尤甚。勃朗特姐妹从小就习惯在做完了家务事之后，在熄灭了蜡烛的黑暗房间里说悄悄话。夏洛蒂·勃朗特告诉妹妹们："我要塑造出一个女主人公给你们看，她像我一样矮小难看。"于是，第一个不漂亮、不可爱、不温顺的女主人公简·爱诞生了。

19世纪初的一个夜晚，日内瓦的别墅，著名诗人拜伦和雪莱比赛讲鬼故事。雪莱沉默羞涩的年轻妻子玛丽在角落里，看着这些骄傲的男人讲着乏善可陈的故事，一个关于自大且不负责任的造物主的故事逐渐浮上她的脑海。这个故事将成为人类第一部科幻小说——《弗兰肯斯坦》。

在讲出没有人讲过的故事之后，等待这些女作家的却不是名声与权力。

文学圈与名利场在目睹了夏洛蒂·勃朗特的真容之后，对作者本人感到失望；玛丽·雪莱在出版小说时不得不把自己藏于丈夫的名字之下。

一个关于弗吉尼亚·伍尔夫的轶闻可以说明一切。她去雕塑家罗丹的工作室，因为擅自看了用布遮住、尚未完成的雕塑，而被罗丹打了一耳光——这就是暴露未被揭露的事物所要付出的代价。

[9]

命运对写作者并不公平。

写作者付出一切，得到的却是脆弱的神经、糟糕的伴侣、势利的读者、注定的误解。

作家却至死拥抱痛苦，至死走向着火的房子，而从未委身于平庸生活的趣味。

他们并非受虐狂，也不是不计成败的臆想狂与疯子，而是被一种更深层的公平所支配。

一种公平，是"失败"与"成功"之间的转化与守恒。作家们的人生中蕴含着一条铁律：成功会导致失败，失败会带来成功。

名利双收带给作家的只有枯竭与匮乏。马尔克斯说："成功毫无价值。"失败才能提供更深刻与更有价值的生命体验。菲茨杰拉德在婚姻不幸福的挫败感中告别时髦俏皮的风格，写出《了不起的盖茨比》，出版时销量惨淡，直到几年后美国大萧条来临，读者们才如梦初醒，看到了菲茨杰拉德先于他们看到的幻境消失后的真实世界。雨果1840年就有了《悲惨世界》的全部构思，可真正成文是在他真正体会到贫苦与寂寥的二十年后。

成功远没有失败诱人。他们欣然一步步走向失败，唯一的原则是：利用你的痛苦，不要欺骗它。

[10]

写作者所笃信的另一种公平,是时间带来的公平。

王尔德因为自己"伤风败俗"的恋情而入狱,他悲观地认为自己会以一个败坏道德者的形象留在历史里。他说:"公众惊人地宽容,他们可以原谅一切,除了天才。"

他是对的,公众不会原谅天才;他也是错的,因为时间会原谅天才。

时间不仅原谅天才,还会源源不断地给他们带来盟友。历史上被忽视、被误解、被诋毁、被沉默的作家不计其数,他们唯一可依靠的朋友就是时间。时间将不断消磨现实的威力,以无声咒语唤醒人群中隐藏的浪漫主义者和理想主义者,这些人源源不断地到来,最终为作家赢得看起来已败的战争。

[11]

把书放下吧。他们说。

不,我拒绝。

看那么多书对你人生有什么帮助呢?他们问。

他们说得对。书改变不了人生,它只会逐渐揭露生活的本质:受苦与挣扎永不停息。文学不会帮你减轻痛苦,但它能丰富你与受苦谈判的语言。这一点点的主观能动性,就是我们不服从地活着的证据。

PART 1

你看那个说故事的人

不是你写小说，
而是小说写你。
——
马尔克斯

所有伟大的现代作家都试图定义人性，
以便证明还有延续生命与写作的必要。
——
索尔·贝娄

弗兰兹·卡夫卡

1883/7/3 - 1924/6/3

我不是，
也永远不会是一个理想的丈夫，
一个能和孩子游戏的父亲。

Franz Kafka

01　卡夫卡：困在系统中

[1]

你也有过那种时刻吧，注意力被捆绑在手机上，被各种匪夷所思的新闻事件、小道消息、激昂的群体情绪所钳住，兴奋之后就是深深的疲惫，对世界的厌恶和对自我的厌恶几乎同时到来。

过去一年多的时间里，我常有这种感受，像是暴雨将至的夏日傍晚，窗外天地玄黄，风雨如晦，人却被困在低气压中动弹不得，世界似乎在发生天翻地覆的变化，自己则因为无能和无助而感到沮丧。

每到此时，我总想起卡夫卡那篇著名的日记："8月2日德国向俄国宣战。下午游了泳。"ᵃ——第一次世界大战开战就像是"今日有雨"一样，成为卡夫卡游泳的背景板。

小时候读到这话，惊讶于卡夫卡的冷漠和无动于衷，长大后才理解、才羡慕，那并非不关心世界，而是捍卫自己的私人生活不被外界

---

a 《卡夫卡日记》（1909—1923）三卷本，邹露译。

侵蚀。和卡夫卡同时代的作家几乎都卷入了时代之中，把自己变为了背景板的一部分，卡夫卡却在灵魂里再造了一个世界，从那个动荡的、正在发生着大战的世界中潜逃出来，栖息于自身的灵魂之中。

[2]

卡夫卡写于一战开战的日记可以被视为理解他的入口，他只关心他的内心世界，而他笔下所有古怪的、难以置信的故事，都脱胎于他的自身经历。

来看看《变形记》(*Die Verwandlung*)吧：有一天，格里高尔在床上醒来，发现自己变成了一只巨大的甲虫。

格里高尔本来是家庭挣钱的顶梁柱，结果变成甲虫之后，一下子成为负担，不仅不能工作，还需要靠人喂食。家庭一下子陷入忧愁之中，格里高尔整天躲在自己的房间，任何一点声响都会引起家里的注意。妹妹每天会送食物和水到他的房间，他也小心翼翼地不让家人看到自己丑陋的甲虫的外表。

不幸的是，格里高尔的母亲还是无意中瞅见了他的样子，被吓晕过去了。父亲发怒，妹妹灰心。渐渐地，格里高尔被刻意忽略了，他的房间没有人打扫，家人把别处放不下的东西都往他的屋里塞。大甲虫被拒绝承认是家庭成员，等格里高尔终于被发现的时候，早已饿死了。

格里高尔死后，他的父母妹妹一起高高兴兴地坐电车郊游，他们已经连续几个月没有集体出游了，天气很好，阳光很暖，座椅很舒服，他们开始乐观地憧憬之后的生活。

《变形记》最早的出版计划是和其他两篇小说一起结集，以"儿子们"这个概念来统称。他专门致信出版社说："《变形记》的封面千万别画上那只昆虫啊，而要画一个凄苦的青年哭着离家出走。"

儿子是被父亲逼走的。在《变形记》里，每次"父亲"出场都是恐怖事件，尤其是格里高尔和父亲的一场巷战，那是格里高尔把母亲吓晕之后，父亲终于找到了一个发泄机会，把格里高尔逼得无路可逃，然后开始用苹果来袭击——父亲并不计较准确与否，只是向格里高尔一个一个地扔苹果。"这些红色的小苹果像带了电一样在地上互相滚到一起，又互相撞击开来，其中有一个打中了他的背。格里高尔疼痛不堪，又震恐迷惘地躺在地板上。"

就是这个苹果，让格里高尔几乎永远丧失了活动的能力，让他在饥饿中死去，而那只作为武器的苹果则始终镶嵌在他的背上，作为一种被虐待的记录。

小说里的父子关系就是卡夫卡真实的父子关系的写照。

"你最近曾问我，我为什么说怕你。一如既往，我无言以对，这既是由于我怕你，也是因为要阐明我的畏

惧就得细数诸多琐事，我一下根本说不全。"ª

这是卡夫卡写给父亲长信的开头。这封从未寄出的信，是我读过的一个人对父母最软弱也最勇敢的自白。长信写于卡夫卡三十六岁的时候，他那时被诊断出肺结核，以为自己时日无多，便写下了这样一封绝笔信，他让母亲把信转交给父亲，但母亲把信还给了他。

卡夫卡的父亲赫尔曼·卡夫卡是个苦出身的商人，靠自己的韧性白手起家，建立商行。这样的经历让父亲理所当然地认为孩子都应该模仿他的性格，遵循他的人生道路，成为强壮、意志力坚韧的人。

但是卡夫卡从小就注定不是父亲这样的人，他瘦弱、忧郁、敏感。当他还是一个孩子，有一天晚上找父亲要水喝，父亲一把将卡夫卡拽到阳台上，让他穿着睡衣对门思过。这件事给卡夫卡带来了永恒的创伤，之后的好几年，他都觉得，一个巨人，他的父亲，终极法庭，会无缘无故地走来，半夜三更一把将他拽出被窝，拎到阳台上。

卡夫卡很喜欢一个演员，父亲张口就说"那个甲虫"（或许这是小说《变形记》的灵感来源），所有卡夫卡喜欢的人都被父亲说成是狗或跳蚤。父亲羞辱卡夫卡的一切朋友，不是

ª 《致父亲的信》，写于 1919 年 11 月，卡夫卡去世 5 年前。选自《卡夫卡中短篇小说全集》，杨劲译。

因为这些朋友有问题,而仅仅是因为他们是卡夫卡的朋友。

这是父亲树立权威的一种方式:毫无顾忌地伤害,然后毫不在意地走开,让儿子永远处于惴惴不安和耻辱感之中。

父亲制定从吃饭到睡觉的一系列规则和标准,要求孩子做到,自己却第一个违反这些规定,因为只有父亲是唯一发号施令的那个人。

伤害是全方位的。卡夫卡首先失去了对自己的信心,在给父亲的信里,卡夫卡写:"因为您,我丧失了自信,得到的是无尽的内疚感。"

卡夫卡还失去了对亲密关系的信心。他从小对性羞涩而拘谨,父亲觉得那不像个男人,在卡夫卡十多岁的时候,父亲就暗示他应该去逛逛妓院。在后来卡夫卡的作品里,性爱总是龌龊和令人迷惑,与猪圈和脏地板联系在一起。

最后,卡夫卡对世界的信心也被剥夺了。父亲从小就告诉他,不要相信绝大部分人。这种不信任并没有转化成一种世故和精明,而是变成了没完没了的怀疑和漫漫无边的恐惧。一切我们习以为常的东西——工作、办公室、打字机、档案文件,这些都让卡夫卡感到陌生。

《致父亲的信》里写:

"世界在我眼里一分为三:一个是我这个奴隶的生活世界,其中布满了条条框框,这些法规是专为我制定的,可我,不知道为什么,总是无法完全符合这些法规；然后是第二个世界，它与我的世界有天渊之别，这就是你的生活世界，你一刻不停地统治着，发号施令，因命令不被遵循而动怒；最后是第三个世界，你我之外的所有人都幸福地生活在其中，不受任何命令和戒律约束的世界。"

某种意义上，自从卡夫卡童年被父亲拎到阳台上，他就没有回到房间过。他一直被关在门外，门里是狼吞虎咽的幸福家庭、强壮的养家糊口的男人、轻易就能感到满足的女人，卡夫卡在门外看到世人的一举一动，却对他们一无所知。

[3]

"在我的信念中，结婚、成家、接受所有生下来的孩子，在这个不安定的世界里支撑他们，甚至给他们一些引导，是人们可能获得的最大成就。"卡夫卡说。注意，他说的是"人们"，而不是自己，他观察人们，笨拙地模仿人们，想试试自己能否成为人们的一员。

对大部分人来说，结婚是恋爱的结果，但对卡夫卡来说，结婚像是融入人群的一次尝试。

二十九岁那一年，卡夫卡遇到了年轻的菲利斯·鲍尔。他的日记如此形容这一天：

菲利斯·鲍尔（Felice Bauerová）：柏林犹太商人的女儿，卡夫卡朋友布罗德（Max Brod）的远亲，在布罗德家中他们初次遇见，卡夫卡对她一见钟情。

"菲利斯·鲍尔小姐,她坐在桌边,看起来就像是一个女仆,瘦骨嶙峋,空洞的脸庞大大方方地展示着自己的虚空。等我准备落座的时候,才第一次认真地看了她一眼,等我坐下来的时候,一个不可动摇的决定已经形成……"

日记写到这里就中断了,他下了怎样的决定呢?他这番描写实在不像是一见钟情,或许是这个女孩的僵硬触动了某种他对婚姻安全感的向往,或许是菲利斯的强悍能干让卡夫卡羡慕,一个月之后,卡夫卡开始写信,对菲利斯发起了攻势。

两个人维持着书信的交往,一年之后,卡夫卡给菲利斯写了一封求婚信,堪称史上最没有吸引力、最让人沮丧的求婚信了。信里写:

"想想我们结婚会产生什么后果,想想我们俩会得到、失去什么,我会失去可怕的孤独,得到你……而你则会失去你满意的生活,你会失去柏林,你喜欢的工作,你的朋友,一些小快乐,还有和一个健康向上的好男人结婚的机会,有一帮健康快乐的孩子的机会,你可能还会失去所有的小性格,我的收入可能还没有你高,我的父母不会给我帮助,你也没法指望我的书,这意味着你可能过上一种比你现在还要拮据的生活。"(耿一伟译)

这不像是求婚，倒像是劝退。但菲利斯错误地把卡夫卡的自白当作是对女人的挑战，她居然答应了求婚。但卡夫卡退缩了，他开始说写作对自己有多么重要，说写作需要的是僻静，没有人能在晚上让他离开他的书桌，他说在秋冬两个季节，他们每天只能有一个小时在一起。他不断用自己的孩子气、反复无常和疾病来折磨菲利斯，不断浇灭菲利斯对于婚姻生活的幻想，说："所谓奔赴将来这种事，我是做不到的，即使是跌跌撞撞我也做不到，我最擅长的，就是这样跌倒着，不起来。"

婚约变成了大冒险的游戏，卡夫卡挑衅地不断询问：你能接受吗？菲利斯时而勇敢，时而退缩，他们的婚约取消了，不久之后婚约恢复，婚约再次取消。再订婚，再取消。[a]

这段感情走向终结是在柏林的一次会面，那次是卡夫卡犯了错误，他和菲利斯的闺蜜产生了暧昧。在一个酒店房间，卡夫卡和菲利斯、菲利斯的闺蜜、菲利斯的妹妹见面。菲利斯和她的朋友是原告，她们不断地指责卡夫卡的自私、不负责任以及不忠。

长达几个小时的时间里，卡夫卡始终一言不发，他的沉默并不是因为蔑视法庭或是愤怒，而是因为他没有异议，他知道未婚妻说的都是对的。

---

[a] 1914年两人订婚，同年解除婚约，1916年再次订婚，1917年解除婚约，该年12月彻底结束关系。

那次会面的六周之后，婚约解除了。卡夫卡再次看望了菲利斯的父母，就像一个手脚被捆住的野兽，或是一个绞刑架上等死的人，供人观赏，任人宰割。

不久之后，卡夫卡就把柏林酒店房间的那次会面变成了小说《审判》(Der Prozess)。

《审判》的主人公叫作约瑟夫·K，三十岁生日那天，几个陌生人出现在K的房间里，告诉他被捕了，没有任何人告知他究竟犯了什么罪。

审判开始，K发现法庭把自己误认为是一个油漆装饰匠，他宣称自己并不是他们认为的那个人。他发表了一大段的演讲，宣布审判是愚蠢的，法官是错误的，整个案件都是离奇的。

当K演讲的时候，他发现有人喝彩，他备受鼓舞，认为自己的话是有作用的。但很快，他发现屋里没有观众，没有公正，所有的人都是当官的。

接下来，K不断寻求帮助，却不断受挫，就像是在沼泽里挣扎，最后越陷越深。

在他三十一岁生日那天，两个男人来到他的住所，把他带到采石场干掉了。K像一条狗一样死掉了，自始至终，他都不知道自己犯了什么罪。

这个故事从表面上看和他与菲利斯的故事毫无关系，实际上，联系是隐秘的。小说里，K说："你把我误认为了另一个人。我为另一个不是我的人而接受审判。"而在柏林的房间里，沉默的卡夫卡同样在无声地抗议：我不是你们想象的那个人。我早已经在信里说了我是一个怎样的人，以及和我结婚你会失去什么，菲利斯已经同意了，可为什么还会因为我不是的人而判决我呢？

我不是，也永远不会是一个理想的丈夫，一个能干的、会和邮差与水管工打交道的男人，一个能和孩子游戏的父亲。你们因为你们想象中的人而惩罚我，当我踏入这个房间的一刻起，你们早已判定我是有罪的。

卡夫卡仿佛又回到了童年，回到了父亲面前，成为一个无论做什么都是错的孩子。

而卡夫卡为什么要踏入这个房间呢？是因为他对菲利斯的爱，或是责任，或是同情，所以他屈从于这个法庭。所以当爱与同情产生的一刻起，当他开始对孤独产生恐惧的一刻起，卡夫卡就知道自己走入了一场必输的战役，一场判决早已写好的审判。

可是爱也好，同情也好，对孤独的恐惧也好，这些是罪吗？自始至终，没有人能说出K究竟犯了什么罪。

如果说卡夫卡有什么罪，大概是他比一般人对自己的软弱更诚实，对纯洁与真理的要求比一般人更高，这看起来很不公，可仔细想想，每时每刻，这个世界上不总是有人因为拥有更高贵的情感而受罚吗？

[4]

> 密伦娜·耶申斯卡（Milena Jesenská, 1895—1944）：作家，捷克共产主义者。1920年因为翻译工作与卡夫卡相识，并开始书信往来。卡夫卡去世后，密伦娜离婚，积极投身政治运动，被盖世太保以"反纳粹"罪名逮捕，1944年死于拉文斯布吕克集中营。

三十七岁那一年，在卡夫卡短暂人生的末尾，他经历了人生中最后一次，也许仅有的一次真爱。

对象叫作密伦娜，是个有夫之妇，但是丈夫是个彻头彻尾的渣男，因为密伦娜的父亲不同意她和丈夫在一起，所以他俩的婚姻更像是丈夫对于岳父的报复。

在结婚之后，密伦娜的丈夫依旧很风流，不同意密伦娜干涉自己的自由，而且拒绝给密伦娜任何钱，让密伦娜不得不努力养活自己，甚至要去火车站当行李搬运工。她因为营养不良而不断咳血，后来不得不开始写些东西挣钱，包括做些翻译的工作，在把卡夫卡的作品从德语翻译成捷克语的过程中，他们俩相识，并且相爱了。

他们不断通信，有时一天卡夫卡要写两三封信，他们还一起在维也纳约了四天的会，那次约会让肺结核已经非常严重的卡夫卡几乎奇迹般地恢复了健康，他在阳光下走动，饭量惊人，睡得像条狗。

我仔细比较了卡夫卡与菲利斯、密伦娜的信，发现给两个女人的信有很大的不同。卡夫卡对菲利斯的情感时而像一个孩子，羡慕大人的能干与处世之道；时而像一个异类，不断期期艾艾地自我解释。但卡夫卡对密伦娜的情感完全不同,那是找到了同类的喜悦,他们能分享怯懦者的小小庇护所,他能通过密伦娜和他自己对话。

卡夫卡对密伦娜说:"您站在一棵树旁一动不动,年轻、漂亮,您的眼睛把这世界的苦难反射到地上。"[a]

世界的苦难当然也包括卡夫卡本人,他在她眼中,他也与她一起看。卡夫卡想要和密伦娜私奔,把她从丈夫的怀里挣脱出来。但是当密伦娜要求他来看看自己的时候,他又找各种理由来拒绝。密伦娜的激情总被飘忽不定的柔情所磨灭,她选择了更坚实的东西:丈夫,未来会有的孩子,踏实的生活。

卡夫卡没有放弃对密伦娜的争取,他们依然在通信,但信的内容已经渐渐从爱的表白、爱的确认、爱的激情,变成了嫉妒,变成了指责,最后变成了重复的戏码和一地鸡毛的疲惫。

卡夫卡在信里写:"其实,我们一直在写一样的东西。先是我问你是不是病了,然后你问我。先是我想死,然后轮到你。先是我想伏在你腿上像个小男孩一样哭,然后你想像个小女孩一样趴在我腿上哭。一次,十次,几千次,我总是说我想和你在一起,然后你也这么说,够了够了。"

没过多久,恋爱结束了,卡夫卡回到了孤独的状态中。他终于认清了爱情是什么,爱情是一把刀子,他用来不停地

---

[a] 《致密伦娜情书》,叶廷芳,黎奇译。

在伤口内转动。

这段恋情最后则变成了他未完成的小说《城堡》(Das Schloss)。

《城堡》讲了一个简单的故事。主人公K应聘来城堡当土地测量员,他经过长途跋涉,穿过许多雪路后,终于在半夜抵达城堡管辖下的一个穷村落。就像是《审判》里的K注定要在法庭上徒劳地自我审判一样,《城堡》里的K注定要完成徒劳地进入城堡的尝试,或者至少要和权威人物克拉姆对话。可是他却始终无法进入近在咫尺的城堡之中,只能在村落的招待所里,等待克拉姆,等待进入城堡的机会。

在招待所里,他遇到了此前一直是克拉姆的情妇的弗丽达,两人有短暂的相恋,并且在地板上发生了关系,看似达成了某种同盟,但最终弗丽达也离开了他,村庄驱逐了K,K至死也未能进入城堡。

最愚钝的读者也能看出弗丽达和密伦娜的相似之处:她和K(卡夫卡)发生关系,想永远属于他,想把他带入真实可靠的生活中去。可是当K(卡夫卡)回应这种邀约,握住她的手之后,女人又发现和K(卡夫卡)在一起的未来是如此的艰难,自己并没有能力应付和对抗,于是女人又回到了自己的领地中去。而弗丽达的情人克拉姆无疑是以密伦娜的丈夫为原型,卡夫卡曾在给密伦娜的信里这样写:"你希望我能和你的丈夫对话,但我害怕他,他高高在上。"

但卡夫卡写《城堡》的目的绝不是去抱怨女人,去编排情敌、悼念恋情,他想表达的要深远得多。在卡夫卡的小说里,主人公要对抗的巨大力量都是模糊的,障碍从来不是外部的敌人和环境,而是主人公自己,他无法跨过为自己设定的门槛。

卡夫卡向往婚姻,因为婚姻是他向父亲证明自己是一个成熟的大人的标志,当他也成为丈夫、也成为父亲,他的父亲就不能高人一等地施展权力了。然后呢?新的权力结构诞生了:丈夫说了算,妻子只能默默听从(就像卡夫卡的母亲从来不敢忤逆丈夫),孩子成为复刻的瑟瑟发抖的自己。一旦结婚,卡夫卡会解除父亲作为"神"对自己做出的诅咒,因为卡夫卡将成为新的家庭中新的"神"。这绝不是他渴望的胜利。

卡夫卡恐惧孤独,孤独让他感觉格格不入且焦虑,可是比孤独更让他恐惧的,是孤独的消失。就像《审判》的一开头,几个男人冲进了K的房间,从此法庭时刻监视着他;而在《城堡》里,城堡派来的两个助手时刻跟着土地测量员K,甚至在K第一次和弗丽达做爱时,这两个人也在那儿,从未离开过。

这是绝妙的隐喻,情感无法是"两个人的事",当你默许另一个人破坏你的孤独,从此这种破坏只会加剧,越来越多的人会不经允许地进入你的书房,窥探你头脑中的世界,对你的梦境横加指责。

这是卡夫卡绝对不想抵达的"未来",所以他向前迈出的每一小步几乎都是装模作样的,而他小说的主人公总是失败:在小说的一开始,失败就是他们唯一的路线。

[5]

我曾经和一个作家聊过卡夫卡,他说:"卡夫卡是第一个在小说中取消了因果的人。"

这个说法让我醍醐灌顶。

在卡夫卡之前,无论是对生活还是文学,我们认知的前提都是有因才有果。比如因为丈夫无聊,婚姻一潭死水,而偶遇的青年军官英俊潇洒,所以美丽的少妇出轨了,这是《安娜·卡列尼娜》;因为妻子被位高权重的人侮辱,所以丈夫要复仇,导致家破人亡,走投无路,只能落草为寇,这是《水浒传》里的林冲。

因果关系是我们理解万事万物的方式。

但是卡夫卡不一样,他在小说里取消了因果关系。在《变形记》里,一开头,格里高尔就变成了甲虫。如果按照一般理解,他一定是因为做错了什么事情,所以受到了诅咒,但是当我们看完全文,却发现他没有做错任何事情,却变成了一只甲虫。

《审判》里,一群人在K三十岁生日那天冲进他的房间,宣布他是有罪的,可是K从头到尾没有犯下任何罪,甚至连小的疏忽都没有,最后却被拖到采石场干掉了。

《城堡》里，作为土地测量员的K永远进不去城堡，并不是因为他没有完成什么任务，或者是错过了什么机关，没有任何人能向他解释他进不去城堡的原因，而他也不能选择不去城堡。

在卡夫卡所有的小说里，命运都是惩罚，惩罚都是没有道理可讲的，诅咒都是无缘无故地到来。

所以，卡夫卡的小说里，主人公永远没有赢的可能性。

为什么小说的主人公要有赢的可能性呢？

我喜欢一种关于小说的说法："**小说是无神世界的史诗**。"所有的小说根本的动机都是冲突，是欲望和道德的冲突，个人与世界的冲突，是心灵和现实的冲突，是英雄想象与少年心气和日益沦丧的现状之间的冲突。

> 出自格奥尔格·卢卡奇（Lukács György，1885—1971），匈牙利马克思主义哲学家和文艺批评家，20世纪西方马克思主义最重要的开创者。

这样的冲突有输有赢。

《悲惨世界》里的冉·阿让就用道德击败了私欲，而安娜·卡列尼娜则让激情战胜了伦理。但无论如何，主人公在一开始都是乐观的，都是相信自己能够战胜障碍，让世界服从于自己。

但是卡夫卡不一样，在卡夫卡的小说里，因为惩罚来得没有道理，所以主人公的溃败从一开始就确定了。外在的权力是个巨大的、沉默的、岿然不动的存在，无论你做什么，都无法动摇它一分一毫。

审判K的法庭是看不见的，不允许土地测量员进入城堡的当局也是看不见的，也就是说，卡夫卡的主人公甚至看不见敌人的存在，不知道那是什么东西，无法谈论，无法认知，无法爱，无法恨，甚至无法抗议，主人公和敌人就像是活在两个不同的世界。

就像是卡夫卡和父亲永远活在两个世界中。

在童年时和父亲的关系里，卡夫卡学会了如何为自己受到的惩罚找罪——因为缺乏反抗的勇气，所以让自己获得安宁的唯一方式就是告诉自己，你一定是做错了什么，不能与荒诞的指控讲道理。

绝大部分人从家庭中学到的第一件事是无缘无故的爱，而卡夫卡学到的则是无缘无故的惩罚。在家庭里，权力以爱的假名横行。

而卡夫卡成年之后，却发现并未获得解脱，权力在家庭以外的各个层面依旧蔓延。

卡夫卡第一篇长篇小说叫作《美国》，讲的是少年卡尔被父亲逐出家门之后，来到美国。开篇写到卡尔乘坐的轮船慢慢驶入纽约港，"那仰慕已久的自由女神像仿佛在骤然强烈的阳光下映入他的眼帘"。

但随着小说的发展，主人公发现自由的新生活是场骗局，他人的自私和漠然在嘲笑着善意与期望，而"新世界"美国正在用一套新技术来严格管理员工，所有人的身体机能被调整到了最适应工作的维度。主人公在公司大厅看到所有人穿梭忙碌，彼此不问好，因为打招呼被取消了——人和人之间的亲密互动会影响效率。

卡夫卡从来没有去过美国，"美国"是他的虚构之境、幻想的栖息之地。卡夫卡在博士毕业之后，想要摆脱对父亲的经济依赖，在保险公司找了一份工作。在卡夫卡每天早上赶往办公室的路上的时候，在他接待一个又一个人，感觉"犹如小地狱敞开了门"的时候，在他下午三点就绝望地想回家躺在床上的时候，他脑海中正不停息地创造出人物、建筑、家具，他把这些在现实中无处安放的东西都堆置到了一个遥远的国度："美国"。

"美国"不是彼岸，不是乐园，而是现实世界的镜像，一个档案文件和办公桌放大的夹缝，一个堆满了办公桌和档案文件的狭小空间，一个巨大的公司，一个可疑的未来，一个无处可逃的职员的世界。

一个职员的世界是怎样的？那是一个毫无主动性和创造力的世界，除了服从，什么也做不了。服从什么呢？服从命令，但命令永远只是一纸文件、一纸档案，职员永远见不到发号施令的人，永远不能向他提出抗议，而一个人又如何向档案提出抗议呢？

一个职员的世界是怎样的？那是一个巨大的世界里封闭的小房间，在庞大的行政事务中，职员只是扮演一个很小的角色，他眼里只能看到他被安排的任务，却看不到整体的目标和图景，所以他永远不知道自己身处怎样的世界，自己的工作又有什么意义。

一个职员的世界是怎样的？那是一个孤独的世界。在这个世界中，或许一开始会有朋友和伴侣，会在开头和你一起反抗那个巨大的机器，反抗规则，反抗标准，但最后，他们都会屈服，变成那个机器的维护者，变成一个卑鄙的法庭的拥护者。就像菲利斯在信里爱慕卡夫卡的脆弱，但面对可能的婚姻，她依然忍不住以世俗的标准去衡量卡夫卡，认为他是一个不合格的男人、一个不理想的丈夫。

卡夫卡设置了文学史上最不浪漫、最不抒情的场景：办公室。又把它变成了文学史上最有预见性的宇宙。

如今，我们都发现自己生活在卡夫卡的办公室里，一个服从的、机械的和抽象的世界。

我们忙于日复一日的工作，像被抽打的陀螺一样永不停歇地转动，却不知道自己为什么转动，也不知道转动的意义是什么，不愿意承认人生只是一场徒劳，只能为自己发明一些意义。

我们都服从于权力的摆布，无论是工作生活、婚姻生子，都服从于一纸文件的安排，当文件上的只言片语发生改变，我们的人生便天翻地覆，甚至不知道该向谁去申诉。

卡夫卡曾经说过："一个老实的公务员可能就是一个刽子手。他们把活生生的、富于变化的人变成了死的、毫无变化能力的档案号。"

那篇著名的"德国向俄国宣战。下午游了泳"的日记或许可以如是解：这并不代表卡夫卡不关心世界，反而阴差阳错地证明了他的预见性——世界大战会停止，而真正在漫长的时光里杀死人的活力与生机的，并不是摧枯拉朽的战争，而是在办公室里重复的、琐碎的、平静的磨难。

那么卡夫卡的世界有出路吗？

似乎是有的，卡夫卡小说里的空间从来就不是密闭的，《变形记》里格里高尔住的房间不是密闭的，那个房屋的布局和卡夫卡真实的房屋布局是一样的。卡夫卡，或者说格里高尔住的房间有三扇门，一扇通向客厅，一扇通向父母的房间，一扇通向妹妹的房间，可是每次他试图进入父母的房间，试图进入客厅，就会遭到攻击和驱赶。

在《城堡》里，土地测量员也是不断在移动，一次次，他都像是离城堡越来越近，都像是找到了城堡的入口，但实际上，他进入城堡的可能性越来越渺茫。

在《审判》里，被莫名其妙宣判的 K 也并不是坐以待毙，他努力寻找各种为自己洗罪的方式，找律师，找法官，但是每次努力都让他越陷越深。

所有主人公都是徒劳。

最著名的关于"徒劳"的寓言就是西西弗斯的故事，西西弗斯被判处不断地推石头，重复着劳动，重复着路线。但卡夫卡式的路线从来不是重复的，而是杂乱而积极，一个又一个看似"柳暗花明"的出口，通向的都是封闭和绝望。他笔下的人也不像是平静地接受命运的西西弗斯，而是焦灼地、不断在封闭的房间里寻找着出路，可那些表面的通路通向的却是无限重复的封闭房间。

在卡夫卡的故事里，不存在打败了坏人就可以逃出生天的好莱坞式结局，因为没有坏人，坏人是僵硬的没有灵魂的系统，主人公连敌人都找不到，只能困窘地站在那里。

当卡夫卡向他的朋友们朗读《审判》的第一章时，每个人都笑了起来，包括作者本人。太可乐了，逮捕者闯进房间的时候，无辜的K还穿着睡衣呢，除了K，每个人都知道他被困住了，困在了一个滑稽喜剧的内部。

但当我如今再看的时候，却觉得笑不出来，如今的我们也从观众变成了演员本人，难道我们没有被一个没有灵魂的机械世界所困住吗？机械被更时髦的算法取代了，被困在系统里的外卖骑手——系统吞噬时间，他们用生命完成任务；被困在移动支付里的老人；被困在打卡系统和KPI指标里的上班族。

卡夫卡讲过一个短故事，讲一群士兵占领了一个城市，在巷子里他们发现一个长翅膀的老人，原来这个城市里的人都是有翅膀的。士兵诧异地问他："你们为什么不飞走，逃离这个城市？"老人却很不解："要我们飞离我们的城市？"[a]

故事戛然而止，读者浮想联翩：我们为什么不飞走呢？是遗忘了自己还有翅膀，还是知道逃离也无用，飞离熟悉的

---

a 出自卡夫卡的寓言《巷战》。

生活只是从一个小的牢笼逃进一个更大的牢笼?

[6]

卡夫卡有句非常著名的话:"你活着的时候应付不了生活,就应该用一只手挡开点儿笼罩着你的命运的绝望;同时,用另一只手记下你在废墟中看到的一切。"

有人会问,难道就不能逃开吗?难道就不能不管不顾地任性地生活吗?

卡夫卡没有逃开,他从来没有主动撂下自己小职员的工作,也没有建立自己的家庭,总是回到自己在布拉格的家中,死后都和父母合葬在一起。

他羡慕一切能干的人,羡慕菲利斯,羡慕擅长打字的经理,甚至很幼稚地羡慕自己的情敌——密伦娜的丈夫。当密伦娜讲自己的丈夫成百次出轨的时候,卡夫卡满脸放光,带着崇敬之心。

但是他愿意成为一个能干的人吗?他并不愿意。当菲利斯小心地在信里问他是否有文学的兴趣时,他僵硬而傲慢地回答:"我不是有文学兴趣,我是由文学组成的。"

卡夫卡深知一个有精神生活的人,是不可能保持绝对的身心健康的,所以他选择让自己生活在重压、绝望和愧疚之中,他选择让那些侮辱与损害自己的事物长期侮辱和损害自己,某种程度上,这些伤害他的东西成为了他的源泉。

卡夫卡重要的作品，从《变形记》到《城堡》都脱胎于他受到伤害的经历，只有在黑暗里，他才能看清真理的模样。受辱让他彻夜难眠，匆忙把现实中毁掉他的那些东西移植到另一个世界中，另一个他所创造的世界，在那里他是法官也是罪犯，是笼子也是鸟，是小丑也是观众。他用笔蘸着痛苦通宵工作，在自己创造的那个世界中待一会儿，哪怕一小会儿，获得一小会儿安宁的幸福，然后在太阳升起的时候，继续接受一天的伤害。如此，周而复始。

卡夫卡对现代社会做出了很多准确的、惊人的预言，但奇怪的是，他从来没有想过当一个预言家，他主动与社会保持距离，也不准备揭露社会体制，但他却意外地靠近了现代社会的本质：出发，却永无抵达。他唯一做的，就是观察自己私人的体验，把自己作为社会机器运转下的一个样本，而并不知道这个机器会运行多长的时间。

卡夫卡唯一成功的，就是做一个绝对的失败者。

他诚实地、不假思索地写下自己失败的经验，几乎不休息，几乎要用牙齿咬着写字台，直到死神把他拖走。直到他死后，人们才看清他写了什么，原来他第一个说出人们不愿意面对的可能性：人生可能是一场没有胜利的溃败。

但在卡夫卡这里，这是前提，而非结论。在这个前提下提出的问题才是真正重要的：当决定我们的力量不可抗拒，我们作为人的自由和可能性是什么？在一个条条大路都不通的世界里，我们该往哪个方向走？

我忽然想到，在卡夫卡的小说里虽然道路是虚假的希望，但是窗户总是时常出现。

在《审判》里，K在受审的路上一路看到不同建筑开着的窗户，有男人在看报，小男孩用小推车玩跷跷板，面容憔悴的姑娘穿着睡衣打水。突然，一个机械而不通人情的世界被戳开了一个洞，透出诗意和生机。

卡夫卡很年轻时曾写过一篇短文，里面说："没有一扇临街的窗户，他是难以坚持下去的。"

在没有门的世界，窗户就是希望。如果人生是无法抵达的跋涉，那么每一次的路过就成了到达，我们成了窗外人或窗里人，在窗户打开的片刻共享同一丝阳光、同一缕微风，在彼此的生命中停留片刻，在眼神交换的时时与刻刻，我们都是自由的。

《卡夫卡传：关键岁月·1910—1915》 | 书籍

作者：[德] 莱纳·施塔赫
出版社：广西师范大学出版社
译者：黄雪媛，程卫平
出版年：2022

最好的一本卡夫卡传记。

当我们看卡夫卡小说时，我们叹服他是意识世界的国王，但看这本传记时，却忍不住感慨，卡夫卡同时也是现实世界的囚徒。这本传记中最让我感慨的是讲述卡夫卡的生活如何被战争所中断：他原本打算离开父母独自生活写作，结果一战爆发，他寸步难行。战争将一代人一拳打倒，但他还挣扎起身，用笔录下伤口与牢笼。

《布拉格精神》 | 书籍

作者：[捷] 伊凡·克里玛
出版社：广西师范大学出版社
译者：崔卫平
出版年：2015

捷克作家伊凡·克里玛的文集。他10岁就被纳粹关进集中营，14岁才获救。这段经历给了伊凡·克里玛对于死亡与困境超常的敏感。

书里最后一篇关于卡夫卡的《刀剑在逼近：卡夫卡灵感的源泉》写得极好。在伊凡·克里玛看来，卡夫卡的主人公们并不是现代社会懦弱的逃兵，而是努力生活在真实世界的英雄，是自愿受难的普罗米修斯，为那些同样试图生活在真实与尊严中的人类提供火光。

《另一种审判：关于卡夫卡》 | 书籍

作者：[英]埃利亚斯·卡内蒂
出版社：广西师范大学出版社
译者：刘文杰
出版年：2023

诺贝尔文学奖得主卡内蒂关于卡夫卡的一本随笔集。

卡内蒂的自传三部曲写得特别精彩，让人惊叹他的记忆力和抽丝剥茧的能力。

这本关于卡夫卡的札记也很好看，卡内蒂不仅是从文学层面理解卡夫卡，也理解他对亲密关系的恐惧。卡内蒂甚至在自己成为父亲之前，也犹豫要不要像卡夫卡一样逃避婚姻与家庭。卡内蒂是如此渴求进入卡夫卡的内心世界，以至于他不知不觉让卡夫卡成为自己人生的审判者。

米兰·昆德拉

1929/4/1-2023/7/11

当一个真正自由的人，
意味着停下来，
不再追逐，
变成一个真正"轻"的人。

Milan Kundera

02　米兰·昆德拉：
　　我用一生的软弱去对抗

[1]

有一类书，小时候读时因为知道是"经典"，仰视去读，只觉得平凡，货不对板，急急宣布"大失所望"。长大之后再看，依然只道是寻常，但小时候读不懂的那些寻常的溃败、细琐的不堪、平淡的绝望忽然同时开口，汇聚成压抑的恸哭扑面而来，排山倒海。

《生命中不能承受之轻》(*Nesnesitelná lehkost bytí*)对我来说就是这样一本小说，前阵子再读一遍，发现当小时候那种试图从书中寻求意义和崇高的渴望都消失，它的动人才浮现出来。

抛去遥远的时空背景，《生命中不能承受之轻》就像是朋友口中的一段两分钟就能讲完的婚姻故事。

故事发生在1968年的捷克斯洛伐克，男主人公托马斯是一个成功的外科医生，经历过一次失败的婚姻，是一个习惯追逐女人的花花公子，却给自己立了一个规矩：绝对不和女人过夜，在发生完关系之后立刻离开。

但有一天，一个叫作特丽莎的淳朴的乡下姑娘来了，她无依无靠，没有故乡也没有过去，还生病发着烧，像个被人放在涂了树脂的篮子里的孩子，顺着河水漂来，托马斯在床榻之岸收留了她。

两人成为了男女朋友之后，托马斯在性上并没有收敛。没有安全感的特丽莎偷听托马斯的电话，翻看他和别的女人的信，用近乎自虐的方式进行着侦察与反侦察的猫鼠游戏，而托马斯和所有男人的反应一样：前后矛盾，先是否认不忠，然后努力为自己的不忠之举辩护。

为了减轻特丽莎的痛苦，托马斯娶了她。在苏联及华沙条约成员国大举入侵布拉格的时候，两人一起去了瑞士。在异国，特丽莎发现托马斯还没有老实，而和过去的情人萨宾娜保持着肉体关系，特丽莎终于受够了，只身回到了布拉格。托马斯在经历了短暂的解脱和轻松之后，最后忍受不住思念，追着妻子回到了布拉格。此时的捷克斯洛伐克危机重重，政局动荡不安，而托马斯也付出了代价，失去了体面的工作，成了一个擦窗户的工人。

最后，两个人退回到了乡村，和过去的生活一刀两断，养了一只狗，把自己流放于社会之外，只有单纯的日出而作、日落而息。

然后呢？——就像是我们追问朋友故事的结尾。

"然后一场车祸，他们死了。"潦草而不耐烦的结局，轻如鸿毛的死。

在小说里就是如此，托马斯的旧情人萨宾娜收到了一封电报，得知托马斯和特丽莎的死讯，死亡轻得让人难受。可还能怎么样呢？人死如灯灭，死亡不过是他人聊天中下一个话题开始之前短暂的沉默。

生命之轻结束于死亡之轻，小说就这样结束了。

[2]

我们该如何理解这个故事呢？

这本小说不断重复的章节名是"轻与重"与"灵与肉"，可除了这两组对照以外，这本小说还有一个更显著的对照：强与弱。

从小说开头到结尾，小说男女主角之间的强弱力量对比发生了很大的变化。

一开头，男主角托马斯是一个绝对的强者，他成功、花心，随时可以毫无成本地抛弃特丽莎这个什么也没有的乡下姑娘。但是到了小说的最后，特丽莎却成了他们之间的强者，一个掌控着两人之间关系绳索的人。

这种转变是如何在不知不觉中完成的呢？

首先，他们关系中一个重要的转折来自于这个情节：当他们在瑞士的时候，特丽莎受不了托马斯的风流，给丈夫留下一封信，只身回到布拉格。

一开始，托马斯觉得非常轻松，就像是脚上的镣铐忽然解开了,他和无数女人约会,发生关系,感觉到了一种前所未有的轻盈;但渐渐地,他发现自己脑海中总是浮现出特丽莎的影子、她的痛苦,这个想象如此之重,重得他不得不放弃情人们,追随特丽莎回去。

这个转变是如何发生的?

托马斯是个一生追求自由的人,所以他不能放弃自己在性上的冒险,他一生都在逃避"必须如此"的牢笼。一个人必须服从规则吗?一个男人必须对一个女人忠诚吗?非如此不可吗?

什么事情又一定是"非如此不可"的呢?

在小说里,作者米兰·昆德拉忽然就像是走神一样,迷路进入一条岔路,讲了一个插曲:

有个人欠贝多芬五十个金币,贝多芬上门找他要钱,那个人叹气说:"非如此不可吗?"

贝多芬笑着说:"非如此不可!"然后记下词与音调,谱写了一首四人唱的二重轮唱。(三个人唱:"非如此不可,是的,是的,是的,是的!"第四个人唱:"拿出钱来!")

一下子,"非还钱不可"这句话的意义就变了,它可以是一句承诺,可以是一句玩笑,也可以是严肃的曲调。

这个故事到底和主人公托马斯在爱上的忠诚有什么关系呢?那就是他发现没有什么是确定的,没有什么是必须如此的,或者说当"强制"的内涵变成"自由"了——"你必须自由",自由也就成了新的牢笼。

托马斯发现自己"一定要追逐女人"的这件事也是"非如此不可"的自我强迫，也就是说，他发现自己在不断追逐性自由的时候，也沦为了性欲和激情的奴隶，像是希腊神话里不断争夺金苹果的生灵，也像是被判决不断向山顶推巨石的西西弗斯。

> 希腊神话中，在众神的一场晚宴上出现了一个金苹果，上面写着"献给最美丽的女神"，引发了女神赫拉、雅典娜、阿芙罗狄忒的一番争斗。

在《生命中不能承受之轻》这本书中不断地出现另一本书：托尔斯泰的《安娜·卡列尼娜》，特丽莎和托马斯初次相见时就拿着这本书。《安娜·卡列尼娜》这本书可以看作是打开《生命中不能承受之轻》这本书的钥匙，安娜·卡列尼娜忍受不了沉重的家庭枷锁，出轨年轻情人，最后卧轨自杀。

托马斯忽然发现，自由是如此之轻，轻得风雨飘摇，轻得生命都无法承受，最后只能去死。他曾经想要摆脱一切奴役，摆脱一切势所必然，摆脱一切"非如此不可"。他后来却发现，当一个真正自由的人，就意味着摆脱对自由的苦苦追求，意味着停下来，不再追逐，而是卸下身上种种欲望的重负，变成一个真正"轻"的人。

欲望到底是什么？欲望是最有迷惑性的欺骗，是一种积极的困境。欲望是老鼠夹前面的那块奶酪，也是老鼠夹本身。

当托马斯意识到欲望的困境之后，他抛下了自己的"轻"，离开了轻浮的单身汉生活，主动去寻找"重"，回到布拉格寻找特丽莎，就像一只鸟，去寻找自己的牢笼。

[3]

让我像米兰·昆德拉一样漫步在岔路，说些题外的话。

我时常听到"浪子回头"的故事，**唐·璜或卡萨诺瓦一样的人忽然放弃风流，重拾忠贞，回归家庭**。讲故事的人感慨爱情的伟大，我却往往只听出了一种疲惫。

最深层的疲惫，就是丧失了意义感，就是内心深处有一个小的声音说："这一切有什么意思？"一旦这个声音响起，它就不会消失，而我们的人生就永恒而不可逆地滑向了另外一边，在那一边，爱情也好，信念也罢，没有什么东西是有意义的。

追逐女性也是如此。某日，浪子在征服一个陌生女人的时候，忽然发现所有的过程和细节都似曾相识，他所有的策略都是在自我模仿，而模仿让事物每次都丧失一部分意义，最后一片虚空，终于，他跌落到了人生的另一边。

所以回归家庭的浪子也好，田园牧歌的托马斯也好，他们对"忠诚之爱"的追求并非返璞归真的跋涉，也绝不是什么回归，而只是在人生边界之外那块无主之地的漫步与徘徊。

唐·璜（Don Juan）：西班牙传说里的情圣，以玩弄女性为乐，后来拜伦写了诗体小说《唐·璜》，把唐璜重新叙述为一个原本心地善良的青年。

贾科莫·卡萨诺瓦（Giacomo Casanova，1725—1798）：18世纪意大利的冒险家，风流倜傥，长袖善舞，据说一生与132个女人有染，但后来潦倒去世。他把自身传奇的经历写成自传《我的一生》。

[4]

说回小说。那么特丽莎呢？在两个人的关系中，她又做了什么扭转乾坤的事，反转了权力关系呢？

你可以说她做了一切，也可以说她什么也没有做。

特丽莎在这段关系的开头是非常软弱的，她知道自己的恋人正在不断地出轨，但是她什么也做不了，只是一晚接一晚地做噩梦，梦到托马斯一个又一个地枪毙女人，自己也要被他杀了。

而且特丽莎总是感觉到眩晕，想要倒下。她把这种眩晕定义为"弱者的陶醉"——人在意识到自己软弱的时候，希望变得更弱一些，希望当着大家的面倒在堂堂大街之中，希望被击倒，倒得爬不起来。

而在小说发展的过程中，特丽莎从未变得更强，她成了一个摄影师。当苏联控制布拉格之后，她上街拍了很多新闻照片，也因此每天心惊胆战、精神脆弱，怀疑自己被密探盯梢，然后把噩梦分享给托马斯，让托马斯对自己万分心疼。

她仅有一次表现得比较决绝，就是在瑞士的时候主动离开托马斯，回到布拉格。但是她内心知道自己看似是离开，其实是一个召唤，召唤托马斯来找她，而当托马斯来找她的时候，她就成功地进行了一次权力的转移。

当托马斯果然来到布拉格之后，她又觉得布拉格也不够安全，说要一起去乡下定居。

本来托马斯在回到布拉格之后，就无法继续行医，只能当一个擦窗户的人；当他到了乡下，就只能当一个疲惫而无能的农夫了。权力再次转移了。

小说结尾处有一段描写非常精彩，那就是特丽莎发现托马斯变成了一个老人——或者说被她拖成了一个老人，一个头发花白、精疲力尽的老人，一个毫无魅力的男人，同时也是一个真正安全的男人。

这时，她才发现自己的爱情就像是一个把大象也能拽入沼泽的石块一样沉重，她发现自己用了一生的软弱来对抗托马斯。

软弱是什么？软弱是弱者唯一拥有的武器。

或许任何一段朝夕相处的关系都会发展成一种强弱关系。强者身心健康甚至茁壮，选择多，输得起，试错成本低；弱者除了爱，一无所有。

但是最后更受折磨更痛苦的却不一定是弱者。弱者示弱，不断暴露和展示自己的弱点，你无法指责他，因为病人先发制人地把自己的疾病当作挡箭牌，呕吐般宣泄着自己的可怜，弱者姿态低无可低，强者被逼得退无可退。

软弱是很有侵略性的，弱者一直逼迫强者投降，直到强者丧失全部力量，变成了弱者怀里的一只兔子。

但是，要运用这个武器是有代价的，代价就是自己的一生。当特丽莎把托马斯拽入沼泽的时候，她自己也沉入了深处，她一辈子只打了一场简单的仗，别的什么也没干，除了怀里的那只老兔子,她什么也没有了。

《生命中不能承受之轻》让我想到张爱玲写的《倾城之恋》。白流苏同样也是个一无所有的女人,她一生最重要的目标和战利品就是花花公子范柳原。

白流苏和特丽莎一样没有什么技能和武器,范柳原说:"你的特长是低头。"

白流苏和特丽莎一样因为吃醋而离开恋人,一样把离开当作赌博,最后女人赢了,范柳原乖乖地来找她了。在乱世中,两人成了一对平凡的恋人,一个自私的男人和一个自私的女人。

《倾城之恋》的结尾写白流苏和范柳原预备结婚,白流苏又哭又笑;《生命中不能承受之轻》的结尾回忆特丽莎和托马斯跳舞,特丽莎同时感到奇异的快乐和奇异的悲凉。

两处描写多么相似,哭之笑之、快乐之悲凉之的事物是一样的:我们在一起。

"死生契阔,与子成说。执子之手,与子偕老。"是首悲哀的诗,我有你,我只有你,我将永远只有你。

——这是对女人一生软弱对抗的奖赏:一种悲哀的幸福,一个快乐的诅咒。

《米兰·昆德拉：一种作家人生》 | 书籍 |

作者：[法]让-多米尼克·布里埃
出版社：南京大学出版社
译者：刘云虹，许钧
出版年：2021

关于米兰·昆德拉最好的传记。与其说讲的是昆德拉的生平，不如说讲的是身处当下的作家共同面对的一系列难题：对故土，是离开还是坚守？对时代，是反抗还是抽离？对创作，是忠于责任还是忠于内心的冲动？

《阿涅丝的最后一个下午》 | 书籍 |

作者：[加]弗朗索瓦·里卡尔
出版社：上海译文出版社
译者：袁筱一
出版年：2005

昆德拉的头号读者的著作。作者里卡尔同时也是昆德拉的好朋友。

题目中的阿涅丝是昆德拉小说《不朽》中的人物，她人生所追求的只有一件事：走出这个世界。

——并非结束生命，而是摆脱一些关系、他人的目光与社会职责，轻盈地活着。

看到书的结尾才知道，想走出这个世界的其实是昆德拉本人。

《安娜·卡列尼娜》 | 书籍 |

作者：[俄]列夫·托尔斯泰
出版社：上海文艺出版社
译者：草婴
出版年：2007

《安娜·卡列尼娜》屡屡出现在《生命中不能承受之轻》里：当特丽莎去找托马斯时，她夹着一本《安娜·卡列尼娜》；当两人决定养狗时，托马斯想给狗起名为"托尔斯泰"，但特丽莎最后给狗起名为"卡列宁"（安娜·卡列尼娜的丈夫）。

《安娜·卡列尼娜》和《生命中不能承受之轻》一个共同的主题就是忠诚。安娜因为承受不了不忠所带来的沉重道德代价而赴死，托马斯因为无法忍受没有道德束缚所带来的虚无感而重返忠诚。《安娜·卡列尼娜》在书中作为一种对照时隐时现，或许代表的是"生命中不能承受之重"。

关于刻奇的笔记

《生命中不能承受之轻》里,米兰·昆德拉贡献了一个经久不衰的概念:刻奇(kitsch)。

"刻奇"最早是一个艺术评论家提到的概念,指一种迎合大众的审美和艺术,它最早被翻译为"媚俗"。但"媚俗"并不准确,因为在昆德拉笔下,"刻奇"不仅是美学意义上的,还是情感意义上的。

艺术评论家认为刻奇的反面是真正的高雅艺术,而昆德拉认为刻奇的反面是粪便。

昆德拉小时候看到一本木刻插画的圣经,看到上帝的形象,想如果他有嘴,就得吃东西;如果吃东西,就有肠子。这个想法让他不寒而栗:一种上帝和粪便共存的事实。

一个刻奇的世界,就是一个不承认粪便的世界,一个不承认亚当和夏娃之间有性亢奋的世界,一个只允许对美的赞美,而不允许对丑的揭示的世界。

在这个刻奇的世界中生活的人,习惯了自我感动。《生命中不能承受之轻》中写道:"看到一个小孩子在草地上奔跑,第一颗眼泪说:孩子在草地上跑，太感动了！第二颗眼泪说：和所有的人类在一起，被草地上奔跑的孩子们所感动，多好啊——使刻奇成为刻奇的，是那第二颗眼泪。"因为第一颗眼泪是真诚的，第二颗眼泪是为了流泪的自己而流，是因为自己和全人类站在一起而流。

刻奇是对孤独的恐惧，是对独立思考的逃避，是需要躲进群众之中才能获得安全感。

什么是群众？<u>诗人奥登有个精彩的描述</u>，说一个学生处于高峰期的地铁，思维集中在一道数学题上，他就只是人群中的一员，而不是群众中的一员。想要加入群众，一个人不用来到特定的地点，只需要坐在家中，翻开报纸或者打开电视。

> 奥登（Wystan Hugh Auden，1907—1973）：英裔美国诗人，20世纪30年代英国左翼青年作家领袖，被认为是"继叶芝和艾略特之后英国最重要的诗人"。著有《新年书信》《忧虑的时代》等。

这个定义在今天或许可以如此理解：放下手机就是人群，打开朋友圈就是群众。

昆德拉认为"刻奇文化"的诞生是为了取悦大多数，如今的社交网络完全符合这个特征：共鸣大于一切，刷屏意味着成功。所有人注视着所有人，猜想他人如何看待自己，在感觉到自己无法跟上大家的步伐时手足无措，点赞和转发是加入"群众"的入场券。

曾经，我们在互联网上渴望遇见不同，遇见多样性，遇见冲击，遇见颠覆；现在，我们只希望遇见相似，遇见回声，遇见自我证明——"我和大家一样"。

那么该如何克服刻奇？

克服刻奇，首先要做到的是克服对孤独的恐惧。当其他人共同感动、流泪、愤怒、快乐的时候，要有足够的勇气不与他人同悲同喜。

克服刻奇，还要克服对意义的追求，要承认花开就是花开，而不是为了人们的审美；河流始终流淌，不是为了让人们感慨时间的流逝；树叶凋零，星星闪烁，对面楼房一盏灯亮起或熄灭，都和你没有关系。树叶，星星，和那一盏灯与你一样，都是孤独的。

克服刻奇，也是破除对崇高的崇拜。罗曼·罗兰写《贝多芬传》，开头有个名句：打开窗户，让英雄的气息进来。昆德拉在一本小说结尾写道：打开窗户，让树木的气息进来。在一个反刻奇的世界里，没有什么比一棵朴实的树更高尚。

但一个人能彻底拒绝刻奇吗？

当我第一遍读《生命中不能承受之轻》的时候，我羡慕昆德拉的清醒冷静，第二遍读的时候，却读到了文本里伤感的破绽。

小说里托马斯的情人萨宾娜离开了捷克，生活在别处，思考在异国，她拒绝和托马斯和特丽莎一起回到布拉格，因为在她的记忆里，她的祖国是刻奇的。她一生都宣称自己的死敌是刻奇，可是她真正成功了吗？当她看到伤感影片中忘恩负义的女儿终于拥抱无人关心的苍苍老父，每当她看到幸福家庭的窗口向迷蒙暮色投照出光辉,她就不止一次地流出泪水。

她拒绝了一切崇高的意义,背叛了故乡、亲情、爱情,终于感到四周空空如也,这种虚空,就是她一切背叛的目的吗?

米格尔·德·塞万提斯

1547/9/29 - 1616/4/23

他正在痛殴的那个疯子竟然是他自己，
那个他嘲笑得要笑出眼泪的傻子，
是他自己。

Miguel de Cervantes

主人公

03　塞万提斯：一个死于人设的人

[1]

米兰·昆德拉最喜欢的小说是《堂吉诃德》(*Don Quijote*)。当被问到为什么要写小说，他说写小说不是为了时代服务，也不是为了讨好未来——与未来调情是最卑劣的随波逐流、最响亮的拍马屁。昆德拉写小说只是为了捍卫塞万提斯的遗产。

崇拜这本小说的不只是昆德拉，诺贝尔学院和挪威读书会曾让一百位著名的小说家投票，选出有史以来最重要的一部文学作品，超过一半的作家都提名《堂吉诃德》，远远领先于其他任何作家的作品。这本书的崇拜者包括黑格尔、歌德、托马斯·曼、福楼拜、马克·吐温、博尔赫斯、毛姆，等等。

但奇怪的是，这本书被遗忘了，在漫长的时间长河里，它虽著名，但并不像同时代的莎士比亚那样不断被咀摸细节。对很多人来说，这本小说仅仅是塑造了一个半疯半傻的人，他以为自己是个骑士，与风车作战，哦，对了，他有一个随从。除此之外，再无其他。

当我重读《堂吉诃德》的时候，我也理解了它为什么如今遭受冷遇。这本书写得实在太冗长了，塞万提斯想到什么写什么，堂吉诃德和他的随从桑丘漫无目的在书中行走，发生一系列"让人啼笑皆非的闹剧"——那些笑料现在读起来也太低级了，全是误把胖厨娘当成天仙、谁把谁揍得牙都掉了、想掩盖上厕所的声音但是失败之类的桥段，在这本书出版的年代，这些桥段或许很好笑，当时西班牙的国王腓力三世看到一个学生弯腰狂笑，他就大声说："那个学生要么是疯了，要么就是在读堂吉诃德的故事。"但现在的读者只会看得满脸冷漠。

那么，《堂吉诃德》这本书究竟是不是过时的经典、被过誉的名著？

要是想了解一个人，就要回到他二十岁所处的世界；要想理解一本书，也要回到它刚刚散发着油墨清香的时候。

现在，让我们回到四五百年前的西班牙吧。

[2]

《堂吉诃德》的作者米格尔·德·塞万提斯出生于1547年，在童年时期，他目睹了自己的父亲因为欠款而入狱，房子被收走，家庭为了逃避羞辱四处搬家，文学和戏剧成为他灰暗生活的一种抚慰。塞万提斯二十多岁时便已在文坛崭露头角，在一切还没来得及顺风顺水的时候，他被发了一张通缉令，罪名是在决斗中刺伤了一个人，惩罚是砍掉右手，并且流放十年。

为什么要在前途一片大好的时候去和人决斗？据说，塞万提斯是为了捍卫自己的名誉，对方说了一些侮辱他家族女性的话。

为了避免被逮捕，塞万提斯离开了故土，开始了漂泊之旅，很快进入了人生的下一个重要的章节：战争。

那可不是什么小的战争，而是伊斯兰教和天主教两个世界的征战，当时奥斯曼帝国征服了君士坦丁堡，然后在地中海上继续西进，与西欧较量。包括西班牙、威尼斯在内的地中海沿岸诸国组成神圣同盟，组建联军，在地中海上展开大战。

这场战役就是著名的勒班陀战役。

而我们的主人公塞万提斯就参加了这场战役，他当时因为患病，长官让他待在船舱里，他拒绝了，要求把自己安置在最危险的地方，说"我会坚守职位，战死方休"。

那场大战仅仅想象就让人热血沸腾。决战的清晨，天主教舰队看到奥斯曼帝国的舰队从海平面上席卷而来，激战四个小时的时候就已经有四万人死亡，近两百艘船只被摧毁，黄昏时刻，血水把海染红，天主教的船只几乎无法离开，因为海面上漂满了尸体——有些甚至不是尸体，而是还没有死亡的士兵，但是无人施救，一场风暴经过，战场被埋入了海底，一切就像是没有发生过。

塞万提斯在这场战役中胸部中弹，左手永久性残疾了，这就像命运的戏弄：你逃过了失去右手的惩罚，但我要拿走你的左手。

和其他手无缚鸡之力的作家不同，亲历过战争的塞万提斯知道战争的真相，那绝不是——或绝不仅仅是百发百中的炮弹、以一敌十的战士、胜利女神从天而降时的壮丽，而是扬起的尘土、手足无措鸡飞狗跳的士兵，还有目睹自己的手被炸飞的恍惚以及彻骨的疼痛。

幸而这场仗塞万提斯们打赢了。如果天主教世界输掉了这场战争，那么土耳其人很可能进攻意大利，然后一直打到罗马，而勒班陀战役的胜利某种意义上决定了如今地中海世界的疆域。

所以塞万提斯作为这场大战参与者的骄傲是不言而喻的，然后呢？他作为一个英雄凯旋了吗？

并没有，在接下来的岁月里，他在阿尔及尔做了五年俘虏，总共四次策划逃跑，每一次都以失败告终，当他终于回到祖国的时候，祖国已经忘记了他。他提出申请想在政府部门找点工作，结果屡屡受挫，各种批示都潦草地打发着这个昔日的英雄。后来，他终于谋了一份军需官的职务，结果被诬滥用职权而入狱。他出狱后成了一个税务员，又因为存税款的银行倒闭而受牵连，被诬陷私吞钱财，再次入狱。

此时，监狱对于塞万提斯已经不再陌生了：疯子、傻子、色情狂挤在肮脏狭小的空间里，发明一套和牢房外的世界截然不同的生存准则。或许是从那时起，塞万提斯意识到，在我们已经熟悉到乏味的日常生活表皮之下，还隐藏着一个荒诞的微观世界；或许从那时起，塞万提斯发现支配这个世界的并不是合理的规律和公正的许诺，而是那些写在法律文书、道德故事、历史读本之外，疯子写下的几乎无法辨认的字迹。

出狱之后，他开始写一本书，这本书完成得很快——或许其中一部分内容他就是在狱中写的，这本书叫作《堂吉诃德》。

准确地说，那只是《堂吉诃德》的上卷。书籍出版之后大获成功，塞万提斯的生活终于看起来要好一点了。

然后，失败又突如其来地降临了。一次失败是偶然，两次失败是考验，那么三次、四次，每次在好运将要来临时的噩运又是什么呢？那是命运对于不服从者的挑衅，命运不满于塞万提斯这个貌不惊人的人每次从失败中打造成就，把压在身上的千斤砂石打磨成精美的雕塑，命运继续重锤，说："这次看你能怎样？"

1605年的一个夜晚，一个年轻人在塞万提斯家门口决斗受伤，塞万提斯出于好心把他搬进了自己的公寓，开始照顾这个年轻人，结果这个年轻人因为受伤太重没几天就死了[a]。

塞万提斯被爱嚼舌根的邻居诬为谋杀犯,全家被提审,又入狱了。这次,作家蹲的监狱是他祖父,也是他父亲之前蹲过的,这是命运能想到的最恶毒的捉弄。

出狱之后的塞万提斯全家都蒙上了污名,但他没有被诅咒魇住,他没有丧失他的生命力和幽默感,他笑个不停,笑着写出了《堂吉诃德》的下卷,写完不久便去世了。

塞万提斯死得草率,连墓碑也没有,如果有的话,上面会写着什么?士兵、英雄、官员、囚犯、冒险者、失败者?不,更直接一点吧:塞万提斯,发明小说的人。

[3]

小说开始了:从前有一个叫阿隆索的人,单身——很可能是个没有性经验的老宅男,他非常消瘦,两颊在嘴巴里几乎要贴到一起了。少言寡语的阿隆索每天照看自己的庄园,整天沉迷看骑士小说,快五十岁那一年,他不知是疯了还是苏醒,做了个崇高的决定,决定复活"游侠骑士"这个古老而浪漫的职业,他成了堂吉诃德。

堂吉诃德有个随从,叫作桑丘,他人矮肚子大,骑着一

---

[a] 另有说法种称,塞万提斯救的是奄奄一息的流浪汉。关于死亡时间,一说是当晚死亡,另一说是几天后死亡。

头灰不溜秋的骡。桑丘知道自己的老爷是个疯子，但他拍拍马屁哄哄老爷又何乐不为？

两个人开始征战。在堂吉诃德眼里，到处都是巨人和妖怪，他把风车当作巨人，与之作战，结果被连人带马掀翻；他跟羊群开战，结果被牧羊人打掉了牙；他把红葡萄酒酒囊当作巨人的头，乱砍一番，结果被暴打一顿，还赔了钱……主仆二人就这样一路跌跌撞撞。

当我小时候第一次读小说的时候，牵动我心的并不是他们的遭遇，而是更隐秘的心灵奇旅：堂吉诃德什么时候会苏醒过来，意识到所有的骑士传说都是假的？

小说里的堂吉诃德可不是一直疯傻，他时而流露间歇性的清醒，有一些瞬间，我觉得堂吉诃德马上就要清醒了，比如在其中一章，他忽然发现了骑士小说的漏洞：在骑士传奇里，骑士遇到了十万大军，他拔出手中的宝剑，呼唤着情人的名字，单枪匹马，一会儿工夫就把敌人们杀得干干净净、片甲不留。

堂吉诃德忽然迷惑了：每杀一个人都需要花点时间，骑士怎么可能一会儿工夫就杀了十万人呢？起码也要杀上几个月吧。

书桌前的我屏住呼吸：堂吉诃德要明白过来了！他要识破谎言、认清真相了！

没想到堂吉诃德想出了一个解释：敌人一定是被邪恶的魔法创造的，他们的身体像软体动物一样，骑士的宝剑一碰上就刺进去了，如果对方拥挤在一起，甚至一剑十个也不在话下。

小小的我读到这里愤怒地骂起这个傻瓜，觉得他的愚蠢简直是故意的。

最近一年我再读这本小说时，感受却截然不同。是的，堂吉诃德的愚蠢就是故意的，他小心翼翼地行走在幻想的悬崖，发现自己马上就要坠入真实世界的深渊时，就拼命拽动意识的缰绳回到虚幻之土。

虚幻之土究竟有什么诱惑？堂吉诃德为什么要出发？他到底在追求什么？塞万提斯从来没有交代此人为什么会发疯，所以背后的原因只能由每个读者给出自己的解释。

在我看来，无论是平淡的阿隆索、疯癫的堂吉诃德，还是堂吉诃德向往成为的骑士，都是塞万提斯的化身。

在战场上的英雄塞万提斯就是骑士小说里的游侠骑士，为了自己的国家、宗教、守候的女人出生入死，为了简单的理念就可以毅然赴死，泪水清新，血液炙热。

在战场上，善恶是如此地简单，胜利是如此地让人狂喜。

然而随之而来的历史却冗长而让人沮丧：虽然基督教世界在勒班陀战役中获得了压倒性的胜利，但是奥斯曼帝国重建了一支规模更大的舰队，西班牙意识到无法将伊斯兰世界拒之门外，并且战争双方卷入了昂贵的军备竞赛，奥斯曼帝国与西班牙都不得不大幅度增税，人民生活变得困顿。

对于战士来说，人生最光荣的一瞬间被放置至历史中显得如此可笑，因为历史多漫长啊，后来奥斯曼帝国对地中海丧失兴趣，宏伟绝伦的舰队停在平静的水域中，木质船体逐渐腐烂。

所以塞万提斯对小说中堂吉诃德追求的"英雄传奇"会是如此矛盾的态度：一方面，塞万提斯在嘲笑一腔热血的堂吉诃德是多么的幼稚；但另一方面，回到了一个平淡虚伪、小恶小善的环境之中，塞万提斯又觉得那个社会背弃了一切纯真而高尚的东西，错的并不是英雄，而是这个世界。

所以我们看到的堂吉诃德才会如此分裂，塞万提斯写出一个丑角让我们去嘲笑，而他自己是第一个嘲笑的人，不仅嘲笑，还让他在小说中被揍得够呛，但是当我们随着阅读的深入，伴随着堂吉诃德一起冒险，我们逐渐笑不出来了，因为我们发现作者正在痛殴的那个疯子竟然是他自己，那个他嘲笑得要笑出眼泪的傻子，是他自己。他说："堂吉诃德为我一人而生，我也为他一人而活。"

诗人海涅写道："当高贵骑士的高尚品格仅仅赢得了以怨报德的棍棒时，我只知流出痛苦的眼泪。"

> 海涅（Heinrich Heine, 1797—1856）：德国抒情诗人。早期作品浪漫、热烈，时而流露嘲讽，后期转向政治长诗，以"剑和火焰取代了德国的玫瑰和夜莺"。

泪水仅仅为堂吉诃德而流吗？不，恐怕也为了自己而流。

堂吉诃德最大的所谓"错误"就是生错了时代，在一个平庸的时代要当一个英雄，旁观者笑他不识时务，而这种嘲笑中，也有一种自己"幸亏我不是英雄"的优越感，用鲁迅的话说，旁观者"对于社会上的不平，却并无更好的战法，甚至于连不平也未曾觉到"。

所以善良的读者读到小说的后半程，不仅无法嘲笑堂吉诃德，甚至被他迷住了。真是个怪人啊！前面我写《生命中不能承受之轻》里的萨宾娜是个拒绝了"刻奇"的人，而堂吉诃德是个彻底生活在"刻奇"中的人，离开了大而空泛的信念、幻想，以及自我感动简直活不了。再看看这个男人吧，他的盔甲已经发霉了，头盔是理发师的洗脸盆做的，连瘦骨嶙峋的马都在他作战的时候垂下头不忍看主人，可随着冒险继续，他竟然越看越顺眼了，我们多希望他一直停留在虚幻之士，如果可能的话，我们甚至也想沾他的光，在他脑海的传奇里多待一会儿，我们简直变得像桑丘一样，桑丘说："除非是有人拿着镐子和铲子，否则没有什么东西能把我们拆开。"

因为生活在英雄消失时代的我们，内心深处依然向往骑士，向往一个代替我们向平庸世界宣战的人。他对抗的不是风车和羊群，而是模糊的善恶、荒凉的艺术、乏善可陈的繁荣。

写到这儿，堂吉诃德为什么要出发似乎一目了然了，他不是要追寻，只是想离开，因为此地荒凉难以忍受，因为艺术尽毁人性败坏，骑士并非复活，而是重新诞生，骑士追寻的并不是写在牛皮纸上的路线，而是跟随风吹的方向，风吹过的地方,就是使命与荣耀终将到达的彼岸。

陀思妥耶夫斯基曾经写:"到了地球尽头,若有人问:'你们可明白了你们在地球上的生活?你们该如何总结这一生呢?'那时,人们便可默默把《堂吉诃德》递过去,说:'这就是我给生活做的总结,你们难道能因为这个而责备我吗?'"

[4]

仅仅说到这里,《堂吉诃德》只是一部优秀的小说,创造出了一个经典的文学形象,但似乎谈不上伟大。

——如果你读了《堂吉诃德》的下卷你就不会这样想了。很多读者忍受不了上卷中冗长过时的笑料,早早地放下了书,这未免太可惜,因为此书下卷的精巧和动人程度远远超过上卷。

《堂吉诃德》的上卷和下卷出版相差十年[a],这十年间发生了一件妙事,一个叫费尔南德斯的人出版了一本《堂吉诃德》的仿作,相当于市面上流传一本"金庸续著天龙八部",作者叫作"金庸续"。伪书作者费尔南德斯还非常过分地在书里讽刺塞万提斯,说他老迈,满腹牢骚,看什么都不顺

---

a 据纳博科夫《〈堂吉诃德〉讲稿》所述,在上卷出版 7 年之后,塞万提斯开始创作下卷(1612),1615 年 1 月 /2 月完稿,同年出版发行。

眼,而且还坐过牢。

或许塞万提斯本没有续写《堂吉诃德》的想法,但他不甘心让堂吉诃德活在别人的故事里,所以他开始写《堂吉诃德》的下卷来回击。

在下卷里,真书与伪经贴合在了一起,堂吉诃德看到那本伪作里写的自己要去萨拉戈萨,于是就决定改道巴塞罗那,宣称:"我绝对不会踏足萨拉戈萨半步,这样我就可以向世界宣告这个现代史学家的谎言,人们就会知道他笔下的堂吉诃德并不是我。"

塞万提斯通过笔下的堂吉诃德捍卫了作家的虚构,而他笔下的堂吉诃德也在捍卫着角色的虚构。

《堂吉诃德》的下卷讲的是堂吉诃德和桑丘再度出门远行时发现自己成为名人,因为这十年间出了一本畅销书来写他们,也就是《堂吉诃德》的上卷。成为名人之后,所有人都想见见这对主仆,当面看看他们是不是这么可笑,掂量一下他们与虚构小说之间的差距。

而堂吉诃德遇到的困难不再是风车和羊群,而是自称"堂吉诃德"的冒牌货,比如一个镜子骑士要与堂吉诃德决战,说打败了他之后,他的所有荣耀就会转移到自己身上。

此时,不仅是真书与伪经贴合在了一起,现实和小说也镶嵌在了一起。就好比水浒英雄发现自己成名之后一遍遍应观众要求上梁山,孙悟空一行人为了证明自己真取过经只得一遍遍去西天。

小说的上卷和下卷呈现出了一种有意思的呼应：在上卷中，堂吉诃德是在模仿骑士，而在下卷中，堂吉诃德是在模仿上卷中的自己，模仿一个模仿骑士的人，以回应一个虚构自我的方式，证明自己的真实性。

——这一番番拗口的话，概括来说的话，不就是我们现在说的"人设"吗？

"人设"虽然是个新词，但并不是什么新鲜事，在中国古代最有名的例子就是陶渊明，他的诗篇中篇篇有"我"，有的是通过记录的方式记录自己种地，就像发朋友圈一样，描写自己的家庭，写喝酒的快乐，也写贫寒的无奈；另一种方式，就是像《五柳先生传》那样，用第三人称叙述者去写自己。甚至在《自祭文》中，从自己作为逝者的角度去写自己。

他一边写作，一边自我塑造，让后世的读者画出了他的画像：一个淡泊名利、退隐田园的人。他的成功不仅在于文学，还在于一种成功的形象建构。

明代画宗陈洪绶画过一幅有趣的画，《陶渊明故事图》卷（美国檀香山美术学院藏），图中的陶渊明时而双手合十，双目紧闭，面前放着所画的扇面，扇面上依然画着归隐田园的主题；时而闻着菊花。

你要仔细去看这幅画，你会发现其中画家似乎暗含了一丝善意的嘲讽，仿佛在笑陶渊明过于夸张和戏剧性的姿势，抑或是在笑他的装扮：陶渊明选择隐居过一种淳朴的生活，但是画中的他装扮却一点也不简单，头巾上缀满了花朵，而且被仆人以竹轿抬行归家。

画家仿佛一边画一边对着读者笑道："看啊！这人！"

画家的目光穿透了陶渊明在文章中的自我建构，而看到了他本来的样子。

到了现在，建构自己的形象不再是文人艺术家的特权。在社交网络上，我们通过展示自己的生活与态度来塑造"人设"，有时候，这种塑造是有意的，我们在模仿一种自己理想的人生；有时候，这种塑造是无意的，一个出于自然的行为意外讨喜，成为了他人认识自己的方式。

"人设"形成了。

所有的"人设"都是虚假的。因为人生是一个复杂、柔软、动态的过程，没有人的个性能单薄如白纸，一周七天都是傻大姐，一天二十四小时都在反差萌；也没有人六岁到六十岁都"独立洒脱"，从生到死都在"人淡如菊"。

人生的变化和矛盾是最美妙的部分，但如果我们太过珍惜"人设"，那就成了下卷的"堂吉诃德"，困在了上卷的人生之中，生活的全部意义在于证明自己是一个故事，一个关键词，一条标语，一个角色，活在自己建造的牢笼里。

堂吉诃德当然意识到了这一点，在小说中，他对桑丘说："这个世界的舞台也是如此，有人扮演皇帝，有人扮演主教，简而言之，就像戏剧一样，各有各的角色，但是，到了最后，等到生命结束之际，死亡剥掉了区别他们身份的衣服，所有的人在坟墓中都是平等的。"

"这个比喻好，"桑丘说道，"但并不新鲜，我之前就听到过好多次了。"

的确，这个道理并不新鲜，但是值得反复讲。

前段时间我看了关于金·凯瑞的纪录片，他在其中的一段话让我很感触，他说："我们一出生就生在了各种角色设定之中。有的人到了一定的时候会发现他必须杀死那个角色才能真正活着。有的人则会选择紧紧抓住那个角色，因为他怕除了这个角色以外就什么都没有了。但是走出那扇门你才会发现，一切都在门外等着。"

走出那扇门是多么困难。因为守着自己的"人设"活着是一种更轻松的活法，它意味着简单、清晰、讨人喜欢、容易被人理解。但是走出那扇门，那是一个陌生的世界，你要面对自己的真实个性，直视人性中所有不堪的角落，依靠自己的判断而不是经验来做出每一步决定，陌生人不能理解你，熟悉的朋友不能包容你的变化。

但无论如何，还是要走出这扇门。

小说的最后，在所有的读者心甘情愿地成为他的追随者，相信了他的虚构的时候，堂吉诃德忽然清醒了，他否定了他奉为圭臬的骑士传说，说所有骑士故事都亵渎历史，且向桑丘道歉。

然后，他死了。

堂吉诃德死得多么唐突，多么不情不愿，作者塞万提斯就像是突然丧失了所有的气力和幽默感,写堂吉诃德立下遗嘱又活了三天,然后作者也无法向上帝申请延长他的寿命,"在在场人的眼泪与悲痛里,他放走了灵魂。我的意思是,他死了。"

写到这里,塞万提斯几乎结巴了,他也被吓住了,站在堂吉诃德的灵柩前,不相信这个人从此离开了自己,离开了世界。

堂吉诃德的清醒和死之间存在某种密不可分的关系,当他发现自己不是游侠骑士的时候,他就活不下去了。在他临死前,那些可笑的误把风车当敌人的闹剧才忽然显现出意义,是梦想建构了堂吉诃德的道德生活,就像他说的:"自从我成为了游侠骑士,我就很英勇、有风度、开明、礼貌、慷慨、谦恭、大胆、温和、忍耐、吃苦。"

当需要维系的人设崩溃,堂吉诃德也消失了。

而只有消失,他才能走出他对自身的虚构,走出自己的角色。

堂吉诃德死后,他的家庭在短暂慌乱之后迅速恢复了正常,甚至桑丘很快心情也好起来了,因为继承了堂吉诃德的财产。

堂吉诃德就像没有来过这个世界,那么他留下了什么?用小说里的话说:"他留下了他自己,留下了一个人,一个有生命而永恒的人。"

[5]

小说结束了,作者扔下笔,读者还在恍惚:这故事到底是真的假的?堂吉诃德真的存在过吗?我们是《堂吉诃德》的读者,堂吉诃德自己也是《堂吉诃德》的读者,我们和堂吉诃德的区别是什么?堂吉诃德死了,故事完了?

世上最长也最古老的故事之一是《一千零一夜》,它讲残忍的国王每夜娶一个少女,早上再杀掉。聪明的少女毛遂自荐,每晚给国王讲一个故事,国王听得停不下来,不舍得杀掉少女,直到讲完了一千零一夜一千零一个故事,少女给国王看了他亲生的儿子,国王不再杀戮。

讲到第六百零二夜的时候,故事突然出现了神奇的变调,少女给国王讲故事,讲残忍的国王每夜娶一个少女,早上再杀掉,聪明的少女毛遂自荐,每晚给国王讲故事……

这个"从前有座山山里有座庙"的循环在让人大笑之后忽然有了让人细思恐极的意味:故事到底是从哪儿开始,又到哪儿结束的?真实与虚构之间的界限又在哪里?

对虚幻与真实最敏感的作家博尔赫斯最早对这个问题感到不安,他说:"如果虚构作品中的人物能成为读者或观众,反过来说,作为读者或观众的我们就有可能成为虚构的人物。"

豪尔赫·路易斯·博尔赫斯(Jorge Luis Borges,1899—1986):阿根廷小说家。作品打破时空界限,糅合意识和潜意识,虚幻色彩强烈,启蒙了拉美魔幻现实主义文学。代表作有《小径分岔的花园》《死亡与罗盘》等。

堂吉诃德先是模仿小说里的骑士，后来又模仿小说里的自己，读完了小说的我们，产生了模仿堂吉诃德的冲动，虚拟的角色在现实的人物身上复活，故事不仅没有完，它还在不断扩张。

你说堂吉诃德是个傻瓜，你不想模仿他，好吧，可是我们把生活误作演戏的时候还少吗？王尔德说过一句很聪明（或许是他说过最聪明）的话："生活模仿艺术，远远甚于艺术模仿生活。"

我们的行为模仿短视频里简单粗暴的情节，我们的语言跟随热点和流行而改变，我们对爱情的理解来自于大众传媒对生活拙劣的夸大，我们觉得荧幕上的形象比同床共枕者可爱得多，我们经营自己虚拟形象的时间远远大于真实生活的时间——有的时候，我们甚至忘了如何不借助虚构生活。我们能说自己是真实的吗？或许我们只是逼真地活着。

都怪塞万提斯，都怪这个魔法师，是他突发奇想把真实带进了虚构里，是他第一次戴上面具说真话，是他把我们弄糊涂了。

小说里有极平淡的一章我始终难忘，堂吉诃德和桑丘被公爵夫妇捉弄，公爵夫妇蒙上他们的眼睛让他们骑上木马，骗他们刚在空中"飞"了一圈。揭开眼罩之后，桑丘编出了一套他在天上的见闻，他当然在撒谎，这时，堂吉诃德凑到他耳边说："你如果要别人相信你在天上的这段经历，那你就得相信我在蒙德西诺斯洞的见闻，我就只说这句话。"

直至今日，我才意识这个细节的魅力，它是一句咒语，是文学史上小说家第一次写下咒语：你想要别人相信你，你就要相信我。

相信我，不管我的经历有多么曲折离奇；相信我，不管结局是好是坏；相信我，虚构的世界对真实有着魔力；相信我，你才能变得可信；相信我，跟我走吧。

于是我们着了魔一样开始了离开现实的跋涉，追随堂吉诃德的脚步。

《金·凯瑞和安迪·考夫曼：超越伟大》 | 纪录片

Jim & Andy: The Great Beyond
（2017）

讲述的是金·凯瑞 1999 年在电影《月亮上的男人》饰演了自己的偶像、喜剧大师安迪·考夫曼的过程，用了很多当时拍摄电影的真实幕后记录。

你可以在纪录片里清晰地看到金·凯瑞逐渐地分裂，他从真实的金·凯瑞又分裂出饰演安迪·考夫曼的金·凯瑞、电影里的安迪·考夫曼、真实的安迪·考夫曼。

纪录片里，他艰难地在一人之肉身上维系着四个灵魂，在疯癫的边缘挣扎，时时让我想到堂吉诃德。

奥斯卡·王尔德

1854 / 10 / 16 - 1900 / 11 / 30

美就是美,
真就是真,善就是善。
在真与善的道路上少走一段,
并不能在美的道路上走得更远。

Oscar Wilde

04　王尔德：恶莫大于肤浅

[1]

就扮演你自己吧,别人都有人演了。

"那是王尔德吗?"

那不勒斯,一场戏刚刚结束,看完戏的观众们吵吵嚷嚷地涌进附近的一家餐馆,话题还停留在刚刚的戏剧上,一个观众认出餐厅里坐着的一个大个子很眼熟,他对朋友说:"那是王尔德吗?"

人们朝大个子的方向指指点点,他就像快要窒息一样,匆忙离开了餐馆。

"那是王尔德吗?"

巴黎,一个大学生坐在摄政咖啡馆里,有个人向他要火柴。那个人个头很大,脸上涂满了粉或药膏,大个子看起来很窘迫,又找大学生讨要一杯白葡萄酒,大学生给他买了,同时注意到咖啡馆里的其他人似乎很注意他们,一个友善的旁观者偷偷给大学生递了一张纸条,说:"那人是奥斯卡·王尔德。"

臭名昭著的王尔德,刚从牢房里放出来,犯下了"有伤风化"的罪名,大学附近热卖的一本书叫作《奥斯卡·王尔德的罪恶》,上面罗列了王尔德丑陋的行径,警告年轻人千万不要变成他那样。

大学生脸红了,不知道如何与这个大个子相处。王尔德看出他的不自在,起身说:"我帮你解决这个尴尬。"然后离开了。

"那是王尔德吗?"

还是在巴黎,蒙马特高地。一群小混混盯住了一个男人,那人看起来很滑稽,过大的脑袋上戴了一个过小的帽子,但他的手杖看起来很精美,是乌木的,雕成象头的形状,上面还镶嵌着象牙。小混混在路上拦住了那个男人,让他交出手杖,不然就干掉他。男人听了痛哭流涕,眼泪在胖脸涂的药膏上留下一道道痕迹,显得更滑稽了。他乖乖交出了手杖。

第二天,小混混们把手杖还给了那个男人,过几天,他们又去抢了一遍,再还,再抢。这个循环往复的游戏对小混混们来说很有意思,因为被他们戏弄得眼泪汪汪的男人是大名鼎鼎的奥斯卡·王尔德。

"王尔德,为什么你不再写作了?"朋友问他。

他说:"因为我已经把一切要写的写完了。我在不了解生活时就开始写作,既然我了解了生活的意义,我就没什么可写的了。"

对于一个不再写作的作家来说，余生可做的事情变得异常简单：等死。

王尔德不是没想过自杀。在那不勒斯时，他去了那里一处自杀者常去的花园，独自一人在黑暗中待了很久，然后听到窸窣的声响，云雾一样的东西轻叹着靠近他，那是自杀者小小的灵魂。王尔德意识到这些灵魂将永远被困在那个花园，无法获得解脱，于是他就不再想自杀了。

——也许这个故事是他编出来的，为了掩盖自己没有自杀的勇气。所有人都知道，王尔德最擅长编故事。

好在对于王尔德来说，死神也怜悯他所受的屈辱，正在快马加鞭地赶来。王尔德身上长满了红色的斑点，粉色的药膏也止不住痒，他总像个猴子一样不断抓挠，他的耳朵正在不断流脓。没多久，他就躺在床上起不来了，钱也没有，他支付不起医生和护工的费用，把所有剩下的钱买了香槟，然后开始回想自己的一生。

他知道他一生中穿过很多华丽的衣服，演过很多夸张的角色，编织过很多有关自己的传奇，但是在面对死神时，人得像出生时一样赤裸诚实。

那么，回忆该从什么地方开始呢？

[2]

除了天才以外，我没有其他东西需要申报。

回忆总是从一生最美好的时刻开始，无论多少次都是如此。这就像是人的某种求生本能，知道到了最后只会满嘴苦涩，那么一开始就从最甜的部分入口。

对王尔德来说，人生最美好的时刻是什么呢？是住在精致的房子里，有美丽妻子、年幼孩子的精心雕琢的场景？是上流社会都来看他的戏剧，台上机智又低俗的妙语让台下的上流想笑又不敢？是与风信子外表、撒旦内心的少年挥金如土，在撩人的夜色中一起咯咯发笑？

还是从他第一次踏足美国大陆开始吧。那是他声名鹊起的开端，那时候成功和快乐都那么清新而简单，而那也不过是十几年前的事。

1882年，二十八岁的王尔德准备从英国启程美国，那时他并没有什么成就，只出过一本诗集，写过一部没有上映的戏剧剧本，但是王尔德出色的口才被注意到，精明的商人邀请他去美国举办巡回演讲。

商人充分利用了信息封闭，在巡回演讲开始之前就大肆宣传，宣传王尔德父母的头衔——父亲是有名的医生，**母亲是著名诗人**；他的牛津教育背景；他的美学思想，等等。

简·埃尔吉（Jane Francesca Agnes Elgee）：王尔德母亲，少女时期便在刊物上发表诗作。热心爱尔兰青年运动，擅长社交，经常在都柏林的家中举办聚会，对王尔德的智识和辩才影响很大。

记者们在王尔德登陆的港口等着，主人公出现了，王尔德穿着一件夸张的绿色拖地大衣，他从穿着到言辞都是一整套表演，在过海关的时候，海关人员问他：

"你有什么要申报的?"他说:"除了天才以外,我没有其他东西需要申报。"

记者问他这次巡回演讲的意图,他说:"我来这里是为了传播美。"

那时的王尔德已经悟出一个今天仍被人反复试验的财富密码:名气不必是成就的产物。一个人不必因为是演员、艺术家、政治家、运动员而出名,而可以仅仅因为出名而出名。操纵媒体、奇装异服、与公众调情、适当真诚、偶尔挑衅、生产他人可以引用的金句、自我发明……王尔德创造出一套直到今天仍然屡试不爽的成名公式,但他依然是几百年来把它运用得最好的人。

他在美国做了将近一年的巡回演讲,涉足十三个州,产生了五百多篇报道,超过维多利亚女王成为被美国媒体报道最多的英国人。北美大陆上一半人听过他的演讲,另一半人也绝对听说过这件事。

连批评也是可以利用的工具。有一次王尔德做演讲,场馆坐满了人,但前两排空无一人,演讲快要开始时,六十个哈佛大学的学生穿着浮夸可笑的唯美主义服装,戴着白色假发,手持向日葵从中间的走道入座,他们显然来者不善,讽刺王尔德的奇装异服,嘲笑他对美的宣传如此空洞。

王尔德并没有慌神,他不卑不亢地反击这些年轻人,说:"我看到了某些年轻人,他们无疑是真挚的,但我可以断然告诉他们,他们的模仿只不过让人感到滑稽罢了。"

讽刺者们悻悻然地离开,场馆里掌声如雷。

那时的王尔德是个年轻的神。

所谓"名人"就像是低劣版本的神。他们出现在所有可见的地方,攻占所有人的想象力,在海报或巨幅荧幕上,以大得可怕的比例出现,只可远观,不可接近。"名人"就像神一样,身上被寄予了不切实际的期待。这解释了狂热粉丝的存在:"名人"越是具有公共性,就越想有人和他们建立起私密的联系,如同被神选中。

王尔德的美国之行成为了近乎神迹的表演。邀请他的马车在酒店前面排了长队,他挥舞一下手套和象牙手杖,人们就群起欢呼。为了应付过于热情的粉丝,王尔德特意聘了两个秘书,一个帮他签名,回复几百封求签名的信;另一个头发颜色跟他类似,把自己的头发寄给那些索要头发的粉丝,已经快被薅秃了。

王尔德在美国见了各种人,从矿工到名流,还见到了自己敬仰已久的、美国最具盛名的诗人沃尔特·惠特曼,惠特曼完全被王尔德的光芒吸引了。王尔德有些得意忘形地说:"除非有人能用魅力四射的话题吸引我,否则,我才不会听他说话呢。"

惠特曼委婉地表示异议:"为什么呢?我总觉得,那些极力讨好美本身的人是有问题的。美是一个结果,不是一个抽象的概念。"

但那时的王尔德丝毫听不进去,当一个人印在海报上的名字有六英尺高时,别指望他能反思自己。当王尔德离开美国的时候,他微笑着说:"我已经教化了美国——除了天空以外。"

回到英国的王尔德已经成名,很快也成家了。

他的朋友向王尔德求证结婚的消息,王尔德笑着说:"是啊,也算是廉价甩卖。"

这种说法并不公平,他要结婚的对象配他绰绰有余。那是个叫康斯坦斯的漂亮姑娘,有紫罗兰色的晶莹大眼和浓密的褐色头发,出身高贵,行为端庄。

在他们的婚姻中,妥协是单向的。康斯坦斯按照王尔德喜欢的方式打扮自己,戴着奇怪的大帽子,穿希腊服饰,任由王尔德挥霍共同财产。而婚姻对王尔德唯一的改变是发型,他把头发剪短了一点点。

表面上,王尔德的确度过了几年幸福的婚姻生活,他们居住在一幢精致的小房子里,从墙壁到地毯的装潢都是纯白色的。美丽的妻子、两个年幼的孩子、体面的平绒外套,一幅最完美的中产生活构图。

光鲜生活的背后,王尔德不断放大自己对妻子的厌恶,当妻子承受着怀孕的不适时,王尔德盯着她笨拙的身体和长着斑点的脸,在每次接吻之后冲洗自己的嘴,还时常打开窗户用空气清洁自己的嘴唇。

王尔德针对婚姻说过很多名言,比如"婚姻的基础是相互间的误解""婚姻的魅力在于,它使欺骗成了彼此生活重要的组成部分""男人结婚是因为疲惫,女人结婚是因为好奇,结果双方都大失所望"。

我曾经很欣赏,甚至抄写过这些金句。直到这几年,我依旧喜欢王尔德,但是我不再爱他的毒舌。人们总说"真相是残酷的",就像"良药苦口"一样,是不容怀疑的搭配——真相一定是讽刺的、难听的、幻灭的。人们喜欢这种"毒鸡汤",因为它看起来很聪明,说出口很震撼,而且它揭露了一种虚妄,我们都或多或少地被冠冕堂皇的承诺骗过,从此不信美好的许诺。更重要的是,不管我们是否相信这些"残酷的真相",它都为我们自身的软弱、冷漠、虚荣、懒惰开脱,我们无需对此感到自责或内疚,因为这些金句表明:世界的运行,从来只是粗糙的暴力和无意义的荒谬,人无论做什么也无济于事。

但是,生活既不能被暖心的正能量概括,也无法被愤世嫉俗的金句所简化。生活是如此复杂,如此庞大,以至于我们不得不去严肃对待,而任何警句都无法穷尽其真理。

就像是王尔德把婚姻简化为"误解"——不仅他的婚姻如此,而且世间所有婚姻都如此,这不能掩盖他对妻子的残忍。王尔德唯一以妻子为灵感来源的作品是童话《快乐王子》(*The Happy Prince*)。燕子在爱上快乐王子之前,是和芦苇在一起的,燕子最初爱上芦苇和最终放弃芦苇的原因是一样的:"她从不交谈。"

王尔德从来没有费心思了解过从不交谈的妻子的内心。

她会说流利的法语、西班牙语，会画画，在大学受过关于浪漫主义诗人的高等教育，她具有反叛精神，参加过早期女权主义运动。

康斯坦斯是一个和王尔德一样聪慧有活力的人，她不只是一个段子的素材。

[3]

生活模仿艺术，远远甚于艺术模仿生活。

《快乐王子》的故事最初是王尔德讲给剑桥的男孩子们的，他喜欢这些男孩金色的头发、稚嫩的脸和崇拜的眼神。其中，他最喜欢的一个男孩叫作约翰·格雷，白皙漂亮，为了讨好这个男孩，王尔德把自己正在写的小说主人公命名为"道林·格雷"，约翰也心领神会地在每封信上署名"道林"。

《道林·格雷的画像》(*The Picture of Dorian Gray*) 是王尔德唯一一部小说，它讲了一个简单的故事。主角道林·格雷是个美而不自知的少年，有一天他看到了自己的画像，才意识到自己出众的美貌。道林听信了一个勋爵的蛊惑，向画像许下心愿：自己容颜永驻，所有的衰老与丑陋让画像承担。当道林玩弄一个女演员的情感、导致她自杀之后，画像果真出现残忍的表情，而道林本人则俊美天真如初。

道林一天天堕落下去，所有亲近他的人身败名裂，道林甚至犯下杀人的罪过。最后，主人公看到已经面目全非的画像，想到它记录着自己犯下的罪恶，举刀刺向画像，没想到那刀竟然插进了他自己的胸膛。最后，躺在地板上的道林满脸皱纹面目可憎，而栩栩如生的画像却显得那么年轻、那么英俊。

贯穿全书的，是一个颠覆性的艺术观点："生活模仿艺术，远远甚于艺术模仿生活。"

对艺术有一种惯常的理解，认为艺术来源于生活，反映生活，时而高于生活；艺术服务于生活，它提供美感，带来乐趣，引人向善。

但是在王尔德看来，艺术绝不是生活的小跟班和服务员，艺术具有超过现实数倍的力量，是生活亦步亦趋地跟随着艺术，而不是相反。女人模仿画中的女性形象打扮自己，男人按照传奇小说来塑造自我，我们在爱情中的所作所为往往是对文艺作品拙劣的模仿。王尔德说，艺术是现实，生活才是镜子。

王尔德欣赏日本的美学，因为那是一个把虚构发挥到极致的国家。日本人对镜子也有古怪的情感，传统旅馆会在镜子不用时盖上布，那是一种敬畏，敬畏镜子不断衍生的幻象，把幻作真。日本人全心全意地追求表象，用象征取代生活，将人生变成永不停歇的堂皇仪式，让荒谬最终变得严肃。

这就是王尔德深信不疑的艺术力量：以虚构之力击垮真实，取代真实。

道林·格雷的画像难道不比他的肉身更为真实吗？

道林·格雷爱上女演员，是因为她在莎剧中完美的表演，他爱她所扮演的角色。当女演员陷入爱情，她开始觉得舞台上的浮华世界多么虚假无聊，布景是庸俗的，罗密欧素颜是丑的，连月光也是假的，她认为真实的爱情更动人。

道林·格雷却对她说出那句残酷的话："没有你的艺术，你什么都不是。"

女演员绝望自杀，却被无情评价："这个女孩从未真正活过，所以她也从未真正地死去。"

她的幻影就是全部，她的血肉一钱不值。

《道林·格雷的画像》俨然触及了王尔德人生中两个深渊：艺术拥有如此强大的力量，故而是危险的；追求美丽的表面，只会让人丑陋地死去。

这部小说也带来那个把王尔德引入深渊的人。

[4]

除了诱惑，我什么都能抵抗。

《道林·格雷的画像》的出版激起巨大的反响，有人告诉王尔德，一个年轻人把这本书连续读了十四遍，想认识作者。男孩叫作艾尔弗雷德·道格拉斯,更为人所知的名字是"波西"(Bosie)。

王尔德在信里如此描述他:"波西一定要过来吃三明治。他就像一株水仙花——肌肤胜雪,发色如金……他躺在沙发上的样子像一束风信子,我爱慕他。"

王尔德爱波西,波西对爱的理解则是对另一半的消耗。

王尔德为了不被打扰地写作,租了一个旅馆房间,波西来了,王尔德只好每天中午带他去高级餐厅吃饭到下午三点半,晚饭吃完再吃夜宵,波西直到半夜才离开。只要波西出现,王尔德就变成了一个灵感枯竭的钱袋,写不了半行字。

在短短几年的相处里,波西向王尔德索取了接近五千英镑的现金(折合成现在差不多是四百多万人民币)。波西对此没有任何愧疚,反而觉得这种"爱的供养"是维系他们之间关系的独有锁链,他说:"向王尔德要钱是一件甜蜜的事情。对于我们两人来说,都是一种甜蜜的羞辱和巨大的愉悦。"

王尔德不是没想过离开,他意识到这段关系会摧毁他作为一个艺术家的心智、意志力和平静的独处,他不再搭理波西。波西开始想尽办法挽回,他让自己的母亲给王尔德写信求情,甚至让王尔德的太太替自己说几句好话。

王尔德不堪其扰,去了法国。波西随即追随,花六天六夜的时间到了巴黎,王尔德说自己不会见他,波西就给他发了一封十几页的电报,夹杂着表白、眼泪、承诺和恐吓:

"如果你不来，我就自杀。"

我们在波西身上看到了常见的一种人：他们并不是不聪明，只是用过多的天赋和精力去追求不重要的事情——短暂的爱、他人的注意力、争吵的胜利。他们没有创造艺术所需要的耐力，就把生活变成戏剧性极强的表演，逼迫身边所有人都参加这场鸡飞狗跳的演出，只有在所有其他角色备受折磨的时候才能感到被爱。

王尔德回到了波西身边，这是他最后一次失去摆脱这段毁灭性关系的机会，他迎来了人生结局的开始。

——结局从来不是最后的水落石出，而是主人公错过了最后一个掉头的路口，从此只能笔直地通往命定的终点。就像在《了不起的盖茨比》里，盖茨比时隔多年见到黛西时，结局就早早地开启了。

复合之后的波西并没有改变或者收敛，他愈发肆无忌惮。因为知道自己是王尔德不得不屈服的诱惑，他连样子都不装了，当王尔德因为照顾他而得了流感，波西头也不回地离开，留下一封信："你像尊偶像，没有了底座就没意思了。下次你要是病了我马上就走开。"当王尔德一个人被关在凄凉的单人牢房里时，这话反复在他耳边响起。

波西和王尔德的恋情绝不是一个痴情的纯爱故事。王尔德在波西之前，欲望的对象仅仅是那些和他同阶层的人，名校学生、贵族之子。但是波西把他引入一个更阴暗、更刺激也更污秽的男妓的世界，让王尔德之前的体验都显得清汤寡水。

波西剥削王尔德的时间，却赋予他灵感的火花。那时，王尔德的剧作《理想丈夫》(An Ideal Husband) 正在上演，走红一时，连威尔士亲王都是粉丝，同时，他还完成了自己最优秀的剧本《不可儿戏》(The Importance of Being Earnest)，正在排演，所有人拭目以待。

毁灭总潜伏在高光时刻之中，危险早有信号。

一个信号是王尔德经常光顾的男妓院的老板被捕，但王尔德不以为意，认为灾祸不会降临到自己头上。第二个信号是波西的父亲知道了这件事。

波西的父亲是一个暴躁的侯爵。他发现自己的儿子和王尔德厮混，而整个上流社会都在窃笑的时候，波西的父亲愤怒了，他出没于王尔德和波西经常光顾的酒店，放话说要打烂他们。波西不仅没有躲避，反而把每次和王尔德约会的地点提前通知父亲。

约翰·道格拉斯（John Sholto Douglas）：波西父亲，第9世昆斯伯理侯爵（Marquess of Queensberry）。热衷于搏击、狩猎。于1867年制定了现行于世的国际拳击比赛规则。

王尔德依然觉得他搞得定此事，因为他知道自己有扭曲现实的口才魅力，他的话语是魔术，再讨厌他的人都会对他充满怜惜。一天，波西的父亲逮到了正在和儿子约会的王尔德，交谈短短十分钟之后，原本怒气冲冲的父亲变得心平气和，给波西写了信，为自己骂过王尔德而道歉，说："我现在理解你为何如此喜欢他了，他真是个出色的人。"

波西不喜欢这个局面，他不喜欢平息的冲突，他不断通过信和电报重新激怒父亲，导致侯爵在所有王尔德出现的场所称呼他为"鸡奸者"，波西同时撺掇王尔德告自己的父亲诽谤。

就是这次诉讼最终把王尔德引向了监狱。在狱中，王尔德控诉波西，认为这是一场完全可以避免的灾难，把自己送进监狱的是波西对自己父亲的恨。为什么波西如此憎恨父亲？或许是因为父亲长期的蔑视让他受辱，耻辱激起的仇恨是如此强烈，它张牙舞爪、覆盖一切，波西只想看到自己的父亲站在被告席上，王尔德不是他的恋人，而是他对待父亲的武器。

可是，王尔德自己没有责任吗？如果没有波西，他就不会对侯爵提起上诉吗？他难道没有把诉讼当成一次行为艺术、把审判当成一次公开表演吗？他难道不是因为波西的父亲让自己在观众面前受辱，想赢回他最在乎的观众吗？

在第一次审判中，他轻视了对方证据的充足，王尔德拥有的只有妙语。

对方律师把《道林·格雷的画像》也视为王尔德无视道德的证据，王尔德则把盘问变成了宣讲艺术的课堂。

对方律师：你在《道林·格雷的画像》引言中写道："世上没有道德和不道德的书。书只有写得好与写得坏之别。"这段话是否表达了你的想法？

王尔德：是我对艺术的想法，没错。

对方律师：那我是否可以说，无论一本书有多不道德，只要写得好就算是好书？

王尔德：没错。如果这本书能创造出美感，达到人类能力所及的最高境界，就是一本好书，书写得不好只会让人恶心。

对方律师：那么一本写得好却违反道德观点的书也是好书了？

王尔德：任何艺术作品都无法表达观点。观点属于人，而非艺术家。

这回王尔德错了，他的反对者不再是当时在美国的讲堂里、可以用妙语击退的哈佛年轻学生。公众不是花钱买他的戏票的粉丝，而是英国社会捍卫维多利亚精神的庞大群体。这些人之前曾经是王尔德嘲笑和看不起的对象，现在王尔德自己送上门了：这位大艺术家不是一直批判道德和社会规则的伪善吗？为什么现在求助法律，渴望公众给予的公正了？

舞台的聚光灯抹平了很多事物的模样，在阴翳中，它们才会显现出来。审判还在进行中，王尔德的名字就被从剧场的海报上拿了下来，很快，他的戏也停演了。审判更是大众对王尔德的报复。法庭宣布波西的父亲无罪，而且案子远没有结束，胜者乘胜追击，反诉王尔德犯了"有伤风化罪"。

成为被告的王尔德老实了很多，不再以挑衅和傲慢的态度对待审判,他换了个朴素的发型,老老实实地回答每个问题,掏心掏肺地为自己对波西的爱辩护。但为时已晚,失去了奇装异服、四两拨千斤的谐趣轻叹、自我传奇化的光环,王尔德的血肉真身就是一个罪人。

法官根据法律允许的最重刑期给王尔德定了罪,判决他受监禁并服苦役两年[a]。

王尔德终于进了监狱,而他最喜欢的新闻媒体界对这个判决一致叫好,认为王尔德入狱代表着一个下流时代的结束,社会终于要迎来朗朗乾坤。

[5]

受苦是一个很长的瞬间。

监狱里的生活是没有四季的,春花秋落,初雪融冰,监狱里的人一点也不知道,时间不是向前推移,而是凝滞状态。犯人每天吃饭、祈祷、睡觉都是被规定好的铁律,外界的变化与他们没有关系。

受苦是什么?受苦是一个很长的瞬间。

受苦是什么?受苦是一种启示,让你明白从来没有明白

---

a 1895年5月—1897年5月王尔德服刑。先被关押在伦敦本顿维尔监狱(Pentonville),1895年7月转押至伦敦旺兹沃思监狱(Wandsworth),11月被转押至距伦敦西部30英里的雷丁监狱(Reading)。

过的道理。

在监狱里，王尔德给波西写下长信《自深深处》(*De Profundis*)，说自己终于看清了波西的面目，那是一个何等恶劣的人啊，王尔德入狱后，波西除了给他留过一张匿名的字条，其他时候都不闻不问。

波西在字条里用的假名是"百合花王子"，而此时的王尔德，不仅丧失了公共声誉，甚至连名字也没有，他所拥有的只有一间单人牢房上的数字和字母，没有尊严的长队中的一个编号。

波西的假名伤害性极强。"恶莫大于肤浅"——王尔德在长信中这样指责波西。

波西不是什么大凶大恶的人，行大恶的人往往需要具备常人没有的魄力与忍耐，让人在恐惧中还有几分复杂的佩服。但是肤浅地作恶却不需要任何能力。肤浅的人是没有想象力的，他们无法代入他人的感受，也无法设想一个更美好和高贵的未来；他们既不理解无上的快乐，也拒绝领悟深沉的痛苦，他们在意的，只有眼前微薄的利益和享受。

当一个人被肤浅的人所吸引，他是无法改变对方的，而只能被同化，变得同样虚荣和刻薄。而当他终于被肤浅者伤害之后，他最强烈的感受并不是痛苦与憎恨，而是羞耻，为自己曾经如此粗鄙愚蠢而倍感愧怍。

恶莫大于肤浅，这话又何尝不是王尔德说给自己的。

王尔德说："我犯的唯一错误，是把自己局限在那些以为是长在园子里向阳一面的树当中,避开另一边的幽幽暗影。"

他害怕暗影中的东西,那里有失败、侮辱、穷困、自我怀疑、忏悔,当他被投入监狱,阴影里的东西以高强的密度出现,命令他日日与之相伴。

他被迫面对那些曾经他认为不太漂亮、他根本不愿意与之相处的人,比如牢房里的犯人。一天,一个从未跟他说过话的犯人忽然走到他身后,对他说:"奥斯卡·王尔德,我同情您,因为您应该比我们更苦一些。"

王尔德非常诧异,说:"并非如此,在这种地方,所有人都一样苦。"

此刻,他终于把自己和别人放在一起了,而不像过去那样,认为其他人要么是素材,要么是背景,要么是观众。那些他曾经认为低下的穷苦人,更懂得同情与悲悯。

托尔斯泰的小说《战争与和平》里,我最喜欢一个细节:继承了巨额财富的皮埃尔被投入了牢房,在监狱里,一个士兵拿给他一个土豆,把土豆切成两半,撒了点盐给皮埃尔,说:"来吧,吃点。别难过,住在这里,不用受气,这里的人有好也有坏。"皮埃尔狼吞虎咽吃完,觉得自己从没吃过这么好吃的东西。

监狱里的王尔德因为生病,被允许吃白面包,终于不用吃粗糙的黑面包。他从前看不上的食物现在成了美味佳肴,他会把盘子里的、抹布上剩的面包屑认真地吃干净,一点儿也不浪费。

那一刻，是王尔德最接近伟大的作家，例如莎士比亚、托尔斯泰的一刻。伟大的作家，从来是把自己放置在人群之中，平视所有人，从中找到真，也找到善。

王尔德曾经认为美是美，美是真，美也是善。美能够否定一切判决，抹杀所有指控，消解一切苦难。但是被投入了监狱之后，他才意识到美就是美，真就是真，善就是善。在真与善的道路上少走一段，并不能让人在美的道路上走得更远。

真正的幸福并不来自于花哨的布景，或是抬头看到的绚烂的壁画天花板，而是穿越苦难和丑陋之后获得的东西。

然而受苦是一个多么长的瞬间啊，你要在黑暗中习惯那么久，才能看到尽头的光亮，还需要多么大的毅力，才能穿越到另外一头。

王尔德还能成功吗？

[6]

生活真是一件糟糕的事情。

王尔德并不是唯一因为自己的性取向而入狱的大文人，19世纪的法国诗人魏尔伦与美少年兰波相恋，两人起了冲突，魏尔伦打伤了兰波，后来魏尔伦的妻子出来指控丈夫有伤风化，魏尔伦入狱两年。出狱之后的魏尔伦才到达自己写作的高峰，将痛苦注入诗歌的韵律，成为了"诗人之王"。

王尔德也在监狱生活里认清了生命与艺术的悲怆，他应当用褪去浮华后的涅槃之作震惊世界了吧？

实际情况是，王尔德出狱后的确写了一部长诗《雷丁监狱之歌》(The Ballad of Reading Gaol)，然后就没有更多的作品。更糟糕的是，他又去找波西了。

任何读过《自深深处》的人都难以相信王尔德会再次和波西复合，对于波西恶劣的本质，没有人比王尔德看得更清楚。况且这会让王尔德丧失生活来源，因为王尔德的妻子康斯坦斯在丈夫出狱后继续给他生活费，但是条件之一就是不能再和"不体面的人在一起"，比如波西。但是王尔德宁愿身无分文，也要和波西在一起，他给朋友写信："如果大家反对我回到波西身边，告诉他们，他给予我爱。我在孤独和耻辱中与可憎的庸人世界搏斗了三个月，便自然转向了他。"

聪明如王尔德怎会不知道，波西能够提供的东西绝不是爱。

王尔德的命运很像是他早年写过的一篇故事，叫《行善者》(The Doer of Good)。

故事说耶稣孤身一人在城中走路，遇到一个酗酒者，耶稣问："你为什么要这样活着？"那人说："我本是麻风病人，你医好了我，不这样活着，我应该怎么生活呢？"

耶稣继续走，遇到一个美若天仙浓妆艳抹的女人，一个少年充满欲望地盯着女人。

耶稣问少年:"你为什么这样盯着她?"少年说:"我本是盲人,你重新给了我光明,我不用这双眼睛去看她,应该去看什么呢?"

耶稣问女人:"你为什么选择堕落?"女人说:"你赦免了我的罪,现在,这奢华堕落的路就是一条愉快美好的路。"

耶稣离开城市,出城时遇到一个哭泣的少年,耶稣问他为什么哭泣。少年说:"我死过一次,是你让我死而复生,除了哭泣,我还能做什么呢?"

王尔德的悲观在他自己身上应验了:救赎和复活带来的往往不是改过自新,而是重复的自我毁灭,人难以改变自己的本色。

王尔德的本色是什么?是一个痴情的恋人吗?并不是。他再次回到波西身边并不是因为那个肤浅的男孩对他的吸引力,而是他对公众生活,也就是他所谓庸人世界的逃避。

王尔德在监狱中所做的忏悔与醒悟并不是假的,只是他发现,他的醒悟没有观众。终其一生,他的本色其实是个表演者,而非创作者。

创作者在无人倾听的角落也能创造杰作,甚至在孤独时更自由更满足,而表演者永远需要鼓励和掌声。

王尔德一生得到了太多关注与爱,他只有在掌声中才能施展醉人的魔法,改变人的心灵、物的颜色,以假作真,唤醒世界的想象力。当观众消失,他的魔法也就消失了。

他一直以为自己是叛逆者,用自己的艺术去嘲笑去挑衅时代。但他才是真正的时代之子,维多利亚时代是由表面的伪善和上流社会暗地里的龌龊组成,这正是王尔德美学思想的来源,也是他的双重人生:上流社会的宠儿和私下的浪荡子。所以他能获得社会地位和源源不断的邀约,并不是因为他戳穿和挑战,而是因为他迎合和顺从。可当他不自觉地走得太远时,时代开始警惕,开始厌恶。

刚刚出狱的王尔德还幻想东山再起,表现得像个流放归来的国王,准备再施拳脚,当他发现公众并不准备原谅他,人们视他为过街老鼠的时候,他崩溃了,除了伤痕累累的虚荣心,他不知道自己还剩下什么。王尔德也决定抛弃公众,放弃他承诺过的道德生活,转投更污秽、更幽暗也更甜美的事物——早已自暴自弃的波西。

波西后来也和王尔德分手了,王尔德整天喝酒度日,成了本文开头的样子。

也许这个世上唯一还关心他的人是他的妻子,康斯坦斯时常在跟友人的信里提到王尔德,关心他的健康。

没过多久,三十九岁的康斯坦斯在一场手术之后去世了。她是一个至死都保持着可贵尊严的女性,直至她去世,她最亲近的人都不知道她患病。

康斯坦斯死后,波西冷血地评价道:"当然,她确实遭遇了巨大的不幸,值得同情。但和她本来能达到的高度相比,她实际的成就真是太少了。"

王尔德曾经去过她的墓前，匆匆留下一句话，当时没有任何观众，所以王尔德的话既不幽默也不智慧，或许是他说得最真挚的一句话——"生活真是一件糟糕的事情。"

王尔德死于两年之后。

《自深深处》　　　｜ 书籍

作者：［英］奥斯卡·王尔德
出版社：译林出版社
译者：朱纯深
出版年：2015

一篇完美的"致前任书"。王尔德在狱中历数前任道格拉斯（波西）种种劣迹，看穿前任娇艳皮囊下的腐败与肤浅，痛彻心扉地决定告别记忆，找到关于人生新的意义。但出狱几年之后，王尔德又与前任道格拉斯在一起了。

我后来才知道，当王尔德刚出狱时，他曾经将《自深深处》这封长信交给自己的文学代理人（也是自己的前情人）罗伯特·罗斯（Robert Ross），让他把信给道格拉斯之前先复印一份。幸亏王尔德的提议，我们今天才能看到此书，因为道格拉斯在收到长信之后看也不看就烧了。

在王尔德死后，罗斯出版了删减版的《自深深处》，虽然删去了很多关于道格拉斯家族的隐私，但道格拉斯还是愤怒不已，以诽谤罪将一位引用这封信的作家诉上法庭。在法庭上，道格拉斯才第一次听到完整版的信，他极为震惊且羞愤。

这就是王尔德的亡灵对前任爱恨交加的报复。他们的故事这时才应该落下帷幕。

《王尔德》　　　｜ 电影

Wilde
（1997）

电影里最被津津乐道的是盛年裘德·洛的美颜盛世（他饰演波西），但再看才发觉饰演王尔德的斯蒂芬·弗雷臃肿懒散，却光芒四溢。

加夫列尔·加西亚·马尔克斯
1927/3/6 - 2014/4/17

苍老的灵魂驻留在自己的体内，
从未离开，小男孩活着，
只不过为了讲述这些他未曾经历的回忆。

Concordia García Márquez

05 马尔克斯：多年以后，准会想起的一个遥远的下午

[1]

多年以后，当一个男人离家多年，他准会想起还是小男孩的时候，外祖父带他去看冷冻棘鲼鱼的那个下午。

那时候，他们住在哥伦比亚一个叫作阿拉卡塔卡的小镇[a]，有一天，香蕉公司的警察局来了一些冰冻的棘鲼鱼，小男孩问外祖父为什么那些鱼像石头。外祖父说，因为它们都是冷冻的。小男孩问外祖父什么是冷冻的，外祖父说，就是把鱼放在冰里。小男孩继续问，冰是什么？外祖父抓起他的手，放在了冰上，小男孩吓了一跳，原来冰给人的感觉像被烫到。

小男孩和外祖父母住在一起，在小男孩后来的记忆中，那是一个大宅子，其实他的记忆有误，那是三栋分开的房子和几座附属小屋，入口

---

[a] 阿拉卡塔卡（Aracataca）：哥伦比亚北部小镇。2006年镇政府试图更名为"阿拉卡塔卡 - 马孔多镇"，因全民公决投票率低而失败。

处有遮阴的杏仁树，进门的第一栋建筑是外祖父的办公室，办公室外是美丽的花园，花园里有玫瑰花、天竺葵和百合等植物。

更远处有三个房间的套房，第一间是外祖父母的卧室，也是小男孩出生的地方，隔壁是小男孩的卧室，第三间是行李间，堆满了各种古老而神秘的物件。

外祖母同样古老而神秘，她常身穿花纹很淡的黑色衣服在家里唱着歌飘来飘去，说些让人听了害怕的话，比如说她总能听见死人的灵魂在房间外面吹口哨，当小男孩乱动乱说话，她就会说："别离开这里，要是乱动，死了的表姑和表叔就来了，他们正在屋子里。"

小男孩便不敢再动了，像被供奉的雕塑一样挪到床上，在床上继续做噩梦，多年之后他回忆自己的童年时说："我怀着几乎虔诚的惊讶观看着鬼魂，以此打发童年消逝缓慢的时光。"

没有人敢质疑外祖母的话，她是家里真正的权威，她通过和只有她能看见的神秘力量沟通，来决定那天可以做什么、不能做什么，根据她的梦境来决定今天可以吃什么、不能吃什么，就像罗马帝国真正的统治者是鸟——重要活动之前占卜师都要看鸟的飞行，那是雷和大气通过鸟来告知人们凶吉。外祖母镇定地保护着全家人，孩子躺着的时候如果门前有出殡的队伍经过，应该叫他们坐起来，以免跟着门口的死人一块死；应该注意别让黑蝴蝶飞入家中，因为飞进来就意味着家里要死人;如果听见怪响声那就是巫婆进了家门;如果嗅到硫磺味就是附近有妖怪。

外祖母太忙了,忙着在阴阳的分割线上奔走,忙着把活人的事情告诉魂灵,把魂灵的消息通报给活人,以至于有人告诉她,她老公有外遇,她都顾不上了。

是的,外祖父有外遇。

外祖父可不是个省油的灯,他年轻的时候打过仗,那可是"千日战争",哥伦比亚历史上最惨重的内战,死亡近十万人,外祖父跟随的是其中自由党的领袖,不幸,是落败的那一方。

那段战争经历让外祖父结识了不少大大小小的人物,他们时常来家里做客,一连做客好几天,晚上睡觉的时候,各人选地方挂吊床,高高低低,一直挂到了院子里的树上。

> 圣灰十字: 宗教记号。基督教"圣灰礼仪"上,将上一年圣枝主日(Palm Sunday)祝圣过的棕榈树枝燃烧成灰,由神父涂画在信徒前额表示对耶稣殉难的追思,并忏悔自己的罪恶,期待复活节来临,与耶稣同欢同乐。

有一天最神奇,家里来了一群统一着装、打着绑腿的男人,每个男人额头上都有圣灰十字,原来他们是"千日战争"时期外祖父在各个地方留下的私生子,仗打到哪儿,外祖父就在哪儿留种。他们特地从各自的家乡过来给外祖父庆祝生日,但晚到了一个多月。那帮人真能闹腾,打烂餐具,踩坏玫瑰,枪杀母鸡,还放走了一头猪,但外祖母并不在乎,还招待他们吃饭呢。

小男孩长大之后曾经在波哥大偶遇一个老人，长得和外祖父像极了，一问，那竟然是外祖父最年长的私生子。

在小男孩人生最开始的十年，他天天和外祖父在城里散步，他们最经常散步的路线是到邮局，查看外祖父当年战争的抚恤金是否有消息，但是从未收到过回复。

外祖父爱讲以前的故事，他不是阿拉卡塔卡本地人，而是从巴兰卡斯（Barrancas）跑来的。在巴兰卡斯，外祖父开了一家珠宝店，擅长做身子会动、镶着绿宝石眼睛的小金鱼，但后来因为杀了人，不得不离开。外祖父杀死了一个大块头，那人比他小十六岁，家境贫寒，结婚不久，有两个孩子。那人是外祖父的老朋友，还是"千日战争"的战友，决斗之前，外祖父用了六个月的时间安顿好家里的一切，变卖了所有的土地，安顿好每个家庭成员的未来，在发现新大陆的纪念日发起了决战。

决战那天凄风惨雨，大块头刚拐进一条胡同，就被外祖父干掉了，倒在灌木丛里，发出小猫落水时的惨叫。外祖父坦荡地去警察局自首，很有当年自由党人的风度。

从监狱放出来之后，外祖父希望重新开始生活，带着全家在几个地方辗转——中间又留下了风流债和私生女，最后落脚到阿拉卡塔卡。

为什么要决斗？小男孩问。

外祖父含糊其词，只是不断地问："你知道死人的重量吗？"如同自言自语。

在后来的人生里，已经成人的小男孩多次对别人讲述这个故事，把外祖父形容为"一个为了名誉而战的勇士"，杀人是因为对方的挑衅，那场决斗也被小男孩讲得传奇。

他不知道——或者不愿意承认的是，其实当年外祖父是引诱了死者的母亲，引起了死者的愤怒，而且决斗的时候，死者根本手无寸铁。外祖父携全家离开故居，是因为在当地根本待不下去了。

但在小男孩眼里，外祖父怎么会是个灰溜溜夹着尾巴的人呢？小男孩最喜欢听外祖父讲故事，家里人都叫他"小老头"。他确实像个小老头，在外祖父的故事里，他体会了暴力与死亡、繁荣与衰落。

阿拉卡塔卡繁荣的时候小男孩还没出生，那是1905年，美国的联合果品公司来到这个小镇建厂、修铁路。小镇以炸裂的速度迎来了繁荣，世界各地的人向这个刚刚建成才二十年的小镇涌来，镇上有了钢琴、留声机、派克金笔和福特汽车。镇上每周都有彩票开奖，广场上有乐队演奏，临时搭起的酒馆里有穿着外国风情服装的女人和穿着卡其裤的男人。

音乐响起的时刻，人们开始跳昆比亚舞（cumbia），一般跳昆比亚舞的人要拿一支蜡烛，但是香蕉园的雇工拿的可不是燃烧的蜡烛，而是燃烧的钞票，因为他们太有钱了，挣的是市长的好几倍。

在朗姆酒混杂汗水的气味越来越浓的某一个时刻，镇上的工人忽然觉醒了，他们意识到自己想要除了钞票以外的东西，比如医疗，比如安全的保障。

在1928年末的一天，三万名工人宣布罢工，三千名联合果品公司的工人聚集在火车站要求一个说法。当地的军政长官带领士兵把工人包围在车站，士兵不是来谈判的，而是来宣判的。军政长官要求工人解散，不然就会开枪，他给了工人一分钟。

寂静的人群中传来一个响亮的声音："我们把这一分钟留给你们滚蛋！"

"开火！"军政长官大喊。

炮火声夹杂着奔跑与呻吟的声音，最后一切归于平静。在官方的报告里，此次事故造成了九死一伤。真实的数据是个谜，因为死者不会说话。

香蕉公司屠杀案发生的时候小男孩还不到一岁，他不知道镇子曾经的繁荣——只有妈妈在不断念叨当年能穿得体面去上钢琴课，他也不知道这次屠杀带来的萧条吞噬了小镇，吞噬了拉美，也吞噬了全球的贸易系统，他只知道自己的记忆开始时，故乡就开始了无法停止的衰落，他的童年从这儿开始，外祖父的生命在这儿结束。

1935年的一天，外祖父去房子旁的梯子上抓家里养的鹦鹉，因为鹦鹉被卡在了屋顶的水槽，结果外祖父不慎失足跌落，自此，他的健康不断恶化，两年就去世了。

刚刚得知外祖父死讯的小男孩还没有反应过来，他那时主要的注意力在担忧自己的头虱上，多年之后，小男孩才意识到自己的人生里再没有出现过一个人可以与之相类。他说："外祖父死时我八岁，从那之后，我生命中再也没有发生过重要的事，一切都很平淡。"

多年之后，小男孩才发现一个苍老的灵魂驻留在自己的体内，从未离开，那些战败的苦涩、被美化的恶行、不甘的等待、失败的正义，在小男孩正式迈入世界之前就已经贮存在了他的脑海里，小男孩活着，只不过为了讲述这些他未曾经历的回忆。外祖父说得对，死者是有重量的。

不过以上这些，小男孩十一岁离开那个炎热的、满是灰尘的故乡时还没有意识到。

对了，还没有说小男孩的名字，他叫加西亚·马尔克斯。

[2]

多年以后，当加西亚·马尔克斯坐在书桌前准备写《百年孤独》(*Cien años de soledad*)时，他准会想起母亲带他回到故乡阿拉卡塔卡的那个遥远的下午。

那时，马尔克斯快要二十三岁了，刚刚辍学，逃了兵役并且有两次淋病经验，每天抽六十支劣质香烟，在报纸上发表过几篇小说习作。希望在每天日出时来临，在日落时已模糊为混沌。

这一天，一个中年妇女找到了他，说："我是你妈。"

母亲请马尔克斯陪她回老家卖房子，就是阿拉卡塔卡的那个老房子。母子二人上了火车，火车走走停停，停在很多镇子上，那些无名小镇曾经都有如诗如画的名字，如今已经破败得面目全非。在到达故乡之前，火车路过了一个香蕉园，大门上写着"马孔多"，马尔克斯想起这是外祖父曾经很多次带他散步路过的地方。

火车终于到阿拉卡塔卡了。是这里吗？为什么和记忆中一点儿也不一样。

太安静了，街道一片死寂。目之所及的地方都覆盖着一层薄灰，房子早已腐朽，大人看起来都病怏怏的，孩子们则无精打采。镇子里最有活力的是流浪狗和秃鹰，放眼望去，所有人都像是死了，只有马尔克斯和母亲还活着，抑或他们早已死在了镇上，此时只是复活了。一个老人带着控诉的口气对这两个外来者说："你们无法想象这个镇子经历了什么！"

这次的返乡之旅对马尔克斯产生了不可磨灭的影响，他意识到自己想成为作家，从童年开始发生的一切都是命运交予他的素材。现在，他已经有了不得不写的故事，下一件事，就是琢磨如何写好这个故事。

要讲一个故事首先要确定的是什么？是时间。有了时间，故事就有了流淌的河道。

要如何写时间对故乡无情的摧毁？马尔克斯从伍尔夫那

里找来了答案,他看伍尔夫的小说《达洛维夫人》,开头讲主角在伦敦街头漫步,仿佛看到城市曾经繁荣的街道已成为废墟,马尔克斯意识到时间本身就具有多重面向,现在、过去、未来可以同时存在。

接下来讲一个故事还需要什么?还需要语言,还需要找到属于自己的独一无二的语言。

马尔克斯有一天看到一本名叫《变形记》的书,是个叫卡夫卡的人写的,开头就讲主角变成了一只大甲虫。马尔克斯惊呆了,他发现这个叫卡夫卡的人说起话来和他的外祖母一模一样,都是用最镇定平常的语气,讲最难以置信的故事,用天塌了也不会改变的平静神情,讲最轻浮、最可怖的故事。马尔克斯找到了他小说的语言,那是埋藏在他记忆深处的鬼魅般无所畏惧的语调。

好了,有了时间和语言,现在,故事可以开始从头讲起了。

[3]

"多年以后,面对行刑队,奥雷里亚诺·布恩迪亚上校将会回想起父亲带他去见识冰块的那个遥远的下午。那时的马孔多是一个二十户人家的村落,泥巴和芦苇盖的屋子沿河岸排开,湍急的河水清澈见底,河床里卵石洁白光滑宛如史前巨蛋。"(范晔译)

《百年孤独》最著名的一段话莫过于开头，不仅是因为这段写得精彩，而且大部分人三番五次拿起这本书，被故事绕晕，三番五次下来，就只对这段开头记得最清楚。

拆解开来，《百年孤独》的故事其实并没有那么复杂。它讲了布恩迪亚家族七代人的传奇故事。

小说从何塞·布恩迪亚和表妹乌尔苏拉结婚开始，大家都反对这桩婚事，因为之前乌尔苏拉的姑妈和布恩迪亚的叔叔也是表兄妹联姻，婚后生下了一个长着猪尾巴的孩子。乌尔苏拉害怕自己也生下这样的孩子，就拒绝和布恩迪亚同房，村里人都讥讽布恩迪亚，他就在一怒之下杀死了自己的至交，朋友的鬼魂纠缠着这个家庭，布恩迪亚和乌尔苏拉被迫远走他乡，带着家人和村民跋山涉水，在一个小河边建了一个名为"马孔多"的小镇，成为了当地的领袖，并且生下了三个孩子，其中一个就是小说开头提到的奥雷里亚诺，他是马孔多出生的第一个孩子。

在布恩迪亚家族繁衍的过程中，他们最大的恐惧就是乱伦，因为乱伦会生下带有猪尾巴的小孩子，造成整个家族的灭绝。

不断有人造访马孔多小镇，比如有个叫作梅尔基亚德斯的吉普赛人，他在一张羊皮纸上写下了布恩迪亚家族的命运。

小镇上也有不受欢迎的访客。政府派来军事代表试图控制这个地方，这样的安排导致了几次内战，布恩迪亚的儿子奥雷里亚诺长大后参战,成为了举世皆知的传奇英雄。

接下来,更加邪恶的势力来到了马孔多,来自北美的香蕉公司进驻当地,改变了马孔多的经济结构,劳工对抗公司,政府派兵镇压,造成了三千工人遭到屠杀。

经过这个最黑暗的章节之后,马孔多逐渐走向毁灭,布恩迪亚家的年轻一代越来越没有活力,不再像何塞·布恩迪亚那样不断创造,而是展现出了越来越多的阴暗面。最后,就像梅尔基亚德斯的预言那样,布恩迪亚家族最后一名成员,在和他年轻的姑妈疯狂爱恋之后,生下带有猪尾巴的小女孩,乱伦的恐怖预言终于被实现,整个马孔多最后被末日飓风卷走。

面对这样复杂得让人眼花缭乱的小说,有一个取巧的理解方式,就是拆解它的故事原型。

我最喜欢的诗人 T. S. 艾略特有句话:"作品不是作者个人天才的产物,作者个人的天才只占 1% 的分量,大部分要取决于你所依托的文学传统。"

> T. S. 艾略特(Thomas Stearns Eliot,1888—1965):英国诗人。长诗《荒原》被誉为"英美现代诗歌的里程碑"。1948年,凭借《四个四重奏》获诺贝尔文学奖,影响了徐志摩、卞之琳、穆旦等一众中国现当代诗人。

这点明了一个很重要的看待文学的方式:文学不是一个个孤立的天才所组成的,而是一个不断延续发展的谱系。

人们很容易以延续的眼光去看自然学科,认为科学家是不断站在前人的肩膀上,把学科往前推进一点。其实文学也是一样,每个看似石破天惊的作品其实都能看到前辈作品的影子,文学天才们在前辈的基础上改变一点语言,改变一点叙述方式,改变一点结构,改变一点因果关系,从而实现突破。

托尔斯泰是19世纪写实主义的大师;后来卡夫卡在此基础上取消了因果:格里高尔早上一起床,就发现自己变成了一只甲虫,没有任何原因;再到博尔赫斯,不仅因果模糊了,连时间都模糊了,时间可以从昨天到明天,也可以变成从未来到过去。

——这样的变化,就让小说叙述变得越来越神奇,把文学带到更深远的地方。

《百年孤独》所依托的文学传统是什么?

《百年孤独》里明显有着《俄狄浦斯王》的影子。《俄狄浦斯王》被视为古希腊成就最高的"十全十美"的悲剧。

《俄狄浦斯王》讲了这样一个故事:忒拜城邦的国王诱奸了一个少女,神明阿波罗就下达神谕,他不许有子嗣,如果违背,他的儿子长大成人之后注定弑父娶母。但孩子还是诞生了,被扔在荒野上。

孩子逐渐成长,被邻国科任托斯的国王收养,取名为"俄狄浦斯",他知道弑父娶母的诅咒,却不知道科任托斯的国王王后不是自己的亲生父母,所以离开这里,四处漂泊。漂泊中,俄狄浦斯失手打死了一个老者,后来帮助忒拜人消灭了狮身人面的女妖,成了忒拜的王,娶了王后,后来他才知道他打死的老者是他的生父,他娶的王后是自己的母亲。

母亲羞愧自杀，俄狄浦斯也刺瞎了自己的双眼。

《俄狄浦斯王》是一个经典的故事原型：先是有了弑父娶母的预言，然后主人公逃避预言，但预言还是找上了主人公，主人公最终没能逃避命运。

《百年孤独》家族的命运就是一个"神谕"，他们被诅咒乱伦，生下带着猪尾巴的孩子，虽然何塞·布恩迪亚想办法逃离这个诅咒，远走他乡，开始新生活，并且在一代代的繁衍中极力阻止乱伦的发生，但是乱伦还是发生了。最后一个布恩迪亚的家族成员和自己的姑妈生下了一个带着猪尾巴的孩子。

俄狄浦斯刺瞎自己的双眼偿还罪孽，而马孔多则被飓风毁灭。

《百年孤独》虽然写在南美，但是依然可以看出希腊悲剧精神的闪耀。

黑格尔说过，希腊是人类永远的老师。希腊悲剧有一个反复出现的主题，那就是无论人还是神都被命运摆布——阿尔忒弥斯射死了自己的恋人俄里翁，伊卡洛斯被太阳熔化翅膀，强大如宙斯也被命运玩弄。

然而近代以来的西方文化传统从希腊的故事中所解读出的更多是积极的含义。浪漫主义重新发明了希腊，所有的英雄，都是在认清命运之后，依然决定去抵抗。真正悲壮的英雄主义，并不是英雄一开始志得意满，然后不断被打击绝望；而是一开始是悲观绝望的，却依然抗争，置之死地而后生。

尼采对于俄狄浦斯的解读就很独特，他觉得主角最后刺瞎双眼并不是毁灭，而是俄狄浦斯对于表面世界的拒绝，失去了视力之后，他反而获得了一种新的把握世界的能力。

马尔克斯的文学继承了这一血脉。在羊皮纸上写下的轮回命运中，总有一丝悲壮的昂扬。

《百年孤独》的故事也处处可以看到圣经的影子。何塞·布恩迪亚带着家人和村民出走，去寻找福地，就像是《出埃及记》里摩西带着希伯来人去寻找流着奶和蜜的应许之地[a]。

他们建立起来的马孔多，很像是圣经中的伊甸园，《百年孤独》中写："刚刚建立的马孔多，天地如此新鲜，许多东西尚未命名，提起他们的时候还需要用手指指点点。"就像是圣经里形容伊甸园，刚被创造的亚当为万事万物起名。

接着，马孔多这个福地迅速堕落。政治的到来，军事的到来，北美香蕉公司的到来，这些外来的力量看似带来了文明，实则也带来了罪恶和毁灭。就像《旧约》中耶路撒冷被

---

[a] 出自圣经《旧约》，摩西带领希伯来人（犹太人的祖先）从埃及出发，经历40年跋涉来到了上帝许诺的福地迦南（今巴勒斯坦地区），并建立了以色列联合王国。

> 詹姆斯·乔伊斯（James Joyce, 1882—1941）：爱尔兰作家，后现代文学奠基人之一。长篇意识流小说《尤利西斯》用语奇特，结构复杂，对世界文坛影响巨大。
>
> 胡安·鲁尔福（Juan Rulfo, 1917—1986）：墨西哥作家。作品主题集中于乡村生活和墨西哥革命，擅长书写现实的冷酷和人性的幻灭，著有《燃烧的原野》等。

尼布甲尼撒攻陷，马孔多也被飓风毁灭[a]。

《百年孤独》承接了圣经的神谕：一个族群出走抵达承诺之地，建立家园，繁荣兴盛，接着堕落、被毁灭。

除此之外，马尔克斯还在这本书里化用了《一千零一夜》的故事，借鉴了西方作家乔伊斯和同属美洲大陆的作家胡安·鲁尔福的写作方法，这是一部真正的文学上集大成之作，所有的伟大经典在书中层层叠叠沉沉浮浮，但并不是杂糅和拼凑，反而汇合成了独一无二的声音，让拉美大陆第一次被世界听到，并且拥有了可以代代传承的属于自己的语调。

[4]

多年以后，当马尔克斯罹患阿尔兹海默症的时候，不知道他会不会想起他把奥雷里亚诺上校写死的那一天，那天他独自啜泣了两个小时。他知道，他生命中有一部分东西写出来的时候就消失了，永远不会再回来。

每通过自己的笔写一点外祖父让他讲的事，外祖父的灵

---

[a] 公元前612年，兴起的新巴比伦帝国在美索不达米亚地区称霸，犹大国（由以色列联合王国分裂而来）沦为其属国。犹大第18代王约雅敬在统治期间背叛了巴比伦王尼布甲尼撒，导致犹大国首都耶路撒冷陷落。

魂就离开了一点。

外祖父说：一定要写香蕉公司的故事。

于是，《百年孤独》里最惊心动魄的章节出现了。布恩迪亚家族第四代成员何塞·阿尔卡蒂奥第二和其他香蕉公司的工人一起站在广场上，军政长官用扩音喇叭有点疲惫地喊："再过一分钟我就开枪了。"

何塞·阿尔卡蒂奥第二踮起脚尖，越过前面的头顶，生平第一次提高嗓门喊道："我们把这一分钟留给你们滚蛋！"

然后屠杀开始了，何塞·阿尔卡蒂奥第二晕倒在全是血的广场上，醒来在一列拖有将近两百节车厢的火车上，上面满载着即将被扔进大海的死难工人的尸体。

后来，法庭对这次屠杀的宣判是："马孔多镇上没有发生过什么事，从未发生过，也永远不会发生什么事。这是一个幸福的市镇嘛。"

而当何塞·阿尔卡蒂奥第二和镇上的一个妇女闲聊，说起自己亲眼所见的事，妇女打断了他的话："这里没有死人……从你的叔叔奥雷里亚诺上校那时起，在马孔多镇就什么事也没发生过。"

在马尔克斯笔下，发生过的事情并不是刻在石碑上，而是写在水上的，没有什么会不朽。

"创造，再毁灭"这个主题在《百年孤独》里反复浮现，马孔多小镇被飓风卷走，白茫茫一片真干净；香蕉公司一代巨头被暴雨冲走；阿玛兰妲白天给自己缝制寿衣，晚上又把做好的全拆了；奥雷里亚诺上校（像马尔克斯的外祖父一样）用金子做了小鱼去卖，换了金子再做小鱼，再卖……后来成品熔化掉，再从头开始。

小说里，布恩迪亚家族里的人一生都耗费在"建设，再把所创立的一切毁灭"的过程上。创造与毁灭同步进行，记叙和遗忘加速赛跑。

小说里有一章写马孔多镇上的人都患了失眠症和健忘症，什么都不记得了，布恩迪亚家族成员只好给每样东西注明名称：桌子、椅子、门……给奶牛挂上"要每天挤奶的奶牛"的牌子，人们才能拥有牛奶，只有借助文字，才能把握现实。当遗忘开启，现实也被摧毁。

后来，吉普赛人梅尔基亚德斯来了，用神奇的药治好了全镇的病症，生活似乎恢复了正轨，遗忘被中止了。但到了小说的结尾，我们赫然发现这种希望也是虚假的。

布恩迪亚家族的命运被吉普赛人梅尔基亚德斯写在羊皮纸上，当羊皮纸的最后一页被最后一个奥雷里亚诺破译，马孔多这个蜃景似的城镇也迎来了它的毁灭之日，而最后一个奥雷里亚诺发现自己不过是一个别人梦见的鬼魂，是个陷在文字迷宫里的虚构人物，自己将和这个小镇一样，从人们的记忆中被彻底抹掉。

前面写《堂吉诃德》的文章中，我提到博尔赫斯的恐惧："如果虚构作品中的人物能成为读者或观众，反过来说，作为读者或观众的我们就有可能成为虚构的人物。"

在《百年孤独》中，这种恐惧在延续：奥雷里亚诺成为自己命运的读者，发现自己只是一个羊皮纸上的虚构角色。我们同样是读者，我们的命运是否又写在另一张更大的羊皮纸上呢？

我第一次读《百年孤独》时还很小，当时就觉得害怕。现在我才知道自己怕的是什么，怕的是死亡；比死亡更可怕的，是被遗忘：在很久很久之后，最后一个记得我的人死去，有什么能证明我真的来过这个世界呢？

在我小时候，大人经常指着一样八竿子打不着的东西，说那是逝者在这个世界留下的证据。比如指着葬礼上飞入的昆虫、坟头上疯长的植物，说那是长辈的精魂。我年纪虽小，也知道那是生者给自己的心理安慰。

到景点旅游也时常遇到类似的事情：讲了一个凄楚的爱情故事，末了导游总会指着一块瘦长的石头，说："你看这像不像一个女人，她就是故事里的女人思念自己的情人，变成了望夫石。"

崖壁上的一道划痕是传说里的英雄拔刀留下的痕迹；鲜红的花是万千不散的怨念染红的；一座矮山是曾经守护过此地的神龟依然在震慑鬼怪。我和一群困惑而疲惫的游客以同样的姿势长久地凝视，频频点头，说"真的好像"，谎称自己看出来了。

一定会留下些什么，劫难也好，传说也罢，一定会幻化成某样世间的东西，来证明自己不仅是故事里的虚构人物。

我开始时总觉得那是用来骗游客的伎俩——骗得还不走心，但后来我想，这或许是第一个讲故事的人的不甘心。

第一个讲故事的人不愿意自己亲历或是亲眼所见的事情仅仅被当成是笑谈，当成是谎言，于是就指着身边的一草一木、一山一石，说："你看，那不说话的东西能证明我说的故事是真的。"荒谬的故事有了荒谬的依托，好像就有了几分真实，听众哄笑中散去，可再次路过那一草一木、一山一石的时候，心中就多了一份绰绰的影子，想起一个苦恋的女人，想起一个苦战的英雄，那影子越来越真实沉重，压得听众有一天也忍不住对后来的听众开口："你知道那石头是怎么来的吗？"

于是，第一个讲故事的人在合上双眼时也宽慰了，他知道自己的故事会流传下去，哪怕最后会变形走样，会怪力乱神，但只要石头还在，故事就还在。

历史会随着战胜者的改变而不断重述，数据会跟着新的研究发现而一直变化，记忆会因为人们擅长遗忘而最终消失，但故事总会留下来，借助老人之口传递给孩子，再借助孩子的笔告诉整个世界。

在《百年孤独》里，其实并不是所有人都随着飓风消失了，在小说临近结尾的地方，作者开了一扇逃生门，让一个人逃了出去，那是第六代奥雷里亚诺的朋友，他赢了大奖，带着两件换洗衣服、一双皮鞋、一套《拉伯雷全集》离

开马孔多前往巴黎，还携带着这个镇子上爱与孤独的记忆，那个角色叫作加西亚·马尔克斯。

讲故事的人逃出了故事，从此，他就变成了开口的石头、会讲话的树，他成为了所有灵魂和记忆的载体，他写下所有他知道的事情，关于香蕉公司的故事，关于拉美大陆的故事，关于苦难与抗争的故事，总有一天，人们不会再说："可你讲的和历史叙述不一样。"总有一天，人们不会再问："你讲的是真的还是假的？"人们会相信作家，相信尚未在他故事里成为现实的，在某一刻会成为真实。

多年以后，我准会想起我看《百年孤独》的那个下午，我想，我也要成为一个讲故事的人。

> 弗朗索瓦·拉伯雷（François Rabelais, 1494—1553）：法国文艺复兴时期作家。熟习希腊语、拉丁语、意大利语，在神学、法学、医学、星相学、航海学上均有造诣。代表作《巨人传》共5卷，因抨击旧的教育制度和传统教会的经验哲学，强调人的解放，在1533—1564年出版期间多次被法院、神学家列为禁书。

《活着为了讲述》 | 书籍 |

作者：[哥] 加西亚·马尔克斯
出版社：南海出版公司
译者：李静
出版年：2016

天生的小说家。很多作家在写起自传时都会显得尴尬羞怯，有的插科打诨，有的只讲自己的私人记忆，完全回避自己的创作。马尔克斯这本自传却是面面俱到，回忆自己童年的时候细致入微，讲起创作又头头是道，完全像讲别人的故事一样自然，可惜讲到三十岁就结束了。

《拉丁美洲被切开的血管》 | 书籍 |

作者：[乌拉圭] 爱德华多·加莱亚诺
出版社：南京大学出版社
译者：王玫等
出版年：2018

一本有争议的社科作品。从拉美人的视角来反思全球化，可以当作理解《百年孤独》的背景资料。

《两百年孤独：加西亚·马尔克斯谈创作》 | 书籍 |

作者：[哥] 加西亚·马尔克斯
出版社：云南人民出版社
译者：朱景冬等
出版年：1997

马尔克斯的谈话集。对我最有启发的部分是他谈到如何克服对作家来说最困难的问题：找到自己的语言。他从外祖母那里找到答案，外祖母在马尔克斯小时候，讲那些毛骨悚然的鬼故事时总是异常沉静笃定，就像自己亲眼看到似的，他找到那种口吻，然后就有了《百年孤独》。

《霍乱时期的爱情》 | 电影

Love in the Time of Cholera
（2007）

据说影视界有个规律：只有二流的小说才能改编成一流的电影。科波拉刚拿到《教父》的原著时，对那部通俗小说不屑一顾。

这部《霍乱时期的爱情》拍得不好不坏，离原著差距甚远，但似乎马尔克斯的小说改编成电影的天花板就是这样。

PART 2

她没有一间自己的房间

有读者曾问阿特伍德，
为何笔下的女人总有些神经质。
她答说，
"那不是神经质，那是对自身处境的清醒认知。"

女性
很难用男性创造出来表达情感的语言
来表达内在感受。
——
哈代

前两天一个陌生人问我:"你是做什么工作的?"

"作家。"

他不语,在头脑中检索相关资料,过了半天,如梦初醒道:"哦!莎朗·斯通!"

我半天才反应过来,他说的是在那部著名的剧情片里,演员莎朗·斯通演了一个性感、迷人、冷酷、神秘的女作家,疑似还是连环杀手。

"你看起来不太像女作家。"他下了结论,他的意思其实是我不像莎朗·斯通——他脑海里唯一能搜索到的女作家形象。

那么,女作家应该是什么形象?

我去过简·奥斯汀的故居,明信片上的她看起来恬静美丽,她写作的桌子只有一张茶几那么小。

我看过张爱玲遗物的展览,展出了很多她的假发——据说她晚年因为皮肤病剃了光头,她还买了许多鲜艳且便宜的裙子。我去了她在香港曾经借住写作的房间,空间逼仄,如今被主人改装成了一间厕所。

我去过日本女作家向田邦子的主题展览,有一张她伏案写作的照片,她与父母同住多年,深夜在玄关写作,清晨收拾干净写作的地方,给父母和妹妹做饭,然后出门上班。

在我童年的一段时间里,我母亲尝试过写作,在上完了班,做完了家务,我和父亲上床睡觉之后的夜晚,她把屏幕的亮度调得极低,用很轻的力度敲打键盘,生怕弄出声响。

这些足够拼凑起真实的女作家吗？她们不美艳、不冷酷、不神秘，相反，她们安静、不显眼，把自己蜷缩在很小的活动空间里。

——这是当我决定要成为女作家时，我学到的第一课。

第二课：如果你想成为一个好的女作家，那么你必须不那么像一个女作家。

伍尔夫那句"伟大的灵魂必须雌雄同体"深入人心，让我以为自己必须超越性别，尤其是超越女性身份带来的局限，培养灵魂里的男人，用他的头脑去想，用他的声音去说。——用女作家西蒙娜·薇依的话说，"认为自己生为女人是巨大的不幸，所以她决定干脆漠视这一事实，以此来尽可能减少障碍，她决心成为一个男人。"

当我近看我所崇敬的女作家生平时，发现她们一生都陷在这种与自己的性别的战争中，她们要回答的问题只有一个：我们到底可以多大程度地成为自己？

玛丽·雪莱

1797 / 8 / 30 - 1851 / 2 / 1

玛丽·雪莱懂得真正的爱，
那是活生生的东西，
是用纸包着的恋人炭化的心脏。

Mary Shelley

Part2

06　玛丽·雪莱：我是你造出的怪物

[1]

世界上第一本科幻小说是谁写的？

你脑海中出现的形象肯定是一个头发乱糟糟的理工男，但正确的答案却是一个少女，她白皙而美丽，得体而沉静，但在某个不经意的瞬间，她的神情会透露出深埋心底的悲伤与野心，她叫玛丽·雪莱。两百多年前，她写出世界上第一部科幻小说《弗兰肯斯坦》(*Frankenstein*)时还不到二十岁。

《弗兰肯斯坦》更为国人所知的名字是《科学怪人》。它是四种故事的集合：一个寓言、一个传说、一个书信体小说、一本自传。

小说由一封信开始：一个探险者给自己的姐姐写了一封信，写自己在靠近北极的航船上看到了一个怪物，随后探险船又救起了一个男人，这个男人开始讲自己的故事。

讲故事的男人就是小说的主角维克多·弗兰肯斯坦，他出生在日内瓦，家境很好，很小就被唤起了求知欲，开始研究炼金术和长生不老的秘密。成年之后，弗兰肯斯坦对科技实验的热情更加狂热。他开始思考一个问题：一个人要怎样创造生命？我们能不能代替上帝来行使职责？弗兰肯斯坦想到了一个可怕的实验：他从停尸间搜集各种骨骼，在解剖室和屠宰场搜集了很多人体的原材料，把它们黏合在一起，然后激活了生命：一个巨大的怪物被创造出来了。它身高约两米四，奇丑无比。弗兰肯斯坦在见到自己作品的一刹那，就开始感到厌恶，决心抛弃。

怪物生性善良，对于它的创造者充满了感激，也希望跟人交流，但是它发现所有人都讨厌它、恐惧它，连创造自己的人都躲得远远的，它愤怒了，杀死弗兰肯斯坦的弟弟，而且嫁祸给一个女仆。弗兰肯斯坦这才意识到自己做了不可挽回的错事。

这时，孤独的怪物向弗兰肯斯坦提出了一个要求：给它再造一个女伴。怪物保证有了陪伴之后就远离人类。弗兰肯斯坦被说服了，但在马上就要完成实验的时候，他停了下来，忽然想到创造出来的女伴可能比怪物还要坏上好几倍，更可怕的是，有了一男一女，怪物就可以繁殖了，所以他毁坏了即将诞生的女怪物。

怪物被激怒了，决定进一步报复。弗兰肯斯坦和恋人结婚的当晚，新娘被杀死在床上。

在小说的最后，弗兰肯斯坦想找怪物复仇，他一直追逐怪物到了小说一开始探险者发现他的北极，此时的弗兰肯斯坦体力已经耗尽，临死前，怪物来到他的身边，说："永别了，我将给自己架起火化的柴堆，不让任何坏蛋从我的残骸中找到营造我这类生灵的线索。"然后消失在火焰中。

小说塑造了"弗兰肯斯坦"这样一个被自己的创造物所戕害的经典角色。疯狂科学家逾越了不可逾越的界限，创造出控制不了的物种。"弗兰肯斯坦"成为了人类为了追求科学而突破禁忌的象征，他代表了善与恶、堕落与升华的共存。

对于《弗兰肯斯坦》这部小说有各种解读方式。最主流的观点是把它看作科幻文学的起源。它探讨了人利用技术成为造物主之后的危险，给后世提出了值得思考的伦理命题：人与自己所创造出来的物种究竟是什么关系？

第二种解读这本小说的方式是把它看作19世纪的政治文学，把它作为法国大革命的产物来进行分析。19世纪每当时局动荡不安——例如1830年开始的英国议会改革和1880年的爱尔兰动乱等，人们就会频繁地提到《弗兰肯斯坦》，认为小说的主旨是被奴役者反抗"主人"的阶级斗争。

近些年由于女性主义的发展，《弗兰肯斯坦》又被视作经典的"生态女性主义"[a]作品，认为女性天性更接近自然。弗兰肯斯坦因为运用了非自然的方式孕育生命，最后被自己

---

a 生态女性主义（ecofeminism）：第三波女性主义中的重要流派，将生态学与女性主义结合在一起，考虑性别歧视、对自然的控制、种族歧视、物种至上主义与其他各种社会不平等之间的关联。

的创造物戕害。

这些解读把这部小说所有能挖掘的主题和角度都讨论了一遍,让《弗兰肯斯坦》负担了远远超乎它自身的重量。可在这些研究中,小说作者玛丽·雪莱作为个体都被极大地忽略了。

她是谁?到底经历什么才写出这部小说?《弗兰肯斯坦》究竟是天才之作,还是她借助了她的丈夫——著名诗人珀西·雪莱的智慧?这部旷世神作多大程度地改变了她的命运?

玛丽·雪莱用了弥尔顿《失乐园》的诗句作为小说引言:

"造物主啊,难道我曾要求您
用泥土把我造成人吗?难道我
曾恳求您把我从黑暗中救出
把我安置在乐园之中吗?"(朱维之译)

这是怪物的悲愤之言还是作者的挑衅之语?这诗句能否作为揭露她内心的线索?让我们走近这个静谧而羞怯的女孩,等待她开口。

[2]

玛丽·雪莱有一对在当时非常有名的父母。**母亲玛**

> 玛丽·沃斯通克拉夫特（Mary Wollstonecraft, 1759—1797）：英国启蒙时期政论家，西方女权主义思想史先驱，深刻影响了伍尔夫、波伏瓦等后世知识分子。

丽·沃斯通克拉夫特曾经出版过一本叫作《女权辩护》的小册子，是历史上第一部伟大的女权主义著作。《女权辩护》中涉及的话题直到两百多年后的今天依旧被讨论。沃斯通克拉夫特呼吁女性拥有和男人一样的教育权、工作权和政治权，认为是教育低估了女人的心智，是社会和家庭把女性的生命消磨在琐碎小事和对虚荣的追求上；她认为只有一种共通的人性，而不存在"女性特质"。

这本畅销书让沃斯通克拉夫特成为了欧洲最著名的女性之一，但她的声望并没有给她的恋爱带来什么好运，她与有妇之夫保持着暧昧关系，被抛弃后曾跳河自杀未遂。

当她对爱情失望的时候，她遇到了一个叫作威廉·葛德文的知识分子。两人不算一见钟情，也很难说葛德文拯救了沃斯通克拉夫特，甚至不能说她"爱"上了他。

> 威廉·葛德文（William Godwin, 1756—1836）：英国政治学家。信奉个人权利至上，人人生而平等，主张以理性和公正为原则改造社会，影响了英国空想社会主义思想的形成。

葛德文是个没什么魅力的男人，他出身严格的牧师家庭，为人刻板，没什么交际能力，不知道如何与人建立亲密关系，让他出名的是他激进又天真的政治理念。

他是一个功利主义者，认为效益高于一切，比如大主教的宫室失火，那么当然该救大主教而不是仆人——即便那个仆人是自己的兄弟、父亲或恩人，因为大主教的生命价值更高。他还是一个无政府主义者，认为只要人人足够理性，认同效益第一的原则，不需要法律和政府也可以过着平等而自由的生活。

沃斯通克拉夫特和葛德文这两个时代最杰出的头脑碰撞到了一起，但肉身并未纠缠，两人之间的感情并未被明确为爱情，女方允许男方去找别的恋人，但当沃斯通克拉夫特怀孕，一切都改变了。

两个人发现无法按照自己的理念生活。要不要结婚？葛德文认为婚姻是社会对个体的压制，沃斯通克拉夫特认为婚姻是"长期的合法卖淫"，但为了不让孩子成为私生子，他们还是办了婚礼。婚姻以一种奇怪的方式维系：两人并不住在一起，只是彼此通信。

1797年8月底，一个女婴出生了，这是一次痛苦而漫长的分娩，由于消毒措施不完善，沃斯通克拉夫特在孩子出生十一天后死于并发症。这个一出生就失去母亲的女孩就是玛丽。

背负着母亲死亡的出生并不是对玛丽的全部惩罚，耻辱在母亲死后延续。沃斯通克拉夫特的死引来了男人的讽刺，因为她一生鼓吹男女平等，可她死亡的方式却恰恰说明了性别差异。

还在襁褓之中的玛丽成为了母亲失败的证据：沃斯通克拉夫特在面对生时无法做到知行合一，死时亦脆弱不堪，甚至连自己身后的名誉都无法捍卫。

更不幸的是,在这个少女漫长的成长过程中,她的父亲始终没有学会如何做一个父亲。

妻子去世之后,葛德文试图表达对亡妻的思念,他采用了最糟糕的一种方式——以诚实得让人尴尬的方式撰写对妻子的回忆录[a],他用他毫无情趣的笔调写了亡妻的情史、神经质、企图自杀的意图,觉得自己理性又坦诚,广大读者却高呼大可不必,谴责葛德文"享受着把他死去的妻子剥个精光的快感"。

葛德文对外界的评价非常诧异,他变得愈发阴郁,面对女儿时因为手足无措而故作冷漠,动不动就自怨自艾,说:"我拿起一本关于儿童教育的书,可那只让我觉得更加不幸和无助。"

曾有个著名的问答,别人问海明威如何成为一个作家,海明威说:"只需要有个不幸的童年。"

幸福的童年总是相似,而不幸的童年竟也惊人地雷同。另一位著名女作家弗吉尼亚·伍尔夫曾有个一生难以治愈的伤痛:母亲死在病床上,当小小的伍尔夫向床边的父亲伸出手臂寻求安慰,父亲径直从她身边走过。

葛德文试图缓解独自面对女儿的无助,他给她找了一个

---

a 《〈女权辩护〉作者回忆录》,或《〈女权辩护〉作者传》(*Memoirs of the Author of a Vindication of the Rights of Woman*),1798 年 1 月出版。

继母。玛丽的继母刻薄、喜怒无常，以折磨玛丽为乐。玛丽忍受不了继母，她唯一的避难所就是母亲的墓地。日复一日，她带着书去母亲的坟前阅读，从书本里了解父母的思想，用文字代替教育和陪伴，以书本组成自己的血肉。而她当然读到了父亲写的母亲的传记，那里诚实地记录了意外怀孕之后两个人对于孕育一个生命的厌恶。

早亡的母亲、哀伤的父亲、恶毒的继母、苍白早慧的少女，这些元素和灰姑娘的故事如出一辙，接下来，该白马王子作为拯救者出现了。

有一天，这个王子真的出现了，他富裕、英俊、深情款款，从遥远的地方突如其来地来到玛丽面前，说要带走她。

唯一的问题是，他真的是一个拯救者吗？

[3]

这个拯救者叫作珀西·雪莱，他才华横溢、热情似火，可他和白马王子一个最显眼的区别就是他是有妻子的。他的妻子当年还是一个被家庭保护的女学生时就被雪莱诱惑私奔，生下了一个女儿。当珀西·雪莱爱上玛丽的时候，妻子肚子里还有一个尚未出生的婴儿。

雪莱爱上玛丽是命中注定的，这种爱甚至发生在相遇之前，因为他是玛丽父母的狂热粉丝，他是她母亲的信徒，认为婚姻是种束缚，一旦把女人从家庭中解放出来，她们的潜力会是无穷的；他也追随她父亲的理念，相信法律和社会制度都是对人性的压制，需要解放。雪莱作为粉丝来到葛德文的家中，葛德文发现这个英俊少年出身贵族之后欣喜非常，希望雪莱资助自己的出版生意，没想到雪莱看中的是另一件东西：玛丽。

玛丽是她父母思想的完美结晶，是行走的先进理念，在给玛丽的情诗里，雪莱写：

"闪耀在你身上
穿过那撼动今日、黑暗狂野的暴风雨
而你能够从你母亲那里
获得那不朽姓名的庇护"

征服玛丽就是征服两个伟大的姓名，就是赢得精神上的战利品。

两人在墓地约会，每次相处都是浪漫的战栗，雪莱兴奋地向葛德文提出要和他女儿在一起，可惜他太过年轻，不足以理解人的虚张声势与言不由衷，葛德文作为一个前卫知识分子对这段关系的定义并不是"浪漫""反抗"，而是"通奸""耻辱"。

雪莱只能再次私奔。"一切就绪，我叫了一辆四点的马车，"雪莱记录，"我等着闪电和星辰变白，终于到了四点钟，我走了出去，我看到她，她走向我。"

凌晨四点，玛丽离开父亲，属于了另一个男人。私奔小分队出发了，同行的还有玛丽继母的女儿克莱尔。

玛丽为什么会爱上雪莱？童话里，灰姑娘爱上白马王子从来不需要理由，所以我们自幼认为爱不需要解释，殊不知那是许多悲剧的发端。玛丽爱雪莱，因为雪莱给了她父母吝于给予的东西。

《弗兰肯斯坦》里的怪物没有母亲，它来到这个世界上得到的第一个经验并不是呵护与爱，而是恐惧和拒绝。玛丽的父亲葛德文最重要的理论之一就是认为人们犯下罪行是因为缺乏教育，而玛丽通过小说里的怪物之口，控诉道："当我还是婴儿时，没有父亲关注我，也没有母亲以微笑和呵护祝福我。"她视自己为父亲最憎恶的有人生没人养的怪物，怪物的愤懑也是她的怨念。

玛丽私奔时曾给父亲留了字条说自己的动向，但父亲并没有去追她，甚至不让自己的妻子去追她，他终于实现了心底一个隐秘的愿望：彻底抹去女儿的存在。

而雪莱不一样，雪莱在意她，认可她，能看到她缄默外表下思维的宝藏，渴望倾听她的声音，认为那声音能为自己的嗓音伴奏。雪莱认为，玛丽是他的同类。

雪莱在严苛封闭的伊顿公学[a]成长，如同任何一个自视

---

a 伊顿公学（Eton College）：英国贵族中学，1440 年由亨利六世创办，是英国王室、政界、商界精英的培育之地。

甚高的年轻人，雪莱无法被规则驯化，认为自己是来自悠远蛮荒之地的灵魂，孤独而敏感，当他看到飘荡在母亲墓地的玛丽，雪莱认为他们共享同样的灵魂。

那么玛丽是雪莱的同类吗？恐怕未必。一个世家子弟在贵族学校里体会的"孤独"，和一个背负着母亲之死的愧疚、无法从父亲那里获得关爱、几乎与外界毫无联系的少女体会到的"孤独"，怎么会相同呢？但少年自恋地把全世界视为镜子，与其说他发现了一个同类，不如说他试图"创造"一个同类——一如弗兰肯斯坦创造了怪物。

雪莱认为人应该在各种意义上领先于自己的时代活着，包括婚姻，他认为一夫一妻制是可笑的，而男人也并不拥有女人，所以他倡导开放式的男女关系，在私奔途中，他常常与玛丽没有血缘关系的妹妹克莱尔出去散步，也鼓励已经怀孕的玛丽去和他的发小发生关系。

这一幕又是他上一段感情的复制。他曾经鼓励发小共享自己上一任妻子，妻子拒绝了。而玛丽同样讨厌那个发小，讨厌这种关系，但她没有忤逆雪莱的勇气，因此只是用圆滑的社交技巧躲避发小，以怀孕为理由避免身体接触。她对她和雪莱之间看起来前卫的男女关系看得很清楚，在日记里，她写："我和珀西就像在小说中生活，在表演一种浪漫。"

表演的间隙，生活露出狰狞本相。私奔小分队没有钱，而雪莱对于赚钱的唯一理解就是伸手找人要。自己的父亲拒绝给钱，他就去找自己有钱的岳父。玛丽和妹妹克莱尔在马车里等了两个小时，已经怀孕的妻子苦苦哀求雪莱留下，而雪莱的蛊惑之术竟说服这个可怜的女人为自己的私奔付钱。

1815年2月22日，玛丽生下了一个女婴，孩子早产了两个月，在世上停留十几天后去世了。

上一次，母亲死了，女孩留下；这一次，女孩死了，母亲留下，相似的除了幸存女人的悲恸，还有男人的自私冷漠。雪莱从未给这个孩子取过名字，而在孩子尚且存活的短暂时光，他每天和玛丽的妹妹克莱尔出门散步。而葛德文从来没有去看过自己的女儿，更否认外孙女存在过。

寒冷的简陋小屋空荡荡，为无处排解的痛苦与疯狂的臆想腾出了空间，玛丽在日记中写，她夜里恍惚觉得婴儿没有死，只是冻僵了，"我把孩子抱到炉火旁边揉一揉，婴儿原本是冰冷的，烤火之后，重新温暖和复活"。

这一段难道不让你联想到《弗兰肯斯坦》里怪物由死复生的过程吗？"凌晨一点，雨滴狂乱地打在窗上，蜡烛也即将燃尽。突然，就在火苗临近熄灭的微光里，我看到那具躯体睁开了浑浊昏黄的眼珠，呼吸急促，四肢痉挛地抽搐起来。"

此时，故事坚硬不蚀的内核以及一波波如击岸潮水般的情绪都已经准备就绪，只需要在那个鲜少有女人发声的时代等待一个书写的机会。

[4]

> 乔治·戈登·拜伦（George Gordon Byron, 1788—1824）：英国浪漫主义诗人，受启蒙思想影响，积极投身革命，领导了希腊民族解放运动。作品塑造出一系列"个人主义反叛者"的拜伦式英雄形象。代表作有《唐·璜》等。

《弗兰肯斯坦》的偶然诞生与那个时代另一个伟大的文人有关——拜伦。拜伦是那个时代的"摇滚明星"，他每本书都大卖，人也长得好看。写《红与黑》的司汤达矮矮胖胖，他被拜伦的美貌震惊，说一生从未见过这么漂亮会说话的眼睛。

拜伦当然知道自己漂亮，他花了很多心思去维持自己的美貌：常年节食减肥，为了避免晒太阳而晚上工作，睡觉的时候也要卷着头发。无数女人爱他，而他只爱自己。

玛丽没有血缘的妹妹克莱尔找到机会向拜伦示好。克莱尔羡慕玛丽的人生：一个有才华的少女被一个天才诗人发现，他启蒙她，他引导她，他把自己的灵魂分给她一部分。但克莱尔对雪莱爱而不得，因此想在拜伦那里复制这个剧本。

克莱尔把自己的文章和见解与拜伦分享，殊不知拜伦对女人的智力活动毫无兴趣，对他来说，女人只需要聪明到能听懂并欣赏他的见解，而不必聪明到让他去听她的见解。克莱尔的激情与生机在拜伦眼里只不过是轻浮和愚蠢，只能用来短暂取乐罢了。但克莱尔对此一无所知，她兴冲冲地带着玛丽和雪莱去了拜伦在日内瓦的别墅。

那一年，是 1816 年，历史上著名的"无夏之年"。

1815 年，印度尼西亚火山爆发，一百五十多立方公里的火山灰被推到了平流层，流布全球，太阳黯淡无光。随后几年，全球气温下降，粮食因此歉收，仅欧洲就有二十万人死于这次天气反常。

但对于日内瓦别墅里的年轻人来说，这次气候灾难带来的仅仅是无聊，因为绵延的坏天气，他们不能出门玩乐，只能待在别墅中。拜伦和雪莱高谈阔论，朗诵自己新创作的诗歌，而玛丽总是不说话，安静誊写着两个沉溺于自我的诗人的语句。直到所有的话都聊完，拜伦提出玩一个游戏：每个人想一个鬼故事，看谁的故事最吓人。

男人们一开始兴致勃勃地编故事，后来也觉得索然无味。只有玛丽认真对待这个游戏，她想了几个晚上，有一天半梦半醒时中终于有一个男人的形象，他从坟墓中爬出，微微伸展自己被拼凑出的四肢，瞪着黄色的、水汪汪的眼睛看着她。

她猛然清醒，这个人来了。

次日清晨，她坐在桌边，在所有人已经对鬼故事比赛丧失兴趣时开始创作，她知道自己会写出一个从来没有人写过的恐怖故事，故事恐怖并不因为血腥与暴力，也无涉地狱死神，而是因为它撬动了人性最深处的不安，因为故事中的仇恨与愤怒无从化解。生平第一次，她有了自己也说不清楚的野心，她要打破沉默，她要死而复生者开口，她要被听到，她要所有人听到,她要听到她声音的人都血液凝结、夜不能寐。

[5]

《弗兰肯斯坦》正式出版的那一天,雪莱夫妇带着他们的孩子,克莱尔带着她和拜伦的私生女启程前往多佛(Dover),当时的玛丽还没有意识到这会是多么悲伤的旅行,自此之后,她面对的将只有失去。

首先失去的是名誉。玛丽是一个通奸者,而克莱尔还带着一个身份不明的女婴,为了保护克莱尔,私奔小分队说那个私生女是玛丽的孩子,但外界依然对这关系暧昧的三人议论纷纷。《弗兰肯斯坦》大放异彩,而作者声名狼藉。

随即丧失的是孩子,玛丽的一儿一女全部因为旅途劳顿而生病,死在母亲身边。至此,玛丽的三个孩子全部死去,毁灭感如同使命必达的杀手一般追随着她。玛丽在日记里写:"我的快乐至此全部结束。"

最后失去的是爱,孩子的死让玛丽陷入了深深的绝望,她开始迁怒于雪莱,认为是雪莱的粗心大意导致了孩子的死亡。某种程度上,玛丽的愤恨有道理,当他们的女儿死去时,雪莱在给朋友的信里轻描地写道:"她死于反常的奇怪气候。"然后就开始大谈拜伦的新诗和自己的诗剧。

雪莱也察觉到玛丽在孩子死后对自己的冷淡,但他觉得那是饶有趣味的挑战,他尝试重新唤起玛丽对自己的爱与崇拜,当他发现这种尝试总是失败之后,他又开始无聊了,回到永不疲倦的自我关注上,他毫不费力地走出悲伤,轻易就变得激昂乐观,写出《西风颂》中著名的诗句:"冬天来了,春天还会远吗?"

在文学史上,这句诗是不朽的,它鼓励了无数困境中的人。但是在具体的生活中,这种乐观是麻木与残忍的,它否认了一种平常的软弱:不是所有人都能从悲伤中全身而退,有的人愿意让自己灵魂上那个窟窿永远敞着,让狂暴的西风灌入其中,保持痛感是怀念的一种方式,是生者仅有的能为逝者做的事情。

而玛丽的父亲葛德文更难理解女儿的悲伤——虽然玛丽以他的名字命名自己的儿子,葛德文认为作为一个理性主义者的女儿沉湎于痛苦是耻辱的,他让她赶紧好起来,然后从她丈夫那里弄出钱来给他。

玛丽唯一的安慰就是又孕育了一个男婴,但很快,玛丽尚未自愈的悲伤将被更大的灾难覆盖。

"我们从何而来?为何而生?要在这舞台
作什么戏的演员或观众?无论尊卑
终必把生命借来的一切交还死亡"

这是雪莱生前最后一首诗,这首雪莱临近生命终点时的诗，是死神握着他的手写下的。1822年7月，雪莱溺水身亡。他死时玛丽还不到二十五岁，生了四个孩子，如今仅剩最小的儿子。作为寡妇的玛丽失去了庇护，在当时的英国社会被视为耻辱，丝毫没有享受到一个容貌姣好的畅销书作家应有的待遇。

如果她是一个男人情况会不同吗？当然，没有一个男作家因为私奔和丧偶而被公众排斥，可玛丽却孤立无援，处处遭受白眼。

《弗兰肯斯坦》的结尾，怪物不知所终，或许心碎而死，或许改头换面。玛丽在出版这本小说后的真实人生竟成为了小说的续集。她生活在黑暗中，虽然有人追求，但始终没有再嫁。她每隔几年会出版小说或是传记，但那并不是为了声名，而仅仅像是排解忧伤，顺便挣点钱来养活孩子。她是浮游于街道的黑色暗影，默念着西塞罗的句子前行："没有恐惧，不信任任何人——永远不会被打倒。"而她唯一对话的对象是案上的日记本和记忆里的雪莱，她和雪莱在一起八年，而她用了余下的三十年去回忆。在余下的三十年里，她活得像是但丁的句子——"吾未死，但生命一无所存。"

当她真正死亡时，文学杂志的讣告认为她作为"珀西·雪莱忠诚的妻子"，远远比"《弗兰肯斯坦》作者"的身份要重要。

> 马尔库斯·西塞罗（Marcus Tullius Cicero，前106—前43）：古罗马政治家、哲人。公元前63年当选为罗马共和国执政官，后因为自由主义辩护被政敌杀害。其语言被视作古典拉丁语的典范和标准。著有《论法律》等。

在玛丽·雪莱死后一年，人们整理她的遗物，发现了一个抄着雪莱诗的纸包，打开一看，是雪莱已经炭化了的心脏。

[6]

用今天的观点来看，玛丽·雪莱有点"恋爱脑"。她没有按照公众的期望，成长为她母亲那样的激进女权主义者，或者是她父亲那样理性善辩的知识分子，她也没有兴趣去和丈夫争夺话语权。

大多数时候，她都很安静，允许他人凌驾于自己。写作《弗兰肯斯坦》时，她不抗拒丈夫的修改，出版时作者是匿名的，以至于很多人认为作者是珀西·雪莱。在后世的很多女性主义研究者看来，《弗兰肯斯坦》是"被骚扰过的文本"，里面有太多珀西·雪莱意志的干扰。

的确，这部小说可能会让女性主义者失望，小说由三位男性主角接力叙述，女性角色要么死亡（比如弗兰肯斯坦惨遭杀害的新娘），要么压根没被创造出来（比如怪物要求的女伴），似乎玛丽·雪莱有意让小说里的女人闭嘴。

但在我看来，《弗兰肯斯坦》里的反抗之声隐蔽又响亮。

弗兰肯斯坦一时兴起创造出生命，但从未学会过如何爱它。弗兰肯斯坦是谁？他是每一个失职的父亲。

进入玛丽·雪莱生命中的男人几乎都是"失职的父亲"，他们的不负责任以女人和孩子的死为代价。

葛德文一生都在宣扬教育的重要性，但他是个冷漠的教育者，玛丽和克莱尔私奔了，而留在家中的另一个女儿因为感觉不到被爱而选择了自杀。

珀西·雪莱不冷漠，他对生命里每个女人都很温柔，可惜他的温柔是有额度、分时段的。在他的温柔给予玛丽之后，前妻丧失了全部希望，在一个冬天，怀有身孕的女人选择投湖自杀，而雪莱为了减轻罪恶感，对玛丽也对自己说前妻已经沦为了妓女，自己对她和她肚中孩子的死没有任何责任。

而自恋的拜伦同样糟糕。克莱尔生下了他的私生女，拜伦抢过了那个女孩，放在一家封闭的修道院。拜伦不允许克莱尔去探望孩子，而在孩子生病的时候，他也从来没有去探望过。没过多久，这个女童就死于伤寒。拜伦的妻子有去教堂的习惯，所以拜伦不敢把自己的女儿葬在教堂，只敢把她埋在教堂门外一个大家放鞋垫的地方，墓碑也从来没有被立起来过。女童生前没有得到过任何来自父母的爱，死后亦没有资格受到祝福，连罪犯都安葬在比她像样得多的墓地里。

对于这些不负责任的创造者，没有人比玛丽·雪莱看得更清楚，但她依然选择爱。

珀西·雪莱等浪漫派诗人当然也会爱，但是在他们那里，爱更像是一种抽象的价值，一种对规则、传统等桎梏的对抗，一种区分高贵者与低贱者的标准，一种神圣不可侵犯的斗争精神。但是玛丽·雪莱懂得真正的爱，那是活生生的东西,那是忍住不流的泪水和隐隐作痛的灵魂,是不能入睡的夜晚,是用纸包着的恋人炭化的心脏。

玛丽爱,并不是因为爱是软弱的象征,而是因为她比他们更会爱,她知道爱是生命,不是写在诗里的精神。她把爱留给身边人,把审判放在故事里。不同于那些擅长自我辩护的"文豪",她的故事是为所有被嫌憎、被放弃的人而讲。

回到那个"无夏之年"的鬼故事比赛吧。拜伦写的故事——就像他的大部分故事一样,主角是他自己,他是一个贵族,在土耳其旅行,但在写了八页纸之后,拜伦就对这事感到厌烦。

雪莱写的也是一个基于自我经验的故事,但很快也放弃了。玛丽替他解释,雪莱"更擅长用辉煌想象的光辉,用使语言美轮美奂的极富旋律的诗句来表现理想和情感,而不是设计一个故事"。

无论玛丽如何替自己的丈夫粉饰,拜伦和雪莱在这场比赛的失败都印证了这两个最有才华的浪漫诗人的致命问题:他们过于自我,这种自我甚至遮蔽了他们对于世界的想象力以及对他人情感的感知力。

浪漫主义的诗人文学缺乏后继者,而不像《弗兰肯斯坦》开启了下一个文学时代,因为文学不应是关注自身的艺术、辉煌的艺术,文学的生命力在于它的敏感和温柔,当灰尘被毫不在意地从桌上擦抚之前,它说:"请等等,请听听我的故事。"灰尘开始讲述,所有人都听得入迷,文学释放联结人心的魔力,因为所有听者内心深处都知道,终有一日,我们都成为尘埃。

《弗兰肯斯坦》成为一个划时代意义的预言,因为玛丽·雪莱在反抗"父亲"的过程中,无意中完成了另一重反抗——对于"进步"的反抗。

玛丽·雪莱自小被18世纪末19世纪初政治激进思潮冲刷,那是一个充满激情的年代,技术与人们的想象力并肩奔跑,每一天,人们都认为对世界的认知又得到了拓宽,人类离造物主的位置又进了一步。"进步"滋生出一批乌托邦主义者,比如威廉·葛德文希望改造人性,珀西·雪莱和拜伦认为应该瓦解所有禁锢人性的制度。科学家和理论家都认为自己可以取代上帝。

当他们在客厅高谈阔论各种畅想的时候,他们没有注意到角落沙发上那个不说话的女孩,她或许在暗自发笑:不知道如何面对自己的伴侣与孩子的人,竟然妄想当造物主。

这群自恋而狂妄的聪明人按照自己的理解去改变伴侣、塑造孩子、影响读者,想把鲜活的人性塞在模具里,当发现最后的成果是伤痕累累且四不像的东西时,他们厌烦了,拒绝承认自己的责任,让那"怪物"自生自灭。

翻看《弗兰肯斯坦》的第一页吧,再看那几行近乎哀鸣的诗句吧。

"造物主啊,难道我曾要求您

用泥土把我造成人吗？难道我

曾恳求您把我从黑暗中救出

把我安置在乐园之中吗？"

——那是所有"怪物"的心声，我希望我从未出生过。

玛丽·雪莱在那几个男人身上洞察到的缺陷恰好是人类这个物种最致命的陷阱：贪婪、自大、不负责任。人类靠着欲望不断创造出自己也难以控制的未来，建造天堂亦是打开地狱之门，一代代新的怪物和新的弗兰肯斯坦正在产生。

在接近失控的时刻，多一个人读玛丽·雪莱，就多了一份人类对于自身的警惕。

《雪莱传》　　　　　　　　　　　　　　　　　　　　| 书籍

作者：[法]莫洛亚
出版社：浙江大学出版社
译者：谭立德，郑其行
出版年：2013

应该算一本经典传记了。莫洛亚是世界上最会写传记的作家之一（另一位大概是斯蒂芬·茨威格），他尤其擅长写那种激情四溢的作家的人生，比如说珀西·雪莱。

他把主人公写成灵魂的巨人，看得让我生疑：是雪莱真有这么传奇伟大，还是传记作者自身的理想投射呢？

我看茨威格写的传记亦有这样的感受，他偏爱精神上的强者，而回避人性深处那些弱点，让人心疑，这是源于茨威格对自己孱弱精神的痛恨吗？

《怪物：玛丽·雪莱与弗兰肯斯坦的诅咒》　　　　　　| 书籍

作者：[美]多萝西·胡布勒，
　　　托马斯·胡布勒
出版社：上海人民出版社
译者：邓金明
出版年：2008

关于玛丽·雪莱的传记文学实在不多，翻译引进更少，这本虽然不十分精彩，但也可以当作了解作家的入门之作。

《为女权辩护：关于政治及道德问题的批判》　　　　　| 书籍

作者：[英]玛丽·沃斯通克拉夫特
出版社：中信出版社
译者：常莹，典典，刘荻
出版年：2016

玛丽·雪莱母亲玛丽·沃斯通克拉夫特的经典作品。

在还没有"女权主义"（feminism）的时代，她探讨的是"女性的权利"（rights of women）。

这本来自 18 世纪的书现在看起来也绝不过时，比如里面思考为什么女性总是在智力上被低估——"女性很少被赋予足够严肃的工作来平息她们的情绪，她们身心的全部精力，都被消磨在了一连串的琐碎小事和虚荣的追求上，这自然会使她们彻底沦为感官的奴隶。"

玛丽·沃斯通克拉夫特明显比女儿要激烈犀利很多，玛丽·雪莱表面上还是忠贞深情的妻子和温顺的母亲，但若细读母女俩的作品，你会发现那同源的反抗基因，一直在她们血液中流淌。

《玛丽·雪莱》 | 电影

Mary Shelley
（2017）

我在飞机上偶然看到这部影片，才引发了我对玛丽·雪莱的一系列兴趣。

电影拍得不好不坏，遗憾之处在于结束于玛丽·雪莱"天才少女"的时期，重头戏也在她和珀西·雪莱的爱情。但在我看来，珀西去世后的玛丽也极其动人，她独自携带着亡夫的心脏，养育孩子，坚持写作，她用笔到达了她的丈夫从未到达过的地方。

《英国国家剧院现场：弗兰肯斯坦》 | 影像

National Theatre Live: Frankenstein
（2011）

大概是最好的一版《弗兰肯斯坦》。怪物及其创造者的关系被演绎得极其细腻。

我见过最痴狂的弗兰肯斯坦的粉丝是导演是枝裕和。我在他的工作室见到满满几柜子"弗兰肯斯坦"的手办，我激动地跟导演滔滔不绝地讲述我对这部小说和作者的阐述，导演笑而不语，心里大概在敷衍："好好好对对对对。"

后来我再读《弗兰肯斯坦》的小说时，读到躲在他人门后，学习人类讲话的"怪物"时，总会想到是枝裕和电影里那躲在衣柜里观察大人世界的孩子。

《科幻先知 第一季》 | 纪录片 |

Prophets of Science Fiction Season 1
（2011）

讲述科幻小说发展历程的纪录片。每一集介绍一个科幻作家（第一集就是玛丽·雪莱），讲他们的人生与视野如何造就他们的预言，而我们又是如何生活在他们的预言中。

夏洛蒂·勃朗特
1816 / 4 / 21 - 1855 / 3 / 31

艾米莉·勃朗特
1818 / 7 / 30 - 1848 / 12 / 19

我们织过一张童年的网，
有时四个人合作，
有时结成独立的两对。

The Brontë Sisters

Part2　　　147

07　勃朗特姐妹：听我灵魂深处的狂风

[1]

> 威廉·萨克雷（William Makepeace Thackeray，1811—1863）：英国19世纪批判现实主义作家，维多利亚时代的代表小说家。风格讽刺幽默，著有《名利场》等。

1850年6月的某一天，许多名流都来到了著名作家萨克雷的家中，准备参加一场重要的晚宴。这场晚宴的主角是一个神秘的女作家，她的书正在英国热卖，但作者身份却很神秘，所有人都期待见到作家的真容。

这个女作家终于来了。她非常娇小，羞怯愁苦，戴着一顶假发。当她开始融入这个晚宴，所有人都失望了，大家没有想到她是一个如此乏味和无聊的人，在聚会中，男性文人们用她小说里的片段和她开玩笑，可她却木木的，仿佛听不懂他们在说什么。大部分时间里，她都很寡言，几乎不跟任何人交谈，少数几句跟人的寒暄也含糊其词。

当她离开，所有文人面面相觑，没想到这个写出让整个伦敦疯狂的作品的作家本人竟然如此不讨喜，没有显出任何聪明伶俐的特质。

这个女作家不以为意，因为在人生的大部分时光里，她习惯了被漠视、被低估。

她的处女作投稿多次都被拒绝，而当她终于出版那本有名的畅销书时，她小心翼翼把书和几篇精心挑选的评论一起拿给父亲。父亲第一反应是："肯定要赔钱的！你怎么把书卖出去呢？"在那之前，父亲对她的写作一无所知，等看到那本油墨印刷的《简·爱》（Jane Eyre）时，他才对女儿的才华将信将疑，喝茶时对其他女儿们说："姑娘们，你们知道夏洛蒂写了一本书吧？很可能还不错。"

女作家的全名是夏洛蒂·勃朗特。她出生于一个荒原小镇的牧师家庭，母亲早逝，有两个姐姐、两个妹妹和一个弟弟。她不像男文人心目中伶牙俐齿有风情的女作家，因为在她的成长过程中，张扬的性情与讥讽的言语对她的生存从来就帮不上什么忙。

在她所生活的维多利亚时代，社会强调妇女作为母亲和妻子的社会角色，认为女人应该待在家中，是男人的附属品，女人应该成为"家庭天使"。

"家庭天使"的特征是美丽、忠贞、纯洁。维多利亚女王本人就是如此，她和丈夫关系和美，生了很多孩子，丈夫去世之后，她长年以寡妇的形象来面对自己的子民。女王树立了一个榜样：当一个女人能够成功地抵御外界的诱惑，并且能够果决地忽略自己灵魂深处的欲望与野心，她就具备了被人称赞的美德。

对勃朗特一家来说，全部希望都在唯一的男孩布兰威尔（Branwell Bronte）身上，所有的钱都用于对布兰威尔的投资,父亲每天只教儿子拉丁语,而其他姐妹就只有在一旁偷听的份儿。

姐姐们到了年纪就被父亲送进了专门教育牧师女儿的寄宿学校。那是个没有人性的地方,暴力是家常便饭,老师以锻炼为名折磨少女,夏洛蒂的两个姐姐因为生病得不到及时治疗,在一个月的时间里先后死去。

那是怎样的折磨?读读《简·爱》吧。小说开始时女主人公还只有十岁,她需要先从环境恶劣的漫长青春期中存活下来,才能来到桑菲尔德庄园,见到她的罗切斯特先生。

简·爱待在牢笼一样的寄宿学校里,冬天没有炉火取暖,食物匮乏,老师动不动就惩罚学生,简·爱生命中唯一的光就是一个叫作海伦的女孩,海伦比她稍大一些,温柔有耐心,她与简·爱轻声交谈,不像是一个十四岁的女孩应该具有的智慧,就像她知道自己很快就要死去,在短短的生命里预支了漫长的人生。

海伦因病去世时只有十四岁,死在简·爱怀里,小小的脸蛋和小小的手腕变成了小小的墓碑。

当海伦死去,简·爱才蜕变成为我们熟悉的简·爱,那个顽强、懂规矩、自尊的成年女人。很多文学评论分析"海伦"这个角色的宗教意义,我觉得夏洛蒂设计这个角色的初衷可能更为简单:她写海伦,仅仅因为那个宁静的至死也不抱怨的女孩、那个在炉火边眼神闪烁分享洞见的女孩、那个临死前说自己并不难过的女孩就是她的姐姐。姐姐得到了永恒的安息，但夏洛蒂并没有，她在小说中进行一场不知不觉的报复，让那些体罚过学生的老师在书里识别出那个不散的魂灵。

[2]

勃朗特的孩子们感情很好。他们早熟得惊人，在四五岁的时候就在家排练话剧，十岁上下就用成年人的谈吐议论国家政治。但他们生性羞涩，不爱讲话，父亲为了让他们说出自己真实的想法，想了个办法：让他们戴着面具说出自己真实的想法。

"戴着面具说真话"——这是文学创作的本质。而小勃朗特们很早就开始了这种训练，这种训练还给他们带来了一个文学史上几乎空前绝后的奇妙关系：经验的共享。

他们各自的生活经验并不丰富，而他们很早就开始练习经验的共享。在夏洛蒂·勃朗特少年时代的一首诗中，她写："我们织过一张童年的网，有时四个人合作，有时结成独立的两对。"

姐妹们秘密结网在晚上九点之后，那时候，家务活儿终于做完了，她们放下手中的缝补活儿，熄灭蜡烛，在起居室里绕着桌子散步，一个跟在另一个后面，讨论彼此的故事到清晨。

伍尔夫曾经说女作家写作需要"自己的房间"，但比自己的房间更重要的是"自己的时间",我所知道的所有女作家都是与夜晚赛跑的专业运动员,她们不像男作家有充沛完整的一个白天能坐在书房,她们的白天总是被家务和孩子打断,属于她们的只有夜晚。那时,所有喧嚣的存在都蒸发不见,房间里忙碌的影子慢慢缩回到自我身上,缩回一个坚硬的内核,人慢慢沉入意识的深渊。

勃朗特姐妹们在昏暗的房间交流,有一次,夏洛蒂告诉自己的妹妹们,她们把自己小说中的女主人公写成是美丽的,这在道德上是错误的。她说:"我要给你们证明你们错了;我要塑造出一个女主人公给你们看,她像我一样矮小难看,但她会像你们讲的任何一个女主人公那样令人感兴趣。"

但那个女主角还需要很长的等待。彼时,夏洛蒂·勃朗特的首要任务是充当好大姐的角色,照顾好弟弟妹妹,包揽家务,同时还要做份家庭教师的工作养活全家。

大鸣大放的希望在小弟弟布兰威尔身上,他无休止地做着成名的美梦,他并非没有才华的人,但遗憾的是,他的才华让他看得到梦想,却够不到,他抵抗不了接连失败的残酷现实,酗酒成性,挣扎于触手却不可及的希望。

夏洛蒂的志向则很务实,她想开一所学校,一所只有教育而没有折磨的学校。为了学习开学校的经验,她和妹妹艾米莉·勃朗特一起去了布鲁塞尔,来到埃热夫妇开的寄宿学校。

那时的夏洛蒂·勃朗特已经二十五岁,艾米莉·勃朗特也已经二十三岁,她们比寄宿学校里其他女生都要年长十岁左右。在其他少女看来,这两位"老女人"挺奇怪的,她们衣服不合身也过时,话很少,不与人打交道,每天傍晚在学校后面的小巷散步,艾米莉过于高大,夏洛蒂则很矮小,远看就像是被妹妹挟持了一样。

只有一个人看出了姐妹两人卓越的天赋,那就是学校的创始人埃热先生,他严肃真诚,踏实稳妥,以严苛的标准单独辅导勃朗特姐妹学习法语、锻炼写作。

接下来的情节太好预测——夏洛蒂·勃朗特爱上了埃热先生,热情地、绝望地、悲哀地。

"才女"的爱总是出人意料地卑微。最有名的例子就是张爱玲照片背面写着的话"见了他,她变得很低很低,低到尘埃里。但她心里是欢喜的,从尘埃里开出花来"。胡兰成得意地展示这话,然后继续去欣赏自己在别的女人眼中的倒影。

夏洛蒂·勃朗特给埃热先生不断写情书,渴求一点点真情,就像穷人只需要一点点面包屑就能活下来。埃热先生不耐烦地把这些信全撕碎,扔进垃圾桶,让自己的太太处理这件事。

与夏洛蒂·勃朗特同时代还有一位伟大的女作家乔治·艾略特,她打破传统,向一位男士写信求婚,信里写自己得不到爱只能去死,结尾写:"我想从来没有女人写这样的一封信——但是我并不因为它而感到羞

> 乔治·艾略特(George Eliot,1819—1880):英国作家,19世纪英语文学最有影响力的作家之一。擅长以外貌和心理描写,塑造极具审美性和艺术性的人物形象。著有《亚当·比德》《弗洛斯河上的磨坊》《米德镇的春天》等。

耻，因为我清楚，鉴于我的理智和真正的修养，是值得你的尊敬和温柔的，无论那些粗鄙的男人和庸俗的女人会怎么看我。"收到信的男人说自己对她的爱毫无反应，"她的爱投入进去了，但是我的并没有"。

为什么两性市场总是羞辱"才女"？或许是因为这些聪明的女人从小用书里的智慧武装自己，她们的志趣不鼓励她们挖掘外表的美，她们的清高不允许她们钻研欲擒故纵的技巧，她们的清醒让她们不能盲目地爱自己，她们从小只知晓一种爱的方式，那就是伟大的文学作品里那一种：毫无保留的爱。

她们习惯性地高看人，却不知道朱丽叶常有，而罗密欧却寻不见。现实中，得到她们爱的男人并没有意识到得到了珍宝：有人惊骇万分，觉得炙热的爱烫手得很，吓得要赶紧扔出去；而识货的男人则变得愈发自恋，觉得自己被这份难得的爱确认了，价值水涨船高，更有理由出去猎艳，全天下的女人都是囊中之物。

伤心故事成为他人口中的八卦，看客轻飘飘带着笑讲完，感慨一句"所遇非人"，却并不是真的惋惜。男人觉得相貌平平的女人不顾一切地求爱让人毛骨悚然，女人觉得为爱丧失自尊不值得同情。

只有夏洛蒂·勃朗特知道自己的爱绝不是没有自尊的，所以才有了《简·爱》里那段振聋发聩的表白："你以为我贫穷、低微、不美、渺小，我就没有灵魂，没有心吗？如果上帝曾给我一点儿美丽、丰富的财产，我也会让你感到难以离开我，就像我现在难以离开你一样。我现在是用我的心灵和你的心灵对话，站在上帝面前，我们是平等的。"

[3]

《简·爱》出版时是匿名，副标题是"一部自传"，但它其实是一部彻头彻尾的幻想之书。

真实的夏洛蒂·勃朗特从未获得过与她相配的爱，她从来没有被一个可爱的男人看到她可贵的内在。所以在小说里，她给简·爱安排了自己理想中的爱情：罗切斯特先生看到了一个"超越了她可悲的外貌、超越了她卑贱的地位、超越了命运的打击，经得起生活的坎坷和颠簸的女子"。罗切斯特爱简·爱的方式或许就是埃热先生带给夏洛蒂难忘的悸动，他不要她假装，不要她隐藏自己，罗切斯特先生对简说："和我自然地相处。"

《简·爱》在后来的影视作品里往往被简化为一个玛丽苏的故事：贫寒的家庭教师与有钱的庄园主相爱，历经千辛万苦最终在一起。

我小时候初次读这本小说，也觉得它和简·奥斯汀的爱情小说没什么区别，都是讲普通女人觅得金龟婿。比较起来，夏洛蒂·勃朗特笔下的世界远远没有简·奥斯汀的生动有趣，反而显得凄风惨雨。简·爱大部分时间都不在谈情说爱,而是在自言自语,向读者展示脑海中无数纠结的念头,絮叨着自己的爱、恨和遗憾。

等长大后重读《简·爱》,我才意识到这就是夏洛蒂·勃朗特的与众不同之处,她是第一个主观主义的小说家,她笔下的那个世界就是她的内心世界。

《简·爱》并不是一个爱情故事,而是一部难得的女性成长小说。简·爱在夏洛蒂笔下不是一个命运已经被写好的小说人物,而是一个正在不断成长的人,她的每一步变化都不像是小说家安排的,而更像是自我成长的结果,一个角色和她自己的经验齐头并进,逐渐发现自己。

这种创作方式塑造了文学史上几乎绝无仅有的一个女性。简·爱身上充满了矛盾,她难看又迷人,谦逊而高傲,充满反叛精神可又循规蹈矩,她身上存在着火一样的热情,但同样存在着自我牺牲与自我坚守。

小说里最动人的部分全来自主人公的独处,而非情爱。简·爱发现罗切斯特有一个精神失常的妻子后选择离开他,她迷失在荒原上,在没膝的青色树丛中穿行,身旁只有灰白干燥的岩石,夏日热力压垮了她,她就像是一条快要饿死的狗。如果此时有人问她在做什么,她也无言以对。偌大的天地,没有她要做的事,没有她要找的人。

我相信,这就是夏洛蒂·勃朗特的常态,漫长的独自徘徊,在家乡的荒原,在异乡的石头路,并没有发生什么不幸的事,可是为什么苦痛、自卑与渴望会如潮水一样突如其来地漫过心头？为什么，为什么会如此孤单？

唯一的解释，就是夏洛蒂拥有超于常人的自尊。自尊是让她孑然一身的罪魁祸首，也是她握紧笔时仅存的骄傲，她让简·爱替她说："我在乎我自己。越是孤单，越是没有朋友，越是没有生活来源，我就越是要尊重我自己。"

自尊心使得简·爱对平等爱情的追求近乎苛刻。当罗切斯特身陷残疾，而简·爱获得一大笔财产之后，简·爱才允许自己去爱他，"既可以当他的向导，又可以当他的拐杖"。

简·爱眼中的"平等"不仅需要自己的地位升高，还需要罗切斯特社会地位下降。简·爱绝不是一个灰姑娘，因为她的自尊不允许伴侣凌驾于自己之上。

《简·爱》取得了成功，读者第一次听到一个贫穷、不美，也不愿意当"家庭天使"的女主角的心声，连"家庭天使"的模板维多利亚女王都成为这本书的粉丝。夏洛蒂开始写自己的新书，对于生活在维多利亚时期的贫寒大龄单身女性来说，只有成为一个成功的女作家能带给她尊严。就在这时，命运的重击又来了。

首先是弟弟布兰威尔去世，在布兰威尔的葬礼上，才华横溢的妹妹艾米莉·勃朗特染病，很快去世。紧接着，最年幼可爱的妹妹安妮也离开了人世。[a] 最热闹的时期有兄弟姊

---

[a] 在准备布兰威尔葬礼的过程中，艾米莉和安妮病倒了，艾米莉病情逐渐严重，却拒绝接受治疗，同年12月与世长辞。安妮倍受打击，表现出明显的气短和哮喘，1849年1月被诊断出肺结核晚期，5月病逝。

妹六人，如今只剩下夏洛蒂一个，在冷清的荒原石屋照顾着失明的父亲。

夏洛蒂还在不断地写。客观地说，她并不是一个有卓越天赋的作家，她没有狄更斯的幽默感，没有托尔斯泰塑造生动人物的能力，也缺乏想象力，她只会写一种人——像她这样的人。

夏洛蒂·勃朗特生平最后一部小说叫作《维莱特》(*Villette*)，主角露西和简·爱一样，都是一个来自外省举目无亲的家庭女教师，也像简·爱一样备受欺凌，但两人如此不同。当简·爱在寄宿学校被欺负的时候，她想的是报复——"我们一定要狠狠回击，非常非常狠，好教训那个打我们的人永远不敢再打"，但是在露西那里，没有什么是不能忍受的；简·爱得到了罗切斯特，并且觉得自己和他每个纤细的神经都相配，而当露西遇到心爱之人的时候，她的第一反应是自卑和退缩，认为对方应该找一个年轻、富有而漂亮的妻子。

《简·爱》是夏洛蒂想象中的自传，而《维莱特》才是她真实的生活。落笔的过程即是接受命运的过程，没有好运和奇迹，没有天降财产和罗切斯特先生，不再有幻想和侥幸，希望是个奇怪的骗子，骗走她珍视的爱和亲情，最后还给这个矮小的女人剩下了什么呢？

让夏洛蒂自己回答这个问题吧。《维莱特》里，别人问女主角，你是一个什么样的人？

这个不美、不富有、不年轻、不机智、不可爱的女人老老实实地回答:"一个越来越好的人。"

[4]

夏洛蒂·勃朗特是一家之中唯一成功的畅销书作家,但是更有才华的人却是她的妹妹艾米莉·勃朗特。

夏洛蒂曾经偷看过艾米莉写在笔记本上的诗,她震惊了,那是她没有见过的文字,不同于之前所有女性的声音,没有任何犹豫和怀疑,没有甜美的假声和故作亢奋的高音,只有一种纯粹有力的声音。

夏洛蒂读的是哪首?是那首:

"山民热爱自己的家园
远甚于山下富庶的平原
他不会舍弃家乡的荒土
去换取大片丰腴的田亩"[a]

还是:

"夜晚在我周围暗下来

---

a 《相信一颗信任你的心》("Now Trust a Heart that Trusts in You"),刘新民译。

狂风冷冷地怒吼

但有一个蛮横的符咒锁住我

我不能，不能走"[a]

无论哪首，都让夏洛蒂看到了艾米莉的与众不同，那是一种拒绝修饰的骄傲之声。骄傲是天才的特权。埃热先生教导勃朗特姐妹写作时曾建议她们模仿，因为模仿是最快捷的学习方式，夏洛蒂恭敬遵从，而艾米莉则宣称自己不需要模仿任何人。

天才没有师承，也无需读者。当艾米莉发现自己的诗被姐姐读到之后，她大发雷霆，觉得自己的隐私受到了侵犯，很长时间之后才结束冷战，答应姐姐的建议：和姐姐夏洛蒂、妹妹安妮匿名合出一本诗集。

这本自费出版的诗集销量并不好，一共只卖出几十本，不温不火。 而艾米莉·勃朗特紧接着出版的小说《呼啸山庄》（*Wuthering Heights*）才是一场彻头彻尾的大灾难。

《呼啸山庄》讲了两代人的故事。18世纪约克郡偏僻的荒原上，一个乡绅养育了两个孩子，男孩欣德利和女孩凯瑟琳。一天，乡绅带回家一个眼睛漆黑的弃儿，取名叫作

> 出版诗集时三姐妹都使用了化名。化名的姓"贝尔"来自教堂的副牧师，三个名的头字母和三姐妹的头字母相同。1846年，《库勒、艾利斯和艾克顿·贝尔诗集》（*Poems by Currer, Ellis and Acton Bell*）出版了，得到了一些评论界的好评，但销量惨淡。

---

a 《夜晚在我周围暗下来》（"The Night is Darkening Round Me"），杨苡译。

希思克利夫。希思克利夫和凯瑟琳度过了野草一般无忧虑的童年与青春，欣德利嫉妒希思克利夫夺走了父亲和妹妹的爱。一两年后父亲去世，欣德利把希思克利夫贬为奴仆，凯瑟琳则接受了温文尔雅的青年埃德加·林顿的求婚，嫁入山下峡谷里的画眉田庄，希思克利夫出走。

数年之后，发了财的希思克利夫衣锦还乡，开始了他的复仇。他通过赌博夺走了欣德利的财产，让他醉酒而死，又娶了自己情敌埃德加·林顿的妹妹伊莎贝拉。希思克利夫并不爱伊莎贝拉，他用尽各种办法去殴打、羞辱她。

同时，重病缠身的凯瑟琳生下女儿小凯瑟琳之后去世。失去了世间最后一丝留恋的希思克利夫变得愈发疯狂，开始折磨他们的下一代。

希思克利夫痛恨欣德利的儿子哈顿，所以在哈顿身上复制了欣德利曾经对自己做的事：剥夺教育，使之成为粗野的农夫；希思克利夫痛恨自己的儿子小林顿，因为他身上流着情敌家族的血液，所以漠视儿子的体弱多病；希思克利夫还痛恨小凯瑟琳，因为这个小女孩的出生夺走了爱人的生命，所以他把小凯瑟琳囚禁起来，强迫她嫁给自己的儿子小林顿，这样一来，两家的财产就全部落入了手中，而所有仇人的孩子，都变成了他的囚徒。

眼看复仇大计就要完成的时候，情况发生了变化，凯瑟琳的鬼魂出现了——或者说，她从未离开过，她的样子始终萦绕在希思克利夫的心头，而在她去世多年后的一天，希思克利夫真的看到了她的鬼魂。

希思克利夫忘了吃饭，忘了睡觉，终日与这个神秘的客人相处，最后竟饿死了。哈顿和小凯瑟琳相爱，在画眉田庄幸福地安家，而凯瑟琳和希思克利夫的灵魂则继续占有着呼啸山庄，永生永世。

这本小说出版之后引起了很大争议。想象一个读者，泡了杯茶，窝进柔软的沙发里，打开书，准备用一个暖心的爱情故事打发一个晚上，结果迎接他的是什么？是文学史上最野蛮和残暴的男主角，希思克利夫殴打自己的妻子伊莎贝拉，抓起餐刀就往她头上掷，刀戳进伊莎贝拉耳朵下方的脖子里，她不得不自己拔出刀逃跑。而当伊莎贝拉一次次原谅希思克利夫、无私地向他表达爱意的时候，希思克利夫骂她是"最下贱的母狗"。希思克利夫还说，如果自己生活在一个法律没那么严厉的国家，他很想把妻子和妻子的哥哥——自己的情敌进行活体解剖，"以便度过一个愉快的夜晚"。

哪怕今天的读者在看到这些细节的时候，内心也会忍不住浮起一个疑问：这小说能出版吗？

在当时，《呼啸山庄》收到的评论有"粗俗""可怕""令人作呕""是什么样的人写出这样一部作品来，他怎么写了十来章居然没有自杀？"。而当人们发现这本书的作者竟然是女人之后，他们更愤怒了，认为这个女人残暴而未开化，不配当作家，甚至不配当人。

甚至夏洛蒂作为妹妹的忠实粉丝，都担心希思克利夫这个人物的塑造，认为他是一个"恶棍"。

当一件事物能激起广泛的反感甚至愤怒的时候，说明它一定是戳中了人性中某个拒绝被面对的角落，而在这个角落里，有厌恶，有战栗，有恐惧，也有不能言说的愉悦。

[5]

《呼啸山庄》里让我们又爱又怕的是什么？

是希思克利夫与凯瑟琳之间奇特的爱。对凯瑟琳的爱是希思克利夫活着唯一的动力，他向凯瑟琳表达爱意的方式如此诡异：在凯瑟琳死后，他亲手掘开了她的坟墓，以便能看她一眼。

凯瑟琳也以全部的生命去爱他。听她的表白，像山峰一样坚实，像闪电一样凶猛："我在这个世界上最大的痛苦就是希思克利夫的痛苦，而我从一开始就注视和感觉到他的每一桩痛苦，我生活的中心思想就是他。如果别的一切都毁灭了，只要他还在，我就能继续活下去，如果别的一切都还在，而他却消失了，这个世界对于我就会成为一个极陌生的地方；我就不会是其中的一部分。"

他们之间所拥有的爱是一种共生关系，当一个死去，另一个也无法生存；这种爱不会变化，你对对方厌倦的时候，同时也对生命感到厌倦；这种爱没有开始也没有结果，就像铁注定被磁铁吸引，就像是潮汐注定因为月亮而翻涌。

他们爱彼此，不是因为对方漂亮、可爱，而是因为对方比自己更像自己。当他们童年时携手在荒原上迎着狂风奔跑大笑的时候，他们听到了彼此身体深处同样的呼啸，从那时开始他们就意识到，虽然灵魂的构成不得而知，但他们的灵魂一模一样。

写《呼啸山庄》的艾米莉从来没恋爱过，没有朋友，生活经验少得可怜，性格古怪，比起人来，她似乎更喜欢动物。这样一个生活经验贫瘠的姑娘如何能写出这么丰沛磅礴的爱情？人们很难解释，于是有人说希思克利夫和凯瑟琳之间的爱，是艾米莉和她的哥哥布兰威尔之间情感的映射；聪明敏锐如毛姆，也觉得艾米莉的强大有力简直说不通，推测她一定是个女同性恋，为当时的社会氛围所不容，所以内心才会隐藏着痛苦、狂喜与情欲。

《呼啸山庄》的爱没有人见过，读者只能形容为"变态"，但那是被高度提纯的爱。

在我看来，恰恰是没有经历过爱的艾米莉才能写出这样的情感。姐姐夏洛蒂经历过爱而不得的单相思，而艾米莉根本不知道爱为何物。爱是什么？它是冰天雪地里让人心头发烫的无名之火，还是夜深人静时盯着天花板落下的无缘的泪？爱是她生命体验里存在却尚未被命名的事物。

十八岁的时候，艾米莉写过一首诗，"世上唯独我，活着无人关心，死后也无人哀悼；自从出生，没人为我生一缕忧愁，露一丝微笑"。

大多数人的青春期都以这种"没有人懂我"的孤寂感开始，以逐渐意识到自己没有什么特别之处而告终，困苦感也被琐碎的疲惫所取代。但是在艾米莉身上，这种孤独从未结束，反而在成年后的艾米莉身上依然像怪兽一样生长。于是，艾米莉克隆出一个和自己一样的异性，觉得唯有同样的灵魂才能相爱。

凯瑟琳拥有自在而狂野的灵魂，她不是有两面性格的大家闺秀，小说里父亲失望地问她："你为什么不能永远做一个好姑娘呢？"她扬起脸来向着他大笑着回答："你为什么不能永远做一个好男人呢，父亲？"

凯瑟琳像是沼泽地里的孤儿，故乡不在孤寒的呼啸山庄，也不在温暖的画眉田庄。结婚之后的凯瑟琳用牙咬开枕头，然后把里面的羽毛排列在床单上，想到那些鸟曾经在荒野的天上回旋，吸一口在窗外枞树间呼啸的狂风，渴望回到野蛮、顽强、自由的童年。

那时的凯瑟琳已然后悔，后悔自己进入了一个"文明"的世界，一个成年的世界。那时的凯瑟琳才意识到，自己栖居的那个温柔妻子的躯壳是个冒牌货，她只是在模仿一个成年女子，在灵魂深处，她和希思克利夫一样，从来不曾长大。

希思克利夫是个恶棍吗？当然，他自己都说："我没有怜悯！我没有怜悯！虫子越扭动，我就越想挤出它们的内脏，这是一种精神上的长牙齿；越是痛，我就越使劲磨。"

他并非天生坏人,作恶也不是为了利己,而是为了报复。他报复,因为他认为凯瑟琳背叛了他们童年时缔造的那个同盟。他的报复方式,就像是一个孩子去反叛整个成年世界。

在艾米莉的作品里,我们看不到一个成熟作家应有的道德坚持,看不到一个生活在时代中的人对于周围世界的临摹,世界的传统、时代的偏好、道德的好恶好像没有在她身上留下一丝一毫,她不在乎是非善恶,在她的世界里,只有同类和非同类,只有"我们"和"他们"。

——这是孩子才有的看待世界的方式,我们好,他们不好;我们不和他们一起玩;我们说好不分开,不要像他们。

艾米莉的成长过程,就是看着"我们"逐渐减少萎缩、"他们"逐渐发展壮大的过程。兄弟姊妹曾经戴上面具假装自己是幻想之岛的岛主,编写自己的传奇,可是渐渐地,有人每日算账疲于生计,有人陷入恋爱不能自拔,有人渴望成名成家,他们抛弃童年就像抛弃破旧的玩具面具,只有艾米莉希望游戏永不终结,她诗里写:"宝贵的童年纯真,原谅我,因为我伤害了你。"

她身边的所有人都到生活中去了,无声无息,没有告别,那里人口众多,只留艾米莉一个人在彼岸。人们也在那一头召唤艾米莉过去,她不愿过去,他们便觉得她一定是有问题。甚至连最欣赏她的夏洛蒂也在妹妹死后向公众解释,艾米莉写出离经叛道的作品,是因为她孤僻,未经教化,她的想象力过于阴郁,她不知道自己在做什么,"如果她生活过,她的心灵就会像一棵结实的树"。

姐姐也不知道,艾米莉从来不想到生活那边去,那个有房子、有街道、有家庭、有礼貌的世界,在她看来随时会四分五裂;而那个一无所有的荒原,那些被遗忘的树与石子,才是艾米莉眼中坚实的城堡。

在无人留恋驻足的童年世界,艾米莉见到了没有人见过的东西,她见到时间缓缓破损,夜晚逐渐洞开,在星辰的缝隙里,一个辉煌灿烂的世界缓缓出现,与那个世界相比,人间不过是个破破烂烂的监狱。

这个世界是给绝对孤独者的奖赏,万籁俱寂,树木才开始交谈,笑着说精灵在他们的身体里留下的记忆,艾米莉听得入神,听得发笑。

艾米莉死时很平静,拒绝见医生,也不采取任何治疗措施。她并不害怕死,倒像是等不及了,另一头——那个所有人畏惧的寂静黑暗的世界,她已经非常熟悉了。在每个人都无处可逃、永世孤寂的地方,她将在所有人之上。

[6]

或许当夏洛蒂失去了所有的兄弟姐妹,她才终于理解了妹妹,见到了妹妹所见。

《简·爱》出版多年的一次聚会上,有人认为其中一段情节并不成立:简·爱在绝望无助的时候,听到了罗切斯特在很多英里以外对她的呼喊。

夏洛蒂深吸了一口气,用低沉的声音说道:"可这是真事,的确发生过。"

她也听过吧。在她的故乡,那个渺无人烟的地方,那个厌世者的天堂,唯有一栋突兀的石房子。在风大的日子里,房子周围充满了呜咽与啜泣声,仔细分辨,还有笑声和私语,这些声音呼唤着孤身的夏洛蒂出去,与之呼应,仿佛在说:"加入我吧,我知道,你的灵魂与我一样,深处早就在酝酿着一场呼啸。"

《破局者：改变世界的五位女作家》 | 书籍

作者：[英]林德尔·戈登
出版社：上海文艺出版社
译者：胡笑然，肖一之，许小凡
出版年：2021

林德尔·戈登是我最爱的作家传记作者，她笔下的 T. S. 艾略特和弗吉尼亚·伍尔夫曾带给我很多启发。她的《破局者》写了五位不同时代的女作家，其中就包括勃朗特姐妹。

戈登相信女作家之间有着接续火炬一般的使命。她们的天赋是那么容易被剥夺——被世俗的要求，被误解，被家庭，甚至被爱，但她们仍然选择以温柔的共情力，走入他人的生活。

《勃朗特姐妹：权力的神话》 | 书籍

作者：[英]特里·伊格尔顿
出版社：中信出版社
译者：高晓玲
出版年：2019

著名的马克思主义理论家对勃朗特姐妹的研究。他把勃朗特姐妹放置在田园牧歌的社会向工业资本主义转型的背景下，虽然方法很独特，但读起来总觉得有些生硬。

尤其是伊格尔顿作为一个男性作者，从硬邦邦的权力关系的角度去理解简·爱和罗切斯特，似乎漠视了小说中最宝贵的那些敏感与悸动。若夏洛蒂·勃朗特还活着，恐怕会说："不，先生，我不是这样想的。"

《隐于书后：勃朗特姐妹》 | 影像

To Walk Invisible: The Bronte Sisters
（2016）

作为了解勃朗特姐妹创作生涯的入门作品很优秀。安妮恬静，夏洛蒂坚硬，艾米莉乖张，她们共同成就了文学史上女性书写的史诗。

弗吉尼亚·伍尔夫

1882 / 1 / 25 - 1941 / 3 / 28

她躲在自己的房间，
小心翼翼地把影子化为实体，
转化为在客厅的椅子上坐着的人。

A. Virginia Woolf

08 弗吉尼亚·伍尔夫：
那个被打了一耳光的女人

[1]

一个下雨天，一个女人走出家门，她苍白纤细，非常美丽。

半天之后，她回家，全身湿透了。

她的丈夫问她："你怎么了？"

她轻描淡写地说："我不小心掉进河沟里了。"

十天之后，这个女人再次离开家。这次，她穿上了长靴和皮毛头套，带着手杖，来到了河畔旁，在河边，她扔掉了手杖，在外套口袋塞进一块大石头，然后走入了冰冷湍急的河流之中。她的遗体被发现是三周之后，丈夫在家里发现了一封信：

"我感到，我肯定又要疯了。我觉得我们无法再一次经受那种可怕的时刻。这一次，我也不会再痊愈了。我开始听到一些声音，也无法集中注意力，所以我现在在做那看起来最恰当的事（指死亡）。你已经给了我无与伦比的幸福，做到了一个人能做的一切。

如果我没病,世上没有哪两个人能像我们一样幸福。但我没力气再抗争下去了,我连写这封信都困难,我在糟蹋你的生命,没有我,你还能继续工作。我要说的是:我把我一生的幸福全部归功于你。你一直是如此耐心和体贴。假如还有任何人能挽救我,那也只有你了。现在,除了对你善良的确信,我的一切都烟消云散了。我不能再继续浪费你的生命了。

我相信,再没有哪两个人像我们在一起时这样幸福。"(蒋方舟译)

收到遗书的丈夫悲痛欲绝,他知道妻子不会再从小屋那边穿过花园走过来了,他知道妻子已经淹死了,但是他仍然忍不住侧耳倾听,等待妻子从门那边走出来。

妻子的骨灰被埋在花园的边缘,一棵巨大的榆树脚下,这棵树的树枝和另一棵榆树的树枝交织在一起,人们把这两棵树以这对夫妻的名字命名。男人叫作伦纳德,女人叫作弗吉尼亚。

弗吉尼亚·伍尔夫。

这就是20世纪最伟大的女作家生命的终点。

不知道为什么,最近这一幕场景总在我脑海中挥之不去:一个女人决定去死。

她为什么要死?

一个最显而易见的答案:因为她抑郁,因为她疯了,因为她太敏感了，因为她是一个女作家。

一旦有了这些解释，就好像已经结案，不需要再多说，一切被归为大脑里一根错误的神经、紊乱的激素、一次事故、一颗过于脆弱的内心，自杀的女人成为了异于我们的生物，不再有人有耐心从终点溯源而上，去仔细复原那些石块和稻草是如何压垮逝者的。

伍尔夫不同，她是她自己的记录者，她是自己的档案与卷宗，在三十五年的时间里，她每天写作，留下了近四千封书信和三十卷日记，少有作家留下如此多的自我剖析的证据。密密麻麻的叙述，正看是生命的流淌，倒看是死亡如何追上她。这些字迹仿佛在说：我不应该被定格为一张单薄的黑白肖像照——她最著名的那张照片，一个侧着脸目光微微下垂的年轻女人，单薄而迷离，满足了人们对于神经质女作家的所有想象。

[2]

伍尔夫自杀前最后一项工作是回忆自己的童年，她写下薄薄一册《往事素描》（A Sketch of the Past），把故事从头讲起。

她出生在一个看起来颇为完美的家庭，父亲莱斯利·斯蒂芬是一个著名的知识分子，母亲茱莉娅是一个典型的维多利亚时期

莱斯利·斯蒂芬（Leslie Stephen，1832—1904）：英国评论家、传记作家，主编有《英国名人传记辞典》《康希尔杂志》，在文化界享有声望。

茱莉娅·斯蒂芬（Julia Prinsep Stephen，？—1895）：拥有古典美态，深受拉斐尔派画家青睐，在伍尔夫13岁时因为流感去世。

的美人,非常安静、典雅、克制、无私,是所有男人的理想配偶。

在伍尔夫的回忆里,她的父母拥有男女之间稀有的情感:非常擅长彼此"看见"。伍尔夫的母亲在做家务,知道丈夫在观看,于是转过身来,拿着她的袜子,望向他——我知道你在看我,你知道我知道你在看我——在客厅目睹一切的孩子觉得这默剧妙不可言。

然而到了伍尔夫十三岁那一年,她的母亲茱莉娅去世了。

"母亲去世"这件事是文学史上一个逃不过去的母题。我很喜欢的以色列作家阿摩司·奥兹的成名作《我的米海尔》就是讲述他母亲的故事。奥兹的母亲在他十二岁那一年自杀身亡,母亲死后,他经历了委屈愤怒、自责懊恼、困惑不解,后来写下《我的米海尔》,以母亲的口吻讲述一个女人的一生,为母亲和自己寻求一个答案,得到某种并不安稳的安息。

为什么回忆母亲如此重要?似乎是歌德说过:一个人若是敢写自己的母亲,那么就没什么不敢写的东西了。

或许是因为来自母亲的爱,是我们人生中得到的第一份无条件的爱,无条件的付出。但有一天,它忽然毫无缘故地消失了,它被死神或是自私的激情之爱拐走了,小小的我们被遗忘在了黑暗中,开始怀疑自己:母亲为什么抛下了我?她不够爱我吗?我从此还能够被爱吗?——只有在内心回答了这些问题，我们才能从废墟中重建，去走后面的人生。

当母亲死在病床上，父亲从母亲的床前走开，小小的伍尔夫向父亲伸出手臂，父亲径直从她身边走过。

凝固在空中的手臂、不耐烦的父亲、冰凉灰暗的母亲，这些碎片击垮了伍尔夫，她又弯腰拾起这些碎片，用它们重新拼凑自己。在失去母亲三十多年后，她开始写小说《到灯塔去》(To the Lighthouse)，以自己的父母为原型讲述拉姆齐夫妇的故事。

《到灯塔去》的故事很简单：拉姆齐夫妇和他们的八个孩子、几位朋友想去灯塔玩，但是因为天气原因没有成行。十年之后，世界经历了一战的动荡，拉姆齐一家也被死神屡屡光顾，拉姆齐夫人和其中几个孩子先后死去，剩下的几个人重逢，顺利登上了灯塔。而在海边的画家莉丽作为一个旁观者，在这十年之中，一直想画出拉姆齐太太的肖像。

莉丽当然是伍尔夫本人，画拉姆齐夫人的肖像是件困难的事情，因为她的原型——伍尔夫的母亲茱莉娅逝世得很早，而在活着的日子里，她大多是安静的，看不出她的想法。只有一次，茱莉娅轻叹过一句："从来不能单独待着是一种怎样的折磨啊！这句罕见的抱怨成为了伍尔夫理解母亲、还原母亲的入口。

一个永远被孩子、客人和家务事缠绕的拉姆齐夫人，一个整天被各种人索取优雅的妇人，忽然发现自己不过是一块吸饱了人类各种感情的海绵。

孩子索要关注，而丈夫索要赞美：拉姆齐先生拥有着粗壮却脆弱的灵魂，他不断要求妻子给自己灌输生命力，于是拉姆齐夫人只能玩命地赞美他，用所有的溢美之词来平息丈夫的咒骂和哀怨。

拉姆齐先生终于满足了，而拉姆齐太太已经精疲力尽，她默认自己的微不足道，不喜欢感到自己比丈夫优越，哪怕一刹那也不行。当她表述自我的时候，总是被丈夫和丈夫的朋友否定，于是她低声道歉，于是她继续沉默，吞下观点，认为自己所有的力量都依赖于丧失个性。

伍尔夫把记忆中的碎片重新拼凑，却得到了与童年印象截然不同的图景，她看到了幸福婚姻之下的暗涌，也看到了母亲被自我牺牲所掩盖的智慧。

拉姆齐夫人，不，母亲茱莉娅是多么的聪明啊，在进餐的时候，她的眼睛扫过餐桌，就洞察了每个客人的内心，她的目光如潜入水下的灯，把那些涟漪、芦苇和悬浮的小鱼都照得清清楚楚。

原来父亲吵吵嚷嚷的时候，母亲早就看清了所处的环境，几十年之后，伍尔夫也终于看清了母亲。

在《到灯塔去》中，有一处细节让我几乎落泪，讲拉姆齐夫人半夜来到莉丽的卧室聊天，在脱离了八个孩子和三个客人之后，拉姆齐夫人终于只是一个女人，贴近另一个女人，说些女人间的悄悄话。

或许不需要言语就能懂。当莉丽用胳膊紧紧搂着拉姆齐夫人膝盖的时候，莉丽在想象中看到了拉姆齐夫人的心灵密室，那像是帝王陵墓中的石碑，上面写满了男人不能理解的字。

那是伍尔夫再没有机会拥有的时刻，她还没有和母亲分享过作为少女的秘密，作为女人的命运，母亲就已经去世了。于是，她只能用文字编织幻影，倚靠在这幻影的肩头，祈求在这叛逃了时空的亲密瞬间中多逗留一会儿，哪怕只有一小会儿。

在《到灯塔去》的结尾，莉丽终于完成了拉姆齐夫人的肖像，"她极度疲劳地放下手中的画笔想道：我终于画出了在我心头萦回多年的幻景"。

小说写完之后，伍尔夫把它拿给自己的姐姐看，说："我写的像我们的母亲吗？"姐姐说："非常像。"她这才松了一口气。

也是在这一刻，她终于解脱了。母亲去世时，伍尔夫十三岁，当她完成《到灯塔去》的草稿时是四十五岁，在这许多年里，母亲始终缠着她。她说："我能听见她的声音，看见她，想象着当我进行日常事务时她会做些什么或者说些什么。"她这样回忆道，在写完之后，她终于看不见母亲了，也不再听到她的声音了，因为母亲要借助伍尔夫的声音说出的话已经说完了。

或许是文学史上的第一次，一对母女，不，是两个女人用同一个声音说话，一个女人隐藏在另一个女人的身体里，一个女人的面孔下还有另一张女人的脸。在这种意义上,《到灯塔去》这本小说本身就成为了灯塔,它照亮了始终隐藏在阴影中的女人的天性。

[3]

从小说回到伍尔夫的人生。此时,她是一个刚刚失去母亲的少女。

母亲去世这件事给伍尔夫带来的打击不仅是心理上的失落,还有环境的变化。当母亲的爱消失,家庭中男性成员黑暗的天性都被释放了出来。

伍尔夫的父亲愈发喜怒无常,精神暴躁,经常发怒。伍尔夫的大姐像她们的母亲一样用赞美去安抚父亲,但不久之后,大姐去世了,这个家庭再次失去了"母亲"。

这个家庭的成员变成了:暴躁而且生了重病的父亲、伍尔夫两个同母异父哥哥、年幼的伍尔夫和她的小姐姐。

悲剧发生了。

两个哥哥开始了对伍尔夫姐妹的侵犯。到了夜里,哥哥乔治会侵入伍尔夫的卧室。

伍尔夫回忆:"睡意差不多要降临到身上。房间是黑暗的。房子是静悄悄的。接着,房门偷偷摸摸地响着打开了;有人迈着战战兢兢的脚步走进来。

"'谁呀?'我叫道。'不要害怕。也不要开灯。啊。亲爱的，亲爱的'——然后扑到我的床上，用胳膊抱着我。"

乔治后来向医生解释，自己是因为她父亲的疾病而去安慰她。然而什么时候安慰变成了下流的举动呢？伍尔夫姐妹说不清楚，或许乔治自己也说不清楚，但他拥有对这件事的解释权，谁叫他是一个看起来毫无瑕疵的绅士，举止彬彬有礼、体贴入微呢。谁叫他掌握着家庭的力量，一年有一千英镑，伍尔夫一年只有五十英镑呢。谁叫他二十六岁，而他的妹妹只有十三岁呢。

她们无法向任何人去讲哥哥乔治在自己身上的所作所为，甚至连沉默都不被允许，当其他亲戚赞美乔治对妹妹的关照与爱时，她们还必须迎合附和。

伍尔夫和她的小姐姐唯一的反抗手段，就是时不时结伴去公园，吃着巧克力，躺在草坪上，**伍尔夫看书，她的小姐姐画画**，在那时，她们形成了一种亲密的共谋关系，伍尔夫在日记里写道："男人在这个世界上来来去去，我们形成了自己亲密的核心。"

> 凡妮莎·贝尔（Vanessa Bell，1879—1961）：伍尔夫的小姐姐，抽象派画家，室内设计师。作品色彩鲜艳，构图大胆，主题反映个体生活，探讨先锋思想。直到当代，她的室内设计才受到热捧。

在伍尔夫厚厚的日记里，她并没有回避被哥哥侵犯这件事，她强迫自己直视这段耻辱的经历，时而恐惧地颤抖，时而轻蔑地耻笑哥哥的愚蠢，时而双手合十希望这件事不是真的。在日记里，我看到伍尔夫反复撕扯，感到耻辱；否定，修正，感到耻辱；抗争，遗忘，感到耻辱。

有文字记录的日子是耻辱，没有文字记录的日子是崩溃，在伍尔夫的日记里经常有一两个月的空白，那就是她精神崩溃的日子。

二十二岁那一年，她试图从窗户跳下去。之后的时间里，她阅读、写作，但作品几乎没有发表过，因为那是一个女性写作艰难，甚至不得不用男人的名字才能发表的年代，当女人说自己要写作，世界会哄笑着说：你要写作？你写作有什么好处？

伍尔夫和生命中的黑暗不断作战，但屡战屡败，她给姐姐的信中这样描述自己："二十九岁了，没有结婚，人生失败，没有孩子，神志还不清醒，而且根本算不上一个作家。"

写完信不久，这种生活就要结束，伍尔夫就要结婚了。

[4]

伦纳德（Leonard Woolf）：英国作家，经伍尔夫的前夫斯特雷奇介绍，1912年与伍尔夫结婚，两人共同生活了29年。

伍尔夫的丈夫叫作伦纳德，是一个严肃的犹太男人，他和伍尔夫一样，三十岁之前都不曾坠入情网。

互联网上描述伍尔夫夫妇的标题大抵耸动如此："她十三岁被哥哥性侵，却被老公宠了一辈子""无性婚姻与出轨出柜，也挡不住真爱""20世纪最伟大的一段恋情：伍尔夫和伦纳德"。

似乎人们都公认一件事：伦纳德拯救了伍尔夫，给了她很大的精神安慰，拖延了她的死亡，伍尔夫的遗书里那句"我生活中的全部幸福都归功于你",好像也印证了这个结论。

表面上看确实是如此,伦纳德搭建起了一个遮风避雨的场所来支持伍尔夫的写作,他放弃了自己原有的公职,成立了一个出版社来出版伍尔夫的作品[a];他筛选访客,让不受欢迎的访客没有机会靠近伍尔夫;他仔细地看伍尔夫的稿子,并且做出公正的评价;在生活中对妻子也无限包容,督促厌食的伍尔夫进食。

一个男人还能怎么做呢?

或者说,一个丈夫都已经做到这样了,还不能留住伍尔夫的生命,那么她的自杀就只能解释为自作自受了。

对这个简单的结论,我想钻牛角尖地问一句:真的如此吗?

关于他们的婚姻,伦纳德曾经写过一篇小说,叫作《智慧的童贞女》,在小说里,他把伍尔夫比作古希腊的智慧女性阿斯帕西娅[b],阿斯帕西娅的真实身份是"高级妓女"——低等妓女提供身体,高等妓女为贵族政客提供智力交流。

---

[a] 霍加斯出版社(Hogarth Press):1917 年由伍尔夫夫妇创办,经营至 1946 年,先后发掘了 5 位诺奖作家,共出版了 527 部作品。2012 年重新成立,成为企鹅兰登旗下的一个品牌。

[b] 阿斯帕西娅(Aspasia,前 470—前 400),古希腊著名政治家伯里克利(Pericles)的情人,史书少有记载,据说她以美貌与智慧名动希腊半岛,善于鼓动人心的伯里克利的演说稿大部分都出自她手。

把自己的妻子比作一个高等妓女难道不奇怪吗？伦纳德是这样写的："我在和阿斯帕西娅相爱。当我想到阿斯帕西娅时，我就想起那些山岗，清晰地耸立着但又背衬着寒冷的蓝色天空，显得很遥远；上面覆盖着白雪，从来没有阳光融化过它，也没有人踏上过它。"

伦纳德为什么要把妻子比作一个高等妓女，然后又把妻子比作自然现象呢？善意地想，他把妻子看作是女神，看作神圣不可侵犯的；但是如果以恶意揣测，他是不是也在抱怨妻子的冷淡呢？

伦纳德把这段描写拿给伍尔夫看，伍尔夫沉默地看了很久，最后只说了一句话："我认为你没有把我写得足够温柔或者可爱。"

伍尔夫深知自己对性的冷淡，当伦纳德吻她的时候，她感觉自己和一块岩石差不多。这或许是早年被哥哥侵犯带来的影响，丘比特提前太早来了，而且不是一个可爱的小天使，而是一个长着獠牙的怪兽，所以这让伍尔夫很早就对亲密关系感到惊惶，蜷缩成一个自卫的姿态。

伦纳德在接受婚姻的时候并没有意识到这段婚姻会是无性的，可也无力改变伍尔夫的冷淡，就只能把所有的怨言都留在了小说里，他用《智慧的童贞女》谴责自己的妻子。

可这种鞭挞是无声的，在外界看来，他们的婚姻依然是一个有才华的疯女人和温柔男护工之间的故事。

我曾经看过一篇写伍尔夫的文章是这样开头的：一个女

人突然对她的丈夫说:"我不再做饭,不再洗碗,不要生小孩,从今以后你也不要再碰我了。因为我要写小说了。"

文章把伍尔夫形容为一个幸运的女人,遇到了一个甘愿为她牺牲一切的男人。

然而真实的情况是,结婚之后,伍尔夫其实很想要一个孩子,但是伦纳德坚决否定了要孩子的想法,我们无从得知他是因为担心伍尔夫的身体和精神,还是他自己希望独占伍尔夫。

得知自己被永远剥夺了母亲的身份之后,伍尔夫非常痛苦,一方面是因为她丧失了女性的一重身份,另一方面也是因为她对伦纳德充满了愧疚,觉得是因为自己的病才让伦纳德不能有孩子。

歉意引发了又一次精神崩溃。

伍尔夫被丈夫送进了一家为"女疯子"开设的疗养院,每天接受治疗。广为人知的是在伍尔夫住院期间,伦纳德会给妻子写大量感人而甜蜜的信,说:"我爱你,我最亲爱的,别再说什么连累我的话。"

但很少有人提到的是,伍尔夫也会给丈夫写一些短信,字迹扭扭曲曲,就像是一个被父母送进严格管理住宿学校的孩子,希望丈夫把自己接出来。

这就是"被宠了一辈子的完美婚姻"的另一面,在漫长的婚姻中,伍尔夫不断宣称自己好了,想要摆脱看护,而伦纳德则不断宣称她还有病,应该被送到疗养院去,他以百分之百的热情爱着自己的妻子，以百分之一百二十的冷漠执行医嘱。

伍尔夫生命中的男人总是以"保护者"的角色出现。她的父亲自诩为保护者，结果是一个情感的索取者；她的哥哥自诩为保护者，结果是最险恶的捕食者；她的丈夫自诩为保护者，然后把她锁在了高处。

这让我想到文学史上一个经典的女性形象：阁楼上的疯女人。

《简·爱》里贫穷低微、相貌平平的家庭教师简·爱与庄园男主人罗切斯特相恋，在跨越阶级的石破天惊的恋爱中有一处幽暗细节，当简·爱走在庄园中，忽然在走廊里听到了疯女人伯莎"清晰、拘谨、悲哀"的笑声。伯莎是简·爱的恋人罗切斯特疯狂的前妻，被锁在了阁楼之上。

这个笑声让享受爱情的简·爱忽然意识到自己的恋人一方面深情款款，但另一方面也有着极其冷漠、傲慢残酷的一面。疯女人伯莎可以被看作是简的另一个自我，也是小说作者夏洛蒂·勃朗特的另一个自我，是一个被长久压抑却满含愤怒的女性，一个被锁在阁楼之上的女人。没有人知道她是为什么疯的，她到底因为疯了才被锁在阁楼中，还是因为被锁在阁楼才疯的呢？

没有一个人会无缘无故地发疯，在某些情况下，神经质只是对所处环境过于清醒带来的副作用。

[5]

伍尔夫似乎不太介意封闭的环境,她有篇著名的演讲,叫作《一间自己的房间》(*A Room of One's Own*),这篇文章鼓舞过女性,文章里,她说"一个女人如果打算写小说或诗歌的话,每年必须有五百英镑的收入,外加一间属于自己的房间"。

一个带锁的房间意味着独立的思考,意味着不被人打扰,没有八个孩子和三个宾客需要照顾;一个带锁的房间也意味着封闭,意味着孤独,意味着不渴求理解,意味着自己舔舐伤口,直至在疼痛的幻觉中看到一个新的现实。

伍尔夫发现现实不是桌椅板凳,不是一日三餐,甚至不是航船渔火、春风秋叶、雪山海浪,而是"一圈发亮的光晕,一个半透明的封套包围着我们从意识的开始到结束"。

是意识,是难以捉摸的意识组成了最确凿的现实。

大家都知道伍尔夫开创了"意识流"的写作,但是意识流究竟是什么呢?在我看来,"意识流"指的是用意识去构建时间。伍尔夫的小说《达洛维夫人》(*Mrs. Dalloway*)原名叫作《时时刻刻》(*The Hours*),讲述的是发生在一天的事情,时钟始终沉闷地、规律地画着圆圈,而填满时间的,就是人物的意识。

达洛维夫人在缝制晚宴服装时,"宁静降临在她身上,她感到镇静、满足。……正如夏日的波浪聚合起来,失去平衡，然后散落；聚合又散落；整个世界仿佛在愈来愈深沉地说：'如此而已。'"

从来没有人如此出色地描述过走神，而走神是最接近意识本质的时刻。就像是生活里朋友会问我们："你在想什么？"我们说："没什么。"此时的我们大脑并非一片空白，可也无法具体指出自己究竟在想什么，也许是一些念头激起的涟漪——念头本身已经沉入水底，不知所终，也许是在遗忘和销毁。

这种几乎无法被描述、几乎无意义、几乎"无意识"的意识第一次被伍尔夫描述了出来。

伍尔夫任由笔下人物思绪在大脑的沟壑中迷路。她从小最爱的活动是散步，没有路线的散步，她把挂着锁的大门和墙壁栏杆都视为骗人的屏障，翻越过去之后，所有的小径都在眼前蔓延伸展，随意选一条小路走下去，不是为了抵达，而是为了在不确定、神秘与怀疑中生存。

当意识迷路，时间就被重新发明了，钟表在伍尔夫笔下时而停滞不走，时而疯狂摇摆，连日历也被她打败。

在《达洛维夫人》里，主角达洛维夫人仿佛患了时间紊乱症，时而感觉到很年轻，时而又感觉到说不出的衰老，视角在中年贵妇和妙龄少女中反复切换，当达洛维夫人在伦敦的街头漫步，她恍惚看见城市街道芳草凄迷，而那些匆匆上班的人成为白骨尘土。

几十年后，大西洋彼岸的一个拉美年轻人读到《达洛维夫人》，瞬间呆住，被彻底改变了对时间的看法，一瞬间预见到了他想要写作的小镇崩溃的整个过程以及最终的结局，小镇叫作马孔多，年轻人叫作马尔克斯，他开始下笔，那个改变文学史的开头诞生了："多年之后，面对行刑队，奥雷里亚诺·布恩迪亚上校将会回想起父亲带他去见识冰块的那个遥远的下午。"人物同时站在三个时间点上，许多年之后是"未来"，"面对行刑队"是现在，"看冰的下午"是过去，达洛维夫人找到了奥雷里亚诺上校，一个在时间中折返的伙伴。

当时间可以折返，死亡也丧失了它的强制力。

在伍尔夫那里，生命只不过是注定走向死亡的一串影子，当她躲在自己的房间，她小心翼翼地把影子化为实体，转化为在客厅的椅子上坐着的人。

在生命的最后，她写过的近四千封书信和三十卷日记全都成为了原材料，她大量的工作是写回忆录，记录生命中的死者，把他们从坟墓中带回地面，她回忆死去的母亲和姐姐，回忆自己的父亲如何从一个可爱的男人变成了一个暴君，回忆扑向自己的哥哥。

她聆听死者的声音，潜入最黑暗的梦境中，一次次把自己投入死亡的水池中。伍尔夫曾在演讲中把小说家形容为"湖畔的钓鱼人"，把理智的鱼竿放入意识的池水中，当发现沉溺于池水太深时，理智会猛然把鱼竿拉上来。

但终有一日，鱼竿拉不上来了。

《到灯塔去》里有一幕，是拉姆齐太太（以伍尔夫的母亲为原型）站在楼梯上，希望自己的孩子记住她，后来，拉姆齐太太要求得更多，她要求自己的孩子加入她。

死者要求拥有伍尔夫，邀请她迈进永恒与无限之中，那里是安全的、温暖的，没有污淖，没有旋涡，没有捕食者，也没有保护者。于是，伍尔夫在口袋中装满了石头，走入了深深的河流之中，一个女人决定去死。

[6]

有一则故事，说伍尔夫年轻时和一群朋友去雕塑家罗丹的工作室玩，罗丹说，可以随便参观，但不要去看那些用布盖住的雕像，那是他还没有完成的作品。而伍尔夫充耳不闻，准备掀开一块罩布。这时，罗丹打了她一耳光。

这个故事不知真假，但我觉得很像伍尔夫的个性，也是对她文学的一种隐喻：揭开从未被揭开的意识的罩布，拆解从未被拆解的时间的零件，没有禁忌，也没有畏惧。

伍尔夫曾说："让我们记住一个著名的给步行者的忠告：无论什么时候你看见耸立着一块写着'闯入者将受到控告'的牌子，马上就要闯进去。"

这是我所读到的对创作者最好的忠告。

揭开罩布，即便迎接你的是一个耳光；闯进禁区，即便等待你的是迷路的危险。即便还有更可怕的惩罚呢，是黑暗，是崩溃，还是死亡？

伍尔夫为我们示范了一个最勇敢的犯规者，她的墓志铭上刻着她的作品《海浪》(*The Waves*)里的一句话："死亡，即使我置身于你的怀抱，我也不会屈服，不受牵制。"

她曾在日记和作品里反复说自己在广阔的海面上看见一只鳍从远处掠过，那神秘的巨物是奖励勇者的奇观，当伍尔夫置身于死亡的怀抱，她也变成了一只沉浮于海面的鳍。

《她们自己的文学：从勃朗特到莱辛》 | 书籍

作者：[美] 伊莱恩·肖瓦尔特
出版社：浙江大学出版社
译者：韩敏中
出版年：2012

女性写作研究的经典之作。全书让我印象最深刻的是对伍尔夫的挖掘和书写。

作者探究伍尔夫的夫妻关系，发现那并不是神经质的天才妻子和包容的"宠妻狂魔"的故事，而是一个颇有控制欲的丈夫和一个敏感且内疚的妻子的故事。

在作者看来，伍尔夫那句著名的"伟大的灵魂应该雌雄同体"不是什么勇敢的女性主义宣言，而是对自己女性经验的逃避。对伍尔夫来说，那些身为女性的经历带给她的只有伤痛（比如童年被哥哥侵犯、冷淡、抑郁、丈夫不让她拥有后代），所以她希望超越自己的性别，她认为男性是强大的，却忽略了一种显而易见的可能性：女性同样可以变得强大。

《思考就是我的抵抗：伍尔夫日记选》 | 书籍

作者：[英] 弗吉尼亚·伍尔夫
出版社：中信出版社
译者：齐彦婧
出版年：2022

我很爱作家的日记，尤其是不预备出版给人看的那种。伍尔夫这本日记就是属于这种，我爱她记的那些日常琐事，比如恶劣的婆媳关系，和丈夫的争吵，买了小小的珠宝首饰的快乐，等等。她最著名的演讲稿里说"女人需要一个自己的房间，还有一点点钱"，但日记里真实的伍尔夫，有一点点钱，却始终没有自己的房间。

《时时刻刻》 | 电影

The Hours
（2002）

　　用伍尔夫的《达洛维夫人》串起三个不同时代不同身份的女人的故事，三个女演员都太好，你几乎能看见她们跳动的太阳穴与苍白皮肤下脆弱的神经。
　　我时不时就会重看这部电影，是我心目中把实验性小说改编成电影的典范，从此成为了此片编剧戴维·黑尔的粉丝。

《薇塔与弗吉尼亚》 | 电影

Vita and Virginia
（2018）

　　讲述伍尔夫和同性恋人薇塔的长片。一如许多以真实作家为蓝本的影视剧，剧中最精彩的部分永远来自原型本人的写作、信件与日记，而不是主创的发挥和创作。这部电影也是如此，影片里最让我动容的部分来自伍尔夫写给薇塔的那些从试探到炙热的爱的宣言。

李清照
1084 / 3/13 - 1155 / 5/12

女人被拦在了文学史之外，
任由她们沉入遗忘的海洋。
那个最终能被遴选入册的女人是谁呢？

Li Qingzhao

192　　　　　　　　　　　　　　　　　　　　　主人公

09　李清照：一个女人要被重新发明多少次

[1]

一个女人要进入文学史需要几步？这是一个比"把大象塞进冰箱需要几步"略难一点的问题。

首先，当然需要她有才华，不是一般的才华，而是在普遍缺乏教育、不受鼓励、不被期待的条件下，依旧展现出胜过男性数倍的能力。

其次，她需要得到进入文化空间的机会。百年前的西方，这种机会往往需要大量辛苦而收获甚微的工作（比如翻译），才得以进入出版行业；在中国古代，情况则更复杂些，能自由出入男性文人空间的，往往是青楼歌妓，她们的才情不过是下酒的佐料。而得到严肃的同行评价，对于一个闺阁中的女文人来说太难了。在"内言不出"的规诫下，自己写些诗文无伤大雅，被人看见可就大逆不道了，贵族女子的诗文流传到自家墙外被人看到，就像是被看到了裸露的胳膊一样不雅。"黛玉葬花"是怕大观园里的花顺着水流到脏的人家，而黛玉死前不忘把自己的诗稿付之一炬也同理，从此心事再没有被窥见的危险。

当女文人终于得到被阅读的机会后,她要做的第一件事是"妥协"。玛丽·雪莱也好,勃朗特姐妹也好,在出版自己作品的时候都选择了匿名,这样才不会被人非议指摘。俄罗斯最伟大的女诗人阿赫玛托娃要在一家杂志发表诗歌的时候,父亲对她只有一个要求:改掉自己的姓氏,"不要玷污一个受尊敬的好名字"。在中国古代,诗集中被留下的女人名字则大多是"张氏""李氏""吴江女子"。

在中国古代,刊印自己的作品并不意味着就进入了文学史,如果她希望自己的名字和男性文人平起平坐,而不是因为奇闻艳史另起一行,她还需要身家清白;做孝女、贤妇、慈母;平日有小女儿情态,危难之中深明大义;懂得压抑自己的光芒,不求名,不炫才,不妨德……

看得见的规则和看不见的要求组成了最严格的海选,把无数有才情的女人拦在了文学史之外,任由她们沉入遗忘的海洋。而那个最终能被遴选入册的女人是谁呢?

幸运儿是李清照。她在画像中的形象酷似成熟了些的林黛玉,一个瘦弱的婉约美女,像是下一秒就要落泪。在一些画像里,还有她的丈夫赵明诚,他们琴瑟和鸣、夫唱妇随。

> 赵明诚(1081—1129):北宋金石学家、文物收藏家,著有《金石录》30卷。(撰写了大部分,其余由李清照完成。)

我看着这些画像时忍不住想一个问题:究竟是李清照经过重重闯关,符合了上述那些苛刻得不近人情的标准,成为了"千古第一才女",还是人们按照这些标准重新塑造了她的诗词人生,把她发明成了今天我们看到的样子呢?

[2]

我第一次感受到李清照在"婉约"之下的另一面是读她的《词论》。

这篇文章系统地阐述了李清照对"词"这种文体的看法。在文章里,她非常直接地批评了那些著名的男性文人,说王安石这种文学家擅长学识,但是做起词来就像是大男人装女儿态一样可笑;说秦观的词虽然风流,但是因为典故贫乏,所以充其量也只能算是贫家美女,不是大家闺秀。

她批判男性文人在模仿女性写词时的"性别刻板印象",以为两分娇羞、三分哀怨就是女人,但他们要么欠缺情趣,要么欠缺修养,从来没有真正化身为一个高贵的女人。

李清照隐藏的台词呼之欲出:既然这些男性都写不好词,那么谁写得好呢?当然是身为女性的我。

在《词论》的开头,李清照讲了一个有些突兀的故事。说唐朝的一个聚会上,席中有人打扮得破烂,不受待见,一位名士忽然点名让这落魄汉为大家唱歌,落魄汉在众人的哂笑中开嗓,结果技惊四座,满座拜服,众人惊呼道:"原来你是有名的歌者李八郎啊!"

---

a 李衮,唐代歌唱家,人称"李八郎"。

她写李八郎的意图当然是在写自己。二者一样，都是席间的局外人，因为外表而不受重视——李八郎是打扮得破破烂烂，李清照是个女性，她希望当展示自己的才华的时候，能够得到满堂的喝彩。

李清照要求被正视的直白是罕见的。同样是表述作为女性才情得不到重视的苦楚，同时代的女文人朱淑真用的是一种更婉转、更容易被接受，同时也更不自然的方式——自我谴责，她写过《自责二首》，开篇写"女子弄文诚可罪，那堪咏月更吟风"，承认自己的无罪之罪，并且自罚三杯。

而李清照的方式不仅没有成功实现她的期待，还成功地激怒了精英男性。

同时代的一个文学评论家说李清照就像是韩愈笔下的蚍蜉，妄想撼树；而另一个后世的评价说："易安自恃其才，藐视一切，语本不足存。第以一妇人能开此大口，其妄不待言，其狂亦不可及也。"[a]

[3]

当我近看李清照的人生，才发现她真实的人生与婚姻，远远比被塑造出来的形象要隐忍负责。

---

[a] 前者见南宋文学家胡仔《苕溪渔隐丛话》；后者见清人冯金伯《词苑萃编》所录裴畅言论。

她有一篇非常有名的散文——《〈金石录〉后序》，写于她的丈夫赵明诚去世六年之后。文章回忆了她和丈夫婚后三十四年的甜蜜与坎坷，这篇文章一直被认为是李清照夫妇恩爱的记录，文中写他们的一生累积的图书古器如何在金人入侵的兵荒马乱中散失，也被认为是动乱时期平民百姓和知识分子动荡生活的写照。

仔细看这篇文章，会发现在这篇文章中处处隐藏着裂缝。

《〈金石录〉后序》里，李清照写他们婚姻的开始，一起收藏金石是快乐的，年轻的新郎每次带着碑拓回来的时候还会带着水果，两个人一起咀嚼果实也咀嚼自己收藏的战利品，都非常愉悦，金石收藏同时也是两个人爱情的果实。（出，质衣，取半千钱，步入相国寺，市碑文果实。归，相对展玩咀嚼，自谓葛天氏之民也。）

到了后来，"收藏"在赵明诚的生命所占的比重越来越高，赵明诚立下志愿，说即便缩衣节食，也要走遍四方，把天下所有的古文奇字全部搜集起来，碑文逐渐变得越来越多，两个人不再仅仅因为收藏到了什么东西而快乐，也因为没有收藏到的东西而遗憾。在这篇文章里，专门说了他们没有收藏到一幅牡丹图。

李清照为了金石收藏，衣服首饰都不买了，荤菜也想办法少吃。同时呢，他们对待收藏品的态度也不一样了。过去水果的汁液和茶水溅到碑文上的时候，两个人会哈哈大笑；现在，发现书本弄脏之后，总是会引起焦虑。

李清照说"余性不耐"——我很不耐烦。

这就是婚姻的背面。当林语堂把《〈金石录〉后序》翻译成英文的时候,他把那些李清照节衣缩食以维持丈夫对古玩痴迷的文字全都删掉了,只留下一个省略号,意思也很明显,他不想破坏李清照夫妻关系在读者心目中的印象。

我想起小时候看《撒哈拉的故事》,当时为三毛和荷西的爱情所感动,觉得荷西痴情包容,三毛天真可爱,他们所拥有的是高度理想化的婚姻。胡兰成的一个仰慕者曾看着他与张爱玲在高楼阳台上打闹,感慨道:"你们像在天上。"

长大之后又读到三毛的《稻草人手记》,其中有一篇写自己的婆婆,讲婆媳矛盾,说到三毛在荷西的家人面前忙得团团转,荷西不理,只觉得是女人的事,又一笔带过地写荷西不回家过夜,看得我震惊又幻灭,觉得那完全是另一对夫妇的生活。

少女时期的我震惊而幻灭,觉得被骗了,后来才渐渐理解,婚姻即便在高楼阳台的月光下,即便在广袤的沙漠中,也永远充满了日常的琐碎与妥协、不被理解的沮丧,以及看着对方渐行渐远的无能为力。

李清照的婚姻生活也是这样。到了北宋临近崩溃风雨欲来的时刻,他们意识到这些金石收藏需要保护,要不然很有可能被抢夺和散失,于是就开始在奔波南下前对这个收藏的价值排序、削减,然后装箱。剩下的只能锁在家里。(既长物不能尽载,乃先去书之重大印本者,又去画之多幅者,又去古器之无款识者。后又去书之监本者，画之平常者，器之重大者。凡屡减去，尚载书十五车。）

这时候，其实这些藏品的性质就有了变化，它们不是礼物，而是负担。每当李清照夫妇换一个地方，就要考虑如何保护运送这些东西，而监管的责任全在李清照。

文中有一个细节，赵明诚又要离开了，临别前，李清照问他那些东西怎么办，赵明诚交代了不得已的时候丢弃的顺序，"先弃辎重，次衣被，次书册卷轴，次古器"，最后那些礼乐宗器呢？必须抱着背着，"与身俱存亡"——这是赵明诚心目中的价值排序：你不比那些藏品更重要。

有人会说，李清照写这个细节的时候是完全无意的，并没有对赵明诚指责的意思。

她真的没有一些愤懑吗？我很怀疑。

赵明诚先去世离开，逝者拥有永恒，而未亡人拥有的只有记忆，她只能一遍遍回忆往事，从各种之前被忽略的场景中翻阅细节，描摹对白，复刻场景，让泛黄泛白的记忆再次变得鲜活，从中看见了之前错过的信息，发现失落早有预兆。

在浓缩的三十四年生活的千字文中，李清照花大篇幅一字一句地重述了这句话，可见这个细节的重要性。

写到赵明诚去世的时候，李清照的情绪可谓呼之欲出。她写赵明诚取笔作诗，绝笔而终，此外更没有"分香卖履"之类的遗嘱。

分香卖履这个典故是曹操临终前的交代，讲的是死前还念念不忘妻儿，要让他们在自己死后依然生活有着。但是赵明诚完全没有这个意思，并没有考虑自己死后老婆该如何过日子。

而分香卖履这个细节，林语堂在翻译成英文的时候，同样故意没有翻译出来，只是简单写了赵明诚去世的事实。

在林语堂翻译的《〈金石录〉后序》里，我们看到的是一条简单的情感线索，知识分子夫妻如何相亲相爱。林语堂后来写文章讲到李清照，推崇的也是他们"一面剥水果，一面赏碑帖，或者一面品佳茗，一面校经籍"的生活，画面像是吸尘器或者电饭煲之类的家电广告。

但是在李清照的原文中，婚姻不是一张结婚照或是一个短视频，而是更为隐忍而复杂的情绪，是人与物去抢夺注意力和价值感的故事：在两人相爱的初期，物只是人情感连接的附属品；而当收藏变得越来越多，人就成了物的奴隶。

那些淡淡的遗憾，没来得及说出口的抱怨都一起涌上心头，夹杂在对丈夫的怀念和尊崇里，变得缠绵而立体。

[4]

在赵明诚死后，李清照作为一个妇人被孤立无援地留了下来。哪怕在那个社会最稳定的时期，一个妇女也是很难独自生存的，现在她要在一个分崩离析的时代中存活，还要保护好丈夫留给她的大批收藏，这批收藏可以说是当时人人觊觎的宝物，这个女人该如何生存呢？

李清照的人生进入了最有争议的部分：再嫁疑云。

留给李清照的选择并不多，只能是再嫁，找一个男人保护自己。而且李清照并没有子嗣，公公婆婆已经去世了，没有为了赡养老人和抚养孩子而留在赵家的理由，因此再嫁似乎是比较顺理成章的。

当时宋朝对寡妇改嫁的规定是寡妇需要为丈夫服丧三年才能再嫁。但是不同阶层对此的容忍度是不一样的，所谓"礼不下庶人，刑不上大夫"，对一般人的要求没有那么高，而在精英士大夫阶层，普遍对于寡妇改嫁还是强烈抵制。当时有个著名的问答，有人问，如果有孤孀贫穷、生活无着的女人，可以再嫁吗，**理学家程颐说出了那句臭名昭著的话**："饿死事小，失节事大。"

> 程颐（1033—1107）：北宋理学家、教育家。与其兄程颢共创"洛学"，为理学奠定了基础，世称"二程"。学说认为"天下之物皆能穷，只是一理"，主张"去人欲，存天理"。

虽然李清照改嫁理由充分，但是在文人看来，还是不可饶恕的。

更悲惨的是，李清照再嫁的丈夫人品恶劣，他叫作张汝舟，是个卑微的武官，根据李清照给人写的信里说，张汝舟和她结婚的目的就是霸占她仅存的金石文物，发现李清照不给之后，就开始家暴她，拳打脚踢。

结婚没多久，李清照就打算申请离婚。

宋朝女性是可以主动申请离婚的，但是有一些条件，比如丈夫长期在外，或者妻子被丈夫的家属侵犯，等等。如果妻子告丈夫，女性也要坐两年牢。

因此，李清照想了一个办法，她不走离婚诉讼，而是指控丈夫渎职，在参加"公务员考试"的时候违规了。

最后张汝舟被判有罪，不仅遭到罢免，而且被贬至偏远的柳州，这场婚姻也就此终结。李清照为此付出的代价是被拘留了九天。

在给朋友的信里，李清照用了很多很重的词去形容自己，比如"败德败名""难逃万世之讥"，等等，可以看出她其实已经预料到后代会有的讥讽和非议，但是无论如何，她都要离开这段让她痛苦和耻辱的婚姻。

嘲笑如约而至。对李清照的批评里，最让我感慨和难过的，是李清照晚年发生的一件事，南宋大诗人陆游曾为一个叫作孙夫人的贵族女子写墓志铭，里面提到这个孙夫人在十余岁时曾有机会成为李清照的学生，但是她却拒绝了，因为觉得彰显自己的才华并不是女人该做的事情。

陆游写这件事不是遗憾孙夫人错过了被李清照指点的良机，而仅仅是为了赞美孙夫人拥有早熟的处世智慧：你看，孙夫人小小年纪就知道李清照是个不洁的女人，不接受她的指导。

在李清照死后，这种嘲笑并没有随着时间的推移减弱，反而愈演愈烈。

李清照手抄了白居易的《琵琶行》。明代的文人宋濂看到了，觉得李清照是自比诗中那个琵琶歌妓、被遗弃的商人妇，宋濂就在李清照抄写的版本上写了批注。大意是李清照再嫁的事情太污秽了，污秽到复述这个故事都会脏了口舌，这种污秽的行为需要洗白，但是实在太脏了，以至于要用半江浔阳水去洗刷。

宋濂（1310—1381）：明初诗文三大家之一，被朱元璋誉为"开国文臣之首"。以散文创作闻名，推崇"台阁体"，文风淳厚飘逸。

——你看，中国古人荡妇羞辱的本事并不比现在差。

甚至连明朝的女性文人都批评她，有一个女性文人写诗，说李清照说自己"人比黄花瘦"，可是黄花能在晚霜中独自盛放，李清照却在自己晚年守寡的时候耐不住寂寞。

这种讥讽最让人心酸，同是女性文人，她应该知道李清照所面对的困境，以及在困境中的挣扎，却依然以一种非常轻浮的口吻去评价李清照，好像李清照再嫁并不是因为面对一个她根本无力招架的时代，而仅仅是因为拒绝不了男色的诱惑。

更悲哀的是，李清照已经死去多年，她无法像自己活着的时候、年轻的时候那样强硬而坚定地为自己辩护，去与这些凉薄和偏见战斗。

[5]

如果这样的评价继续下去的话，李清照应该就从我们的历史和语文书中消失了，那么她为什么还能留下来，成为

"千古第一女词人"呢？

因为在后续对李清照的接受上，又有了很奇怪的一章：对她再嫁的否定。

一些晚明的文人开始声称李清照根本没有再嫁过，那封李清照给朋友讲述自己不幸的第二段婚姻的信全是伪造的，清代的一些学者延续了这种说法，他们开始重新发明李清照，把她塑造为一个道德英雄，从不幸的遭遇中解脱出来。不幸的遭遇有两重：一重是深爱的丈夫提早离开了她，她变成了寡妇；另一重悲剧就是被人污蔑再嫁。近现代的文人，例如胡适就坚持认为李清照没有改嫁过。但李清照究竟有没有改嫁过，和她的诗词、她的胸怀、她的传奇又有什么关系呢？似乎她的婚姻必须白璧无瑕，诗词才能被收录进"干净"的文学史里。

"一个男孩要走多长的路才能成为男人？"这句话也可以有个新的版本："一个女人要被重新发明多少次，才能得到正视？"

如果人生需要被剔除所谓"瑕疵"的一章才能被写进文学史，那么这文学史本身就也是不洁的。

《才女之累：李清照及其接受史》| 书籍

作者：[美] 艾朗诺
出版社：上海古籍出版社
译者：夏丽丽，赵惠俊
出版年：2017

一本非常扎实的李清照研究书。

作者发现，不同时代的文人会按照时代所需要的道德立场，把李清照的人生和诗词修修剪剪，通过编辑，塑造出完全不同的形象。

作者的论述过程犹如将二维图像变得立体，抑或是还原受损严重的图片，将其呈现出本来面目，论述扎实又有新意。

安娜·阿赫玛托娃
1889 / 6 / 11 - 1966 / 3 / 5

句子召唤，
沉默的人从四面八方赶来，
聚集在她高挑而悲哀的身后。

Анна Ахмаатова

10　阿赫玛托娃：直到初雪落满大地

[1]

在写李清照的时候，我脑海中总是出现另一个女人——俄罗斯女诗人阿赫玛托娃。两个女诗人类似：早年的诗轻盈得舞起来，后期的诗则重得一行千斤；她们在世时都因为私生活而备受争议，李清照因为再嫁而被轻视，阿赫玛托娃曾经被公开批评为"一半修女一半荡妇"；她们都最终获得了自己应有的荣誉，李清照是"千古第一才女"，阿赫玛托娃则被称作"俄罗斯诗歌的月亮"，她们在某种程度上都不属于自己，而属于整个民族。

[2]

阿赫玛托娃少女时就美得惊人，修长的身材，淡绿色的眼珠，瀑布似的黑发。像无数早熟的少女，她知道自己美，也懂得运用美，十七岁时就写过一首顾盼生姿的诗："我会爱。我会变得顺从与温柔。我会带着引诱、迷人和摇曳的微笑注视你的眼睛。"

她知道如何去爱，也知道如何去写爱，她有首诗讲少女最后一次见恋人的忐忑，"我竟把左手的手套，套到了右手上"，如此腼腆，如此可爱。这句诗风靡了俄罗斯，成为了所有心碎的少男少女的暗号。

阿赫玛托娃生来具有被爱的天赋，十三岁那一年就被诗人古米廖夫爱上，苦苦追求。这类诗人与少女的故事不少见，我们熟悉的是徐志摩和林徽因，未经人事的少女在懵懂中就被赋予了诸多的头衔：缪斯、女神、夏娃、酋长的女儿。诗人爱少女，更爱苦恋中迷醉的自己，少女却在异常的清醒中成长。

阿赫玛托娃屡屡拒绝古米廖夫的爱，古米廖夫因此自杀过好几次，七年之后，少女终于答应嫁给他。此时的婚姻在两人那里已经变成了各自表述的契约，对女人来说是脱离原生家庭、改变贫瘠命运的手段；对男人来说，是早已失去兴趣的战利品。

结婚之后，古米廖夫的热情迅速转移到了别的女人那里。婚姻中的男人总是匆匆，时间永远不够用，永远在寻觅爱，找到了就开始遗忘，遗忘了便失去，失去了才知道寻找，找到爱就开始遗忘……在不同的对象身上实践无止境的循环。

阿赫玛托娃生下儿子列夫之后，古米廖夫竟然是从朋友那里得知这个消息，对婚姻失望透顶的阿赫玛托娃写过一首绝妙

> 尼古拉·古米廖夫（Nicholas Gumiliov, 1886—1921）：20世纪俄罗斯著名诗人，阿克梅派领袖。出身贵族，才华卓越，热爱游历和冒险。早年遍游欧洲，受西方文艺理论影响很深。著有《珍珠》《浪漫之花》《异国的天空》等。1921年，被苏联政府以反革命罪处决，多年后平反。

的诗,就像是所有的夫妻都会有的彼此厌恶:

"他在人世中最爱三件事:
晚祷的歌曲、白色的孔雀
和磨损的美洲地图
他不喜欢孩子的哭泣
不喜欢马林果泡的茶
和女人的歇斯底里
而我是他的妻子"[a]

阿赫玛托娃一半是妻子,一半是备受瞩目的女诗人。当前者因为嫉妒而失控的时候,后者就会出现来挽回尊严,她让丈夫去转告情人:"让她去阅读我的诗,让她去保管我的肖像。"

渐渐地,灵魂中妻子的部分忍受不了不忠,女诗人的部分无法继续折损尊严与骄傲,阿赫玛托娃坚决地选择了离婚,离婚几年之后还写诗讲述自己不哀恸、不留恋、不后悔,其中还似诅咒似赌气地对古米廖夫说:"去死吧。"

伟大诗人的诗总有种冥冥中的魔力,句子不像是写给普通读者,而像是与命运之神的耳语。在这首诗完成之后的一个月,古米廖夫就因为莫须有的罪名被错误地逮捕,随后立即被枪决。

---

a 《他爱过》,马海甸译。

[3]

阿赫玛托娃的第二段婚姻开始于1918年。那时的俄罗斯正经历着内战和第一次世界大战,德国人开始了接连不断的攻击,阿赫玛托娃生活的彼得格勒几乎陷入了瘫痪,饥荒和恐惧笼罩着所有人,对女诗人来说,婚姻也无法取暖。

她选择的丈夫让所有朋友都大跌眼镜,那是个研究亚述学的书呆子学者[a],虚弱笨拙而木讷。为什么是他?或许这是阿赫玛托娃一种报复性的选择,她厌恶古米廖夫那种以"自由"为名的放纵,那种看似独立,其实不彼此需要的淡漠。因此她需要忠诚,需要被占有,需要被需要。那个书呆子丈夫正好满足这个需求,他对生活一窍不通,阿赫玛托娃得照顾他的起居,在饥荒中给家里弄些食物。

阿赫玛托娃曾经把第二段婚姻当作是某种宗教皈依。在上一段婚姻中,她和古米廖夫都有各自的情人,这种混乱的情感让她空虚和自厌,她觉得肮脏的自己需要一夫一妻的关系来自我洁净。

所以在第二段婚姻里,阿赫玛托娃把丈夫视为神,她成为了护士、管家、秘书,她在丈夫通宵工作的时候沏茶,白天则给丈夫誊写文件和笔记,没有时间做自己的事。她想办

---

a 亚述学(Assyriology),研究古代美索不达米亚地区(Mesopotamia)语言、文字、社会和历史的学科。

法弄来的钱,丈夫会一口气花在烟和茶上。以上这些都仅仅是神对信仰者无情的磨砺,真正不能让阿赫玛托娃忍受的,是他禁止她的写作生活。丈夫嘲笑她的才华,并且在茶炊里烧掉她的诗。

几乎所有女作家都会遇到一两个阻碍她的伴侣。我猜想,这一方面源于无能者对于天赋的嫉妒,怨恨缪斯只降临在房间的一侧;另一方面,则是一种不能完全占有她的不安全感。男人不仅害怕女人被别的男人占有,甚至害怕她被文学、绘画、音乐……或是其他自己不能领略的风景所占有。他害怕望向她的眼睛时,看到的不是自己的倒影,而是他永远无法深入的静潭深水。

阿赫玛托娃再次对婚姻失望了,她渴求的"被需要"变成了囚禁。在那几年,她写的诗非常少,有一句触目惊心:"丈夫是屠夫,家庭如监狱。"

在第二段婚姻感情泯灭之际,阿赫玛托娃又恋爱了。对"忠诚"的失望让她自暴自弃地投身于轻佻,她年轻时自我欣赏的句子成为了西西弗斯的诅咒:"你会爱,那么命令你永不停歇地去爱。"

在她诸多的情人中逐渐脱颖而出的是普宁,一个极其聪明敏感的艺术史家,这是阿赫玛托娃人生中最漫长也最炙热的感情,它持续的时间如此之长或许是因为他们从来没有真正拥有过彼此——普宁是有妇之夫。

> 伊凡·普宁(Ivan Bunin, 1870—1953):艺术史家,作家。1933年,因散文成就成为俄罗斯第一位获得诺贝尔文学奖的作家。与阿赫玛托娃在一起15年。1953年死于古拉格集中营。

他们因为无法完全占有彼此而相互折磨，普宁不愿意离开妻子，而阿赫玛托娃也没有停止过和其他男人的关系，普宁看得很清楚："我们的亲密是脆弱的。"而这种脆弱最终形成了一种稳定，阿赫玛托娃搬进了普宁的家，与他的妻子、孩子同住。

这座其实不属于她的房子又被称为"喷泉屋"，现在是阿赫玛托娃纪念馆。我某年冬天去过那里，离圣彼得堡的城市中心并不太远，经过一个朴素的、长满杂草的花园，就看到一幢简朴的四层小楼，走廊昏暗，木地板吱吱作响，简陋的木架子上摆放着文件包和其他的杂物，厨房很小，大多数时候只能煮些西红柿和土豆。

只有一间屋子是属于阿赫玛托娃的，她为此付了高得不合理的租金，淡绿色的墙壁衬着红棕色的家具，房间小，家具更小，小小的书桌不像是能承载庞大的诗篇，三四把椅子大概是会客的，仅有的能证明女主人身份的是她的一张肖像画，名画家莫迪利阿尼画的，那是她年轻时在巴黎的情人。巴黎远得像前世的记忆，如今房间唯一和外部的连接就是一扇小窗户，正对着枯燥的小花园。

和情人的妻子同住的日子没有尊严可言，尤其当阿赫玛托娃的儿子列夫来投奔她之后。列夫此前一直跟着父亲——阿赫玛托娃的前夫古米廖夫，在古米廖夫死后，年幼的儿子只能来找寄人篱下的母亲。

列夫在寄居家庭经常吃不饱，处于饿晕的边缘，还要时刻蒙受语言的羞辱。一次有人来做客,吃饭时,普宁的妻子讥讽地说:"不知道谁是吃闲饭的人。"阿赫玛托娃和儿子列夫沉默着挺直了腰杆,这是高傲的灵魂受辱的模样。

受辱是更大的不幸的预演。在接下来的日子里,她的儿子列夫因为不愿意承认父亲的"历史问题"被捕,恋人普宁也因被指控从事反苏活动而被捕入狱,死于古拉格的集中营中。第二次世界大战到来,阿赫玛托娃因为颇有争议的声誉而无法出版作品,有一天她打开用来包鱼的报纸,看到报纸上对自己的公开谩骂——"一半是修女,一半是荡妇,更确切地说,是混合着淫秽和祷告的荡妇与修女"。

她的很多朋友没有心力支撑自己度过那段时光,比如另一位俄罗斯伟大的女诗人茨维塔耶娃,因为遭受了精神和物质的双重打击,在谋求一份洗碗工的工作失败后选择上吊身亡。可是死亡对于阿赫玛托娃来说却不是选择,她依然在那个小房间里阅读,做了很多翻译工作,翻译了屈原的《离骚》,还做了大量关于普希金的研究。

玛琳娜·茨维塔耶娃(Marina Tsvetaeva,1892—1941),天才诗人,6岁时开始诗歌练习,18岁出版诗集《黄昏纪念册》。诗作节奏铿锵,意象奇诡,个性鲜明,始终独立于文学社团和流派之外。

普希金是各种意义上的避难所。在严酷的时代,他是仅存的抒情宝藏,更重要的是,她可以藏在普希金的躯壳中研究自己。

为什么古希腊人刻在神庙上的是一句如此简单的话——"人呐,认识你自己"?因为这是世上最艰难的事业。我们总是羡慕别人,因为从外部看,他人的生活形成了完整的东西,而我们看自己,只能从内部,因此看到的只能是支离破碎、一团乱麻。记忆是无法恢复的废墟、破碎的影子。

当潜入他人的躯壳,我们才能得到一个完整的故事,看到那些无序和偶然中暗含的因果,看到了种种预示与伏笔,看到泄露天机之后的命运。阿赫玛托娃把自己的生命与普希金交融,她不仅看清了自己,还获取了普希金的能力:在夜晚,倾听彼岸潮湿的黑色大地上亡灵的合唱;在清晨,从小小的死亡中重生;日复一日,困囿于小小的坚硬的椅子,也要像普希金那样,高于自己的时代活着。

在对普希金的眷恋里,她看清了自己的命运。

[4]

长达十七个月的时间里,阿赫玛托娃都在列宁格勒的探监队伍中度过,等待着看儿子一眼。

某一天,一个站在她后面的女人忽然对她耳语:"喂,您能描写这儿的情景吗?"阿赫玛托娃说:"能。"于是,那个女人冻得青紫的嘴唇扯出一抹笑意。

但在那个年代,写下哀恸的诗歌是危险的,被人在屋中搜出小纸片上的几行字就要付出惨痛的代价。于是,阿赫玛托娃用一种最艰难也最动人的方式留存文字。在"喷泉屋"的小房间里,阿赫玛托娃见客人时,一边说着无关紧要的话,一边会飞快地在纸片上写下几句诗,客人口头上应付着她的话语,心里默默背下这些诗句,然后阿赫玛托娃在烟灰缸里把这些纸烧为灰烬。多位客人最终按照记忆一字不差地拼凑完成了这首长诗——伟大的《安魂曲》(Реквием)。

《安魂曲》不仅是诗人们秘密的接力,不仅是一个母亲对另一个母亲的承诺,而且它成为了一个民族的自传。

每次读《安魂曲》,我总会涌起莫名感动。感动是在作品之外,创作者的宿命是一生与一事无成的沮丧和孤立无援的自艾相伴,《安魂曲》的存在是这种失败感的解药,它证明了创作的确有近乎神迹的力量,如古希腊悲剧中的"机械降神"[a],碾压一切,扭转结局。

《安魂曲》里的诗成为嘈杂的集体之声里无比清晰的号角:

"我不仅是为我一个人祈祷
而是为了所有与我站在一起的人们
无论酷烈寒冬,还是七月热浪
我扑倒在瞎了眼的红墙下"(肇明,理然译)

句子召唤,沉默的人从四面八方赶来,聚集在阿赫玛托

---

[a] 机械降神:希腊古典戏剧手法,利用起重机的机关,将扮演神的下等演员载送至舞台上,人为制造出剧情大逆转。

娃高挑而悲哀的身后。她的诗歌是为一个民族开具的无罪证明,在世上所有不流泪的人之中,没有人比他们活得更高傲和纯粹。从此,对女诗人的诋毁和羞辱瞬间失效,因为她为所有人而写,诋毁她,就是诋毁所有人;而对她写作生活的禁锢也不再有意义,诗一旦存在过,就将永远存在。

阿赫玛托娃在50年代后期恢复了名誉,但是历史在那之前早已给予她公正的评判。时间是现实的敌人,是文学的朋友。时间不断消磨现实的威力,却给文学持续不断地带来盟友,最终文学将缓慢地赢得一开始看起来必败的战争。

[5]

阿赫玛托娃有句好诗,"严峻的时代改变了我,犹如改变了河流"。

如果没有时代的改变,她的人生剧本应该是诸多爱情故事的女主角,因为传奇而神秘的女性魅力被谈论,但是历史以残酷的命运重新塑造她。一如我们读李清照时,会感慨从"惊起一滩鸥鹭"的娇憨到"生当作人杰,死亦为鬼雄"的惨烈之间的断裂。

时代作用于每个人,但不是公平地作用于每个人。

1914年7月,第一次世界大战爆发,阿赫玛托娃在日记里写:"早上,还有些关于其他事的恬静诗作,一到晚上,

整个生活碎为齑粉。"ᵃ

生活被反复碾压，碎之再碎。

同一天，同一时刻，卡夫卡在日记里写："德国向俄国宣战。下午游了泳。"

生活岿然不动，腐坏从内部的核心开始。

两篇日记代表了两种创作者对时代的态度，一种是把轰隆的炮声当作是需要屏蔽的杂音，另一种是把耳朵调到能倾听到最细微的呻吟的频率；一种是把自己活成一个独立于时代的人，另一种是把自己活成时代中的每一个人；卡夫卡向内，让自己一个人的痛苦有整个世界那么庞大，阿赫玛托娃则向外，把整个世界的痛苦都加诸在自己身上。

当阿赫玛托娃替所有人活着的时候，她就不再为自己活着。儿子列夫非常反感她的《安魂曲》，在诗里，母亲就像是当他已经死了一样，写他被钉在了高高的十字架上。

儿子认为母亲用诗歌扭曲了实际情况。儿子没有错，阿赫玛托娃屈服于庞大的真理，违背了自己的痛苦，当她下笔，就是诗人而不是母亲，不可避免地与自身的经验割裂。

儿子列夫还抱怨母亲不太给他写信，也很少对他私人的事情嘘寒问暖，阿赫玛托娃回复他："你忘了我已经年届六十六岁，我患有三种足以致命的疾病，我所有的朋友和同代人都已去世。我的生活既黑暗又孤独。"

---

a 《诗的蒙难：阿赫玛托娃札记（二）》，张冰，吴晓都译。

晚年的阿赫玛托娃活得像一条深不见底的河流，河流已经奔腾太久，上面漂浮着残枝败叶，她同时代的朋友和敌人都已死去，浮尸在河流中相遇、碰撞、和解，阿赫玛托娃带着他们的记忆继续击打河岸，她无法被遗忘，因为她的生命流淌中裹挟着民族的遗产。

在俄罗斯诗歌已经式微的 1960 年，阿赫玛托娃的诗依旧卖出了惊人的一百七十万册，她所到之处人们起立鼓掌，她的每一句话都是人民之声，就连她的沉默都是公共的，她说："我的沉默，人人可闻。"

在生命的最后，已经成为象征的阿赫玛托娃写：

"主啊！你看，我已倦于
生存、死亡和复活
拿走一切吧，但请留下这枝
我可以重新呼吸的深红色玫瑰"[a]

[6]

最后的红玫瑰是什么？

大概还是爱情。

在这逼仄封闭的"喷泉屋"里，她也没有停止过恋爱。

---

[a]《最后的玫瑰》，王家新译。

1945年，<u>年轻的英国学者以赛亚·伯林来到苏联</u>，傍晚去拜访大名鼎鼎的阿赫玛托娃，那时的女诗人已经五十六岁，刚刚结束和一个验尸官的恋情。她已经发福了，变成了那种"依稀可以看出年轻时很美"的妇人，比以赛亚·伯林大二十岁。

以赛亚·伯林（Isaiah Berlin, 1909—1997）：英国思想家。开创"自由多元主义"学说，深刻改变了20世纪世界政治思想版图。作为杰出的观念史学家，先后被授予耶路撒冷文学奖和伊拉斯谟奖。

他们彻夜长谈，阿赫玛托娃一旦开始说话，就不再是一个哀伤的妇人，而变成了一个女王，妙语如珠，以嘲弄和智慧点评着他人。话题从文学降落到了最隐私的生活，然后又升华到了纯精神的话题，就像是以赛亚·伯林那晚颤抖的手指上夹着的雪茄腾起又下沉的烟雾。虽然长寿的以赛亚·伯林一生见过无数智者，但和阿赫玛托娃的长谈是他人生仅发生过一次的至高体验。

天亮了，冻雨落在丰坦卡河上，不得不分别的时刻到了。以赛亚·伯林神魂颠倒地离开，此时已经是上午十一点了，他回到旅店一头倒在床上，嘴里嘟囔着："我恋爱了，我恋爱了。"

阿赫玛托娃也把这次会面写成诗：

"他不会是我深爱的丈夫
但我们共同完成的作品
我与他

将惊扰二十世纪"[a]

阿赫玛托娃太多情,她的诗人朋友评价她:"她写诗似乎是站在一个男人面前,而诗人应该站在上帝面前。"

我也曾经有着同样的想法,认为伟大的作品都是宏大叙事,对着山河历史或是其他不可知的事物,而那些谈论爱情的作品都是吟风弄月、小情小调。但是为什么我滚瓜烂熟的、脱口而出的、潸然泪下的、无法忘怀的,全是关于爱情的句子?

原因很简单,因为文学不是比拼主题大小和难度的竞赛,也不是挑战题材危险与否的勇气游戏,它是作者透过书页与读者一对一的交谈,在两颗不同时空、不同经验的心灵之间寻找一种共通的语言。

信仰是语言,历史是语言,恐惧、激情和荒诞亦是语言,而在所有的语言中,爱是最简单、最通、也最具有生命力的。当其他语言因为反复叙述变得空洞而枯燥,只有爱始终柔软,在打开书页的瞬间,吐纳着清新的呼吸。

没有人比阿赫玛托娃更会爱,无功受禄的爱、落空的爱、屈辱的爱、单向的爱,她探索了爱在各个方面能到达的极限。她的确并不是离上帝最近的诗人,但她是离读者最近的作家。

---

[a] 《伯林书信集(卷一),飞扬年华:1928—1946》,陈小慰,叶长缨译。

每当一年中的第一场雪降临,阿赫玛托娃的诗就像是本能似的出现在我脑海:"我们不能在一起迎接霞光,无所谓,月亮不在我们的头顶上徘徊,没关系……想着我吧,我的天使,直到初雪落满大地。"

《俄罗斯的安娜：安娜·阿赫玛托娃传》 | 书籍

作者：[英]范斯坦
出版社：上海译文出版社
译者：马海甸
出版年：2013

了解阿赫玛托娃生平的作品。描述了这枚俄罗斯诗歌的月亮的背面：她对爱的渴求、没有安全感以及不忠。

《哀泣的缪斯》 | 篇章

作者：[美]约瑟夫·布罗茨基
出版社：浙江文艺出版社
译者：黄灿然
出版年：2014

对阿赫玛托娃最好的评述文章，出自诺奖得主布罗茨基《小于一》，让人百读不厌。

当我去阿赫玛托娃的旧居——著名的"喷泉屋"时，我惊讶地发现庭院中还有一个小屋，那是布罗茨基的办公室。

阿赫玛托娃是布罗茨基的伯乐，她说他是自己最欣赏的年轻诗人，在布罗茨基入狱时为他奔走。布罗茨基也是阿赫玛托娃的知音，他说："阿赫玛托娃改变你，仅凭她的发音或是一扬头，就使你进化成了人……没有任何人、任何事像她一样教会了我理解和原谅一切——人、环境、自然、最高境界的若无其事。"

《伯林传》 | 书籍

作者：[加]叶礼庭
出版社：译林出版社
译者：罗妍莉
出版年：2019

太好看的一本关于以赛亚·伯林的传记。作者水平极高，也对伯林饱含深情，数次与他长谈。

书中有两处我印象极其深刻，一处是关于伯林与阿赫玛托娃的会面，另一处是作者说到与伯林同时代的大人物几乎都经历过牢狱之灾、战争之苦，或落魄的晚年，伯林却幸福平静而长寿，作者问他幸福的秘诀是什么，伯林说："那是因为我的生活方式比别人想象得浅薄很多。"

生活在表层。这就是伯林的秘密。他从来不对时代投以过多的热忱。

那么人活着是为了什么？用书中的另一段话说，伯林认为人一生不能仅仅靠与邪恶斗争而活着，而是依靠自己选择的目标而活着。人所捍卫的，不应该是想象中绝对的正确与善，而是选择善或恶的自由。

琼·狄迪恩

1934 / 12 / 5 - 2021 / 12 / 23

蔓延的火势
以一种残忍的趣味在她身边停下了,
照片里又剩下她一人。

Joan Didion

224　主人公

11　成为琼·狄迪恩

[1]

我第一次知道琼·狄迪恩，是看她的照片。她有很多张著名的照片，在车里抽着烟、在人群中似笑非笑地看着镜头、八十一岁时戴着墨镜代言 CELINE。其中让我印象最深刻的，是一张拍摄于 1968 年的肖像照，照片里的她三十多岁，单手举着香烟，直视镜头，她在镜头里是如此无畏，又如此脆弱，让人无法把视线从她的精灵大眼上移开，她是每一个自认为疏离于这个世界的人心目中完美的样子。

据说，最好的肖像照就像是自己的分身在不远处按下快门，琼·狄迪恩的每一张照片都是如此。

那时，我除了知道照片里的女人是个作家，对她的一切一无所知，却坚信她是独身主义者，孑然无尘地活在这个世界上。数年之后，我才看到了这张照片的全貌：照片的中心是琼·狄迪恩在洛杉矶宽敞明亮的家中，照片的边缘是她的丈夫约翰抱着女儿金塔纳坐在一旁的沙发上。

琼·狄迪恩六十九岁那一年，她的女儿昏迷，住在重症病房，丈夫突发冠心病去世,她把丈夫去世后自己的心理体验写成了畅销书《奇想之年》(*The Year of Magical Thinking*)。书出版前两个月,她的女儿也去世。

那张全家福像从边缘开始燃烧,吞噬了琼·狄迪恩所爱之人,她静静地看着摧毁的过程,等待着蔓延的火势,但火焰以一种残忍的趣味在她身边停下了,照片里又剩下她一人。

[2]

在成为著名的"新新闻主义运动"的传奇、美国文化标杆性人物、"我们这个时代最伟大的英文杂文家"、八十一岁的 CELINE 代言人之前,成为那个著名的"琼"之前,她只是一个早熟的少女。

琼·狄迪恩的觉醒从失败开始,大学时期,她差点没有从伯克利毕业,人生第一次,自我怀疑就像是多米诺骨牌一样接连坍塌,她不再相信名校文凭拥有图腾一样的力量,不再相信人生会一路绿灯,不再相信外在的荣誉会允诺美满的一生。

她写:"我不知所措,充满忧惧地面对自己,正如一个人突遇吸血鬼,手中却没有辟邪的十字架。"

"面对自己"是一件实际上要比它看起来可怕得多的事情,那种感觉就像是人常做的噩梦——处于一个重要的场合，却发现自己下身是赤裸的。

一切可以装饰你的东西或消失或丧失意义：学历、好工作、光鲜的外表、成功的伴侣、他人的赞美。这就是所谓的"失败"，失败从来不是一无所有，而是深夜和自己的懒惰、软弱、违背的誓言、被浪费的才华挤在同一张床上，辗转反侧，难以入睡。

在这种时刻，人有两种选择，一种是心虚地活着，逃入人群中，抓住一切能遮体的布料遮盖自己，这意味着穿着不合体的衣服，扮演自己轻视的角色；另一种是面对自己的赤裸，正视周围已经被堵死的路，看到自己的才华可怜如马上就要熄灭的孱弱火苗，试着燃起它，举起火把，去寻找一条窄路。

琼·狄迪恩在一篇名为《我为什么写作》(*Why I Write*)的演讲里提到：

"（大学毕业前后）那些年里我就像是手握明知不牢靠的护照和伪造的文件在旅行：我知道在任何思想世界里都没有我的一席之地。我知道我不善思考。那个时候我只知道自己不能做什么，只知道自己不是什么人。我花了好多年才发掘出自己是什么：一个作家。"

仅仅是一个作家，不是一个杰出的作家或是一个平庸的作家，单纯是一个把每天最专注和宝贵的时间花在组装词句上的人，一个用文字来弄明白自己看到什么、想到什么、渴望什么、恐惧什么的人。

琼·狄迪恩写："意识到自我的内在价值，就有可能拥有一切：能够辨别是非，敢爱，也敢保持漠然。"

漠然。是了，这就是最准确的形容琼·狄迪恩的词。

不是潇洒、自信，而是漠然，犹如在千里之外看着玻璃罩里的自己与自己所处的时代。

琼·狄迪恩冉冉升起在一个热闹的时代，1968 年，琼·狄迪恩出版了成名作——非虚构文集《向伯利恒跋涉》（*Slouching Towards Bethlehem*）。

不必赘述那一年（1969 年）有多么特殊，那是有史以来第一次人们不但为面包，还为蔷薇走上街头的一年；是法国的学生把兰波的"要么一切，要么全无！"写在墙壁上的一年；是大洋彼岸的村上春树考上早稻田，他后来回忆"那就像是个转折点，我们觉得如果那时能做好，就会迎来乌托邦一般的盛世"的一年；是年轻人埋藏已久的集体无意识忽然爆发、撞击世界的一年。

而在这本书里，她却冷得惊人。

书里我最喜欢的一篇，是她写另一个琼，琼·贝兹。

琼·贝兹是 60 年代的民谣皇后，少女时期便成名，美得惊人，贝兹的前男友鲍勃·迪伦形容"她的样子让我叹息。她所有的一切，还有她的声音。这声音能驱散厄运，像是直接对着上帝歌唱。她无所不能"。

琼·贝兹在 60 年代的分量在于她不仅

琼·贝兹（Joan Baez，1941— ）：美国民谣歌手。作品主题多为爱与和平，积极参与言论自由和反战运动，用音乐支持民权。2007 年，获得格莱美终身成就奖，2017 年入选摇滚名人堂。

是个歌手,她的音乐还是那个时代抵抗运动的背景音乐,是马丁·路德·金的好友,琼·贝兹自己也曾两次因参与反战集会而入狱。她是时代精神最完美的代言人——永远清新、永远疼痛的少女,她是叛逆者们的圣母玛利亚。

琼·狄迪恩冷眼观察着这个圣女,看琼·贝兹积极参与政治运动,看琼·贝兹在演唱会上说"我的生命是一滴晶莹的泪珠",在所有观众都被琼·贝兹所魅住、群众的灵魂被贝兹的眼泪沁得柔软的时候,琼·狄迪恩不为所动,她敏锐地写道:

"贝兹小姐努力(也许是无意识地)坚持着自己或他人在少年时代那种天真,以及对世界充满好奇的能力,无论这些东西感觉多么虚假,多么浅薄。这样的坦诚开放,这样的脆弱易碎,恰恰就让她能在所有年轻人,孤独之人,不善表达之人,怀疑世界上没有旁人能理解美、伤害、爱与手足情谊之人中广受欢迎。"(何雨珈译)

琼·狄迪恩并不是指责贝兹的抗争是表演性的,狄迪恩只是看穿了琼·贝兹与时代——或者说几乎任何文化偶像与时代互动的本质:观众期待一个偶像,偶像按照这种期待去塑造自己,观众崇拜偶像如相信神迹,偶像成为了观众精神一致性的守护者。这是一种并不新鲜的把戏:生活和艺术的相互模仿,琼·狄迪恩只是毫无压力地戳穿了它。

并不是所有人都能够欣赏琼·狄迪恩的直接,她曾有一篇贴身观察当时的第一夫人南希·里根的文章,她笔下的南希紧张、缺乏安全感、希望讨好一切人,南希·里根看了那篇文章之后非常沮丧,说:"我还以为我和狄迪恩相处得很好,是不是我当时表现得凶一点会更好?"

如果你认为琼·狄迪恩仅仅是对著名人物刻薄,那她对旧金山一个嬉皮士社区的采访会让读者在炎热夏夜也要发冷。

她所采访的嬉皮士社区,父母人间蒸发,少年四处游荡,孩童懵懂无知,她遇到的所有年轻人都在嗑药,在迷幻中放逐自己,这些青少年认为自己在叛逆社会,其实不过是被困在了空虚当中;这些青少年以为自己在创造一个"新世界",其实只是手无寸铁到了可悲的程度,孤注一掷地向空中抛出自己的愤怒。

在文章的最后,她写到自己遇到了一个五岁的女孩苏珊,她的妈妈让她服用迷幻药已经一年了。

几十年后,琼·狄迪恩在纪录片中被问到:"面对一个孩子,嘴上沾着迷幻药的白色粉末时,你在想什么?"

琼·狄迪恩挥动着手臂说:"我觉得这是黄金的一刻。作为一个作者,你是为这一刻而生的。"说完,她垂下眼睛。

狄迪恩就是这样的人,她是一种我们不熟悉的知识分子。同时代著名的女知识分子苏珊·桑塔格是我们熟悉的样子,桑塔格总是试图把自己和他人的痛苦放在同一个地图上,甚至去被围困时的萨拉热窝生活,随时可能死亡。琼·狄迪恩同样去了内战时的萨尔瓦多,却采取了一种完全不一样的态度:她目睹一切,聆听一切,感知一切,但是什么也不做。

——或者说,她对抗混乱世界的方式是以极端的控制力。这种控制力来自于观察,仿佛"灵视"一般的观察力,把绝望、恐惧、激情一一剥离,分开,让这些狂热因为无法聚合产生反应而失去了力量。她的凝视如同缰绳,驯服狂奔的野马。

琼·狄迪恩说自己每次写不出来的时候,就会把手稿放进冰箱里。这就像是对她写作绝妙的隐喻,她文章的所有力量都来自于冰冷,她的冷眼,她的冷血,她让人无法抗拒的冰冷的拥抱。

[3]

冰冷的琼·狄迪恩是有爱人的。令人惊讶的是,她在婚姻中甚至显得并不强势。

和鲜明的女性主义者不一样,琼·狄迪恩喜欢的男性是雄性气息爆棚的男子汉。她专门写过自己对于出演西部电影的硬汉演员约翰·韦恩的迷恋:

"(在约翰·韦恩)的世界,男人做了该做的事情,就能在某个日子，带着自己的女人，策马扬鞭，自由寻找安家的地方。"

> 约翰·邓恩（John Gregory Dunne, 1932—2003）：1964年与琼结婚，共同为《纽约书评》等严肃刊物供稿、写小说，也合写好莱坞剧本。《卫报》形容他们是"美国文学界最炙手可热的一对夫妻"。

她喜欢的男性是保护者，她自己也嫁给了一个"保护者"。==三十岁的时候，琼嫁给了自己的编辑约翰·邓恩==。约翰·邓恩同时也是作家，夫妇俩一起写专栏，是彼此文章的第一个读者。琼·狄迪恩娇小、安静，邓恩高大、声音洪亮。约翰在她的生活里像是一个保姆，帮她接打电话，帮她安排工作。

但在任何关系里，情感的强弱从来就不是依据个头。在婚姻里，琼·狄迪恩一次次地把自己的丈夫打败。

琼打败她的丈夫，因为她更有才华。在《名利场》的一篇报道里，她写道，约翰开玩笑说自己在海边散步，遇到了耶稣，耶稣说："我太喜欢你老婆的文章了。"

琼·狄迪恩在文学上的偶像是海明威，在十五六岁的时候，她通过在打字机上敲入海明威的语言来写作，她学习如何构建一个"完美"的句子。她的写作就是经典的"海明威式"的句子：像是平缓的河流，清澈的水直接流过硬质花岗岩，中间没有渗穴。整个时代的读者都臣服于她诗性的坦率。

---

a 《名利场》（Vanity Fair）：美国著名生活杂志，1913年创刊，常报道名人新闻、评论等。

琼打败她的丈夫,因为她更镇定。还是在《名利场》的报道中,讲到约翰写过一本自传式的小说《拉斯维加斯》,小说讲述了一个作家离开妻女去拉斯维加斯住了几个月(现实里,约翰也做了同样的事)。小说当中有一幕,男主角给妻子打电话,男主角说有人给自己介绍了一个年轻女孩约会,妻子说:"你应该约会她,当成田野调查。"

在那一瞬间,妻子彻底地击败了丈夫。她没有显示出愤怒或者悲伤,她看似是鼓励,实则是威慑。这是感情里一场胆量游戏,就像是玩俄罗斯转盘,六轮手枪里只有一颗子弹,弹巢转动,妻子面不改色地对着自己的脑袋扣动扳机,她赢了。

琼打败她的丈夫,因为她更出离。在一篇专栏文章里,她写全家去夏威夷一个岛上度假,据说飓风海啸要来,夫妇俩被困在房间中,尴尬地面对彼此,填写离婚的文件(后来他们并没有离婚)。

她像房间里的记者一样观察情感在崩溃边缘的夫妻,就像当年观察服用迷幻药的儿童。在那篇文章里,她承认自己"毫无感觉,也不知道该如何感知一切"。

情感危机就像海面的旋涡,当事人无能为力地任由自己围绕旋涡流动。但琼离开了旋涡,某种意义上,她也离开了生活。

[4]

琼·狄迪恩是在什么时候再次进入她的生活?

大概是在她的丈夫死的那一年。

近距离地目睹亲人的死亡究竟意味着什么?

很多人说经历父母的死亡让自己瞬间成长。为什么?因为父母是挡在死亡面前的那道屏障,是我们与死亡之间的缓冲地带。而当父母死去,死亡逼近了一步,呈现出一种真实的恐怖。

对于琼·狄迪恩来说,约翰是她与生活之间的缓冲地带,约翰代替她去应对生活——从处理垃圾邮件到日常对话,当约翰死去,她和生活之间的那道屏障消失了,和死亡间的那道屏障也消失了。

在《奇想之年》里,她写道自己一开始是个"冷静的未亡人":

"失去亲人的人们也许会觉得他们像是被包裹在虫茧或是毛毯里;在别人看来,他们的表现像是能够挺得住。实则这是死亡的现实尚未穿透意识,令失去亲人的人们表现得仿佛尚且可以接受亲人的死亡。"(陶泽慧译)

然而,死亡终将会击穿。

死亡击穿你的世界，它改变一切事物，"就像在日食时一切色彩全部消失了"（伍尔夫）。它在生活中处处显出自己的样子，是地铁上面目模糊的老人，是山岗后手拿镰刀的男子，是落地的雨，是袅袅的烟。

死亡也击穿你的灵魂，琼·狄迪恩写："哀恸像海浪，像疾病发作，像突然的忧惧，令我们的膝盖孱弱，令我们的双眼盲目，并将抹消掉生活的日常属性。"

琼在《奇想之年》中感性得让人陌生。她想要尖叫着呼唤丈夫回来，她幻想丈夫多活一天——她爱他多于他爱她的一天。我一直认为琼是那种自我非常庞大而独立的个体，但在丈夫死之后，她用他人之口承认他对于自己的重要，"你只失去了一个人，却仿佛整个世界荡然无存"。

曾经冷峻的琼·狄迪恩仿佛失去了控制力，放任河流带着自己在生界和死界之间冲击。但她并未完全丧失控制力——她没有被哀恸击倒，《奇想之年》出版两个月前，她的女儿金塔纳也去世了，她把失去女儿的经历写成了《蓝夜》(Blue Nights)。

"蓝夜"是在四月底、五月初的时候，琼当时居住的纽约会有一个小时左右的时间，天光是蓝色，蓝色不断加深。

蓝夜是摆脱不了的忧郁，未亡人的忧郁，因为他们所拥有的只有记忆。未亡人一遍遍回顾往事，看见预兆，也看见错过的信息，他们翻阅生活的每一个细节，从各种地方读出意义。

金塔纳是琼·狄迪恩领养的孩子,在纪录片里,琼说:"她希望我照顾好她。但是我失败了。"

琼开始回想自己每个失败的部分。她曾经问过年幼的女儿:"你觉得妈妈怎么样?"

女儿说:"你挺好的,就是有些冷漠。"

在女儿死后,她才开始反复思考这句话。

《蓝夜》里,她写女儿金塔纳在五岁的时候,就给当地的精神病院打电话,问医生如果自己疯了该怎么办;同一年,金塔纳还给电影公司打电话,问自己怎么样才能成为明星;九岁的时候,金塔纳就学会了在房间号那一栏写上"秀兰·邓波儿"。

金塔纳的深浅明灭,变幻无常,在她死后忽然变得异常清晰。女儿的人生就像是琼·狄迪恩笔下的那些人物,那些明星,那些精神不正常的人,那些时代的宠儿,那些命运的弃子。

——这是一种多么可怕的推理:琼凝视反常的人,书写反常的人,然后把身边最亲近的人都变成反常的人。

即便琼看清了自己和女儿命运当中的羁绊,也于事无补,因为未亡人拥有的只有记忆。最终,记忆也会消失,就像是天光会缩短,光亮会消逝,蓝夜将尽,夏日已去。

琼被问到:"书写丈夫和女儿的死,最难的部分是什么?"

她说:"最难的部分是写完的时候,那时候你知道,你必须和他们告别。"

[5]

琼·狄迪恩擅长告别。她在二十多岁的时候就写过《再见了一切》(Goodbye to All That),讲她告别了纽约,去加州生活,她写:"在纽约的时候,我曾经非常年轻,而在某一刻,那流金岁月的韵律断了,而我也不再有那样的青春韶华。"

她擅长告别,是因为她擅长听到事物结束的那声呜咽。1969 年,琼所处的好莱坞出了一件大事,导演波兰斯基怀孕八个月的妻子莎伦·塔特及塔特的四个朋友被查理·曼森及信徒所杀——昆汀的新片《好莱坞往事》就是讲述这段历史。琼说:"这一瞬间,所有人都觉得 60 年代提前结束了。"

琼·狄迪恩认识波兰斯基,在凶杀案发生前的三个月,她还在酒会上遇到了他,他不小心把红酒洒在了她的白裙子上。而琼·狄迪恩也认识查理·曼森的一个女信徒,女信徒接受审判的时候,穿的是琼买的裙子。

琼擅长听到事物结束的那声呜咽,是因为她总是身处事物的核心。她写过绝望的嬉皮士,绝望的年轻人中最邪恶的幽灵就像是从她的文章中被召唤出来一样,以她为介质,来到她所生活的纸醉金迷的好莱坞。

> 罗曼·波兰斯基(Roman Polanski,1933—):法国导演、编剧、制作人。生于波兰克拉科夫,犹太人,二战期间,母亲死于纳粹集中营。作品擅长挖掘人性之恶、批判人性之罪,被誉为电影史上的"罪恶大师"。因性侵幼女的指控备受争议。1969 年 8 月 9 日清晨,妻子莎伦·塔特被美国邪教组织"曼森家族"的成员杀害。

她是对时代的震动最敏感的人,因为时代在她周遭震动。

终其一生,琼·狄迪恩都避免成为他人,"他人是地狱"是过于苛刻的说法,但他人至少是旋涡,会吸引你,控制你,吞没你。琼一生所做的最成功的事情,就是从来没有被旋涡吞没。她一直认为自己的控制力是因为她始终在遥远的地方旁观,但还有一种可能性:她就是旋涡本身。

琼·狄迪恩是唯一剩下的人。她所爱的人都离开了,她所爱的时代消失了,就像是有人在她的世界里不断地按"删除"键,但是到了她的身边,"删除"键失灵了,图像里只剩下她一人,一个永恒孤独的旋涡,静静旋转。

《琼·狄迪恩：中心难再维系》 ———————————— | 纪录片 |

Joan Didion: The Center Will Not Hold（2017）

狄迪恩的侄子拍摄的关于姑妈的纪录片。在片子中出镜的除了主角琼·狄迪恩，还有几位知名文学评论家、"时尚女魔头"安娜·温图尔、好莱坞明星哈里森·福特（他曾为狄迪恩和她丈夫当过木匠）、名编剧戴维·黑尔（《时时刻刻》的编剧）等形形色色的人，用影片里的话说，"美国的怪异性以某种方式进入了这个人的骨子里，并从打字机的另一端走出来。"——狄迪恩不只是记者与作家，她是一个文化符号，是20世纪60年代起美国文化众多小溪与河流汇聚之处。

纪录片的名字来自叶芝的诗："万物已然解体，中心再难维系"（Things fall apart; the centre cannot hold），讲的不仅是狄迪恩如何经历亲人离去，同时隐含了一个开放、包容、进步的文化时代如何逐渐走向四分五裂。

琼·狄迪恩在纪录片公映四年后去世。

不能和聪明的女人在一起的理由

平野启一郎（keiichiro Hirano, 1975—）：日本小说家、文艺评论家。23岁凭处女作《日蚀》获芥川奖，被誉为"三岛由纪夫转世"一般的小说家。

前段时间我见了日本作家平野启一郎。他二十三岁处女作就得了芥川奖，是芥川奖历史上最年轻的得奖者，同时还是一个优秀的吉他手。我见到他之后，第一句话是怒气冲冲地问："为什么你小说里的男女主角没有在一起？"

他的小说叫作《剧演的终章》，讲述的是中年人的爱情。男主角是一个四十岁左右的天才吉他手，女主角比他大两岁，是伊拉克战场的战地女记者。两人几乎一见钟情，但因为种种变故错过彼此，男主角娶了自己的女助手，她把自己的人生献身于男主角，并且为自己能当好一个女配角而心满意足。

女主角偶遇已为人妻的女助手，女助手发表"坏蛋演说"（每个爆米花电影里都会有的反派，解释自己为什么要行恶，一方面是增加反派的人物复杂性，另一方面为英雄反扑争取时间），解释为什么自己才应该和男主角在一起。

女助手并没有卖惨，也并不强词夺理。而是引用了一段圣经的故事。

圣经里有玛尔大、玛利亚两姐妹,当耶稣去她们家的时候,姐姐玛尔大热心招待,而妹妹玛利亚静静地坐在一边听耶稣的教诲。玛尔大埋怨妹妹不来帮忙,耶稣却反夸玛利亚做得对。

"玛利亚静静聆听耶稣,才能真正理解他,玛尔大忙来忙去,反而错过了和上帝交流的决定性瞬间。"这是女主角的理解。

但女助手对这个故事的认知完全不同,她认为主角身边需要一个全身心投入、无微不至地照顾他的人,而不是一个什么帮助也提供不了的人。

女助手的说辞让女主角动摇了,她开始对自己与男主"命定的爱情"动摇。

读小说的我也动摇了,我们习惯把文艺作品中的人物分成"主角"和"配角",主角们有让人难以移开视线的魅力、曲折的身世、复杂的内心活动、充满讥诮的对话,而配角只是在布景中端茶送水,必要时刻推动剧情发展,作者甚至吝于描述他们的内心活动。

读者总是认定男女主角会在一起,若不能在一起也是彼此心中永远的痛,而无法接受一种结局:主角与配角幸福快乐地生活在一起。

"你真的认为两个有主角光环的人不适合生活在一起吗?"我问小说的作者平野先生。

平野先生说:"我们看到的那些大艺术家,最后相伴终生的,好像都是愿意无怨无悔为他们奉献的人,而不是和他们势均力敌的人。"

大概是艺术家都太自我了吧,认为他人都应该围绕着自己的情绪转,自己灵感的增减直接影响了世界的美好程度——不能埋怨艺术家的自我中心,因为这经常是他们涌出才华的泉眼,而他们长期生活的伴侣也应该以艺术家为中心。

我记得曾经看过王安忆回忆与顾城的交往,说她与顾城聊天时,谢烨就会拿出录音机录下顾城的话,仔细珍藏他说出的每一个字。

天才需要奴仆,奴仆需要韧性与意志,以及对天才超乎寻常的信念。嫁入歌舞伎世家的梨园妻操持家务每天只能睡四个小时,棒球明星的妻子晚餐要做九道菜,而且要算好时间,让丈夫回家时刚好能吃到热腾腾的料理。

但除了名人与艺术家,聪明有才华的女人芳心错付也并不少见。

我在读拿破仑传记的时候,最揪心的段落并不是滑铁卢之战,而是我非常喜欢的女性,"欧洲最聪明的女人"斯塔尔夫人暗恋拿破仑,问他什么样的女人最优秀,她满心期待拿破仑夸她聪慧,结果拿破仑无情地说:"生孩子最多的女人。"

看得我简直想冲进书里摇晃着拿破仑的肩膀,说:"你清醒一点好不好？"

男人不能和聪明的女人在一起的理由是什么？

我在生活中也经常遇到男性说"娶老婆不能娶太聪明的"，"让男人压力太大"是一个过于轻佻和敷衍的答案，"女子无才便是德"是被误读的陈词滥调，"直男癌"是情绪化的扁平指控。直到最近，我才些许接触到这个问题的答案。

答案依然在书里，谁叫我是一个把书当作世界的说明书的人。

答案在我今年看过的最优秀的文学作品《T. S. 艾略特传：不完美的一生》里。

主角是 20 世纪最伟大的诗人艾略特，他在二十四岁那一年遇到了比他小三岁的艾米莉·黑尔，但两人没有在一起，艾略特娶了另一个女人薇薇安。

艾米莉·黑尔（Emily Hale，1891—1969）：父亲是论教派的神父，母亲是艾略特表妹的朋友，两家为世交。从 20 世纪 30 年代初开始书信往来，一直到 1957 年艾略特再婚为止。艾米莉一直被认为是艾略特杰出诗句的灵感来源。

薇薇安是"一种常见的弄巧成拙的人，将太多的天资、上进心和辩才投入到了个人生活的戏剧冲突中"的人，用通俗的话翻译，就是一个戏精。

薇薇安是我们生活里常见的那种野心与才华不匹配、才华与试炼才华所需的韧性也不匹配的人，当她发现自己无法成为一个伟大诗人的缪斯，当她发现自己的丈夫以她为耻的时候，她就开始夸大自己的病痛来博取关注。

她把自己的生活弄得鸡飞狗跳，也让艾略特的生活痛苦不堪，不得不为了躲避她东躲西藏。在艾略特终于与妻子分开之后，他重新接触艾米莉·黑尔。艾米莉·黑尔具备一切和薇薇安相反的优秀品质，她沉静、庄严、谦逊克制，重要的是，她懂得。她对别人说："艾米莉·黑尔只与艾略特说话，艾略特只与上帝说话。"

艾略特与艾米莉·黑尔在漫长的岁月里保持着深沉的爱，她是他的救赎。之后，他借笔下人物对她说：

"如果我曾爱过——我想，
的确如此——
那么我除你之外，再不曾爱过，
并且或许我仍爱着你。"[a]

在写下上述这段话时，艾略特已经和另一个女人在一起。在相识四十四年之后，他从她的故事中离开，她发现她的故事全由他赋形着色，他离开之后，她只剩下虚空。

我们当然可以用"渣男""负心汉"的唾弃总结这个故事，但这在斥责了男主角的同时，也让女主角的一生变得毫无意义。

艾略特是个极其复杂的人，他一生想当圣徒，但他过于

---

[a] 出自《T.S. 艾略特传：不完美的一生》，许小凡译。

聪慧，无法拥有一个圣徒毫不质疑的虔诚，于是他一生在假装，扮演一个想象中的人。**著名评论家埃德蒙·威尔逊对他的评价非常精彩：**"你见到他要起一身鸡皮疙瘩，他的人生完全是造作的，是出于自己的发明，但他给自己塑造的人格太精彩，到最后你会对他五体投地。"

> 埃德蒙·威尔逊（Edmund Wilson，1895—1972）：美国批评家，曾任《名利场》《新共和》杂志编辑，《纽约客》评论主笔。对美国文学批评传统的确立，以及欧美一些现代主义作家经典地位的确立影响深远。

艾米莉·黑尔是唯一一个见过他真实面目的人，她能识破他在面具之后对付社会的假笑，辨认他眼里的真意。因为她懂得。

我忽然醒悟，这就是艾略特必须离开艾米莉·黑尔的理由：因为她懂得他真实的样子，所以她爱他。因为她懂得他真实的样子，所以他不能和她生活在一起。[a]

我一直认为"聪明"并不体现在智商，而是对世界和人的理解程度，"聪明"的反面是"简单"而不是"愚蠢"。简单的人就像是称量在五十公斤的秤，只能计量五十公斤的大米，一些男性偏爱"简单的女性"，是因为自己作为七十公斤的大米，在对方的衡量标准下永远是人格满格、能力爆棚的。而"聪明的人"就像是能称量一百公斤甚至更重的秤，它永远能计量出你的缺斤短两。

---

[a] 在艾略特写给普林斯顿大学的一封声明（1960）中，他简要解释了自己决定不向黑尔求婚的原因："艾米莉·黑尔会扼杀我身上的诗人气质；薇薇安几乎要了我的命，但她让那个诗人活了下来。"

拿破仑躲着斯塔尔夫人,却无法阻止这个聪明的女人洞察他的内心,她对他的描述或许是所有与拿破仑同年代的人中最准确的:"对他来说,世上只有他自己,其他人全是编号,他是一名了不起的旗手……他鄙视自己的国家,却又希望得到它的赞美,他需要让人类惊叹。但这种需要中没有丝毫狂热……"

爱并没有蒙蔽斯塔尔夫人的清醒,也无法让她对拿破仑的缺点视而不见。可惜的是,拿破仑只看到她对自己的打击,却意识不到她在字里行间对自己的投降。

很多能在历史中留下名字的人都拥有一个想象人格,这个人格比自己更勇敢、更纯粹,他们一边活着一边自我塑造,这个过程中他们最抗拒的,就是一面过于明亮的镜子。

或许"不能和聪明的女人一起生活的理由"惊人地简单,因为在很多情况下,人甚至不能和真实的自己一起生活。

PART 3

悲剧已经诞生

偶然性在悲剧面前是没有一席之地的。
———
别林斯基

在艺术上，靠变故、车祸、意外实现的
悲剧都不是好的悲剧，
真正好的悲剧是所有事情都是合逻辑的，
所有人都是正常的，
甚至是善良的，
事情仍然无可挽回地缓缓滑向溃败，
没有赢家，没有幸存者。

《洛丽塔》(1955)

很多时候，
我们被谎言所骗，
是因为我们愿意相信。

Lolita

Part3　　249

12 《洛丽塔》是一部不道德的小说吗？

[1]

"洛丽塔，我的生命之光，我的欲念之火。我的罪恶，我的灵魂。洛—丽—塔：舌尖向上，分三步，从上颚往下轻轻落在牙齿上。洛。丽。塔。

在早晨，她就是洛，普普通通的洛，穿一只袜子，身高四英尺十英寸。穿上宽松裤时，她是洛拉。在学校里她是多莉。正式签名时她是多洛蕾丝。可在我的怀里，她永远是洛丽塔。"（主万译）

这段文字来自纳博科夫的小说《洛丽塔》(Lolita)，这是我心目中世界上所有的小说里最美的开头，以至于我每次读的时候都会浑身起鸡皮疙瘩。

你可能没看过这本小说，但你一定听过一个词——"萝莉"，指可爱的小姑娘，这个词就来自这部小说。

这是一部非常受争议的小说，1954年刚完稿的时候，美国的好几家出版社觉得这部小说令人厌恶，拒绝出版；后来的几十年间，也曾经被各个国家的出版社拒绝，拒绝的原因很简单：这是一部太挑战我们作为读者的道德的一本书——这部小说的主角是一个恋童癖。

整本小说是以主角亨伯特的第一人称叙述的，在小说的开头，他已经作为犯罪分子被抓起来了，整个小说就是他的自我辩护书。

那么，"我"，亨伯特到底犯了什么罪？

我，亨伯特，出生于1910年的巴黎，家庭条件很好，童年幸福。

在我十三岁的时候，我疯狂爱上了十二岁的小姑娘安娜贝尔，但安娜贝尔很快死于风寒，这件事在我的心中留下了永恒的伤痛，也给我留下了病态的爱好——我喜欢九岁到十四岁之间某一类小女孩。我曾经在年轻的时候娶过一个女人，因为这个女人喜欢模仿小女孩。但这段婚姻失败了，我来到了美国。

三十七岁那一年，我遇到了一个十二岁的少女。当我第一眼看到半裸的她在阳光下的草垫上，我的灵魂战栗了，我把她闪光的美丽的每一处细节都吸进我的眼里，和我记忆里死去的爱人安娜贝尔对比，但我发现她不是安娜贝尔，她是一个新的人，一个更好的人，她是我的洛丽塔。

我疯狂地爱上了洛丽塔，为了得到她，我不惜和她的寡妇妈妈结婚，每天晚上，我把自己对洛丽塔的爱写在日记本上。但我的日记被洛丽塔的妈妈，那个毫无魅力的中年妇女发现了，但她很快死于车祸，没有人发现我的秘密，我是备受同情的鳏夫。

我终于得到了和我的洛丽塔独处的机会，我得到了她——或者说，是她得到了我，她勾引了我，是她提议我们要不要玩她在夏令营里学会的下流节目。从那以后，我驾车带着洛丽塔周游美国，后来因为钱不够，我们在某地安顿下来，我把她送进了当地的女子学校，这可能是我犯过最大的错误，因为洛丽塔忽然失踪了。

几年之后，我收到了洛丽塔的信，说自己已经结婚怀孕了，需要钱。

在贫民窟里，我找到了她，我的洛丽塔已经变得憔悴不堪，她给我讲了这几年发生的事情，原来她当时被一个剧作家拐走了，那个剧作家比我更变态，甚至比我更早和洛丽塔发生了关系。拐走洛丽塔之后，剧作家强迫她拍色情电影，洛丽塔拒绝之后被抛弃了，嫁给一个贫穷残疾的退伍军人，怀了孕。

离开我的洛丽塔之后，我满脸泪水，我知道我要做什么了，我找到了那个剧作家，以洛丽塔父亲的名义干掉了他。

现在，我在狱中写下我的自述。当你们看到这些文字的时候，我应该已经死了。但我依然可以和遥远的你说说话，这些话是说给你的：

"一定要忠于你的丈夫，不要让别的男人碰你，不要和陌生人谈话，我希望你爱你的孩子。我在想我们之间的那些回忆、讲过的那些故事，这些是你和我可以共享的仅有的不朽的事物，我的洛丽塔。"

好了，我的故事说完了。

最后，我们知道亨伯特因为血栓死在狱中，十七岁的洛丽塔在几个月后死于难产。

[2]

是不是特别荡气回肠？

《洛丽塔》这本小说的阅读体验是非同寻常的，可以说没有小说是这样的。

我们在看这个故事之前就知道是一个讲恋童癖的故事，我们带着批判或者猎奇这种先入为主的意见打开这本书，一开头，我们知道亨伯特是个罪犯，然后，我们变成了他的听众。

亨伯特是一个非常优秀的讲述者，让我们听得入神。他时而非常温柔，比如当他去呼唤洛丽塔的名字，用他的唇齿去感受仅仅是几个音符带来的情欲；时而非常残忍，比如当他讲到自己面不改色地杀了剧作家；他时而斥责自己是个恶魔，比如他讲到自己想过给洛丽塔喂安眠药来占有她，还有不给她自由，不让她跟同龄的男孩子接触；时而又试图告诉我们，他变态，是因为他的爱太强烈了，他爱洛丽塔胜过他见过、他想象得到的一切，他在小说结尾，要求怀孕的洛丽塔跟他一起走，被拒绝之后，他还是把他所有的钱都给了洛丽塔。

在听亨伯特的讲述时，我们甚至有一种奇妙的感受，觉得亨伯特是在替我们所有人说话，我们每个人心目中都有这样情欲的火焰，但是被压抑住了，而亨伯特活得比我们更纯粹，对自己的欲望更诚实；我们中的一部分人陷入不那么道德，或者不那么容易被接受的恋爱，那种恋爱像是共谋一样，两个人心照不宣，无法向世人诉说，只有亨伯特如此坦诚地公之于众。

看到小说的结尾，亨伯特死了，我们作为读者甚至一时不知道该怎么反应，我们应该释然，还是有些难过？

读这本小说的时候，我们就不断被矛盾的情绪撕扯：

到底该如何看待亨伯特？如何看待《洛丽塔》？纳博科夫到底想说什么？

《洛丽塔》这本书在写完之后被各种出版社拒绝，因为觉得它太不道德了。后来它终于在1955年在欧洲出版，1958年在美国出版，是因为它很幸运，遇到了一批作家和评论家，这些专业的读者在读完这本书之后被亨伯特的魅力折服了。他们开始为这部小说辩护。

这批读者发现纳博科夫好像在这个小说里埋下了一个陷阱，它所讲述的男女权力关系，和我们表面看起来的是相反的。

这本书看似是讲恋童癖，但是这些专业的读者，这些作家、评论家认为这本小说讲的不是一个狡猾的成年人去让小女孩堕落的故事，而是一个已经堕落的儿童去玩弄一个软弱的老男人的情欲。

这些评论家的想法是从亨伯特的叙述中得来的，亨伯特说：我一直小心不想破坏洛丽塔的清白，是小女孩提议我们做下流的事；亨伯特还似乎不经意地指出洛丽塔的庸俗、冷漠、无礼、自恋，根本就不珍惜亨伯特对她的爱，只是想用自己的魅力从他那里换点好处。

所以第一批为《洛丽塔》辩护的人，说这个故事讲的不是道德，而是人性。洛丽塔本质上是一个非常普通的姑娘，但是因为亨伯特接近痴狂地爱她、崇拜她，把她看作女神，把她提升到一个远远高于她本身水平的高度，一个平庸的少女因为被这样爱，所以变得不再平庸。

而亨伯特是个可怜的人，他被自己的情欲蒙蔽了，不断去美化这个普通的姑娘，就像夸父逐日一样，追逐一个虚无缥缈的目标，甚至为了她而死去。如果说亨伯特有什么罪的话，就是他太软弱了，他放任自己被爱情折磨。如果说亨伯特有什么错的话，就是他太诚实了，他对自己的欲望太诚实了，以至于没办法被世人所理解。

在《洛丽塔》这本书最早的辩护者中有一个最著名的，**是耶鲁大学的教授特里**

特里林（Lionel Trilling，1905—1975），美国社会文化批评家、文学教授。擅长从社会学角度研究文学，评论充满心理学、社会学视角和哲学洞察，在西方评论界独树一帜。

林,他在这本书出版的1958年写文章说:"亨伯特心悦诚服地说自己是个恶魔,我们却越来越不同意他的说法……这本书中可以看到:残忍、哀伤、情欲、罗曼蒂克和真正的爱……"

说到这儿,你是不是也被这种说法说服了,认为亨伯特只是一个反常的人,我们需要去理解他,因为文学是为了展现人性广泛的维度——甚至包括最幽暗的那些?我们也应该诚实地接受自己那些幽暗的欲望。

如果你这样想,那我要恭喜你。你成功地上钩了,你上当受骗了,你被亨伯特骗了,你也被纳博科夫骗了。

你以上的理解,全部是错的。

[3]

纳博科夫写《洛丽塔》,根本不是想让我们理解一个恋童癖,理解人性的幽暗之处。

恰恰相反,纳博科夫是想我们警惕这个变态。

我为什么如此笃定?

让我们来看第一个证据。《洛丽塔》整个小说都是亨伯特的自我辩白。也就是说我们对这个故事的一切认知都是建立在亨伯特的叙述上。

我们读小说的时候,总是会一开始就代入到主角视角,我们看到的、经历的和主角是一模一样的,所以小说里讲的就是真的，我们不会去辨别叙述者撒了什么谎，或者隐瞒了什么。

有一部经典的侦探小说，就是利用了这个盲区。这部小说叫《罗杰疑案》，是阿加莎·克里斯蒂的经典小说。小说主角"我"是医生，发现罗杰先生死了，因为我比较了解罗杰，所以我成了大侦探波洛的助手来一起查案子，搜集证据，随着案情一步步明朗，排除各个嫌疑人，终于找到了真正的凶手，就是"我"，小说的叙述者。

很多人读到结尾，气得半死，觉得被作者玩弄，这道题超纲了。但是当愤怒过去，再抱着知道谜底的心态来看这部小说，才发现原来在叙述中是有一些蛛丝马迹的。

《罗杰疑案》就告诉我们，不要相信小说的主角。在《洛丽塔》里，纳博科夫就又把这个伎俩玩了一遍，但是他很厚道地在一开始提醒我们：这是犯人的自我辩护，而作为读者的你是陪审团，你要判断亨伯特的哪些说辞是在自我开脱。

所以这就给小说的阅读埋下了伏笔。

我认为纳博科夫提醒我们要警惕亨伯特的第二个证据，是纳博科夫自己评价亨伯特的时候说："这是一个自负、残忍的恶棍，却努力显得'动人'。"

亨伯特的人性并没有什么超常的地方，不像那些为这部小说辩护的文学评论家，认为他是一个格外纯粹、格外浪漫、格外疯狂的人。因为纳博科夫就不喜欢描写这种人性。

纳博科夫就非常不喜欢陀思妥耶夫斯基的作品，因为他觉得陀思妥耶夫斯基笔下都是精神病。

他觉得小说中那些病态、扭曲的灵魂所做出的反应，已经不再是人类的反应了。陀思妥耶夫斯基笔下的人物过于变态，尽管作者想通过这样的怪人所做的反应来解决他提出的问题，但事实上，这个问题是得不到解决的。

就像说大家都要在医学上做研究，攻克一种病，要弄清楚人体构造，因此需要解剖人体，这时候你解剖一只穿山甲，虽然很刺激，得到的造型很奇特，但是并没有什么意义。

在纳博科夫看来，亨伯特只是一个可悲的普通人，他唯一的超常之处就是巧言令色，因此他努力用语言为自己开脱，努力去夸大自己的人性。去把他对少女的暴行，按照对自己有利的角度去解读。

纳博科夫警醒我们：不要夸大恶的深度和严肃性，不要把它提高到它配不上的位置。

他不断地推卸自己所造成的伤害，在小说的结尾，亨伯特杀了剧作家之后，在山谷里听到孩子玩耍的声音，他说"我明白了那令人心酸、绝望的事情并不是洛丽塔不在我身边，而是她的声音不在那片和声里"。

我相信绝大多数读者看到这里都被打动了，认为他忏悔了，他的灵魂升华了。但我第二遍看的时候，我才识破了亨伯特不是忏悔，他只是自我感动。只有在洛丽塔已经不再是他发泄性欲的工具之后，他才允许自己反思；只有在出现了一个比他更恶劣的剧作家之后，他才会从灵魂上审视自己。

可是，一个坏人杀掉另一个坏人，并不能洗清他本身的罪恶，时过境迁之后的悔恨也掩盖不了罪恶的本质——因为如果洛丽塔没有从他身边逃掉的话，他依然会牢牢地控制她，摧毁她的精神。

虽然《洛丽塔》整本小说都是亨伯特的自我辩白，但作者纳博科夫依然在不经意间为揭开他的真实面孔留下了一条破绽。

那是小说的一处闲笔，讲一个理发师滔滔不绝地向亨伯特讲自己死去的儿子，而亨伯特心不在焉，这个细节表现亨伯特是一个几乎没有共情能力的人——这样的人恰恰最彬彬有礼、巧言令色。

美国最具影响力的思想家罗蒂评价这段："纳博科夫由'内在'描写残酷，让我们目睹诗人对美感的追求如何造成残酷……诗人可能毫无怜悯之心——这些意象大师们可能会满足于将其他人的生命转化成银幕上的意象，而对于这些人受苦受难的事实却视若无睹。"

第三个我认为《洛丽塔》是在谴责亨伯特的证据，是纳博科夫赞美洛丽塔这个角色，说她是自己在小说中最崇拜的第二个人——第一个是普宁，是我特别喜欢的小说《普宁》中的角色。

如果洛丽塔仅仅是亨伯特口中那个除了年轻美丽，其他没什么特殊的女子,那么,纳博科夫为什么会崇拜她?

为什么纳博科夫崇拜洛丽塔?

因为洛丽塔从亨伯特身边逃跑了,而且她并没有因为那几年的遭遇变成一个精神上完全堕落麻木的人。当剧作家让她拍摄色情电影,让她参加一些色情活动的时候,她断然拒绝,虽然承受了很大的代价。

亨伯特和剧作家都是在某种意义上有魅力、有才华的人,但是她最后选择嫁给一个耳聋、贫穷的退伍士兵,士兵毫无才华,但洛丽塔非常坚决地要生下他的孩子,因为她想证明:所谓才华、所谓话语所编织的那些华丽的谎言,已经彻底无效了。

洛丽塔的这个选择让我想到讨论度很高的小说《房思琪的初恋乐园》。作者以自身经历为蓝本,讲一个未成年的少女是如何被老师诱奸,老师同样是以艺术的语言、充满魅力的话语去诱惑少女,而少女一方面被这种话术迷惑,另一方面因为这种经历太痛苦了,以至于必须合理化才能减弱痛苦,因此要说服自己其实是爱老师的。

但最后,作为主角的少女——也是作者醒悟了,她写道,老师虽然满嘴温良恭俭让,但是老师对"温良恭俭让"的解读是:"温暖的是体液,良莠的是体力,恭喜的是初血,俭省的是保险套,让步的是人生。"

——这才是赤裸的本质,这才是丑陋的真相。

《房思琪的初恋乐园》的作者结束了自己的生命,小说中的洛丽塔也死了。但是在死之前，她们用尽全身的气力，去抵抗，去戳破了恶魔的谎言。

最后，我认为《洛丽塔》本质上是个道德故事，最有利的证据，其实是纳博科夫在信里写的，他说："当你认真阅读《洛丽塔》时，请注意，它是非常道德的。"[a]

我反对用道德视角去看所有艺术作品，没有人讨论《百年孤独》中的乱伦是否背德，《活着》里的福贵是否是个渣男，因为这些小说的主题并不指向道德和三观。

但我也不认为分析不同文本的时候，都只能从审美的维度，而不得探讨它的道德意图。托尔斯泰最喜欢在小说里夹着冗长的道德说教，他艺术上的伟大也并不因此打折扣，反而丰富了读者的道德情感。

对于不同主题的文本，从来都存在着不同的解读维度，这种灵活和丰富是美妙的。"只能从道德层面分析"和"不能从道德层面分析"本质上同样霸道。

而在《洛丽塔》里，纳博科夫向我们呈现了文学史上最著名的恋童者亨伯特，呈现给我们巨大的伦理道德命题，我们无法对这个主题视而不见。

而《洛丽塔》这部小说出版后所遭受的命运更说明它对大众提出的道德挑战：一开始，它被禁，因为大众认为它是反道德的；后来，一批文人为它辩护，说它不是讲道德的，

---

[a] 《纳博科夫致威尔逊》，1979。

它讨论的是人性；但是纳博科夫自己说：这就是一部道德小说，而且是一部宣扬道德的小说。

这部小说真正"道德"的地方，其实不在小说里，而是在考验看小说的我们——作为读者的我们，作为陪审团的成员的我们。我们必须有非常强大的心灵，才能够戳穿亨伯特用语言布下的迷魂阵，坚持自己在一开始最朴素的道德判断：亨伯特是有罪的。

无论他显得多么有魅力，无论他说得多动听，他就是有罪的。

而这部小说的辩护者没有通过纳博科夫设下的考验，那些几乎是世界上最专业、最懂文学的人全都失败了，他们接受了亨伯特的辩护，对他网开一面。

不仅在小说中，在生活中我们面对的这种考验更多。很多时候，我们被谎言所骗，为罪恶开脱，不是因为谎言有多么高明，而是因为我们愿意相信，因为我们内心也有说不清道不明的角落，不愿意去面对的角落。

为他人的罪恶开脱，本质是为自己开脱。

但纳博科夫想说的是，去直视这些角落，去诚实地做判断。如果我们内心有针对自己的陪审团，请你不要对他们撒谎。请你想想洛丽塔，请你像她一样勇敢。

《在德黑兰读洛丽塔》　　　　　　　　　　　　　　　| 书籍 |

作者：[伊朗] 阿扎尔·纳菲西
出版社：上海人民出版社
译者：朱孟勋
出版年：2011

伊朗女学者阿扎尔·纳菲西从美国学成归来，在德黑兰大学教授文学，后来因为不愿意配合当时政局对女性的着装要求而辞职，她邀请七个女生来自己家里阅读英文经典。

第一次读这本书时，我忽略了很多细节，比如她与女学生们在分析《洛丽塔》时，认为这不是一个关于情欲的故事，而是在讲一个人的生命遭另一个人剥夺（她们的分析比文学理论家更贴合纳博科夫的本意）；还有在女学生进门后，作者说：这里没有男人，你们可以把头巾取下来。然后开始细致地描写女生们的头发。

直至今日再重读这本书时，我才发现这些细节的意义。当海啸发生时，早已有无数只蝴蝶在扇动着翅膀。

《偶然、反讽与团结》　　　　　　　　　　　　　　　| 书籍 |

作者：[美] 理查德·罗蒂
出版社：商务印书馆
译者：徐文瑞
出版年：2003

著名实用主义哲学家罗蒂的代表作。这本书提出一个很有意思的洞见：我们该如何理解"残酷"。他分别以纳博科夫和奥威尔为例分析什么是残酷。

罗蒂认为纳博科夫最大的恐惧是变成一个没有好奇心、对他人的痛苦毫不在意的人，那是一种真正的残酷，所以在《洛丽塔》的后记里，纳博科夫把艺术的特质总结为"好奇、温柔、善良、狂喜"。《洛丽塔》中的亨伯特就是一个对他人的痛苦心不在焉的人，这就导致亨伯特哪怕使用再唯美的语言来粉饰自己，他都是一个离艺术的本质甚远的角色。

《奥赛罗》(1603)

不安全感比平淡无趣的婚姻更可怕，
它就像是毒药一样毒害着彼此间的信任。

Othello

13 《奥赛罗》：你看你看那个异乡人的脸

[1]

"再一个吻，这是最后的一吻了；这样销魂，却又是这样无比的惨痛！我必须哭泣，然而这些是无情的眼泪。这一阵阵悲伤是神圣的，因为它要惩罚的正是它最疼爱的。她醒来了。"（朱生豪译）

这是一个丈夫对熟睡的妻子说的话，最后一吻，是他要去战场赴死，还是她得了绝症？真是一个深情的丈夫。

请你先忍住感动，听听这段话的第一句吧——

"我要杀死你，然后再爱你。"

这是我听过最扭曲的"爱的宣言"，出自莎士比亚笔下奥赛罗在杀死妻子苔丝狄蒙娜之前的一段独白。

《奥赛罗》(*Othello*)的故事我小时候就熟悉,那时的理解是一对恋人被坏蛋离间的悲剧。长大了再读,却发现整个阅读过程如同潜进无穷尽的人性深渊中,进一寸,有一寸的恐惧。

如果说《罗密欧与朱丽叶》代表了爱情中最纯洁和理想的一面,那么《奥赛罗》中一对同样殉情的眷侣,就是"水中月、镜中花"的真身,告诉我们有多少缺陷与自欺隐藏在"爱"的表面之下。

《奥赛罗》的故事发生在大约16世纪,主角奥赛罗是威尼斯公国的一名勇将,他爱上了城邦元老的女儿苔丝狄蒙娜。但因为奥赛罗是摩尔人,肤色黝黑,又和苔丝狄蒙娜年龄相差太多,所以他们的婚事不被允许,陷入爱河的苔丝狄蒙娜瞒着父亲,和奥赛罗秘密结婚。

奥赛罗的手下伊阿古一直对奥赛罗不满,设下陷阱,暗示奥赛罗的副官卡西奥和苔丝狄蒙娜偷情,在奥赛罗心里种下嫉妒的种子。有一天,苔丝狄蒙娜不小心遗落了奥赛罗赠送的手帕,伊阿古偷偷把手帕放在卡西奥的房间里,当作偷情的证据。奥赛罗认定妻子不忠,亲手把妻子掐死,最后,伊阿古的妻子埃米莉亚揭穿了这个阴谋,懊恼不已的奥赛罗拔剑自杀,倒在苔丝狄蒙娜的尸体上。

对这个故事最浅显的理解是:一出嫉妒引发的悲剧。奥赛罗是文学史上最经典的死于嫉妒的男人,后来甚至有种病被命名为"奥赛罗综合征",学名是"病理性嫉妒综合征",

或者叫"投射性嫉妒"。症状是无法抑制地怀疑配偶对自己不忠，没有安全感，甚至会把自己不忠的想法投射到伴侣身上。"奥赛罗综合征"的患者会从最小的蛛丝马迹看出伴侣的背叛，跟踪他/她，检查他/她的一切物品，不允许伴侣有正常的社交，甚至会发展成殴打、家庭暴力。

——简而言之，就是"被绿妄想症"，首先坚信伴侣有外遇，然后用各种手段来强迫对方承认那些怀疑是事实。

撇开病理性的妄想症，嫉妒在爱情中无处不在。一个人会同时嫉妒另一半的过去、现在和未来——过去我不能参与，现在我偶有缺席，未来充满不确定；会嫉妒另一半身边所有的诱惑，甚至会嫉妒另一半本人——为什么我比你付出更多？为什么你显得更游刃有余？

愚者会把嫉妒当作是爱的试验剂，把不安全感当作关系的助燃料。可不安全感比平淡无趣的婚姻更可怕，它就像是毒药一样毒害着彼此间的信任。

看看奥赛罗吧，他断定妻子出轨的理由是那么薄弱，任何神智正常的人都会觉得荒诞，可一个人人崇敬的战争英雄竟会因此把妻子掐死，真应了剧中那句台词："嫉妒是绿眼妖魔，谁做了它的俘虏，谁就要受到它的愚弄。"

那么，奥赛罗为什么有着如此强烈的嫉妒心和不安全感呢？

[2]

奥赛罗是一个摩尔人，这意味着他面色黝黑，可能还是一个穆斯林（威尼斯公国的异教徒）。

对熟悉了各种肤色的面孔都活跃在银幕上的我们来说，奥赛罗的形象没什么特别。但在莎士比亚所处的时代，在舞台上出现一个黑面孔、厚嘴唇的人对观众的冲击力可太大了，那些演员还只是白人演员化了妆。直到三百多年后，才真正有了黑人演员来饰演奥赛罗[a]。

当奥赛罗出现在莎士比亚的舞台上，他在观众席上激起的反感与不适恐怕不亚于故事中威尼斯公国的反应。在1822年的一场《奥赛罗》演出中，当出现了奥赛罗掐死妻子那一幕时，一个士兵愤怒于舞台上黑人杀死白人妇女，拔枪射伤了台上的演员。然而，莎士比亚却让奥赛罗身居高位，是一位"高贵的摩尔人"，被威尼斯政府委以重任前往抗击土耳其人。

看起来是个打破偏见和歧视的励志故事：一个他人眼中的"蛮族"依靠自己的战斗力和高贵的品德在一个排外的社会赢得了认可与地位。

可是，奥赛罗真的获得认可了吗？当威尼斯公国遇到土耳其的威胁时，奥赛罗被派遣出战，并不因为他格外勇

---

a　1825年，伊拉·奥尔德里奇（Ira Aldridge）成为第一个扮演奥赛罗的黑人演员。

敢，而因为他是个外邦人，奥赛罗的身份不过是一个高规格的雇佣兵，用他去对付异教的土耳其人，在威尼斯的贵族们看来是最恰当且安全的战略了。

被委以重任的奥赛罗依然挣扎，他的身世晦暗，童年几乎一片空白，观众所知道的是他已经改宗受洗，成为了一个基督徒，但是他的信仰依然被怀疑不够坚定，他只能靠与信奉伊斯兰教的土耳其人作战，通过杀死那些外表与自己相似的同类，来获得白人社会的认可。

获得荣誉的奥赛罗并没有获得内心的安宁，就像电影《绿皮书》里，受过良好教育的黑人钢琴家问出的那个让人心碎的问题——"如果我不够黑，也不够白，又或不够男人，那请你告诉我，托尼，那我到底算是什么人？"

> 《绿皮书》(Green Book)：美国电影，讲述了黑人钢琴家和白人保镖在巡演之旅中跨越种族的友情故事。"绿皮书"是20世纪60年代种族隔离严重时期，某黑人邮政员编写的出行指南，标记着哪些旅店、餐厅等黑人可以入住和就餐。

奥赛罗的第一重不安全感来自于他的身份，第二重则来自于他的"战功"。

奥赛罗真的是个英勇无畏的战争英雄吗？看起来是，可又不完全是。在剧目的一开始，观众得知奥赛罗已经赋闲了很长时间，等到土耳其人进犯，他才被派遣作战，那是观众唯一目睹过他所参与的战斗，奥赛罗不战而胜——一场暴风雨把土耳其的舰队吹散了，奥赛罗到达战场的时候就得意地宣布："我们的战事已经结束，土耳其人全部淹死了。"

提到奥赛罗，公爵也对他的真实能力很困惑："我们显然不知道他对威尼斯的贡献是什么，但他作为将领的卓越声誉是确凿无疑的。"

奥赛罗的卓越声誉来自于他的讲述。他号称自己口笨舌拙，但他可太擅长自我叙述和自我发明了（永远警惕那些号称自己不善言辞的男人）。他一遍遍讲述自己一生的遭遇，如何从童年时代就开始冒险，被卖为奴隶又赎回身子，在海上、陆上、山窟、沙漠都出生入死，一个人可以演完"007"的全集。

整个威尼斯公国都是这个伟大的战争谈论者的听众，舆论使得贵族器重他，他受到的器重又为舆论增彩。

奥赛罗看起来拥有坚实的功勋、爱戴、地位，但是只有他知道，这一切都建立在他所讲述的那些无法证实也无法证伪的经历上，他更清楚，没有什么比话语更轻浮、更易碎的了，一旦人们厌倦了他的神话，抑或是发现了他与人们想象中的形象有了偏差，那么他所拥有的一切将猛然崩塌，包括爱情。

苔丝狄蒙娜全心全意地爱着奥赛罗，甚至是两人中更主动的那个，但这种爱并没有加强奥赛罗的安全感，反而让他不安。苔丝狄蒙娜像一个粉丝，她不知疲倦地听丈夫讲那些重复了多遍的故事，每听一遍，爱就多一分，多得溢出的爱去了哪里？去浇铸她脑海中丈夫完美的塑像。

那么奥赛罗爱苔丝狄蒙娜吗？不，他只是需要她。

"需要"和"爱"并不是一件事，虽然有时候"被需要"

带给我们一种正在被爱的感受。奥赛罗需要无瑕的妻子无瑕的爱来证明自己的价值，他需要洁白美丽的苔丝狄蒙娜站在黯淡苍老的自己身边，让整个威尼斯公国的人都瞧见，这将证明自己拥有高贵的人品、确凿的战功、社会的认可。

奥赛罗太在乎苔丝狄蒙娜的爱了，他几乎把自身的一切价值都寄托在这种"爱"上。可同时，他又无法信任这份爱，因为他越是用曲折离奇的经历迷住苔丝狄蒙娜，越是清楚她爱上的只是一个幻影，一个人怎么能比得上臆想出来的幻影呢？

奥赛罗依靠舆论来确保地位，依靠地位来巩固人设，依靠人设来吸引妻子，依靠妻子来赢得舆论，可他所"依靠"的一切，都不过是试图在水面上留下永恒的功绩，在流沙上搭建不倒的塔楼，所以伊阿古只需要轻轻地拨弄，奥赛罗就会出现过激甚至毁灭性的反应。

奥赛罗早于邪恶的伊阿古已看穿了这段爱情的本质——"她为了我所经历的种种患难而爱我，我为了她对我所抱的怜悯而爱她"。

[3]

苔丝狄蒙娜是一个怎样的女人？

她并不只是一个清白无辜的工具人，莎士比亚塑造她时花了很大的工夫。在剧目的一开始，观众就听到威尼斯的绅士们在议论她的声名,说她是一个年轻貌美、幽娴贞静的神圣女子,她的父亲说她"素来胆小,心里略微动了一点感情,就会满脸羞愧"。

当苔丝狄蒙娜在第三幕出场时,她却表现得和那些传闻并不一样,她并不羞怯胆小,反而非常大胆决绝地要和奥赛罗私奔,不顾一切地与命运对抗,抵抗贵族们对摩尔人的歧视。

她勇敢地爱着奥赛罗,一部分原因是奥赛罗传奇的故事,另一部分原因是这个爱的举动显得勇敢。她不在乎另一半的外表、年龄、财富、地位,那么她在乎什么?当然是一颗高贵的心,能做出这样选择的自己自然也是崇高的。奥赛罗需要苔丝狄蒙娜的爱来证明他的价值,苔丝狄蒙娜也需要自己的爱来证明她的高尚。

对高尚的自信让苔丝狄蒙娜在剧中撒了两次谎。两次致命的欺骗。

第一次是她向父亲隐瞒了自己和奥赛罗秘密结婚的事实,父亲非常愤怒,在退场前对奥赛罗说:"留心看着她,摩尔人,不要视而不见,她已经愚弄了她的父亲,她有一天也会骗你。"

谎言一时是蜜糖,另一时就成了砒霜,苔丝狄蒙娜在撒谎时镇定、冷静的样子给奥赛罗内心留下了阴霾:他不能信任纯洁妻子的诚实;同时,当苔丝狄蒙娜的父亲愤然离去之后,观众也有了疑问,如果一个美好的理想需要以欺骗为代价,那么这个理想本身真的经得住考验吗?

苔丝狄蒙娜第二次撒谎，是关于手帕。当奥赛罗质问她手帕的下落时，她撒了一个微不足道的小谎，最后引发杀身之祸。

为什么她会撒谎？因为她慌乱和恐惧吗？不，因为她并没有那么在乎。

在剧目的开场，苔丝狄蒙娜是一个迷恋传奇故事的单纯少女，但随着真实婚姻的持续，女人和她心目中英雄的关系转变了。

在这对夫妻中，究竟谁是强者？还是伊阿古说出了真相，他说："我们将军的妻子如今就是将军"，同时说："无论她做什么，推翻做过的事，做她意欲做的一切，他都会唯命是从，她的心愿甚至可以成为他孱弱心智的上帝。"

这就是苔丝狄蒙娜居高临下的怜悯之爱得到的报偿，她逐渐意识到自己对于丈夫有着绝对的掌控力，不是因为丈夫足够爱她，而是因为她掌控着丈夫的荣誉。

就连奥赛罗第一次因为嫉妒质问苔丝狄蒙娜时，重点也无关爱与嫉妒，而是关乎荣誉：

苔丝狄蒙娜问自己犯下了什么罪，奥赛罗说："一说到你干的勾当，我的脸颊就会变成两座熔炉，把'廉耻'烧为灰烬。"

在这种意义上，即便是没有伊阿古的挑唆，奥赛罗和苔丝狄蒙娜的关系恐怕也难以持久，因为爱的天平早已失衡——并不是表面上奥赛罗的强势与苔丝狄蒙娜的卑微，而恰好相反,奥赛罗强烈的不安全感让他在情感中完全丧失了自身的重量。

[4]

最后来说说伊阿古吧。伊阿古是整出戏里最动脑子的人,全剧中绝大部分"思考"这个动词都属于他,其他角色更像是条件反射的动物。

他在全剧里可谓孜孜不倦地作恶,几乎没有停下来过,并且他也没有经历从善到恶,或是从恶到醒悟的过程,而是一个彻头彻尾、毫无杂质的坏蛋,他所策划的一切也没有给自己带来半点现实利益。

到了剧将结束时,意识到自己冤枉了妻子的奥赛罗,终于向伊阿古问出了台下观众每一分钟都想大喊的问题:"为什么?你为什么要这样做?"

伊阿古给出了一个非常恐怖的答案:"什么也不要问我;你们所知道的,你们已经知道了,从这一刻消失,我不再说一句话。"然后,他就真的保持沉默,甚至没有为自己忏悔。

伊阿古为什么回答不出自己作恶的动机?是莎士比亚偷懒了吗?不,在我看来,这个角色拓宽了我们对人性的想象力,意识到有一种人只为了作恶而存在。

伊阿古对自己的形容是"我并非我自己"(I am not what I am),也就是说,他没有自身的欲望,没有要实现的自我,他人生的全部意义就是让他人受苦，一旦这个目的完成，他就要从舞台上退下了。

善良的人们往往拒绝相信有这样的人存在，认为只要修正恶人的一个念头，给他的灵魂注入一丝温暖，抑或唤醒他身体里某个沉睡的基因，善就会像被拧开的水龙头里的水一样汨汨出现。但伊阿古告诉我们，恶人的灵魂深处一片虚空。我们必须面对一个残酷的现实：邪恶不是因为善的缺席，邪恶是恶自身的发明。

也正是因为伊阿古灵魂空空荡荡，所以他成为了操纵心智的大师，他就像一面镜子，照映出所有人的缺陷，也正是靠着伊阿古那些精彩的评语，我们才看清了剧中其他的人物。

伊阿古看出奥赛罗的副官卡西奥是个轻佻和软弱的人，所以当卡西奥因为纠纷被撤职的时候，伊阿古让他去求苔丝狄蒙娜，让将军太太为自己求情；伊阿古看出苔丝狄蒙娜是一个轻视规则和信仰的人，一定会为卡西奥求情；伊阿古更是对奥赛罗内心深处的不安全感看得一清二楚，所以求情再加上遗失的手帕，一定会让奥赛罗不信任自己的妻子。

这就是伊阿古的可怕，他并没有改变剧中任何一个角色，而是帮助他们认清了自己，仅仅如此就导致了难以挽回的悲剧。伊阿古的操纵是如此的隐秘，让我想到每天都能见到的以营销为目的的言论，它们显得那么正确，说得那么真诚，诱惑人去点赞，它们隐秘地迎合我们内心深处的自私、仇恨、势利、懒惰，助燃人性中丑陋的因子，它们就是随处可见的伊阿古。

伊阿古是全剧中最真实的人,而奥赛罗、苔丝狄蒙娜则是最自认为善良的人,莎士比亚在这里提出了一个大胆的想法:我们总说真、善、美,但有时,真与善是矛盾的品质,自欺的善无法蒙骗"真"的检验。

[5]

在全剧末尾,杀了爱妻、了解了真相、失去了荣誉的奥赛罗失魂落魄,决定去死。这时,他忽然讲起一个古怪的故事,一件他记忆中的小事:

"在阿勒颇这个地方,曾有一个恶狠狠、缠头巾的土耳其人,正在殴打一个威尼斯人,诽谤我们的城邦,那时候,我一把抓住了这个受了割礼的狗子的喉头,就这样一刀子宰下去——瞧!"

然后他用剑划开了自己的喉咙,倒在了苔丝狄蒙娜的尸体上。

在那一刻,经历伊阿古的试炼,奥赛罗终于失去了所有幻影和自我欺骗,还原到他不愿意承认的本相:一个无论怎么替威尼斯杀敌都无法融入的外乡人,他从来都只是一只受了割礼的狗子。

《英国国家剧院现场：奥赛罗》 | 影像

National Theatre Live: Othello
（2013）

把莎翁的剧改编成现代版，但所有的台词都原汁原味，只是现代的背景和环境能让读者更有代入感，现代军营的环境看起来毫不违和。

演技精湛的演员把个人在关系中细微的变化演绎得太好，虽然有将近四个小时，但我看得目不转睛。

《英雄叛国记》(1623)

因为做了自己，
所以不必做更好的自己。
那么，然后呢？

The Tragedy of Coriolanus

14 《英雄叛国记》:"做自己"带来的无尽痛苦

[1]

我心目中莎士比亚最好的悲剧不是《哈姆雷特》《麦克白》,而是一部知名度稍低的作品《英雄叛国记》(*The Tragedy of Coriolanus*),又名《科利奥兰纳斯》。

这本书是莎士比亚最后一部悲剧,很薄的一小本,相比于四大悲剧和四大喜剧,很多人甚至不知道莎士比亚写过这部作品。但是在我看来,它是文学史上描述权力、精英、民众关系最好的作品。

《英雄叛国记》讲述的故事发生在古罗马,在历史上有真实的原型。

公元前5世纪,罗马共和国和伏尔斯陷入战争。战争让罗马人的日子过得艰难,人们开始质疑战争的意义。故事的开头,群众大闹元老院,护民官正在用各种话术安抚愤怒的人群。这时,战争英雄马歇斯出场了。他出身高贵,从小失去父亲。母亲抚养他长大,成为战功赫赫的将军。

马歇斯一出场就开始大骂闹事的百姓。在狠狠发泄了一通对民众的怒火之后,他随即冲上战场与伏尔斯人作战。在所有战士都怯懦不敢进攻的时候,马歇斯独自闯入敌人的城内,杀出一条血路,为罗马夺得战争的胜利。凯旋之后,马歇斯被授予了"科利奥兰纳斯"的英雄称号。

科利奥兰纳斯(Coriolanus):纪念性的荣誉姓氏,简称"Coriolan"(寇流兰)。

　　成为了全民偶像的科利奥兰纳斯获得了元老院的一致赞同,准备参选罗马共和国的最高执政官。自觉胜券在握的科利奥兰纳斯却不愿意穿上表示谦卑的粗布衣服,也不愿意为了讨好群众而在他们面前展露自己身体上的伤疤。他的这些傲慢的表现刺痛了罗马选民的自尊心。

　　最后,在母亲的劝说下,科利奥兰纳斯还是收起了骄傲,想要开始表演谦虚和笼络人心。但为时已晚,两个早就看不惯科利奥兰纳斯的护民官开始了针对他的阴谋。他们罗织罪名,煽动民意,以"叛变"的罪名把科利奥兰纳斯驱逐出了罗马。

　　恼羞成怒的科利奥兰纳斯竟然转而投靠他曾经的敌人——伏尔斯人,想要和自己当年的死对头——伏尔斯人的大将一起反攻罗马,把家乡的男女老少一起杀个精光。

　　失去了科利奥兰纳斯保护的罗马城邦非常脆弱,马上就要被复仇的火焰席卷。这时,科利奥兰纳斯的母亲又出场了,她开始恳求科利奥兰纳斯放过罗马,她让所有人一起向科利奥兰纳斯下跪,其中还包括科利奥兰纳斯年幼的儿子。

科利奥兰纳斯被打动了，他答应为罗马和伏尔斯斡旋。当他带着和平的谈判结果去伏尔斯的时候，才发现原来伏尔斯人根本就没有信任过他，伏尔斯人以叛变的罪名杀了英雄科利奥兰纳斯，故事在悲壮中落幕。

[2]

科利奥兰纳斯究竟是一个怎样的人？

他看起来是一个完美的悲剧英雄：天生骄傲，不肯低头。我们很容易把他和一系列悲剧英雄联系在一起，比如项羽、岳飞等。他是小人的妒忌和庸众之无知的牺牲品。

但科利奥兰纳斯真的是全然无辜的吗？莎士比亚笔下的悲剧人物有一个共同点，是的，他们卓尔不群的闪光点正是他们致命的缺陷。例如哈姆雷特的善于反思，导向他的虚无软弱；奥赛罗正直，但再往前一步便是冲动的陷阱；李尔王是个伟大的强人，所以他接受不了小女儿诚实的"一分不多，一分不少"的爱。

那么，成就并毁灭科利奥兰纳斯的是什么呢？

科利奥兰纳斯同时被两股欲望撕扯了——一个欲望是变得伟大，另一个欲望是获得认可。

这两种看起来并不矛盾的追求其实有着本质的冲突：伟大意味着一种强烈的自我价值的认同，以"伟大"为毕生追求的人知道自己是对的。荣誉和惩罚、赞美和唾弃、寂寞与热闹在他看来并没有本质的区别；"获得认可"则意味着要最大程度地讨人喜欢，不冒犯别人。

科利奥兰纳斯不仅两者都想要，而且他本质上看不起他要讨好的人，他觉得群众善变又愚蠢，他并不认为他人的生命和自己是平等的。他说："至于民众，我只能按照他们的价值来喜爱他们。"

科利奥兰纳斯的矛盾到今天也并不少见，自视甚高的人以讨好大众为营生，举手投足并不掩饰自己的"被迫营业"。最糟糕的一种讨好，就是居高临下的讨好。自以为隐秘的伪装，其实逃不过任何人的眼睛。

如果说科利奥兰纳斯的悲剧仅仅在于他的骄傲的话，那么他罪不至死。

他性格更深一层的矛盾在于他对民众的态度、对自己的态度，都不属于他自己，而是来自于他的母亲。

科利奥兰纳斯的母亲认为民众就是天生只配追逐蝇头小利的家伙，这种价值观深刻地影响了科利奥兰纳斯，让他从小就认为民众的需要是不可靠的，社会的肯定是浅薄的，那么为什么要去打仗呢？

为了荣誉。

然而这种"荣誉至上"的观点同样是他的母亲灌输给他的。当科利奥兰纳斯在敌国浴血奋战、生死未卜的时候，他的妻子非常担心，但他的母亲却说："我宁愿有十一个儿子为国家战死，也不愿一个儿子毫无作为。"

在剧本里，一个市民非常犀利地评价科利奥兰纳斯："他所做的事情只是要取悦他的母亲。"

的确，科利奥兰纳斯在剧中所有的转折点都是他的母亲推动的。当他不愿意为了获取民众的关心而穿粗布衣服、说讨好的话的时候，他的母亲劝他，说："荣誉和权谋像好朋友一样不可分离。"科利奥兰纳斯被说服了。当他决定向罗马复仇的时候，他的母亲向他下跪，说："我绝不让你侵犯你的国家，除非你从你的生母身上践踏过去。"科利奥兰纳斯再次被说服了。

他母亲的种种言行和价值观看起来都没有问题，追求荣誉也好，适当妥协也好，不做叛徒也好，看起来都是正确的选择，唯一的问题就在于，这些全是母亲的追求，并不是科利奥兰纳斯本人的人格与自我。

所以我们在科利奥兰纳斯这个角色中看到了很多怪异和分裂，他既不能当一个正直的英雄，又不能当一个擅长表演的阴谋家；他既不能当一个忠诚的罗马城民，也不能抛弃一切当一个纯粹的叛徒。

他自身的完整性被他的母亲一次次破坏，只因为他是他母亲意志的容器，他的母亲只恨自己无法成为罗马的执政官，所以希望儿子替自己实现理想。

在这个母亲的角色身上，我们可以看到众多的母亲和长辈：他们的一切教导都是出于善意，建议也并非荒诞的谬误，但是，这些教导一次次打断了子女的自我成长，这些

"矫正"一次次阻碍了没有到达目的地的航行,子女就像是生长过程中一次次被嫁接的植物,最后只能成为什么也不是的东西。

[3]

科利奥兰纳斯就是一个"什么也不是的东西",他一生追求当罗马的英雄、罗马的执政官,但是当他投奔敌国的时候,可以说是毫不犹豫。

他的前半生看起来是个为国家而战的英雄,但是本质上他并不关心罗马。只有当环境和他自己的利益和意志一致的时候,他才是罗马人;一旦环境和个人发生冲突,他可以毫不犹豫地抛弃社会责任,为自己而战。

科利奥兰纳斯本质上和他的社会是割裂的。

在这里,涉及一个更深层的问题:作为一个人的真实性和社会责任之间的冲突。

科利奥兰纳斯并不认为自己对社会负有责任,他认为"我成为我自己"就够了。

这有什么问题吗?

在当下,"成为自己"是一个正确的标语,就像尼采的那句名言:"你应该成为你所是。"迪士尼所有电影里主角的成长都是因为他们跟随自己,忠于自我,一旦 follow your heart,所有咒语都解除,所有困难都消失。

名人以"真性情""放飞自我",遭遇质疑,就会反问:"难道做真实的自己有错吗?难道要虚伪才是好的吗?"

社交媒体上传播着同样的情绪:"逃避是有效的,废柴是快乐的,成功是不属于我的,自私是人的本性,没关系,我们都一样。"

于是我们沉浸在一种自我宽慰之中:真实的自我就是最好的。

因为做了自己,所以不必做更好的自己。那么,然后呢?然后人生变成了一场漫长的自我生产:自我观察,自我定义,自我描述,自我创造,自我鼓励,自我表扬。

当自我的一切都变得有价值的时候,价值感也就消失了,丧失了标准,唯一的标准就是"真实":只要是真实的,美与丑、善与恶、勤劳和懒惰、喜悦和抑郁都是一样的。

"我"沉浸于我,我走不出"我"。

在这种情境下,"我"与"他者"的联系也消失了。人们畏惧比较带来的自我否定,不愿意受到任何形式的伤害。但是失去了和他人、社会之间的互动,离开了参照系,"我自己"也成了空虚的存在。

山本耀司说过一段很著名的话:"自己这个东西是看不见的,撞上一些别的什么,反弹回来,才会了解自己。所以,跟很强的东西、可怕的东西、水准很高的东西相碰撞,然后才知道,自己是什么,这才是自我。"

一个仅仅满足于"做自己"的人不仅没有和水平很高

的他者碰撞，本质上更是拒绝和可能成为的更好的自己去较量。

没有制约、拒绝标准、不可被批评、同社会责任割裂的一个无依无靠的"真实自我"，他所感觉到的不会是无边际的快乐，而是无边际的迷茫和痛苦。

此外，假如我们去具体分析"做自己"这件事，一个巨大的问题也就同时浮现出来：究竟哪一个才是真实的自我？

以科利奥兰纳斯为例，他自以为以本真的自我去对抗愚昧和虚伪的城邦。但经过我们前文的分析，你可以看出来他的"真实自我"其实是他母亲意志的灌输和移植，是虚假的。

我前段时间看到一个想成为明星的人讲自己的心路历程：大学的时候因为父母的灌输选了一个自己不喜欢的专业，毕业之后才发觉了"自我"——原来我想出道当女团！

看到这里，我心里产生一个疑惑：出道当明星难道不也是大众媒体宣传和渲染的结果吗？这难道不是跳出父母期待的陷阱之后，掉入了大众宣传这一个更大的陷阱吗？

我们小时候都会写自己的理想，我们这代人都长大之后想成为科学家，现在的小朋友很多都会写自己想成为网红，想成为主播。一代代人本质上没什么变化，只是在消费主导下的社会环境变了。当代所谓"真我"，多大程度上不过是广告综艺、社交网络中最光鲜亮丽、显而易见的那个答案呢？

这样的"真我"并不是经过艰辛的反思和探索寻得的，而是被反复推送的形象，这个"自我"建立得草率，所以也摧毁得容易。

当你发现自己并不适合当一个明星、艺人、主播、网红之后，填充内心的那个洞再度变得空无一物。

这并不是说人不要忠于自己、挖掘自己。恰恰相反，"做自己"是一项辛苦和严肃的事业。不要把这件事看得如此轻率简单。

科利奥兰纳斯无比骄傲地宣称："我仅是我自身的创造物。"而这恰恰成为他悲剧的起点，因为寻找自我是个漫长的过程；单纯强调自我的首要性，反而把握不到人之为人的要义。只有伴随着热情、自由、价值感、责任心、与他人的连接，这个自我才是完整而珍贵的。

[4]

伟大的莎士比亚从不会让他的主角在舞台上唱独角戏，而是会编织出与其同时代的男男女女，他们是庸人、势利眼、伪善者、阴谋家、天真脑，这些配角从来不因为戏份少而粗糙残缺，莎士比亚赋予他们与主角同等完整的灵魂，让他们推动主角的命运直至帷幕落下。观众鼓掌，走出剧院时依依不舍地把自我代入到主角的命运中去，发出"我命由人不由我"的感慨。

我曾在首都剧场看过大导演林兆华改编的此剧，用的是英若诚先生的翻译，译名为《大将军寇流兰》。主角是悲情英雄，因为不愿意虚伪地讨好民众，最后成为乌合之众的受害者。

我同样看过大戏剧家布莱希特改编的版本，他把科利奥兰纳斯之死诠释成人民的胜利，觉醒了的群众推翻了傲慢的精英。

> 贝托尔特·布莱希特（Bertolt Brecht，1898—1956）：德国戏剧家。一生创作剧本48部、诗歌1300多首，留下大量剧论。1949年创办柏林剧团，是现代戏剧史上最有影响力的剧场改革者之一。

一千个群众，就有一千种对群众的态度。那么，莎士比亚本人到底想说什么呢？有人说，莎士比亚写此剧的意图就是讽刺愚民，因为他本人就是"暴民"的受害者。《英雄叛国记》的开头是罗马陷入饥荒之中，人民暴动，愤怒指向元老院的长老和城邦的富人：

"我们忍受饥寒，他们的仓库里却堆满了谷粒；颁布保护高利贷的法令，每天都在忙着取消那些不利于富人的正当的法律，重新制定束缚穷人的苛酷的条文。我们要是不死在战争里，也会死在他们手里。"（朱生豪译）

而主角科利奥兰纳斯一出场，就斥责人民是"多头的畜生"，说他们想法混乱又愚蠢，多头就意味着没有头，很容易就被控制了。

这一幕或许来自于莎士比亚的真实经历。研究发现莎士比亚生前就富得流油,而且他的钱竟并不来自于剧本创作。莎士比亚是少见的有生意头脑的文人,而且拥有一般文人缺乏的"为非作歹"的勇气。他在长达十五年的时间里,多次恶意囤积粮食,把粮食售以高价,赚来的钱还放高利贷。莎士比亚甚至在饥荒时期也囤积谷物,遭到起诉。

让我们再读一遍罗马人民的斥责吧,那是不是莎士比亚走在街上遇到的咒骂呢?作家在想什么?是不是"愚蠢的人们,你们只不过想找个人泄愤,让我好好让你们在舞台上被讽刺个几百年"?

不,莎士比亚不会如此,他比科利奥兰纳斯更宽容也更悲观,莎士比亚一方面觉得对人性无须苛责,另一方面也认为改善人性是无望的。可即便悲观如莎士比亚,也并不认为人民会仅仅因为科利奥兰纳斯过于英勇、过于骄傲就要置他于死地,科利奥兰纳斯并非死于罗马的人民,而是死于"民意"。

在这出剧中,罗马的人民与"民意"有什么区别呢?罗马的人民是"多头的怪物",由各种意见组成,而民意则是一个统一的声音——"科利奥兰纳斯是我们的敌人"。

在这种变化中,故事里戏份不多的护民官起了至关重要的作用。

护民官制度出现于罗马共和国初期,它出现的最重要原因是,罗马是由两个城邦组成——富人之城和贫民之城,它们既无法分隔,又仇恨彼此,冲突不断,于是元老院规定每年选出五位贫民的保护者，也就是护民官，他们代表底层，使之免受富人的欺凌。

而护民官也出现在真实的科利奥兰纳斯的历史中。**罗马帝国时代的希腊作家普鲁塔克曾经写过《希腊罗马名人传》**，其中讲到科利奥兰纳斯，说当罗马和伏尔斯人的战争一结束，获得民众支持的护民官就开始发表演说，无中生有地煽动民意，毫无程序正义地修改对科利奥兰纳斯的审判方式，最后酿成了悲剧。

> 普鲁塔克（Plutarch, 46—120）：作家、哲学家，最早提出"忒修斯之船"的悖论。以《希腊罗马名人传》闻名后世，开创了西方传记文学先河，莎剧很多人物原型都取材自他的著作。

其实罗马的人民对科利奥兰纳斯并没有敌意，因为人民需要保护者，但是护民官却恐惧这个勇士，原因除了嫉妒，还有强烈的不安全感，因为科利奥兰纳斯是能在战场上杀敌的真正英雄，而护民官除了语言以外一无所长，所以他们说："要是科利奥兰纳斯掌权，那么我们这些护民官就无事可干了。"

阴谋开始了。

当科利奥兰纳斯戴着战争胜利的勋章凯旋，准备竞争执政官时，他获得了人民的爱戴，但是护民官却让人民忘记科利奥兰纳斯所做的贡献，而想象他可能带来的危险。护民官声称科利奥兰纳斯在掌权之后，会怀着恶意，剥夺平民的自由，限制他们发言的权利，把他们当成狗一样看待。护民官把场景描述得活灵活现，直到它在民众的脑海中从假设变成了现实。

于是，科利奥兰纳斯被否定了，并不是因为他做了什么，而是他可能会做什么。

不得不说，护民官完全掌握了高超的传播技巧，放在今天，也会是传销的一把好手。护民官把民众召集到了广场上，培训他们喊口号：

"当他们听见我说，'凭着民众的权利和力量，必须如此'，不管是死刑、罚款，还是放逐。我要是说'罚款'，就让他们跟着我喊'罚款'；我要是说'死刑'，就让他们跟着我喊'死刑'。一旦开始呼喊，就要让他们不停地喊下去，大家乱哄哄地高声喊，然后要求把我们的判决立刻实行。"（朱生豪译）

这看似粗糙的一招实在太奏效。要利用人们的狂热发起运动，最有效的一招就是模仿，模仿是团结的催化剂。通过模仿，人失去了自我，而且也逃避了自我的责任；同时，在一个公开的仪式或者是典礼中，更容易进行残酷的裁决，因为其中会有一种舞台概念，一种戏剧感，让人在其中丧失了真实感，在做出杀人的审判时可以少一些犹豫。

这两个护民官所做的，就是这种广场审判，也是在遥远而黑暗的世纪中无数智者死亡的方式。但是在后续的叙述中，少数煽动家却从故事中奇异地隐去了，变成了愚民杀死哲学家的故事。

这也是如今我们经常在舆论中看到的吊诡现象：当民意和自己的立场一致的时候，就是"人民的力量"；当民意和自己的立场相反的时候，就是"暴民"。这本质上是一种思维的惰性，对其中护民官这种煽动和利用民意的复杂过程忽略不计。

科利奥兰纳斯的人生在民众的义愤中落幕，三个重要的军人扛着他的尸体，鼓手敲出沉重的节奏，众人的钢矛倒拖在地上行走，他终于得到了一个光荣的葬礼。

亚里士多德说，一个脱离了城邦的人要么是神，要么是兽。科利奥兰纳斯看不起城邦的认可，后来被城邦所抛弃，他是神还是兽，不同的观者会给出不同的答案。而与他相类的人物，那些傲慢、愤怒、撕裂、仇恨、煽动的戏码，依然日复一日地在世界上的每个角落上演着。

《现代性的隐忧：需要被挽救的本真思想》 — 书籍

作者：[加]查尔斯·泰勒
出版社：南京大学出版社
译者：程炼
出版年：2020

哲学大家的一本小书，讲的是"成为你自己"的困局。

一个人的自我真的存在吗？我们怎么能保证我们所追寻的"自我"发自本心，而不是被灌输的结果？如果人人都把"成为自己"当作最高要义，那么社会的运行该如何维系？

司各特·菲茨杰拉德
1896/9/24 - 1940/12/21

盛筵会散席，音乐会停止，
但温柔讲故事的人
会是唯一留下的人。

F.Scott K.Fitzgerald

15 菲茨杰拉德：他们加起来比不上你一个

[1]

每当有人问我人生最怀念哪个时期，我总是毫不犹豫地回答："高三。"

对大多数人来说痛苦不堪的经历却是我甘之如饴的回忆。我离开家乡到省会上学，周围同学大多比我家庭条件更好，我在隐秘的自卑之中，依然有一种相信自己比他人好的倔强自尊，在课桌上用力刻下"吃得苦中苦，方为人上人"，笃信知识与分数带来的公平，自己会一步步超过那些出身更好的同龄人。现在回看，最让人怀念的，便是这种最无知的幸福。

十八岁的我，摊在腿上偷读一大堆关于财富的浮夸故事，印象最深刻的是美国作家菲茨杰拉德写的短篇《像里兹饭店那样大的钻石》(*The Diamond as Big as the Ritz*)。故事讲出身普通的主角假期到朋友家做客，发现朋友家有一颗像里兹饭店（当时巴黎最大的饭店）那么大的钻石。

匮乏总是会让出身没那么优越的孩子夸大第一次偶然遇到的美好之

物，那时我有些许好感的男孩子有一双限量版的好看球鞋，那球鞋对我来说就是"像里兹饭店那样大的钻石"。

钻石山在小说最后炸得无影无踪，主角在爆炸的余烬中说："人人的青春都是一场梦，一种化学的疯狂形式。"

终有一刻，无知的幸福与顽固的天真消失了，满心的愁苦再也做不了赋新诗的材料。我的青春是什么时候梦醒的？大概是从我能读懂《了不起的盖茨比》(*The Great Gatsby*)的时候。

[2]

《了不起的盖茨比》以尼克——一个从美国中西部来到纽约、追求成功的外省青年的视角展开，他旁观了一场轰轰烈烈的爱情。

西北乡下出身的青年军官詹姆斯·盖兹爱上了富家女黛西。两人被战争拆散，等詹姆斯·盖兹终于从战场上回来的时候，黛西已经嫁给了一个叫作汤姆的纨绔子弟。

为了夺回黛西，盖兹拼命挣钱，成了百万富翁，把名字改成了杰伊·盖茨比，还在黛西家对面买了一个大豪宅，每天晚上举办盛大的派对，只为了吸引黛西的注意力。终于，两人重逢，再次相恋。

黛西的丈夫汤姆也有自己的外遇：威尔逊太太。黛西的出轨暴露之后，众人在酒店里进行了一场激烈的对峙，汤姆揭露盖茨比是通过做贩酒的非法勾当挣的钱,崩溃的黛西想要离开,盖茨比送她回家。

回家路上,黛西开车撞死了汤姆的情妇威尔逊太太,盖茨比替心爱的女人顶了罪。在汤姆的教唆下,威尔逊太太的丈夫杀了盖茨比,随后自尽。黛西则和丈夫去欧洲旅游,回到了过去无忧无虑的上流生活。

尼克厌恶他所看到的一切,替盖茨比办了葬礼,随后离开了纽约,回到了故乡。

这部小说曾打算叫作《在红白蓝之下》(Under the Red, White, and Blue)。红白蓝是美国国旗的颜色,小说所讲的不仅是爱情,亦记录了美国所经历的变化。

交替的时代最容易出现伟大的作品。时代的缝隙中,不同的价值观激烈地碰撞,迸发痛苦的彷徨;同时还有一种自由:阶层流动,贵族没落,大亨崛起,各种五光十色的秘密与传奇浮出水面。

《了不起的盖茨比》创作的年代,就是这样一个剧烈变化的时代。20世纪20年代,一战刚结束,美国正在急速膨胀,大众消费兴起,金融、工业都迅速发展,过去被欧洲掌握的先进技术——比如造飞机,也被美国人迎头赶上。[a]当

---

[a] 一般认为发明飞机的是美国的莱特兄弟,但历史上第一架靠自身动力飞行的飞行器由法国人克雷芒·阿德尔发明。

时的美国总统柯立芝曾经在演讲中说:"The business of America is business。"——美国人最要紧的是做生意。

那时候的美国,正在走向历史上最盛大、最花哨的狂欢。

当时的政府是禁酒的,但越是禁酒期,人们喝得越多,源源不断的私酒流入市场,私酒成了一项庞大的地下产业,黑帮也改头换面,靠私酒来大发横财,盖茨比也是如此发家。

纸醉金迷的霓虹灯照耀的却是一片道德的荒原。人们狂欢,只因为诸神已死。战争让生命显得如此脆弱、渺小而无常,还有什么是可信的?旧的美国正在瓦解,新的美国开始兴起,自由取代道德,放纵嘲笑忠贞,赤裸裸的欲望遮掩了对高尚的向往。在那个新的时代,唯一可以相信的,就是黄金。

黄金如微尘漂浮在空气里,洒在威士忌的表面,镶嵌在女郎舞裙的流苏,潜进她的声音里。黛西外表只是个可爱娇媚的小美人,让盖茨比魂牵梦萦的,其实是她的嗓音,"她声音里有一种激动人心的特质。那是为她倾倒过的男人都觉得难以忘怀的。一种抑扬顿挫的魅力,一种喃喃的'听着'"。

那到底是一种什么声音?盖茨比说:"她的声音里充满了黄金的气息。"

> 约翰·卡尔文·柯立芝(John Calvin Coolidge,1872—1933):美国第30任总统,1923—1928年在任。领导了20世纪20年代美国社会财富快速增长的"柯立芝繁荣"。

盖茨比不能放弃的，便是这黄金图腾的召唤。一旦黛西的声音响起，盖茨比将熄的爱火就重新燃起，一切又重新开始。

盖茨比如同复活的堂吉诃德，在荒凉之地追寻一个崇高的目标，哪怕这目标是幻想中的虚妄。堂吉诃德把风车当作敌人，盖茨比把虚荣平庸的女郎视为纯洁圣女，小说写得好极了——"黛西像白银一样皎皎发光，安然高于穷苦人激烈的生存斗争之上"。

盖茨比为这皎皎之光而奋斗，并且幸运地获得了成功。但是成功对他而言，并不代表着高人一等，或是奢靡的生活。他既不贪图享受，也不爱慕虚荣，他追求成功，只因为那是重回被战争中断的绮丽美梦的唯一途径。

盖茨比追求物质，是因为那是当时的社会唯一认可的标准。就像在战争时代，他去了战场，因为那时候，英勇是社会认可的标准。

我猜如果战后的社会忽然开始推崇艺术家或者哲学家，盖茨比也会像训练自己当绅士一样训练自己当艺术家；如果他爱的女孩喜欢运动员的话，他可能去参加奥林匹克比赛。

在盖茨比身上，理想主义和追求物质并不是矛盾的，甚至有一种奇妙的融合：他以一种理想主义的精神去追求物质，就像是一个战士追求勋章，一个僧人去献身宗教。

如今时常可见对盖茨比轻蔑的评论，认为这是个逆袭失败的故事。但在我看来，盖茨比的悲剧是英雄式的，就像作者在小说里难以自抑地借尼克之口喊出的那句话——"他们全都软弱腐朽，他们加起来都比不上你一个人！"

[3]

《安娜·卡列尼娜》里，农夫出身的列文到了莫斯科，第一次见到名门望族家庭内部的生活，他觉得所有女性看来好像都笼罩在一层神秘的诗意的帷幕里，"他不仅在她们身上看不出缺点，而且在包藏她们的诗意的帷幕之下，他设想着最崇高的感情和应有尽有的完美"。

偶像剧里，贫民女怒斥富家子的懒惰傲慢，富家子在贫民女身上发现令自己新奇的生命力，这是跨越阶级的爱情的发端。但真实的情况往往是富家子认为自己完美无缺，他们的自信成为了神秘的帷幕，出身贫寒的子弟离得再近也看不清他们真实的模样。

菲茨杰拉德在另一篇名叫《富家子弟》(*The Rich Boy*) 的短篇小说里，如此形容总是能轻而易举得到爱的阔少爷："世界上总有那么一些女人，她们会把她们最灿烂、最美好、最珍贵的时刻用来培育他心里的优越感。"

在这里，爱不是跨越阶层的神秘力量，不是融化坚冰的暖流，而是贫贱者能拿出的最珍贵的礼物，富裕者富丽堂皇的房间里很快被淹没的装饰。

《了不起的盖茨比》里，不起眼的威尔逊太太最让我心碎。她和丈夫一起经营一个修车店，向往着上流的生活，成为汤姆的情妇之后，她得到了一间小屋子，她用大得不相称的、有织锦靠垫的家具，把屋子挤得满满当当的，这是她在杂志上看到的上流家居风格。

威尔逊太太被车撞死了。她比盖茨比更不幸，她一生获得的爱是那么稀薄。

我再看《了不起的盖茨比》时，总想，如果以威尔逊太太为主角的话，那是一个怎样的故事？

或许像是村上春树的短篇《烧仓房》。小说讲"我"的朋友是个出身普通的女孩，她去非洲旅游三个月，回来时带来一个新恋人，是个斯文讲究的富家子弟，富家子弟无意中说起自己的爱好是"烧仓房"。每隔两个月，他就会挑选一个仓房，浇上汽油后用火柴点燃。他还说，下一个要烧的仓房在我附近。

> 《烧仓房》：村上春树短篇小说，于1982—1984年间创作，收录于短篇小说集《萤》（日版原名为《萤、烧仓房及其他》）。

我开始留心家附近的十几个仓房，却发现它们始终安然无恙，富家子弟却一口咬定仓房已经被烧得一干二净。而我那位身无分文、无依无靠的女友则消失得无影无踪。

小说后来被韩国导演李沧东改编成了电影《燃烧》，背后的故事才图穷匕见：原来所谓"仓房"，就是一个又一个被内心空虚的富人杀了的女孩。

对富人来说，死去的贫困女孩不过是被枯枝败叶覆盖的枯井，很快将被抛置脑后，只有对于同为平民的"我"来说，女孩曾在夕阳中舞蹈的样子才是黯淡生活的高光时刻。盖茨比最终是黛西急于摆脱的记忆，只有尼克会坐在盖茨比已经失去主人的豪宅前不愿离去。

对大多数人而言，青春结束的标志，不是在无法砸碎珍贵之物后潇洒离开，而是留在废墟残骸中，守护记忆，至死方休。

[4]

菲茨杰拉德和盖茨比一样出身普通，后来进入了富家子弟云集的普林斯顿大学，初恋是个百万富翁的女儿。有一次他去女友家，女友的父亲说："穷人家的男孩子，从来就不应该动念头娶富家女孩子。"菲茨杰拉德的初恋就此结束。

初恋之所以难忘，是因为它确立了对爱情的默认设置。之后的每一段恋爱我们都忍不住与之比较，而初恋那个模模糊糊的影子，我们以为在记忆中逐渐消退，多年之后才发现，后来的恋爱要么是对它的叛逃，要么是向它无限靠近。

对菲茨杰拉德来说，他后来的婚姻就是对这段初恋的靠近。他爱上了富家女泽尔达·赛尔，泽尔达虽然出身贵族，却没有受过管教和约束，喜欢跳舞，喜欢当众抽烟，经常喝醉，活泼得一塌糊涂，是个万人迷。

泽尔达选中了出身普通的菲茨杰拉德,因为那个男孩穿着军装,还有一张极其英俊漂亮的脸,但是听说他一部短篇小说只能挣三十美金的时候,泽尔达就甩了他。

菲茨杰拉德就像是盖茨比一样,坚信成功是抱得佳人的唯一方法,他专心完成了小说《人间天堂》(*This Side of Paradise*),在给出版社编辑的信里,他写道:"我有太多事情都指望着这本书的成功,其中包括一位姑娘。"[a]

《人间天堂》成为了当时最畅销的书,菲茨杰拉德成功地给泽尔达戴上婚戒。

成为了富人的菲茨杰拉德和妻子刚好赶上了最好的时代,他们每天流连在上流社会的酒会,迅速成了社交红人,生活除了参加一千个晚会,无所事事。

菲茨杰拉德还在继续写作,给时尚杂志写年轻的摩登男女谈恋爱的故事,收入不菲。他仰慕作家海明威,认为海明威的创作比自己严肃得多。见面时,菲茨杰拉德羞赧地透露自己如何把小说修改得更受欢迎,海明威震惊地说:"这不是卖淫吗?"

菲茨杰拉德承认这不体面,但同时又说自己需要赚了钱才能去写一部像样的作品。这说法就像是妓女要给自己一步步赎身。海明威告诉他,不是这样的。一个人这样轻松讨好地去写就是糟蹋自己,唯一写出像样作品的方式就是像样地

---

[a] 菲茨杰拉德 1920 年 6 月 19 日写给编辑麦克斯威尔·柏金斯的信。

去写，折磨自己，接受付出与收获不成正比，咽下痛苦。

菲茨杰拉德决心写一个不再柔软、俏皮、时髦的故事，《了不起的盖茨比》就这样诞生了。

在写作这部书时，菲茨杰拉德的确痛苦，大部分原因是因为泽尔达爱上了一个法国的飞行员，要求和菲茨杰拉德离婚。所以小说里很多部分都有着泽尔达的影子：时而刻薄，时而柔情。

比如黛西讲自己生孩子的经历时说："我很高兴她是个女孩。我希望将来她是个蠢货——一个美丽的蠢货，这就是女孩在这个世界上最好的出路了。"

这句话就是泽尔达当时生产时，发现生下的是个女儿时所嘟囔的话，后来成为了菲茨杰拉德讽刺黛西的材料。

小说里尼克对盖茨比说："人是不能重温旧梦的。"盖茨比大喊道："当然可以！""他发狂地东张西望，仿佛他的旧梦就隐藏在这里。"——这难道不是菲茨杰拉德试图挽回泽尔达时的绝望？

一切都不能挽回了。这本小说出版之后销量惨淡，因为当时的美国人依然生活在繁荣的经济当中，完全无法想象幻梦破碎之后的样子，觉得盖茨比的悲惨简直不知所云。美国人不知道的是，摧毁一切的经济大萧条马上就要来临了。

预言到繁荣破灭的菲茨杰拉德并没有享受先知的优待，他的人生也进入了急转直下的下半场。

在海明威看来，是泽尔达毁了菲茨杰拉德。他冷眼旁观，发现只要菲茨杰拉德写得顺利，泽尔达就会抱怨无聊，说要去参加酒会；一旦菲茨杰拉德拿起酒杯，泽尔达鹰一样的眼睛就会发笑，因为她知道这样菲茨杰拉德就握不了笔了。

这种损人不利己是为了什么？我猜因为泽尔达妒忌他的写作，她妒忌当他开始写作的时候，她就不再是他的中心；她也妒忌他有人生中值得严肃对待的事物，而她没有；她妒忌他试图获得真正的成长，而把她一个人留在了震耳欲聋、无限循环的华尔兹舞曲里。

泽尔达像一个长不大的孩子一样折磨着菲茨杰拉德，与他大闹，鼓励追求者，当个人生活中戏剧性的冲突占据了丈夫全部的精力后，她才心满意足。结果，先疯的竟然是泽尔达自己，她精神崩溃，住进了精神病院，菲茨杰拉德再抱希望的力量，全部消耗在了那些通往妻子疗养院的小路上。[a]

菲茨杰拉德花了九年时间，才艰难创作出新的长篇小说《夜色温柔》(Tender Is the Night)。写完之后，他忐忑地拿给海明威看，渴求得到他的好评，完全没有了写完《了不起的盖茨比》之后的自信。

海明威回信斥责菲茨杰拉德不够真实，说了一番刺耳但

---

[a] 泽尔达在 1930 年患上精神疾病，入住瑞士一家疗养院，次年病情好转，回到故乡蒙哥马利暂居，不久父亲去世，引发第二次精神崩溃，于 1932 年 2 月进入巴尔的摩约翰·霍普金斯大学的诊所，在病中写下自传体小说《为我留下那首华尔兹》。1935 年，搬到谢泼德·普拉特医院（Sheppard Pratt）的疗养院。1948 年在北卡罗来纳州一家精神病院等待治疗时，医院突发火灾，不幸遇难。

诚恳的话:"忘掉你的个人悲剧。我们所有人从一开始都受到了伤害,尤其在正经写作之前,你必须得饱受折磨。但当你痛得要死时,好好利用这样的疼痛,而不要用它来欺骗。"[a]

海明威的信写得极其严厉。他愤怒的是,自己耗尽所有肌肉力量才爬到高处,而轻松就能腾空的人,却浪费天赋,颓唐地跌到软垫子上。

菲茨杰拉德为了挣钱在好莱坞当编剧,写些三流的剧本。在给朋友的信里,他幼稚地炫耀自己在好莱坞的见闻,和明星吃了饭,跳了舞;和大导演聊了天;和女演员近距离接触,等等。

看这些信,你根本不会相信那些话出自《了不起的盖茨比》的作者。尼克在经历了幻灭之后离开了名利场,回到了淳朴的故乡;而菲茨杰拉德在经历了幻灭之后,反而成为名利场卑微的信徒。

海明威理解不了菲茨杰拉德,他以为所有有天赋的作家都能像自己一样保持冷冽和专注,直至暮年时还如有神助地写出了《老人与海》。海明威理解不了菲茨杰拉德的选择并不是出于软弱、贪财,也不是因为红颜祸水的老婆,而是因为他不再相信了。

菲茨杰拉德不再相信文学能够真正抵达万事万物的核

---

[a] 海明威 1934 年 5 月 28 日写给菲茨杰拉德的信,见《见信如晤:私密信件博物馆》,冯倩珠译。

心,能够超越时代而永存,《了不起的盖茨比》出版一个世纪之后,还被一个日本小个子(村上春树)读到,影响两个世纪全世界失落的年轻人。盛筵会散席,音乐会停止,爱情会退却,人群会变成孤岛,钻石山会炸得粉碎,但温柔讲故事的人会是唯一留下的人,他将重新拼凑一个鲜活完整的世界。这种写作者坚定的幻觉,菲茨杰拉德已经永远失去了。

他也不再相信自己。在生命的最后,他说自己"在情感上破产"了。每个人都有一个账户,里面储存着天赋、爱、信任、快乐、良善、勇气。当这些东西被不计后果地花费掉之后,人们就透支了,支取不出任何东西了。

恕我无法赞同他的自我诊断。他的账户还丰厚得很,只是他习惯性低看自己。一个伟大的作家与一个误入名利场的穷小子同时在他身体里存在,前者无法杀死后者。在穷小子看来,写作曾是他抱得白富美、进入名流圈的资格证,正因为奖励来得如此轻而易举,所以他对自己的才华一无所知,"如同蝴蝶不知道自己翅膀上美妙的图案是怎么构成的"(海明威)。他早早在一场过家家的竞赛中获得胜利,赢取金光闪闪的塑料奖杯,耳边是掌声与喝彩,便以为那是人生能获得的最高奖赏。菲茨杰拉德反复杀死一个念头:自己属于天空,而不只是宴会厅的装饰。

尼克对盖茨比吼的那句话,却是作者始终没有勇气相信的——那些你竭力想要取悦的人,"他们加起来,都比不上你一个!"

[5]

菲茨杰拉德四十四岁就去世了,墓碑上刻着《了不起的盖茨比》里最后一句话:"我们奋力前行,逆水行舟,却注定被推回过去。"

在小说里,它的前一句话是:"明天我们跑得更快一点,把胳臂伸得更远一点……总有一天……"

是啊,只差一点点。如果成功来得更早一点,如果时间更仁慈一点,如果公平来得更及时一点,总要借助他人才能认可自己的菲茨杰拉德,如果目睹《了不起的盖茨比》后来取得的巨大成功,或许就可以抵抗住时代的洪流,到达彼岸。在那里,一切快乐与成就都是真实的,不再虚无;在那里,已经没有了汤姆,也没有黛西;在那里,盖茨比还活着,没人能够再伤害他了,然而,只差一点点。

《Z：泽尔达·菲茨杰拉德的故事》 | 书籍

作者：[美]特雷泽·安妮·福勒
出版社：四川人民出版社
译者：刘昭远
出版年：2016

当菲茨杰拉德第一次见到泽尔达的时候，他惊为天人，说："她是一切的开始与结束。"

然而后世却似乎只记得"她是一切的结束"，再加上海明威在回忆中孜孜不倦地指责泽尔达毁了菲茨杰拉德，更是让泽尔达虚荣疯狂的形象深入人心。泽尔达试图通过写自传式的小说《最后的华尔兹》来回击海明威的攻击，但因为写作时的她已经精神崩溃，住进医院，所以琐碎的书写并没有成功地为自己辩护。

这本《Z：泽尔达·菲茨杰拉德的故事》是女作家以泽尔达的口吻再次重新叙述她的人生，申辩"是菲茨杰拉德折磨我，而不是我毁了他"。

同类型的书还有假借海明威妻子哈德莉的口吻写的小说《我是海明威的巴黎妻子》，个人认为写得比这本要好。

《午夜巴黎》 | 电影

Midnight in Paris
(2011)

大概是欧美文学的爱好者都做过的白日梦：回到黄金时期的巴黎，与海明威、菲茨杰拉德喝酒聊天。伍迪·艾伦让这个梦显得触手可及。

太宰治
1909/6/19 - 1948/6/13

死亡显得如此诱惑，
他艰难迈步，一步步推迟自己的死亡，
直到死亡追上了他，把他拽了下来。

Osamu Dasai

16　太宰治：人生太重，惩罚太轻

[1]

"我讨厌太宰治。"

看《人间失格》的时候，我脑海中不断出现这句话。

这本书等同于太宰治的自传，他借主人公叶藏之口，絮叨自己失败的前半生：格格不入的童年，不堪的青春，靠花女人的钱为生，和女人一起约定自杀，结果女人死了自己没死。

这自陈的斑斑劣迹，让我看几页就想放下书，想清静一会儿。据说高更与梵高同居时，高更经常半夜醒来，发现梵高在床头不停地哀求呓语，以至于高更后来不得不逃跑。

看太宰治让我体会了高更的感受，那比反感更复杂一些。倾诉者是清醒冷静的，太宰治的自我剖析和自我贬低比他人更严厉，不断说自己"不配做人"；当听者被他打动，试图劝慰时，太宰治又忍不住借他人之口夸自己真是"像神一样的好孩子"。听者刚刚被唤醒的同情立刻烟消云散。

书里那句"生而为人,我很抱歉"如今成了流行语。爱《人间失格》的读者大抵把自己代入为主人公,而我却发现自己早已到了只能冷眼旁观的年纪。

"我讨厌太宰治的文学。"

三岛由纪夫在一个聚会上,当面对太宰治说。三岛由纪夫认为太宰治迷恋自己的病态,一个不想把自己的病治好的病人没有资格当病人。被公开处刑的太宰治就像是被人捅了一刀一样,自言自语挽尊道:"啊,可你来见我了,你还是喜欢的吧,对不对,还是喜欢的呀!"

——这样近乎求爱的示弱又让人觉得可怜了。但太宰治五次自杀,其中三次都是带着女人,最后留下妻子和三个孩子、另一个情人和私生女。和女人、孩子相比,太宰治又有什么可怜的呢?

怀着对太宰治如此矛盾的心情,我去了他的故乡。

[2]

太宰治的故乡在津轻,他家是当地首屈一指的富豪之家,故宅很大,如今用太宰治的小说《斜阳》命名,叫作"斜阳馆"。太宰治现在成了津轻的旅游大使,几乎所有地方都刻着太宰治的文句来一一对应,而他故居的广告语非常尴尬:"我父亲建了一个大宅子,除了大,没有任何情调。"

——因为这就是太宰治对自己童年生活环境的最深刻

的印象:一个暴发户的家。

宅院用了青森当地最好的木材,气派和扎实。我去时天气不好,宅子里没有什么人,我轻手轻脚地在厚实地板上行走,大屋子静悄悄的。我忽然理解了太宰治幼时心境:身为家里的第六个男孩,在大家庭中长大,和兄弟姐妹争夺父母稀薄的爱,但内心深深知道自己和别的孩子不一样,兄弟姐妹的天真讨喜,却是他努力扮演却始终不像的样子。

吃饭时,父亲和继承人在一个房间吃饭,太宰治只能在另一个低十厘米的房间最远处用餐,十厘米成了太宰治自我厌恶的确认,以及难以逾越的心理障碍。

游览时我随身带着太宰治写的《津轻》,写这本书时,他已经四次自杀未遂,文坛声名鹊起,世俗名声狼藉,==他写了很多关于自己的私小说==,对于童年没说什么好话,他很惭愧地说:"靠写故乡和亲友的故事谋生的人,是没有故乡的。"

> 私小说:日本近代一种特殊的小说形态,强调如实描写自己的生活和经验,袒露心境,复制现实中的作家"自我"。太宰治是最具代表性的私小说作家。

但没想到,故乡却给了他温柔的接待,书中有一个细节:太宰治很希望自己的童年好友陪他巡游,却不好意思开口,第二天,发现他的"闰土"已经拎着行李在车站等他了。

他还见到了他童年时候的保姆阿竹,保姆一见到他,就激动地滔滔不绝,说:"这三十年来,阿竹我多想见到你啊!我天天满脑子想着念着的就是还能再见到你吗……"

在《津轻》这本书的结尾，他看起来至少暂时被这趟返乡之旅治愈了，他说："倘若一命尚存，我们来日再会！请带着勇气向前走！切勿绝望！"

——这太不像太宰治说的话了，不仅不丧，甚至有种莫名的激昂。太宰治不像是在鼓励读者，反而像是在对自己打气，渴望活下去。

离开津轻的车上，我读完了这本书，而且知道了作者尚未知晓的最终结局：不久之后，太宰治最后一次自杀终于成功了。从结局开始倒放，我忽然对太宰治有了不同的理解。

或许，他第五次自杀并非"寻死成功"，而是"求活失败"。

之前，我一直以一种理所当然的方式看待太宰治，认为他的初始设置和常人一样，后来人往低处走，一步步被黑暗侵蚀，走向沼泽深处，最终被淹没。

但那时的我并不理解，还有另外一种人生。

加缪有句著名的话："真正严肃的哲学问题只有一个，那就是自杀。"这话有更著名的表达："生存还是毁灭？这是一个问题。"（《哈姆雷特》）

我觉得从来不需要追问的人生意义，却是很多人需要费尽心力去寻找的。

太宰治也是如此吗？从小就感受到了人生意义的虚空，死亡显得如此诱惑。他艰难迈步，并不是走入深渊，而是努力向上走，一步步推迟自己的死亡，直到死亡追上了他，把他拽了下来。

[3]

离开津轻途中，乌云一路退散，窗外风景逐渐明媚。青涩的少年太宰治，也曾抱着轻快的心情出门远行吧。

他离开故乡的大宅子去上大学，开始接触进步思想，背弃自己的阶层出身，去参加了当时他的家人最忌惮的左翼运动。

有两类富家子弟，一类占多数，如同菲茨杰拉德笔下的阔少爷，觉得自己天生比他人更优越；少数富家子反而因为出身有了负罪感，从小目睹家庭对家佣与工人的态度，让他们发现人一出生就在剥削和被剥削的建构里，他们震惊于这种不公平，更惭愧自己在剥削者的这一边，五四时期很多文学青年都是如此。

同时，太宰治还拥有了一个文学上的偶像：芥川龙之介。芥川龙之介自杀身亡后，受刺激的太宰治也服用了安眠药，但剂量还不够致死量的十分之一。太宰治的第一次自杀，是对偶像不成功的模仿。

没有勇气在肉体上消灭自己，那么就在生活上毁灭自己吧。作为法文系大学生的太宰治抽烟喝酒，与妓女混在一起，按照

芥川龙之介（Ryunosuke Akutagawa，1983—1927）：日本文坛三巨匠之一。创作生涯12年，留下148篇小说，55篇小品文，66篇随笔，另有大量评论、游记、诗歌。作品借古讽今，针砭时弊，结构完美，风格纤细华丽。1927年死于安眠药自杀。8年后，好友菊池宽以其名设立日本重要文学新人奖"芥川赏"。

《人间失格》的说法，那是因为妓女和他一样，"身上没有人味"。他爱上了一个名叫小山初代的艺伎，和她同居在一起，受辱的家庭与太宰治切断了联系。

在这桩情事里，反抗不是爱的手段，而是目的本身。太宰治意图与家庭决裂，小山初代只是他用来激怒父母的矛。在和小山初代订婚的第二天，太宰治转身就和刚认识的女人厮混在一起，几天之后，甚至还去跟这个女人自杀了。

她是太宰治在银座酒吧认识的十八岁的女招待，一个有夫之妇，太宰治连她的名字都记不太清楚，却决定和她一起殉情。两人一起前往海边，吞下镇定剂后入水自杀。

这时，一个改变太宰治人生的意外发生了：女人死了，但是他没有死成，他被渔船救了上来。

太宰治的幸存不是上帝的偏爱，一个传闻中的细节让人毛骨悚然：据说两人的手本来是用绳子绑在一起的，结果女招待在临死之前喊了一个人的名字，太宰治就把系在两人手腕上的绳子弄断逃掉了。

她喊的是谁的名字？太宰治的私生女曾在书中写，女招待喊的是自己远在广岛的丈夫的名字，太宰治被极大地挫伤了自尊心，所以决定不死，逃掉了。

这不是意外，这是犯罪，太宰治清楚自己做了什么。在《虚构的彷徨》中，他说："是我用这只手，将阿园（女招待的角色）沉入水中。"

从此，太宰治的人生被两件事所控制：罪与罚。

罪已经犯下，惩罚却迟迟没有到来。太宰治在亲戚的帮助下逃过法律的惩罚，惩罚的虚惊并不会让敏感者觉得"必有后福"，反而成为了达摩克利斯之剑般的文学主题。一如陀思妥耶夫斯基在行刑场上临死前一刻被赦免，流放西伯利亚的几年里，分裂出两个灵魂争辩要受难还是要救赎。

太宰治在偷生之后，亦想向神证明自己有活下来的必要，而他仅存的骄傲便是文学。1935年，日本纯文学的最高奖项"芥川龙之介奖"成立了。对芥川龙之介的信徒太宰治来说，这是天赐的机会，他付诸了全部的心力去写，但第一届芥川奖他依然落选了，因为评委之一的川端康成知道太宰治之前闹出的丑闻，看不惯他的生活态度。

太宰治气得要死，写了一封公开信骂川端康成，说："像川端康成你一样每天养小鸟的生活才高尚嘛？真想捅死你。大坏蛋一个。"

转眼到了第二届芥川奖，很多评委看好太宰治，结果那一届首奖空缺。

接下来到了第三届，这次太宰治押上了自己所有的希望，他给辱骂过的川端康成写信央求，说："请给我希望！""虽然我死皮赖脸活下来了，也请夸奖一下！""请快点！快点！不要对我见死不救！"

还给另一个评委写了一封长达五米的长信，求情，哀求

> 太宰治在落选的次月就把公开信发表在《文艺通信》上，题目为《致川端康成》。川端康成对太宰治的评价是："极为沉默寡言的人，连朋友到他家拜访都能2小时不说一句话，对方尴尬想走的时候他却说'再多待一会儿嘛。'没钱时跟菊池借钱，靠着沉默一小时，像猫头鹰一样盯着对方，最终成功借到钱了。"

奖项。结果发布名单时发现太宰治的作品竟然连入围都没能达成,原因是评委会有了新的规定,前两届的候选人不得再列入候选名单。

被击垮的太宰治又尝试上吊自杀,结果绳子断了,他摔落到地上。

此时,太宰治才意识到他等待的惩罚其实早已到来,惩罚不是即刻死亡,而是漫长地活着,在高耸的峭壁上踩着一块只容两脚站立的弹丸之地过活,周围是深渊,举头是漆黑一片,迎面是狂风暴雨,内心的"罪人意识"是寂寞中唯一的玩伴。

[3]

"你一定会被女人迷上的啊!"在《人间失格》里,主角叶藏接受了这样的恭维,多年以后,他才意识到这句话是一个可怕的魔咒。

太宰治之后的人生离不开女人。被奖项拒之门外的太宰治痛苦加倍,被强行送进精神病院,出院后得知,自己住院期间,妻子小山初代出轨了,太宰治精神受到强烈的打击,带着妻子去水上温泉服药自杀。

这次为什么要自杀?太宰治再次借似假还真的小说自白。在以这次殉情为原型的小说《姥舍》里,他自述一对恋人赴死的心情,不悲壮,也不美丽,只有一种不知道如何是好的愁苦——妻子爱了不该爱的对象，但那是荒唐且荒废自己生活的丈夫造成的，到底该怪谁呢？要给这一团乱麻一刀痛快，只有一起去死了。

这次自杀依旧没有成功，两人服用的剂量远远不够死亡，但足以给这段感情一个优美的诀别姿态。殉情失败后，太宰治和小山初代分开了。几年之后，小山初代在中国青岛死去，享年三十三岁。

第四次自杀是太宰治与过去的一次诀别，他决定不再为了文学或是爱情而牺牲，他向往一种世俗的生活，也许庸常朴素的生活是自我救赎，"罪与罚"或许会放过一个对生活所求甚少的人吧。

太宰治在老师的介绍下，与女老师石原美知子结婚，搬到了东京生活。美知子真是一个好太太，她只欣赏丈夫的才华，却一点也看不到他的毁灭力，她把太宰治视为"怀抱金蛋的男子"，因为他构思小说的时候仿佛是在孵蛋一样。

每天太宰治口述，美知子来誊稿。太宰治对文学的态度也释然了，他放弃了对芥川奖的执着，而希望追求更深刻的文学意义："我想错了，这场赛跑不是百米短跑，是一千米，五千米，不不，是更长的马拉松。"

在国民性趋于疯狂、失却了人性的二战时期的日本，太宰治反而在妻子的协助下，获得了稀罕的宁静创作期，看他那时所写的代表作之一《奔跑吧！梅勒斯》，有种与时代隔绝的超然。

可这种宁静注定无法持续太久。太宰治获得的爱越多，他的不安就越多，如果云层后真有神，神看着太宰治幸福的一家会作何想法？一定会默默增加着惩罚的筹码吧。况且，在那样的时刻，幸福是多么可耻啊。时值日本战败，国民精神颓败，当年鼓吹军国主义的人一夜之间改头换面，说些相反的话。太宰治在他们身上同样看到了"罪与罚"投下的阴影，与他们的罪恶相称的惩罚何时到来？又有谁人能书写厄运在罪人身上瞄准留下的印记？只有太宰治自己了。

太宰治主动寻找着能终结幸福的惩罚，更确切地说，惩罚找上了他。

一个叫作太田静子的年轻女人出现了。她圆圆的脸恬静可爱，却总有忧伤。太田静子二十五岁时和一个男人闪婚，不到两个月就分居了，她诞下了女婴，但是女婴很快就因为肺炎离开了人世。

太田静子认为，一定是因为自己不爱丈夫，女儿才会离去。一定是因为自己某天因为婚姻的痛苦在冬天开窗坐着，让女儿感染了肺炎。自认为是罪人的太田静子某日读到太宰治的《虚构的彷徨》的时候，读到那句"是我用这只手，将阿园沉入水中"，她被诚实的忏悔打动，认为太宰治是一个比自己经验更丰富的罪人，于是开始给作家写信。太宰治很快开始接近她，却是有别的目的。他并不是贪图漂亮女粉丝的崇拜，而是看中了她的日记。

太田静子一直用日记记录自己的家庭在时代中经历的变

迁，这个题材刚好是太宰治正在构思的《斜阳》的主题。于是他不断地诱惑太田静子交出自己的日记，作为他的创作素材。其实这种创作方式对于太宰治来说并不陌生，他那部《女生徒》就是利用一个年轻女孩的日记写成的。他后来那句著名的"生而为人，我很抱歉"，也是挪用了诗人寺内寿太郎题为《遗书》的一行诗。

> 寺内寿太郎（Jyuutarou Terauchi, 1900—?）：昭和诗人，太宰治好友山岸外史的表兄弟。一生怀才不遇，穷困潦倒。"生まれてすみません"是他题为《遗书》的一行诗，被太宰治挪用为《二十世纪旗手》的副标题，寺内寿太郎看了深受打击，此后下落不明。

太田静子与太宰治的交往，实在是场可笑的交易，唯一被蒙在鼓里的人就是太田静子。

女人一直在说：我爱您，我崇拜您，我理解您。太宰治一直在问：日记呢？日记呢？日记呢？女人说：我想要您的孩子。太宰治说：我想要您的日记。

太田静子终于在和太宰治发生关系后交出了自己的日记，带着献祭的满足感，说："我把身体、心灵和日记都向太宰敞开，想寻觅活在太宰笔下的自己。"

任何读者看到这一段的时候，都只想立刻冲进书里制止她，阻止她把灵魂交给魔鬼。我在看电影《罗丹的情人》时，看到少女决定把作品交给雕塑大师，用天赋换取爱，从此失去姓名，我就关掉了影片，至今没有勇气看完电影。

"不要靠近伟大的男作家/艺术家，不然会变得不幸。"

人人崇敬的大作家雨果就是这样一个"瘟神"。他二十岁的时候娶了自己青梅竹马的妻子，他的哥哥暗恋新娘多年，在雨果新婚之夜精神失常；婚后的雨果留给妻子的只有寂寞，妻子出轨，还被出轨对象写成了小说；雨果也出轨，还被抓个正着，结果因为"通奸罪"被送进监狱的只有他的情人；雨果与自己的儿子争夺美貌名媛，落败的儿子黯然退场；雨果另一位情人朱丽叶把一生献给了他，人生唯一的主题就是为雨果服务；雨果的大女儿意外死亡，小女儿被雨果怀疑并非自己亲生，从小生活在父亲的冷淡里，后来试图通过爱情找回自我，爱情失败，自我疯癫……

除了雨果本人，他身边几乎没有一个人拥有完满的人生，他们身上的幸福就像是被抽干，注入到了雨果这个巨人的体内。尤其是那些女人们，她们最后几乎都一无所有、骸骨无存。

她们为什么会如此？盲目崇拜是太粗糙的理解，雨果曾对情人朱丽叶说过一句最蛊惑的话——"只要我的名字活着，您的名字也将同存"。

这些伟大的艺术家承诺的并不是短暂的激情与温存，恰恰相反，他们的诱饵是永恒，一个写着"不朽"的席位，一个被编织进历史的可能。于是女人们毫无保留地付出。

得到了太田静子日记的太宰治开始创作《斜阳》，太田静子沉浸在自己将在太宰治的小说中永远活着的美梦里，并且发现自己怀孕了。太宰治得知自己有了孩子，摸着她的头说："静子做了一件好事。"在熟识的诗人面前，他却哭诉着："这女人怎么这么快就怀上了。"

从孩子降生到太宰最后投河自尽一共经历了七个月,中间太宰治一次都没有来看过自己的私生女,虽然他在距离太田静子家很近的地方写长篇,而静子每天都能从报纸上看到恋人在家附近创作的消息。当太田静子终于意识到恋人不会来,她立刻发了高烧,卧床不起,几乎奄奄一息,最后终于忍不住给太宰治发去电报,吞咽下了自己最后的尊严和希望,祈求一万日元的汇款。

太田静子恐怕没想到的是,这个汇款很可能是太宰治的另一个情人汇出的,这个情人叫作山崎富荣,曾经是个美容师,也是最后和太宰治一起殉情的女人。

和太宰治生活里其他女人不一样,山崎富荣并不是柔弱的被诱惑者,而是一个强硬的女人,太宰治对山崎富荣求爱时问:"你愿不愿意冒死和我谈一场恋爱?"山崎富荣回答:"倘若要恋爱,我想谈一场冒死的恋爱。"

在后来的历史中,山崎富荣没落下什么好的评价,人们认为当时的太宰治已经十年没有再自杀过,是山崎富荣想死的意愿超过了太宰治,就连太宰治的情人们也很不满——为什么是这个女人最后能和太宰治死在一起?其实在享受殉情的"殊荣"前,山崎富荣已经当了太宰治很长时间的秘书、护士和钱袋,她辞去工作,把存款全部花在照顾太宰治上。

在人生最后的时光里,太宰治写下《人间失格》,宣布自己不配为人之后,和山崎富荣于玉川上水投河自杀,两人的遗体用绳子牢牢绑在一起，太宰治遗体上有激烈反抗的迹象——这次是他想逃脱，但是山崎富荣将他死死拖住，如同太宰治当年用手把女招待沉入水底，他人生中的第二支靴子终于落下了。

[4]

陀思妥耶夫斯基曾经在《卡拉马佐夫兄弟》描述过一个精彩的人物——卡拉马佐夫家的老爹。他是个寄生虫、傻瓜，让人恼火得很。他预备去当地修道院的饭厅，认定自己会出丑。他想："无论到哪里，我看起来老是不如人，大家都当我是小丑——那我就演小丑好了，因为你们比我还不如人。"

太宰治所属的"无赖派作家"就是这样的一群人，他们嘲笑道德多么虚伪，社会规范残害人的性命，要抛开这些，放肆地笑。他们知道世人把自己看作小丑，可在他们眼里，世人却远远不如他们。

> 无赖派：1946—1948年活跃于日本文坛的作家流派。对生活采取自嘲、自虐的态度，反抗权威和传统价值，反映日本战后社会秩序混乱、价值体系崩溃下年轻人的心态，作品有颓废倾向。

然而太宰治在这群作家中却有着微妙的特殊：他比他们更聪明、更敏感，他发现抛弃一切社会束缚并非终点，反而产生了新的痛苦。当他把家、社会、伦理与道德抛到自己的对立面之后，他发现自己不仅一无所有，还深深地伤害了他人——一个浪荡子，花光了自己的家产倒没什么，但他还把别人的家当也全卖了，这就有罪了。

太宰治想做点什么，想为孩子做点什么，想为妻子做点什么，想写点了不起的东西，但这并不是出于对人世的爱，而是出于恐惧。在他的心中有个无所不在的上帝，这个上帝不是拯救的神，而是惩罚的神。

"罪与罚。陀思妥耶夫斯基。这个灵念一瞬间掠过我脑海一隅，令我猛然醒悟。假使陀思妥耶夫斯基不是将罪与罚作为同义词，而是作为反义词并列在一起的话，那么……哦，我开始明白了。不，还没有……"

太宰治在《人间失格》里这样期期艾艾地说，思绪没有清晰就被打断。

他当然是个罪人，而他找到的赎罪的方式就是忏悔，比其他人更诚恳地忏悔。意想不到的是，他的声音被更多觉得自己有罪的敏感之心听到（大多是女人），她们被太宰治深深地吸引，被他带到堕落且快乐的"罪与罚"的领土。这时，太宰治发现，一个人若能控制住人类生活的幽暗领域，便能行使无边的权力。

这些女人都比太宰治更决绝、更勇敢，她们要么毫无保留去爱，要么毫不迟疑去死，无论是受辱地活着，还是死去，都是她们甘之如饴的惩罚。

太宰治成为了罚她们的人，她们的罪全都加诸于他身上,渐渐成了他不能承重的重。在她们身上,太宰治发现了"罪与罚"原来是一组反义词:罪是如此沉重,罚是那么轻盈;罪是折磨,罚是解脱。

而他自己该怎么办呢?"以死谢罪。"他时常在嘴边挂着这句话,他的死可以补偿年轻的女招待,那么孤苦的小山初代呢?他死去,又该如何偿还圣女般贞洁温柔的妻子呢?

生存还是毁灭?临死前,太宰治都在挣扎于这个问题。无论痛苦地活着,还是一了百了地死去,似乎都是过于轻松的惩罚,与他深重的罪孽不相匹配。

"生而为人,我很抱歉。"

现在很多人总爱引用这句话,有时语气里并没有抱歉的意思,其实觉得他人应该向自己道歉。"我在太宰治那里找到了自我。"他们说。

对痛苦肤浅的模仿是这个世界上最丑陋的事物,但或许太宰治并不在意吧,能够让别人得到一些自我满足,也许他也会欣慰。毕竟,他曾经希望别人在他的墓志铭上刻下这句话:"他最喜欢的,就是让别人高兴了。"

《向着光明：父亲太宰治与母亲太田静子》 | 书籍

作者：[日] 太田治子
译者：吕灵芝
出版社：新星出版社
出版年：2018

太宰治的私生女对于太宰治和母亲太田静子的回忆。幸亏有这本书，我们才得以知道太宰治的《斜阳》大多来自于情人太田静子的日记。

那些为作家、艺术家贡献生命与素材的男男女女，他们中的幸运儿被美称为"缪斯"，大多数则是无名者，是"不愿意透露姓名的友人"，是喂养艺术的肥料。这本书是少见的替无名者声张的书，也破除了小说家在叙述上的霸权。

《青之文学》 | 影像

青い文学
（2009）

《人间失格》（第1—4话）
《奔跑吧！梅勒斯》（第9—10话）

用动画的方式来演绎文学经典，动画导演的水准都很高。我看的时候总忍不住想，如果我们中国的文学经典也有类似的呈现方式该多好？孩子在动画中认识鲁迅、老舍、巴金，觉得他们真实而亲近，不只是课本上过于严肃的老头。

月亮误了谁

最近几年，我身边忽然多了很多失落的人。仿佛一夜之间，大家的人生都从黄金时代移入到了青铜时代。

几天前，我遇到这样一个人，他接近四十岁了，从小被视为有艺术天赋，在中国最好的艺术院校一口气读到博士，毕业后前途未卜，暂且靠教艺术考前集训班为生。他在饭局上喝得大醉，醉酒是自认为可以向全世界撒娇的执照，那人开始还评论电影与艺术现状，后来实在醉得不成样，众人让他在里屋躺着，他躺一会儿，听人们在客厅聊得热闹，跟跟跄跄跑出来，被拉回里屋，又跑出来……几次之后，人把里屋的门关上——就像对待总想跑出来的小动物。他在屋里一直发出受伤的兽一般的呻吟、嚎叫，然后是砸墙与跺地板声，过了许久，终于安静。

我有些局促，为这异常清晰、无法忽视的悲伤之声，整晚都在想一个问题：是什么让他如此痛苦？

自问自答，才发现自己很容易就变成了青春期少年最讨厌的家长："谁叫你当初搞艺术！都是艺术误了你！"

人好像很容易踩着岁月画下的漫漫长路，不自觉走到自己的反面。

去年我签售时遇到一个年龄相仿的读者，他说自己辞去了稳定的公职，专心从事文学。"都是因为你，"他这样说，"几年前我就参加过你的签售，你当时给我签了一句话，'相信文学的力量'。于是，我就相信文学的力量了。"

他是笑着说的，话语中没有责怪的意思。我却膝头发软，有给他道歉认错的冲动，怕误了他的人生，怕他十年之后，发现文学终是一场骗局。

文学的骗术针对那些从小格格不入的人。它敞开温暖的怀抱，为你落寞的童年和青春找到解释，找到庇护，也找到同伴。它喃喃地日夜不停地发出咒语："其他人都活错了，你才是正确的。"

谁在青春时没有被毛姆那句话打动——"当所有人低头捡六便士的时候，有人抬头看到了月亮"。

我长大时再读那本《月亮与六便士》，感受却完全不同了。

小说号称以画家高更为原型，主角叫思特里克兰德，一个无趣的证券交易所的经纪人，四十岁才突然爱上了绘画，离开了结婚十七年的妻子和孩子，去巴黎疯狂画画。

在他贫病交加、奄奄一息的时候，一位荷兰老好人把他带回家里照顾。思特里克兰德竟和老好人的妻子好上了，女人抛夫弃子之后，思特里克兰德又对她感到厌倦，导致这个可怜的女人自杀。

思特里克兰德并没有受到法律的制裁,他离开了巴黎,来到了与世隔绝的南太平洋塔希提岛上,和一个土著女子同居,创作出一幅又一幅使后世震惊的杰作。在染病去世之前,思特里克兰德命令那个土著女子把他的房子全部烧掉,当然也包括他画的旷世名作。

如此复盘情节,才发现思特里克兰德做的很多事实在不负责任,但是在小说的一开篇,毛姆就无比笃定地下了一系列结论,规定了读者认识主角的方式,就像魔术师总是只允许观众有一种观看角度:

> "老实说,我刚刚认识查理斯·思特里克兰德的时候,从来没注意到这个人有什么与众不同的地方,但是今天却很少有人不承认他的伟大了……他的瑕疵,在世人的眼中已经成为他的优点的必不可少的派生物……如果艺术家富有独特的性格,尽管他有一千个缺点,我也可以原谅。"(傅惟慈译)

让我们仔细读读这话,它对文艺青年是多大的诱惑:第一,即便你的创作在今时今日不受欢迎,但是没关系,你的受众在后世,历史会给予你公平;第二,你渣,缺乏自制力,缺乏爱的能力,都只是才华的副产品,应该被原谅。

不仅如此,按照毛姆的描写,并不是思特里克兰德不负责任地选择了艺术,而是艺术在芸芸众生中选择了思特里克兰德。

随着小说的发展,思特里克兰德并没有越来越自由,反而变得越来越顺从,依着艺术的嘱咐失去了日常生活,失去了财富,失去了爱情,最后,失去了自我,他说:"我必须画画,就像溺水的人必须挣扎。"

这是所有开始艺术创作的人共同的感受,灵感不是温柔的圣光,而像是身体里的一根刺,让你疼得不得不拔出来,这也是为什么很多作家的第一篇作品,往往是以自传的面目发出的宣泄。

然后呢?凡事都害怕这样的追问。

艺术召唤,你便头也不回,抛下自己所拥有的一切,去追求所谓理想;当理想走了一半,却发现才华与能力耗尽。前面是死胡同,而过去的轨道早就回不去了。

然后呢?你询问月亮,月色依然遥远,月亮不言不语。

见过了月亮之美的人,就无法假装自己没有见过。命运对小有才华的人来说是最残酷的,他们才华多到看不上庸庸碌碌的大众,却又少到突围不出滚滚内卷。

那该怎么办?该放弃还是苦苦支撑?

除了青春期少年最讨厌的家长,少有人会鼓励他人放弃梦想。在我们这个时代,"认命"是不应该存在的选项,"追梦"是加粗的红色草书大字,每个人都被默认以通过实现梦想而获得幸福，任何中途放弃的人都是<u>堕落且意志不够坚定</u>。人所追求的幸福不再是甜美的目标，倒像是沉重的负担。

可是，可是追寻艺术的路并不是意志力的挑战啊。

对于其他行业，付出与收获往往是线性递增的，一个又一个的"六便士"不会凭空消失，这给人一种公平的保障。但是追寻艺术之路却往往像是开盲盒，你不知道其中财富满满还是空无一物。旁人打开盲盒时四溢的光芒刺伤了我们的眼睛，这种没道理可讲的结果引发了巨大的痛苦——"为什么成功的是他而不是我？"

让痛苦更甚的是，所有关于创作的叙述权都牢牢掌握在平白无故获得天赋的赢家手里，那些一无所获的人，只能沉默，发出受伤的兽一般的呻吟。毛姆曾漫不经心说出一句最残酷的话："好不容易发现了自己的平庸，但却为时已晚，这才是最残忍的事啊。"

我们唯一能做的，似乎只能是平静地面对这条宿命之路，平静地打开盲盒，平静地接受并不公平的结果。思特里克兰德在四十岁那年打开盲盒，发现其中是盈盈月色，他不得不接受了天才相应的责任——"最大程度不计后果地发挥自己的天赋"，从此不再有捡六便士的资格。

在这条人山人海的道路上，没有反抗的勇者，只有各自奔赴命运的匆匆行人。

《鼠疫》(1947)

若诚实让你无法加入喧嚣,
那么就写下让你沉默的东西吧,
诚实的记录总是有用的。

La Peste

主人公

17　加缪：我们每个人身上都有"鼠疫"

"鼠疫期间的恐怖日子并不显得像无休无止的残酷火焰，却像是没完没了的重重的踩踏，将它所经之处的一切都踩得粉碎。"（柳鸣九译）

这是加缪的经典小说《鼠疫》（*La Peste*）里的一段话。

小说里，鼠疫发生在北非海滨城市奥兰，这是一个繁荣而平庸的城市，直到鼠疫的到来摧毁了这里的平静。

鼠疫刚刚到来的时候引起很大的恐惧与愤慨，人们竭尽全力地与之搏斗，直到城市不得不宣布关闭。当这座城市成为孤岛之后，毫无思想准备的亲朋好友面临突然的别离，人们被迫与心爱之人分别，痛楚成为整城居民的共同感情。

再后来，这座孤岛发生了些许微妙的变化：人们开始适应了鼠疫，开始对它逆来顺受。原本受离别之苦的人们无法开口谈及远隔天涯的亲人，因为一开口就心如刀割，但现在人们不忌讳谈起远方的爱人，就像是在讲别人的故事；原本极为关心涉及鼠疫的所有消息的人们对此再也不闻不问了，在防疫一线的人也不愿意知道新的数字；原本在恐惧中度日的人既不看报，也不听广播，当听到防疫结果，他们装出感兴趣的样子，但实际上却心不在焉。

——可以说，直到这个时候，这个城市才陷入了真正的不幸：习惯于绝望比绝望本身还要糟糕。

最后，鼠疫离开了这个城市，人们又恢复了无知的幸福，仿佛它夺走的生命从未诞生过，城市再次变得繁荣而平庸，人们失忆了，否认自己在鼠疫中的顺从与麻木。但"也许有一天，鼠疫会再度唤醒它的鼠群，让它们葬身于某座幸福的城市"。

小说到这里就结束了，很多读者看完之后觉得一头雾水：这个故事里没有瘟疫时期的爱情，没有舍己救人的英雄，没有唤醒愚众的先知，而鼠疫又是什么的隐喻？

鼠疫下的城市到底写的是什么？

如果回到加缪写作的时代，那答案再明显不过：20世纪40年代失败的法国。彼时法国军事上失败之后，共和国被放弃，建立了德国控制下的维希政权。

仔细看《鼠疫》中对奥兰的描述，你会发现它和维希政权下的法国——更具体一点说，1940年6月到1944年8月德国占领下的巴黎非常像。

德军就像是"鼠疫"，他们都是敌人，但漫长的相处把"仇恨""恐惧"这种情感变得非常抽象——你的敌人是在地铁里挤着的人，是一起在人潮中并肩行走的人，甚至是俯下身抚摸你的孩子脸蛋的人。

渐渐地,"敌人"的概念也变得抽象了,它不再像是什么具体的人,而像是城市里的一个窟窿,在城市陷入黑夜休眠的时候把生命吸走。

恐惧不再是黑暗里忽然浮现的巨大野兽,而是跟着你的一条疲惫的老狗,是平静知趣地附着在每块金属、每个家具上的灰尘。

人们习惯了被占领下的生活,就像是习惯了鼠疫。

"如果鼠疫就是法西斯主义的话,那么为什么不写得更直接一点?"

《鼠疫》出版之后,加缪受到了同时代的一些知识分子的责难。他们不满于加缪没有树立一个具体的敌人,而是把法西斯主义写成一种自然灾难,当人祸被"美化"为天灾,敌人也随时被"美化"为受害者了。这样"客观"的叙述,就是为加害者开脱,帮助他们逃避政治与道义的责任,而让抵抗者的抗争与牺牲失去了价值。

这样的加缪显得太不政治、太暧昧了。

但这种暧昧恰恰就是加缪想表达的。

加缪绝不是一个圆滑或是模糊善恶的人,他曾深入地介入到抵抗运动中。但另一方面,他也反对"好人打坏人""英雄反抗压迫"这样简单的叙述——这种叙述往往是对战斗胜利者美化后的版本。

他看到的是极端环境下人性的复杂。绝大部分人能做出简单的善恶判断，但只有少数人愿意在判断下做出实际的选择，更少数的人愿意承担选择所付出的代价。因为人有自保之心，人有软弱的天性，人有合理化自我的冲动，人有视而不见的能力，人有否认灾难的本能，于是，大部分人选择待在灰色地带，为了能活下去，人们放弃了道德。

奇怪的是，我们很容易发现他人身上的人性弱点，却对自己身上的视而不见；就像是当我们滔滔不绝地陈述自身的人性时，总是预设对方是非人之物。

但加缪不这样认为。

"我们每个人身上都有鼠疫。"小说中的角色这样说。

加缪深刻地理解人性的困境，温柔地理解个体的两难。鼠疫不仅是法西斯，还是我们每个人，是的，每个人身上的妥协与软弱。

而在另一些时候，人们拒绝在对抗中做出选择并非因为软弱，而是因为在两边都看到了让自己不安的东西。

人们发现在实际生活中，并不总是善与恶的对抗，而是一种恶与更大的恶在对抗。

那么该怎么办？

一种选择是支持强者：既然两支队伍我都不喜欢，那么我押赢面大的那支队伍更不痛苦。

另一种选择是认为两边都不是好东西："可怜之人必有可恨之处"。在愚蠢的战争、荒诞的世界做出判断和选择没有意义。

后者成为了一些读者对于加缪的理解。"荒诞"是加缪的关键词，的确，他笔下的世界是个荒诞不讲道理的世界，那个世界喜怒无常，没有记性，没有信念。

"在世界中、生活中的我们，也只能荒诞地活成局外人吧"——一些读者进一步解读加缪的言外之意。

不，这并不是他想说的，他想说的恰恰相反。

在早年《致一位德国友人的信》（*Lettres à Un Ami Allemand*）中他提到，对世界荒诞性的认识并不意味着可以继续增加这种荒诞性。

什么叫增加世界的荒诞性？把世界当作一场戏，那么做最好的演员吧；世界是一场荒腔走板的演出，那么放弃了对音准的要求吧；世界只嘉奖自私自利的人，那么就做最义正言辞的小人。

这种选择，就是加缪在《鼠疫》中所反对的，就是他笔下那些习惯了绝望、与鼠疫达成了和解与认同的人。

> 《致一位德国友人的信》：加缪的随笔集，收录二战期间加缪写给德国朋友的信件，以及部分散文和评论。文章中，加缪主张"在荒诞中奋起反抗，在绝望中坚持真理和正义"，指出了一条马克思主义和基督教之外的自由人道主义道路。

"和鼠疫斗争的唯一方式是诚实。"小说中这样写。

小说中的主角里厄医生搜集所有和鼠疫有关的信息，在同事们对死亡数字视而不见的时候，他记录下不断上升的死亡统计，并且告诉其他人自己的所见。尽管他时常绝望地想闭上眼，但是他做了他应该做的：诚实地面对疫情。

在他人都选择疯或瞎的时候，小说中的英雄仅仅是做了一个明眼人。

在我年轻的时候,我认同那句被说烂的名言:"世界上只有一种真正的英雄主义,那就是认清生活真相,依旧热爱它。"

现在,我对这句话有些疑惑了。如果在一个转瞬即逝的瞬间,我发现我没有那么热爱生活或世界了,我该怎么办?我应该努力说服自己不管不顾地继续热爱它吗?

这种英雄主义好像显得有些自欺欺人。

或许加缪的话更符合我当下的认知:唯一的英雄主义是诚实。

诚实地面对自己与世界,哪怕此刻的诚实是痛苦,是困惑,是沉默。

——诚实总是这副艰难的模样,而从不张牙舞爪,洋洋得意。

《鼠疫》中的主人公都陷入不同程度的沉默。一个记者辞去了记者的工作;一个官员一生都在重写小说的第一行;一个神父只在日记中吐露心声;里厄医生无法向上级说真话。

若诚实让你无法加入喧嚣,那么就写下让你沉默的东西吧,对未来某个时刻经历"鼠疫"的人群来说,诚实的记录总是有用的。

《局外人》(1942)

我们来到这个世界是偶然,
人生当中难免会有一瞬间的迷惑:
我到底在干吗?

L'Étranger

18 "在母亲下葬时不哭是种罪吗？"

[1]

前段时间我看到一个让我莫名触动的新闻，讲杭州一个年轻人带着铁锹打车到公墓山，被出租车司机报了警，到了派出所，他才说自己是想到公墓活埋了自己，因为他觉得自己活着一事无成，和父母感情也不好，在这个世界上没有人关心自己。

这是一个不敢也不愿意与他人发生关系的人，一个想把自己流放于世界之外的人。

而看新闻的我们，人生中难道也不曾有过类似的短暂瞬间，深深地感觉到亲情、爱情、友情的不牢靠，生命的荒谬和可悲吗？难道不曾怀疑生活的意义，无法爱这个世界吗？难道没有过一闪而过的念头，想藏身于地下，做一个无牵无挂的局外人吗？

这种状态第一次被精准地描述出来，是在加缪的小说《局外人》（ *L'Étranger* ）里。

加缪写《局外人》的时候只有二十六岁，这部篇幅并不长的中篇小说他写了三年，完成的时候还不到三十岁。出版之后就引起了巨大的轰动，听听这个石破天惊的开头吧：

"今天，妈妈死了。也许是在昨天，我搞不清。"

这个不知道妈妈什么时候死的人叫作默尔索。母亲去世之后，他接到电报，请假去养老院送葬。临行前他觉得有点烦，因为得去借黑领带和黑纱。他一直没有哭，在停尸房，门房要打开棺材让他看看母亲，他拒绝了，还在母亲的棺材前面抽烟、喝咖啡。

参加完母亲的葬礼之后，他和曾经暗恋的姑娘玛丽游泳，看电影，发生关系，玛丽问他愿意结婚吗，他说："怎么样都可以。"玛丽问："你爱我吗？"他说："如果一定要说的话，那么我大概不爱你。"

默尔索就是这样一个对什么也无所谓的人，他的老板想在巴黎设一个办事处，让默尔索去那里工作，对这样一个让人激动的提议，默尔索只是觉得巴黎挺脏的，但这念头也没有让他不快，因为"生活是无法改变的，什么样的生活都一样"。

他就像是狄德罗小说《宿命论者雅克和他的主人》里的雅克，觉得"我们在这个世界上所遭遇的一切幸与不幸，都是天上的大

> 德尼·狄德罗（Denis Diderot, 1713—1784）：法国启蒙运动代表人物，哲学家、思想家。因出版无神论著作触怒统治阶级，被捕入狱。获释后，主持编纂《科学、美术与工艺百科全书》，以知识掀起人类精神革命，为法国大革命的爆发做了舆论准备。

卷轴上写好了的"。

默尔索是我们从未见过的小说主角,他没有炙热的情感和执着的追求,任何事物到了他身上就像水遇到金属一样滑走了,我们不知道自己该从这个角色上期待什么,我们也无法代入他的情绪,因为他的大部分情绪都是"没意思透了"。

直到小说发展到中段,默尔索莫名其妙地卷入到一场谋杀案之中。在海滩上,他被一个阿拉伯人拿刀对着,刀刃在阳光下闪闪发光,太阳太大了,热,让人眩晕地热,默尔索感到整个身体都绷紧了,他对着阿拉伯人扣动枪的扳机,一声巨响。

"一切从这时开始了。"

到了小说的第二部分,默尔索已经进了监狱。

辩护律师来看默尔索,想让他解释自己在母亲的葬礼上无动于衷是因为拼命抑制自己的悲痛。默尔索却说:"不,因为这是假话。"律师生气地走了。

笃信上帝的法官来狱中看默尔索,企图让他悔过,以此来获得上帝的原谅。默尔索却说自己不信仰上帝。法官也被激怒了。

审判开始。

在审判中,所有人关注的并不是枪杀案的杀人动机,人们并不关心默尔索在开枪之前那个阿拉伯人有没有拿着刀,人们关心的是为什么在阿拉伯人死之后,默尔索还往死人身上补了四枪?为什么他在母亲下葬的时候没有哭?他和女友之间是什么关系?是爱情还是荒淫无耻的勾当?

一个又一个证人上场,每个人的证词都证明默尔索是个孤僻、古怪的人。

审判的重点逐渐偏移,辩护律师忍不住抗议:"他是被控埋了母亲还是被控杀了人?"仍然没能改变法庭审判的方向。

这个案子从一个意外变成了一个预谋已久、极其凶残、丧心病狂的杀人案。默尔索必须死。

听到这一切的默尔索不仅没有替自己辩护,他甚至走神了:在听到别人评价自己的灵魂的时候,他却因为一个卖冰小贩的喇叭声游移到了过去生活的种种回忆里。他忽然想起夏天的气味、傍晚的天空、玛丽的笑声,他意识到那些过去的生活已经不属于自己了,而他只想让这一切快点结束,好回到牢房睡大觉。

在小说的最后,临刑的前夜,神父来看望默尔索,他忽然觉醒了。他忽然很久以来第一次想到了妈妈,第一次向这个冷漠的世界敞开了心扉,他忽然感觉到"过去曾经是幸福的,现在仍然是幸福的"。

他说:"为了使我感到不那么孤独,我还希望处决我的那一天有很多人来观看,希望他们对我报以仇恨的喊叫声。"

小说到这里就结束了。

[2]

作为读者的我们深受震撼又一头雾水：默尔索最后到底为什么忽然感觉到了幸福？他为什么忽然从冷漠中觉醒了？他在小说的开头为什么如此冷漠？为什么他在母亲的葬礼时无动于衷？加缪说《局外人》讲的是一个无任何英雄行为而自愿为真理而死的人的故事，那么默尔索到底死于什么真理？这样一个冷漠的人被处死我们同情吗？

从外在的层面去理解《局外人》这个故事，它很像是卡夫卡《审判》故事的翻版。

《审判》讲述的是主角K在三十岁生日那天莫名其妙宣布被逮捕，然后被带到了法庭上，被莫名其妙地审判。

随着审判的深入，K发现身边每个萍水相逢的人都成了自己的"证人"，自己无意中的一言一行、一举一动都被监视和谈论，都成了自己的"罪状"。

——原来罪名是可以这样被发明出来的。而最让人毛骨悚然的，是罪人的一种自我实现的预言，"审判"以一种压迫性的语气进行：我们预设你是有罪的。但这还不够，你还必须学着感受自己是真有罪的。

这和《局外人》多么相似。

默尔索是这场审判的局外人，他坐在审判席上，听到证人、法官、律师不断地争辩，讨论着他本人。他感觉到非常的疏离和厌烦，当听到他的辩护律师自称"被告"的时候，默尔索想:"这是排斥我,把我化为乌有,从某种意义上说,他取代了我。"

因为这些人所描述的早就脱离了默尔索自身,变成了一种不知道是什么的东西。而法律依据这种虚假的形象给默尔索定了最严重的极刑。他的起诉书上写着:"默尔索连人都算不上——不是在法律意义上,而是在更重要的道德、宗教和形而上的意义上。"

换句话说,法律去审判默尔索的罪名,也并不是因为他做了什么,而是因为"他是什么"。

默尔索被认定"不是个人"的罪证大致如下:该哭泣的时候不哭泣;抽烟;母亲死后去游泳;看喜剧电影;和女友发生关系。

宣判他死罪的并不是残酷暴行,而正是琐碎日常。也就是说,你每一天的日常行为都可以反过来成为你的罪证。在日常生活被社交网络高度曝光的今天,《局外人》不是一部最讽刺也最恐怖的寓言小说吗?

曾经,私人空间和公众空间之间有着明显的分野,私人空间有活力,有缺陷,也有隐私和包容。公众空间有要求,有规则,有伪善,有不偏不倚的惩戒。

曾经,私人领域与公共领域之间的割裂是被默认的,人有戴上面具的必要,也有摘下面具的轻松。**作家彼得·汉德克说:"我**

彼得·汉德克(Peter Handke,1942—):奥地利小说家,剧作家。1966年发表第一本小说《大黄蜂》。2014年获得戏剧界最高荣誉——国际易卜生奖,2019年获诺贝尔文学奖。著有《骂观众》《无欲的悲歌》《痛苦的中国人》等。

仅凭我不为人知的那部分活着。"

曾经,社交网络怀抱弥合这种割裂的美好心愿,让私人的也成为公共的,人不必分裂地生活,可以自由、没有顾忌地在公共领域分享自己的生活。

然而到了今天,我们得到的却是私人和公共领域怪胎式的联姻。就像默尔索的日常生活被放置在审判席上就变得罪不可赦,在今天,一个人的公开成就、情感、社会交往、对每件事的每个看法,共同组成了其"公众形象",私人生活里注定的缝隙与矛盾需要受到公众刚硬的审判。

私人生活变得公众化的同时,公共生活也变得私人化。私人情感变成了不可反驳的铁证,当我感到受伤、感到被冒犯的时候,我的感觉不能被否定,一定是有人做错了什么,下面就来找那个让我不高兴的罪魁祸首,检索他被公开的私人生活吧,那里一定藏着他是个恶棍的蛛丝马迹。

上世纪的哲学家只是预想到了"全景监狱"——一切都是透明的,所有人监视所有人,不再有任何秘密,也因为透明,所以人不再完整,因为人"仅是靠不为人知的那部分而活着"。到了加缪笔下,他提前预见到了一个"全景法庭",所有人审判所有人。人们被分成两种:审判席上的人,他赤裸着,还有陪审团里的人,他们每个人都戴着面具,面具上写着"本真"。

发生在默尔索身上的事情每天都在我们身边上演,有时我们坐在被告席上,有时我们坐在高高的道德高地。

[3]

除此之外,《局外人》还有着更深刻的道德含义。

加缪对《局外人》的主题有一句非常精彩的描述:"在我们的社会里,任何在母亲下葬时不哭的人都有被判死刑的危险。"[a]

这句话的潜台词是:任何违背社会准则的人都要接受社会的惩罚。

可是,这个社会的准则是谁定的呢?在母亲下葬时不哭并不违背法律,也不违背什么宗教的规定,那么它冒犯了什么呢?它冒犯了大部分人,因为大部分人都会在葬礼上哭,并且认为这才是正确的,才是我们确认同类同理心的方式。

我记得我爷爷去世的时候我还很小,我回老家参加葬礼,葬礼上,我没有流眼泪——并非因为我不爱他。但我就是没有哭,我的注意力在葬礼上周围亲戚的反应、烦躁的厨师、残疾的老年白事唢呐团上,那一切都让我觉得新奇。

我爸爸非常生气,他想尽办法让我流眼泪,最后我终于在恐惧中哭了。我后来发现,我人生中有好几次这样的时刻,我发现自己在理性上很能理解他人的感受,但在感情上却不太能共情;在应该流泪、愤怒、震撼的时候,我时常感觉到的只有漠然、倦怠和"出戏"。

---

[a] 出自加缪为《局外人》美国版写的序言。

我从童年时期最大的恐惧之一就是被人指出"你是一个内心冷漠的人",直到我看到《局外人》,才发现:原来我和默尔索一样。

默尔索并不是一个内心冷漠或者是毫无感情的人。他没有在葬礼上哭,并不意味着他不爱母亲,他爱母亲,并且一直试图理解母亲。

哭泣只是表象,并不是本质。

就像是对另一半说"我爱你",有多少时候是出于真心,而即便是出于真心,这种承诺又能维持多久呢?

所以默尔索对玛丽说,他愿意和玛丽结婚,虽然他"大概不爱"玛丽,因为他并不能确信爱是什么东西,能轻易说出的"我爱你"只是表象,而不是本质。

可是人愚蠢之处就在于,我们大多数时候只在乎表象。一句"我当然爱你"作为回应会让我们安心。我们希望得到预期之中的反应,因为那会让我们觉得亲切,觉得心灵的距离很近,而一旦对方的反应不在预期之中,我们就会觉得陌生,觉得失控。

我们需要和自己一致的人,社会也需要和自己一致的人,所以社会迫不及待地给默尔索定罪。

而为什么定的罪如此之重呢?法官说,因为默尔索是个危险的人。

这句话某种意义上没说错,默尔索的确很危险,但危险并不是因为他冷漠无情、麻木不仁,而是他更接近于生活的真相。

默尔索的口头禅是"我怎么都行",因为他很早就意识到他的选择和地球继续运转、太阳照常升起、公司继续营业、人们照常相爱并遗忘的事实没有任何关系。

他很早就意识到,人和世界其实有一种非常本质的割裂。

世界是世界,我们是我们,我们来到这个世界是偶然,并非自己主动的选择,所以我们人生当中难免会有一瞬间的迷惑:我到底在干吗?

加缪曾经描述过:"起床,乘电车,在办公室或工厂工作四小时,午饭,又乘电车,四小时工作,吃饭,睡觉;星期一、二、三、四、五、六,总是一个节奏:绝大部分时间里这条道路很容易沿循。一旦某一天,'为什么'的问题被提出来,一切就从这带点惊奇味道的厌倦开始了。"

在多数时候,我们发现自己在想"为什么活着"这个问题的时候,就会赶紧打断自己,觉得不能深想,深想就会怀疑人生,强迫自己按照过去的惯性生活,假装这个问题从来没有发生过,假装世界不曾裂开一条缝。

我曾经和朋友们讨论过这个问题,大家面临的困境是一样的:人生前三十年都在按照惯性追逐成功,到了后来,才发现奔跑并不是为了得到什么,而是在逃避内心的一个声音:"这一切都没意思透了。"一旦听到这声音,停下来,惯性就失去了作用,就再也跑不动了。

"无意义",这个词一旦在生活中出现,它就再也离不开了。在快乐地放声大笑的时候,在踌躇满志的时候,在被苦难折磨的时候,"无意义"就像是一根细针,随时会戳向饱满如气球的人生。

默尔索也是如此,他意识到无论意义缺失的世界,还是觉醒后倦怠的人生都无法改变,于是,他成了世界的"局外人"。

在《局外人》里最耐人寻味的细节,就是默尔索多次对阳光的感受,阳光有时候是温柔的,有时候是刺眼的,包括他在海滩上杀了阿拉伯人,也是因为被阳光刺了一下眼睛。

当我读了很多遍这个小说之后,我发现在小说描述里,阳光很像是舞台上的光,在不同的环境下因为主角的心情而变换颜色和强度,不断变化的光让整个世界显得很陌生,烈日灼烧让景色变得无法直视,柔和的光下街道的细节变得清晰,世界在光影变化下显得不真切,过度曝光让母亲的棺木像个铅笔盒。

默尔索早早地意识到,世界是个剧场。

当发现了这一点之后,他就无法演下去了。

这就是默尔索最危险的地方,他的灵魂不仅是一片荒漠,还是一个深渊,所有靠近的人都会掉进去,检察官也好,法官也好,神父也好,观看死刑的观众也好,如果他们仔细地凝视默尔索的灵魂,他们会惊讶地发现,原来他想的,就是自己内心深处不敢直视的部分,原来默尔索才是正确的，他们变得和默尔索一样荒诞。

所谓荒诞，就是割裂了人与生活——演员和布景分离，你觉得一切都是徒劳，一切都那么可笑，一切都没有意义。活着的任何深刻的理由都是不存在的。

因此，默尔索必须死，因为他太危险了。

那么问题来了，如果荒诞是必然的，人生就是没有意义的，那我们为什么还要活着呢？

在写完《局外人》之后，加缪写了哲学随笔《西西弗神话》(*Le Mythe de Sisyphe*)来回应这个问题。

西西弗的神话源于古希腊神话，讲一个国王惹怒了众神，被惩罚把一块巨石推向山顶，但因为重力作用，巨石不断地滚下来，因此西西弗就无休止地把石头推上山，周而复始。众神都觉得这是世界上最可怕的惩罚，但是西西弗却日复一日，乐此不疲。

西西弗推石头有意义吗？没有，如同人生就是一场徒劳，就是无法战胜的荒诞。但是结果并不重要，推石头的行为本身就是一种抗争，就是在荒诞绝境中的自我满足。西西弗对生活充满了激情，以自己的整个身心致力于一种没有效果的事业，而这是为了对大地的无限热爱必须付出的代价。

加缪说："应该认为，西西弗是幸福的。"

在《局外人》的最后，加缪也写默尔索在临刑前一夜，忽然意识到自己是幸福的，他的幸福在于当他终于发泄完对人群的愤怒、不耐烦之后，他想了他的妈妈，想起了伤感的夜晚，怒火被掏空之后，他终于能够感受到世界和人群、世界和自己、自己和人群。他第一次敞开了心扉。

他发现他的很多回忆都是与人群不断联结而产生的，世界虽然是个虚假的剧场，是装模作样的舞台，但是在剧场中，在舞台上，他和无数演员和角色产生了关联。甚至到了生命的最后，当处决自己的时候，会有很多人来观看，来"对他报以仇恨的喊叫"，他始终在人群中，和所有孤独的人一起，推着各自的石头走向山顶。

"生命是不幸的，是可悲的；人是孤独的。"这是个简单而正确的结论，但正是因为它的简单而正确，所以它并不能成为终点与目的，而只能成为前提与起点。

在加缪的诺奖演说中，他做过一番动人的陈述，对我影响很大："通常情况下，选择献身艺术的人，都曾自视与众不同。然而他很快会发现，自己的艺术、自己的与众不同，往往就扎根在与所有人的相似中。艺术家就是在自我与他者不断的交往中、在半途不可错过的美景中、在无法抽离的群体中慢慢锤炼自己的。"[a]

这番话的动人恰恰就是《局外人》的动人。

在生命的最后一天，默尔索忽然发现，他虽然是世界的局外人，但是世界并没有把他排斥在外。

---

a 选自加缪的诺奖演说《写作的荣光》。1957年，加缪获诺贝尔文学奖，成为最年轻的诺奖得主之一。

《责任的重负：布鲁姆、加缪、阿隆和法国的 20 世纪》 ———— | 书籍 |

作者：[美]托尼·朱特
出版社：中信出版社
译者：章乐天
出版年：2014

托尼·朱特讲述法国知识分子的著作。其中讲述加缪的篇目尤其让人动容。

在人人必须站队的年代，加缪显得犹豫不决、动摇、撕裂、痛苦，正因为如此，他才是真实且人性的，与之相比，永远自信且毫不自我怀疑的萨特显得如此不负责任。

《加缪笔记：1935—1959》（精选集）———— | 书籍 |

作者：[法]阿尔贝·加缪
出版社：译林出版社
译者：郭宏安
出版年：2021

朋友问我愿意进入谁的内心世界，这个问题很难回答，有些作家、哲学家的作品固然伟大，但你深知他的内心世界一定充满偏见、刻薄或者难以承受的痛苦。我想了想，说大概加缪的吧，因为他有一颗温柔宽厚且澄澈的心。读这本笔记就是进入他内心的旅程。

《卡里古拉》 ———— | 影像 |

カリギュラ
（2007）

根据加缪的剧本《卡里古拉》改编的舞台剧，年轻时的小栗旬贡献了很有激情（而且裸露）的表演。

卡里古拉是历史上真实存在的罗马皇帝，在恋人死后性情大变，变得残暴不仁喜怒无常。

在加缪的剧里，他赋予这个暴君以哲思，失去恋人带给他的不仅仅是痛苦，而是一连串对于生命的疑问：人的生命究竟是什么？生为人类怎样才能超越世间的基本规则？

所以，卡里古拉一系列滥杀无辜与匪夷所思的举动，并不是受了刺激之后的疯癫，而是深思熟虑的挑战。他要超越一切规律与因果，他要消除一切不可能，他要成为准则本身，他要绝对的自由。

这种对绝对自由的追求总让人想到《进击的巨人》中的艾伦。

记得那个吻

我经常被问到一个问题：读文学到底有什么用？

每次我都很难回答这个问题，的确，读文学不能让你变得更成功，不能带给你快乐，也不会让你更知道如何和人相处、如何谈恋爱。

我之前认为读文学是为了获得一种情绪，比如感动得嚎啕大哭，或者恐惧得毛骨悚然。但是影像在传递情绪上要方便和快速得多。

那么，我们为什么还要读文学呢？

前两天我去看一个意大利画家乔治·莫兰迪的展览。他出生于19世纪末，生活非常简单，没有结婚，一直和三个独身的妹妹生活在一起，鲜少外出，甚至很少和人交往。在喧嚣的20世纪，当其他的画家都沉迷于各种画派、各种主义的时候，他沉静地待在自己的老家博洛尼亚（Bologna），静静地画着自己家里的那些静物和窗外的风景。

他一辈子几乎只画这些东西：博洛尼亚郊外的一些山、一些树、一

乔治·莫兰迪（Giorgio Morandi，1890—1964）：意大利现代艺术大师。一生深居简出，专注于描绘静物、花卉和风景。致力于捕捉简单事物的精髓，营造单纯和谐的氛围，给人极温柔的精神慰藉。西方评论界认为，莫兰迪的画关注细小的题材，反映的却是整个宇宙的状态。

些花，还有家里的几个瓶瓶罐罐，那些他看了几千遍、画了几千遍的静物。

他就像是种在山坡上的一棵树一样，只在有风的时候会微微摆动，而并不会拔腿去更远的地方。

当时在看这个展的时候，我问一起看展的朋友："他是哪里来的耐心呢？重复地画着这些单调的事物。"

朋友说："他真的相信这些瓶瓶罐罐里有整个宇宙。"

我的朋友说，当你花上千、上万个小时的时间去观察某个东西，成千上万次地试图去描绘一个瓶子，你就会越来越接近一个瓶子的本质。

这时候，我忽然理解了为什么要读小说，因为小说是最接近生活本质的事物。

生活的本质是很难把握的，我们每个人都活着，但是在一生结束之前，一年结束之前，甚至一天结束之前，我们真的能准确地形容自己经过了怎样的时光吗？

我记得我跟我爸爸打电话，他总是问我："怎么样？"

我说："挺好的。你呢？"

我爸也说："挺好的。"

我说："哦，那挂了啊。"

我们都并不是不耐烦，而是因为确实不知道如何传递和描述自己的生活，我们能分享的只有具体的事件：今天工作了，今天挣钱了，今天我爸偶遇了我的小学同学，等等。然而在说出口的时刻，就会觉得索然无味，觉得这有什么好说的呢？

而更微妙的感觉则更难以描述了，比如我昨天下午在家看书，电视上正在放交响乐队的演奏，三点的阳光刚好照在书页上，我的书房窗户正对着的一棵大树上飞来一只鸟。那一刻，我感觉无比的幸福，我觉得世界处于一个刚刚好的完美的瞬间，连空气中的尘埃微粒都排列在刚刚好的位置，我觉得我是世界上最满足的人。

但这种感受我不仅很难跟人分享，甚至很难对自己形容：我的幸福感究竟从何而来？我又该如何保留这种感受？我知道我不能掏出手机拍下这一刻，因为照片留下的只是影像，而不是我的情感。

而这个世界上，只有一样东西能够传递不可传递的情感，能够留住不能留住的瞬间，那就是文学。

我有一个很喜欢的故事，一篇短篇小说，是契诃夫的《吻》。

这个故事很简单，讲的是一个士兵参加一个舞会。这个士兵身材矮小，背有点伛偻，生着山猫样的络腮胡子，他非常自卑，不善交际，从来没有跟女人发生过什么亲密关系。

他看着那些跳舞的人觉得羡慕又嫉妒，舞会进行到一半，他就觉得自己只是个碍事的人，想往外走。

可是他迷了路，走到一个漆黑的房间，门有一条缝，门外有隐隐约约的、忧郁的玛祖卡舞曲的声音，窗子敞开，有白杨、紫丁香和玫瑰的气味。

这时，一件奇怪的事情发生了，他意外地听见匆匆的脚步声、连衣裙的沙沙声，一个女人低声说"你终于来了"，然后搂着他的脖子，在他脸颊上留下一个吻。但很快，那个女人意识到自己认错人了，匆匆忙忙跑了出去。

就是这个吻，深深地烙印在了这个士兵的脸上、心里，他觉得一件不同寻常的好事发生在他的生命里。

于是，不仅是那天晚上他幸福得晕晕乎乎的，在接下来的几天里，他都晕晕乎乎的，最后，在某一天的晚餐上，他终于忍不住向其他军官讲了这个故事。他开始详详细细地述说亲吻这件事，但是过一会儿就沉默了。

他为什么沉默了呢？这时候，契诃夫写了一段我认为神来之笔的叙述："原来这件事只要这么短的工夫就讲完了，他原以为会讲到第二天早上呢"。

他讲完之后，有的军官怀疑地看着他，有的军官漫不经心地说："她一定是个心理变态的女人。"

这个士兵只能失望地附和道："对，她就是一个心理变态的女人。"

关于这个惊心动魄的吻的故事结束了，士兵再也没有回去过那个举办舞会的大宅子，也不再提这件事。

为什么我如此喜欢这个故事呢？

因为这个故事生动地说明了文学和生活的关系。这个士兵经历的和向他人叙述的只是一个意外，没有任何的修辞，没有任何严肃的观察和自我观察，所以他很快就讲完了，而且在别人听起来是个非常可笑的故事。

而在契诃夫描述这个吻的时候,他写了那个时刻空气的潮湿、隐约的音乐、丁香花的味道、那个女人温柔的胳膊、女人的吻在士兵的脸上留下的潮湿的触感,以及在那个自卑和敏感的灵魂上留下的永恒的印记。

这个故事对我来说就象征着文学的本质。它就像是一种神奇的魔法,打开时间的褶皱,去把一秒钟定格,仔细地去看里面的每个细节,这一秒钟就变成了永恒。

而当我们并不拥有或者并不欣赏文学的时候,生活就只是生活,只是一个个偶然或者必然的事件,一个个过客,一段段终将被我们遗忘的感受,一句句并非出自内心的话。

而当我们读过契诃夫的《吻》,以及其他文学作品里所描述过的吻之后,我们人生中的每个吻好像都变得丰富,当我们小心翼翼地写下关于自己的吻的回忆时,会像契诃夫一样,认真地在文字里去复述彼时空气里的味,和远方隐约的音乐。

当我们人生中有了永生难忘的时刻,我们不再只是会说:"我很高兴。"或者是:"我很难过。"我们会记得那一刻的温度、屋顶上的叮当响声、不知情的路人的神情、阳光在置物架上的瓶子上留下的阴影。

正是这些细节,构成了生活的本质。

我们的人生因此变得丰富了成千上万倍。

人们总是说:现在的生活节奏太快了。但我认为并不是时间本身变快了，或者是生活的流速发生了某种变化。

而是我们时间的密度变得低了，在地铁上，在办公室，在家中，我们以不同的姿势拿着手机低头看同样的信息、同样的娱乐节目，分享着同样的快速流动的弹幕，弹幕说着差不多的话"笑死我了""666""+1"。

当这一天终了，我们快要沉睡的时候，我们发现这一天好像确实没什么好说的，也没有在我们身上留下什么印记。

文学如果说有什么用的话，就是能把我们从这种"没什么好说"的生活中解救出来。重要的并不是我们在书里读到了什么，而是在放下书抬起头的片刻，你觉得世界变得更清晰了一些，时间变得更缓慢了一些，你发现对于人生来说，你没有那么健忘，你想起了很多东西。

比如，你又想起了那个吻。

维克多·雨果

1802 / 2 / 26 - 1885 / 5 / 22

在写下第一行诗之前,
雨果人生的主旋律已经
在他对世界一知半解时定下了。

Victor Hugo

19　维克多·雨果：当巨人写作

[1]

维克多·雨果不是我年少时会喜欢的那一类作家。少年时喜爱的作家大都精神孱弱，有的早逝，留下无尽惋惜的。雨果却高寿，精神异常强大，他的写作不是灵魂深处的呜咽，而是振聋发聩的陈辞，那时我读雨果屡屡半途而废，合上书页仍觉得被他训话到耳鸣。

我曾经看过一个关于雨果的展览，其中展出了他的手稿、给情人的书信、在议会里侃侃而谈的演讲稿、绘画、雕塑，甚至还有室内设计，他生命的强度让人仅仅旁观就觉得疲惫。

我开始欣赏雨果是三十岁之后。去年我重新读了他的《悲惨世界》(*Les Misérables*)、《笑面人》(*L'Homme Qui Rit*)、《九三年》(*Quatre-Vingt-Treize*)。当我不再试图平视雨果，而任由自己在他所营造的磅礴情感中晕眩，才不得不承认：现代生活中孱弱的聪明人常有，而雨果一样高耸入云、不可摧毁的灵魂，则是着火的人类蚁冢锻造出的产物，那是壮阔的 19 世纪的产物，如今已上百年不得见。

维克多·雨果的受孕据说在孚日山脉的高峰,那是他的父亲——拿破仑麾下的雨果将军告诉他的。父亲没有说的是,维克多·雨果不是爱情的结晶,而是婚姻不情愿的产物。

雨果的母亲索菲是一个聪明独立的女性,在给雨果将军生了两个儿子之后,她对丈夫的粗俗下流已经觉得厌倦,而隐隐地爱上了夫妻俩的朋友:英俊而严肃的维克多·拉奥里上校。索菲和上校之间并没有明确地表达过心意,两人收敛的情愫唯一的证据就是索菲用他的名字命名了自己的第三个儿子:维克多·雨果。

雨果童年时父母的感情已经破裂,父亲在军营里养了一个情妇,拒绝给妻子和孩子抚养费,索菲只身前往军营索要赡养费,雨果将军拒绝了,还威胁要打断妻子的腿,并且封锁了妻子的住宅。强硬的索菲上诉法庭,要回了大宅子,还索取了赡养费。

年幼的雨果对于鸡飞狗跳的夫妻之战浑然未觉,他的兴趣全在宅子里的大花园,那里有宁静的花木之美,也有鸟与昆虫的厮杀,那是他对残酷斗争理解的起源。

没过多久,花园里多了一个人。那个男人中等身材,黑头发,黑胡须,面色很温柔,母亲只说那是一位亲戚。"亲戚"很奇怪,他不住在宅子里,而住在花园的废弃屋子里,不离开半步。有时,维克多·雨果会到他的破屋子里,这个叔叔会把孩子放在膝盖上,对他讲述罗马兴亡史,然后热切地看着雨果说:"孩子,自由高于一切啊!"

一个下雪天,一辆马车把这个奇怪的叔叔带走了。

多年之后,维克多·雨果才知道这个把自由视作信仰的"亲戚"就是母亲爱着的拉奥里上校。拉奥里上校因为反抗当局被通缉,一直藏在雨果家的花园中,后来被捕。拉奥里上校被捕之后,雨果的母亲并没有整天在家哭泣,她想办法营救自己的爱人,甚至鼓励他继续做一个谋反者。满怀激情的女人希望通过男人实现她的政治抱负,直到必然的结局发生:谋反失败的拉奥里上校终于被判处了死刑。

雨果的母亲一直追随着囚车,伴随恋人的尸体到了公墓。第二天,她把雨果带到了街上,指着犯人布告上拉奥里上校的脸,让雨果永远记住。

在写下第一行诗之前,雨果人生的主旋律已经在他对世界一知半解时定下了:自由、不忠、牺牲、火热的革命,以及最重要的——革命的代价。

[2]

1841年,快四十岁的雨果当选了法兰西学士院院长,进入了法国文人语言与文化的最高殿堂。对一般作家来说,在中年获得这样的殊荣是对写作生涯的褒奖,同时,也是文学棺材上的最后一块棺木——当时的读者普遍认为雨果已经写不出什么东西了。他们不知道的是,身处荣誉之巅的雨果还有二十年才真正迈入文学的殿堂。

在当选法兰西学士院院长的演说里,雨果志得意满,赞美了国民公会,赞美了君主制,赞美了他所处的奥尔良王朝,他毫无障碍地融入那个贵族环绕的场所。

为什么不呢?他一直是权力的宠儿。维克多·雨果——将军的儿子,十五岁就战胜了众多诗人,获得了诗歌比赛的头奖,十八岁将皇帝也发展为自己的读者,前途无量。

活到中年的雨果,是秩序和宗教的忠实捍卫者,是皇帝的座上宾。他写诗,办报,写舞台剧,参加贵族宴会,忙得不亦乐乎。虽然是广受赞誉的文学领军者,但是文学只是他众多乐趣中的一种。

看看雨果的朋友巴尔扎克吧。他每天工作接近二十个钟头,分不清真实生活和自己创造的世界,抓住来访的朋友说:"有个姑娘自杀了啊!"朋友一脸惊讶,巴尔扎克才意识到是自己笔下的人物死了。巴尔扎克把生活当作苦行,把写作视为狂喜,雨果则不同。

雨果时刻都想着到街上去,到名媛的闺房去,到剧院去,到议会去,到人多的地方去。1829 年,他完成了两部戏剧,其中一部引起了轰动。次年,当他准备投入新的创作的时候,法国七月革命爆发了,雨果的注意力立刻被转移:政权都要改变了,文学还有什么重要的!

等他从热火朝天的革命中回过神来,才发现答应出版社的长篇小说只字未动,再不交稿就要交巨额罚款。

雨果这才重新开始写作，他为了强制自己不被街头运动所吸引，买了一件灰色的毛衣把自己从头到脚全部裹起来，让妻子把自己锁在房间，坐牢一样待了五个月，飞快地写完了自己的第一部长篇巨著《巴黎圣母院》(*Notre-Dame de Paris*)。

"天才!"——人们在雨果童年时就下了这个结论。对于天才来说，所有看似艰难的事物都如此简单。<u>我最喜欢的"天才"故事是关于芭蕾舞演员尼金斯基的</u>。有人问他，像他那样在跳跃时滞留在空中是不是很难，他疑惑了一会儿，就非常热情地说："不! 不! 不! 不难，你要跳起来，然后在空中停上一小会儿。"

> 瓦斯拉夫·尼金斯基（Vaslav Nijinsky, 1890—1950）：芭蕾舞男演员，擅长用脚尖跳舞，跳跃能力和表现力惊人，被西方观众称赞为"世界第八大奇观"。

对雨果来说，写一部伟大的长篇也不难，你只需要买一件灰毛衣，然后把自己锁上几个月。

可天才并不是无敌的，挫折不会磨损天赋，但是荣誉会杀死天才。在雨果当选法国学士院院长之后，他的作品寥寥，更被人津津乐道的是他的各种绯闻，他奔波于各种情妇之间，所有的诗才都留在了女人的卧室。

巨大的创作危机源于人生不能自洽的矛盾。一方面，他过着权贵的生活，另一方面，他却深知创作的宝藏埋藏在苦难之中；一方面，他沉浸在纵欲的喜悦和"议员雨果"的光荣里，另一方面，他也知道这样下去，"作家雨果"就要废掉了。他曾经在早年的戏剧里写道："人民，只有广大的人民才能让作品不朽。"可是，人民在哪里？是他从议会到情妇家的马车窗外匆匆掠过的身影吗？是歌剧散场后，他在冬夜的石子路边不愿意多看一眼的乞讨者吗？

雨果还在尝试自救，他听说了一个故事，一个农民因为饥饿偷了一块面包，被判五年苦役，出狱后生活艰难，犯人专属的黄色身份证将他隔绝于整个社会。雨果在1840年前后就以此为灵感写好了一个小说的大纲，题目叫作《贫困》，包括"一位圣人的故事""一个男人的故事""一个女人的故事"和"一个小姑娘的故事"。

——很明显，这四个故事分别对应着《悲惨世界》里的米里哀主教、冉阿让、芳汀和珂赛特。

雨果已经在脑海中想好了整个故事，也开始动笔创作和修改，但那时的雨果还配不上这个故事。作品在等待着，等待着它的创作者终于拥有能够驾驭它的悲悯之心，等待着作者经历脱胎换骨的洗礼。

[3]

1848年，是法国和整个欧洲的转折点，也是雨果人生的转折点。

当时的法国国王路易·菲利普吸取了前任路易十八的教训，认为路易十八失败的原因是进行改革和试验，自己只要不干涉国家机器的运转，社会就会平稳地发展下去，革命的激情就会逐渐湮没在对物质的贪婪享受中。

国王错了,工人阶级的激情不仅没有在消费中麻痹,反而在贫困中迸发。革命来了,突如其来又在预料之中,成千上万的工人突然出现在街头。他们没有工作,行将饿毙,唯一的财富是手里的武器,以及脑袋里虚妄的期待。时任外交部长的托克维尔形容:"我看见了社会被分裂成两半,那些一无所有的人,由于有共同的欲望而结为一体;而那些略有资财的人,则因共同的恐慌而结为一体。"

> 托克维尔(Clerel de Tocqueville,1805—1859):法国史学家,政治家。1849年任外交部长。因反对路易·波拿巴称帝被捕,结束政治生涯。著有《论美国的民主》《旧制度与大革命》等。

那时的雨果在哪一边呢?他还站在秩序的那一边。他认为人民的意愿需要通过选票来实现,而不是通过暴力。街头的起义,是没有意义的内战,是"人民在与自己战斗"。身为权贵的雨果不知道这个社会已经不再接纳穷人,穷人也不属于国家。

二月革命推翻了奥尔良王朝的统治,成立了法兰西第二共和国。雨果得益于名气,并没有失去官职,他从国王的宠儿变成了制宪会议的议员。

革命的热情并没有随着共和国的成立而中止,无产者发现虽然换了统治者,但是自己的境遇并没有改变。到了六月,工人再一次走上街头。

激烈的巷战持续了四天,雨果被选中作为镇压者,与街垒另一边一无所有的人对峙,空洞地宣读着劝降的口号,眼睁睁地看着这些他原本打算作为小说素材的贫苦者倒下、流血、死去。

这或许是雨果人生中最黑暗的几天，他写："离开街垒的时候，没有人记得自己见过什么，没有人记得自己多么残暴。躺着的是尸体，立着的是幽灵。时光凝固，生者已逝，阴影掠过，他们是谁？他们满手是血，张大嘴巴，无声呐喊。"

六月起义以镇压者的胜利告终，混乱看似结束，但是法国社会的肌理和每个个体都发生了某种不可逆的变化。那些议会里"人民利益的代表"——无论是社会党人、山岳党人、共和党人还是自由党人，全都威信扫地。大街上未干的血渍让所有人看清楚，贵族与议员所捍卫的秩序让愤怒的活人变成尸体，他们声称的"平等"并不是权利被赋予每一个公民，而是每一个公民都没有权利。

雨果也变了。在其他议员看来，他变得可笑又天真，他在演讲中激动地指责同僚："只要在你们治下，有一部分人民伤心绝望，只要是年富力强又在劳动的人可能没有面包，只要劳动过的老人可能没有居所，只要我们城里有人饿死，你们就是一事无成！"

这演讲听起来多么熟悉，多像《悲惨世界》里有力而简短的前言："只要本世纪的三个问题——贫穷使男子潦倒，饥饿使妇女堕落，黑暗使儿童羸弱——还没有解决，那么我的《悲惨世界》就是有用的。"

写作《悲惨世界》的雨果终于意识到，在议会里的议员永远不能理解自己的慷慨之词，他们对"正义"理解的上限就是"党派之争"，他们不明白雨果为什么要讲这些，为了选票？还是为了拉拢不同政见者？保守派嘲讽他，左派不支持他，雨果一次比一次有力的演讲带来的是越来越式微的影响力，他成了黑暗里胡乱掷矛的盲人，向风车宣战的疯子。雨果终于意识到，他的听众从来不在高堂之上。

转眼到了 1848 年 10 月，拿破仑的侄子路易·拿破仑·波拿巴参与总统的竞选，包括雨果在内的大部分知识分子都支持他，因为他们都读过路易·波拿巴在监狱中写下的《论消灭贫困》——他看起来像一个进步的改革者、人民利益的捍卫者。

但很快，雨果发现了他的真实野心。在选举获胜后没几年，路易·波拿巴即发动政变，解散国民议会，将共和国改制为帝国。法兰西第二共和国变成了法兰西第二帝国，波拿巴总统成了皇帝拿破仑三世。

此时的雨果已经完全到了街垒的另一边。他号召人们反抗，四处奔波，印制传单，悲哀地发现巴黎人民并没有群起起义，微弱的抗议被过激的武力所镇压。雨果走过大街小巷，匆匆写下见闻："孩子在头上被打了两颗子弹，屋子里清洁安静，陈设普通而简单，一幅肖像前插着教堂分发的树

> 路易·波拿巴（Louis Napoléon Bonaparte, 1808—1873）：法兰西第二共和国总统（1848—1851），第二帝国皇帝（1852—1870）。《论消灭贫困》写于 1844 年政变无果、被法国政府囚禁期间。波拿巴声称，要推行温和的经济政策，成为进步主义的领导者，把自己打扮成劳动人民的代表。

枝，年老的祖母哭泣不已，为什么要杀他？孩子并没有喊过共和国万岁。"

多年之后，雨果又用《悲惨世界》中马吕斯的眼睛重新复原了惨烈的战斗："这种地狱中的搏斗已没有人性，这已不是巨人对付大汉，这像弥尔顿和但丁，而不像荷马。恶魔在进攻，鬼魂在顽抗。这是残酷的英雄主义。"

1851年的雨果还在打一场必败的仗，他利用他仅存的东西——名气在战斗，他成为了皇帝拿破仑三世最坚定的反抗者，他公开讽刺皇帝，全民偶像从此成为了国家公敌。

在此之前，雨果是社交明星、贵族议员、国王的座上宾、名媛的猎物、轻佻的诗人、多情的剧作家、困境中的作家、矛盾的知识分子。自此之后，他的身份只有一个：流亡作家雨果。

流亡拯救了"作家雨果"，当权力把所有东西从雨果那里收走时，才把一切都给了他；当故乡和应许之地被剥夺，他的笔才能自由地伸向更广阔的世界。

雨果流亡到了英吉利海峡的根西岛（Bailiwick of Guernsey），岛上的生活非常沉闷和单调，他的家人受不了，但雨果却很享受，他每天对着灰暗的翻滚的海浪写作，那些繁忙的社交生活都在遥远的彼岸。

他曾经有过数次结束流放的机会。

1852年，法国政府宣布，凡保证"不以任何行动反对国家最高当选者"的人，均准许回国，不予追究。有些人屈从了。雨果写道:"他们签字画押,承认自己'误入歧途'后走了。我原谅他们,也可怜他们。"

1859年,帝国下了大赦令,有些流亡者接受了,雨果拒不接受,他说:"我要当最后一个流亡者。自由回国之日,方是我回国之时。"

1860年,雨果已经决定不再离开这个小岛。他打开了一个铁箱,里面有他未完成的手稿和素材,他开始重新写一个故事,这个故事叫作《悲惨世界》。此时的雨果,终于有时间,也有能力完成这个故事了。

如果说雨果的前半生在实践一种颠扑不破的宿命——"成功会让人失败",那么他的余生将走一条少有人走过的路——让失败成为一种成功。

[4]

《悲惨世界》故事的构成是一个圣人、一个男人、一个女人和一个小姑娘。

主人公冉阿让因为穷困偷了一块面包,而被判处十九年的苦役。获释之后,他到了一个教堂中,好心的主教收留他过夜,冉阿让却偷了教堂的银器逃跑,主教主动为冉阿让撒谎,让他逃过了牢狱之灾。

从此,冉阿让洗心革面,成为了成功的商人并且当上了市长。可缉拿过他的警长沙威却一心要找他麻烦。

另一边，冉阿让得知了可怜的妓女芳汀的悲惨遭遇，承诺照顾芳汀的私生女珂赛特。日子这样平静地过着，珂赛特长成了美丽的少女，爱上了共和派的青年马吕斯。

到了1832年，巴黎爆发起义，马吕斯也参与其中，在街垒的巷战中，马吕斯身受重伤，是冉阿让把他拖到下水道中，救了他，默默成就了这对年轻的眷侣，等珂赛特和马吕斯终于知道冉阿让为他们所做的一切的时候，冉阿让已经到了生命的尽头。

故事五分之一的篇幅都发生在1832年6月5日和6日，巴黎的共和党人爆发起义，反抗奥尔良王朝路易·菲利普的统治，小说中马吕斯参与组建的"ABC的朋友们"是其中共和派的学生组织。

这次起义以镇压下的失败告终。对雨果来说，这群起义者象征着整个19世纪的革命，尤其是1848年革命。小说里，墙上刻下的"人民万岁"几个字，到1848年还能看得很清楚。

小说主要的场景集中在街垒。街垒是社会分界的隐喻，一边是善良，一边是邪恶；一边是贫困，一边是富足；一边是秩序，一边是犯罪；一边是苦难，一边是救赎。所有人物的转换都围绕着街垒流转：主教，曾经是贵族，后来是圣人；冉阿让，曾经是罪人，成为市长，最后又帮助叛乱者；珂赛特，曾经是贫苦妓女的孩子，后来是无忧无虑的富家女；马吕斯，曾经是保王党，后来成为共和党人；沙威，曾经是秩序的捍卫者，后来发现秩序之上还有良心。

所有人物的转变只为了说明一个简单的主题：没有人生来善良或邪恶，都是社会所造就的。贫苦所滋生的罪恶，与其说是穷人的错，不如说是特权者的错。人心总被迫在善恶中做选择，因此，所有人都值得被救赎，所有人都应拥有自由。

《悲惨世界》的主题并不难懂，描写也算波澜壮阔，但我在第一次读这本书时，却屡屡觉得寸步难行，原因在于叙述总是被作者的论述所打断，雨果总是任性地在小说情节进行到一半时，插入自己的思考和评议，有时甚至长达数万字，然后又重新开始叙述，仿佛刚刚漫长的岔路没有发生过。

最典型的，就是全书到了情节的高潮——冉阿让把受重伤的马吕斯拖进了下水道去救他的时候，出现了整整一章对巴黎下水道系统的描写。

如今，每次一下暴雨出现城市积水问题的时候，大家经常会引用雨果的一句话"下水道是城市的良心"。

可是我真的没有想到雨果对下水道的热情如此之大，他用了上万字去讲巴黎的排水系统，讲下水道的古代史，讲下水道的各种细节和演变，最后他开始设想下水道的未来。感觉就像在看一篇《浅谈城市排水系统设计与分析》的论文，中间还夹杂着大量对城市排泄物的描写，我飞速跳过了这个章节。

直到我年纪稍微大一点，我才意识到"下水道"对雨果来说意味着什么。它象征的并不是污秽和肮脏，而是黑暗与复杂。

雨果非常崇拜罗马诗人维吉尔，<mark>维吉尔曾经写过长诗《埃涅阿斯纪》</mark>，讲的是英雄埃涅阿斯从特洛伊逃出，然后建立罗马城的故事。其中有最动人的一章，就是埃涅阿斯去地下的冥河访问父亲，里面有一句："如果不能让权势者低头，那我就要搅动冥河之水。"

> 维吉尔（Vergil，前70—前19）：古罗马诗人，在欧洲文学发展中占据关键地位。史诗《埃涅阿斯纪》（*The Aeneid*）一共12册，前半部分模仿《奥德赛》，后半部分模仿《伊利亚特》，代表了罗马帝国文学的最高成就。

雨果的下水道，就是维吉尔的冥河。

那是城市最黑暗、最卑微的地方，滋生着各种各样的细菌，没有人愿意去探访。可是下水系统在巴黎如此的大，几乎和地面上的巴黎一样大，美丽和丑陋一样广阔，光明和黑暗一样无边，那个繁华的世界就建立在这样污秽不堪的垃圾堆上。

过去的雨果拒绝去那个阴暗的地方，过去的雨果，只是抽象地爱着穷人、工人、受苦的人。他心目中，世界的悲惨是诗意的，是模糊的，是狭窄的，是可以轻易地被光明覆盖的。

而流亡中的雨果，经历了巨大的转变之后，终于具体地和受苦的人生活在一起，他把整个身心都浸泡在那个阴暗的地下世界，他在黑暗中睁大了双眼，去看没有人愿意看的肮脏的细节，去感受所有人都要捂着鼻子匆匆逃避的腐臭的气味,去书写那个没有人写过,甚至没有人愿意看的下水道。

他终于知道,世界的悲伤从来不是生活优渥的文人在温暖书房想象出来的,而是如此真实和具体。

在人们所生活的繁荣世界的地下,那个密如蛛网、暗无天日的"悲惨世界"一直存在着。在雨果决定驻足于黑暗的那个时刻,他终于配得上他笔下的苦难。

[5]

雨果人生中最后一部小说是《九三年》,构思于他流亡期间。小说发表时拿破仑三世已经垮台,建立了较为稳固的法兰西第三共和国,雨果终于买了去巴黎的车票,结束了十九年的流亡,回到了故乡,信守了当年的承诺——"自由回国之日,方是我回国之时"。

《九三年》是雨果经历复辟、奥尔良的资产阶级君主制、短命的第二共和国、苦闷的第二帝国——这半个世纪的风雨之后所留下的文学上的政治遗嘱。

故事背景倒转回 1793 年,那一年,法国大革命进入关键性的一年,群众攻占了巴士底狱,路易十六被送上了断头台,但运动法则决定革命的浪潮不会静止,要么向前,要么往后,强人们粉墨登场,随即头颅滚地,胜利者永远不属于先锋,而是那个把革命作为战利品来攫取的人。

那一年,在法国西部的旺代地区(la Vendée),保王派的力量还在负隅抵抗，企图联合英国军队反攻共和军队，如果保王党胜利，反动的力量将吞噬法国大革命所有的成果。

《九三年》讲述的就是这关键的瞬间。小说有三个主角，侯爵朗德纳克是保王军队的领袖，小说开篇就是他徒手与失控的大炮作战，如同神话中的阿喀琉斯；侯爵的继承人郭万则是一个共和派革命军司令，站在了侯爵的对立面；郭万有一位精神上的父亲——铁面无私的神父西穆尔丹。

小说围绕着三个角色展开。经过数月的激烈战斗，郭万成功地将反动的侯爵关押，最后一刻，侯爵从地道逃脱，然而却因为营救三个快要被烧死的孩子而放弃逃生的机会，被关进地牢。被感动的郭万放走了侯爵，被判处死刑。而亲手把郭万送上断头台的西穆尔丹也痛苦地饮弹自尽。

在这部小说中，雨果试图用18世纪末尾的星星之火，来回应贯穿整个19世纪的问题：革命究竟意味着什么？

革命是砸烂旧世界的狂喜，也是砸烂旧世界的残暴。《九三年》的一开始，是一个带着三个小孩的女人在树林里求生，偶遇共和党人，女人遭遇的第一句话就是冷酷的政治审查——"你的政治观点是什么？你是蓝党还是白党？"

在政治观点之下，没有人在意女人丈夫的父亲被打成残疾，父亲被国王绞死，丈夫在战争中死去，房子也被烧毁。

而当共和党人与保王党狭路相逢并作战，个体更是被完全漠视，整个村子被一把火烧了，如果说失败者死得其所，那么那些根本不明白政治选择为何物的村民的牺牲又是为了什么呢？保王党捍卫秩序，号称要带人民回到混乱前的平静，共和党高举着"自由、平等、博爱"的大旗，但他们的双手全部沾满鲜血。

<u>1793年，处决了天真的绝代艳后玛丽·安托瓦内特的断头台又迎来了大革命的政治家罗兰夫人。</u>玛丽·安托瓦内特生前最后一句话，是不小心踩到刽子手的道歉："对不起，先生，我不是故意的。"而罗兰夫人的遗言则是那句著名的："自由啊自由！多少罪恶假汝之名以行！"

冰冷的断头台从不负责判断谁是真正有罪的，而断头台下的巴黎民众则从未停止过欢呼。

已经经历了腥风血雨的19世纪的雨果，在1793年里发出来自未来的遗憾和劝勉："人们不应该为了行善而作恶，推翻王位不是为了永久地竖起断头台。打翻王冠，但要放过脑袋。"

在《九三年》中，雨果在不经意间还表露出惊天动地的秘密。在第三部《在旺代》的最后部分，他看似轻描淡写道：尽管侯爵并不相信上帝，但还是跟着他的战友们一起祈祷和忏悔。

这个小说中最大的保王派，这个以王室、上帝、等级制的名义揭竿而起的老人，这个在海上仅凭他对"关于上帝的

> 玛丽·安托瓦内特（Marie Antoinette，1755—1793）：法王路易十六之妻，骄奢无度，却在法国大革命中表现出惊人的主见和尊严。1792年巴黎人民起义，与国王一起被囚禁，次年被处死。
>
> 罗兰夫人（Madame Roland，1754—1793）：著名政治家，吉伦特派的事实领导者，头脑左右了吉伦特派的政治走向。在与雅各宾派的政治斗争中失败，1793年11月主动被捕。

说教"就制服了意图刺杀他的水手的人，雨果却说他"并不相信神"。

侯爵从头到尾都把自己打扮为法兰西王室的忠实捍卫者，但是他其实和他的反对者——共和派的西穆尔丹和郭万一样，都接受过启蒙的洗礼，他早就知道法兰西王室的神话在历史上并不真实，对上帝的信仰并不牢靠。侯爵所信奉的，仅仅是上帝、王权和等级制的外表，他认为只有等级制才能产生勇者，平等只会带来庸众的统治。

侯爵是整部书中最大的骗子，他想要掩盖的真相是，旧制度在1793年之前就已经分崩离析了，"回到过去"不过是用来忽悠人的话术。

雨果所关心的，不是过去的幽灵是不是还会卷土重来，而是革命和启蒙会把人们带向哪一种未来。侯爵反动的未来注定要失败，但西穆尔丹"法律和权利"的未来也少了太多仁爱和想象。雨果偏爱的是郭万浪漫的人道理想，他希望在人道和宽恕和解的原则下，开放未来更广阔的领地，那里没有侯爵的虚伪和恐惧，也没有西穆尔丹的狭隘和严苛，只有友爱、平等和繁荣。

"在绝对正确的革命之上，还有一个绝对正确的人道主义。"这是《九三年》中最掷地有声的话，一个郭万牺牲了，但侯爵救下的三个孩子却代表着纯真和希望，代表着法兰西共和国"自由、平等、博爱"三原则所希冀的未来。

"自由"有时是自私的遮羞布，"平等"是可望不可即的目标，两者之间甚至时常不相容，但是雨果提醒我们，不能忘记的是第三个原则"博爱"，只有它是超越对立的唯一手段。

[6]

"19世纪是伟大的，20世纪是幸福的！"雨果如是说。他认为，稳定的政体、自由、富足、法制会终结他笔下的"悲惨世界"。

雨果太乐观了。2019年又有一部名为《悲惨世界》的法国电影，讲述的是在一个移民社区，宗教与种族的对立。在其中，"博爱"并不是万能的解药，反而在解药失效之后，不平等与身份冲突带来的是更无解的困局。

影片的最后引述了雨果在《悲惨世界》中的话：

"我的朋友们，记住这一点，从来没有坏的杂草或坏的人，只有不好的种植者。"

雨果用贯穿19世纪的思考与写作去试图解决的问题，一下子又回到了原点。当如今的人们从原点再出发，身边已经没有了巨人。

雨果无疑是巨人中的代表，他强悍而无私，认为自己七十多岁才开始真正的写作，而他所写的不过是自己思想的千分之一。连雨果笔下的人物都不同凡响，福楼拜在读完《悲惨世界》之后，小心翼翼地给予含蓄的差评："书中这些人都不是凡人。"

在《悲惨世界》之后，最伟大的法国小说是福楼拜的《包法利夫人》，讲述的是浪漫主义激情之后，资产阶级乏善可陈的实际生活，包法利夫人没有任何指导人生的原则，她拥有的只有愚蠢的欲望。

凡人登场，巨人落幕，可人类的迷茫却并没有因此而终结，反而变本加厉。20世纪的基本社会和政治问题是：在社会层面取得的解放，是否可以转移给个人？答案是否定的，斗争在新的旗帜下，以新的名义继续，在个体之间撕扯，痛苦从未消失，只是更为琐屑。

雨果预见到了这一点吗？在他快要去世、陷入最后的昏迷时，他无力再留下什么激昂笃定的判词，而是说出一句模糊不清却完美的诗："此地，白昼和黑夜在进行一场战斗。"

战斗不曾也不会停止，雨果这位巨人的人生如此，我们每一位平凡者的人生亦是如此。

《悲惨世界：十周年纪念演唱会》 ———————————————— | 影像 |

Les Misérables the Dream Cast in Concert
（1995）

　　最经典的一版《悲惨世界》的音乐剧。在各个层面上都无可挑剔。

《悲惨世界》 ———————————————————————— | 电影 |

Les Misérables
（2019）

　　借用《悲惨世界》的名字，讲的却是当下阶层、种族与暴力的问题。

　　雨果以为 19 世纪专属的问题（"潦倒的男人、堕落的女人、羸弱的孩子"）到了本世纪依然在延续。21 世纪并不比雨果的 19 世纪更幸福，只是更复杂。

《维克多·雨果：国家公敌》 ——————————————— | 剧集 |

Victor Hugo, ennemi d'État
（2018）

　　一部剧集，讲述 1848 年到 1851 年间的雨果，如何从一个娴熟成功的政客、国王的座上宾，逐渐走向人民，成为法兰西第二共和国的敌人。看雨果逐渐从一个人变成一个巨人，一个知识分子的楷模，数次让我热泪盈眶。

PART 4

在青铜骑士雕像下

他们无法摆脱伟大的历史,
无法和那段历史告别,
无法接受另一种幸福,不能像今天的人们这样,
完全潜入和消失于个体生活中,把渺小看成巨大。
人类其实都愿意单纯地生活,哪怕没有伟大的思想;
但这在俄罗斯生命中却从来没有过,
俄罗斯文学也从不是这样的。
——
《二手时间》

文学与权力

2019年，我送自己一份三十岁的生日礼物：俄罗斯文学之旅。

我在十月启程去圣彼得堡。那不是我第一次去圣彼得堡，但在对俄罗斯文学着迷之后再去，心中就对这城市加上了滤镜，一座神幻之城、阴郁之花、东西方文明彼此呼应的镜中景。

圣彼得堡三百多年的城市历史不算久远，也并非俄罗斯的政治中心，正因此如此，居于此地的文人艺术家才有了远观自身民族的立足点，写下祖国与自我的命运。

这座城市不大，没有高层建筑，几乎被定格在 20 世纪初，所有我想去的地方都在步行两公里的范围内，我漫游在陌生语言的谜题里，每次用翻译软件解谜都是惊喜：

"文学咖啡馆，这是普希金奔赴决斗的地方……涅瓦大街，果戈理写过的，男人挽着珠光宝气、神经衰弱的女伴走过的地方……诗人叶赛宁原来在这里结束生命的。"

俄罗斯人面无表情地在寒风中行色匆匆，没人注意一个中国面孔激动地两步一停。城市里的行人明明都是现代装扮，我却觉得自己行走在俄罗斯的小说里。

我去了普希金的故居，导览绘声绘色地指着普希金妻子的画像，说当时的沙皇如何追求诗人的妻子，普希金又是如何在决斗之后回到家，躺在旧沙发上流尽了血；我去了陀思妥耶夫斯基的旧居和他被关押的监狱，重新走了他以为通向死刑的那条路；我去了女诗人阿赫玛托娃的旧居，一个很有气质的老奶奶给我做导览,她轻声说:在被监控的日子里,阿赫玛托娃唯一和外部的连接就是一扇小窗户,正对着枯燥的小花园。

在旅行的末尾,我意识到:俄罗斯文学从来就不是文学本身,而始终蕴含着作家和权力之间紧张的张力。

离开圣彼得堡前,我与这座城市的象征——涅瓦河南岸的青铜骑士雕像告别,那是叶卡捷琳娜二世为彼得大帝所修建的。彼得大帝倨傲地骑在马上,马前腿腾空,我使劲抬头也只能看清马掌下踩死的大蛇(那代表着被彼得大帝消灭的敌人),那一刻我才明白,俄罗斯的文学或许能超越永恒的夜而闪耀,但那些作家在世时,却始终生活在青铜骑士的阴影下。

亚历山大·普希金

1799 / 6 / 6 - 1837 / 2 / 10

在讥讽的果戈理、
虚无的屠格涅夫、
细腻的契诃夫、痛苦的陀思妥耶夫斯基、
出神入化的托尔斯泰之前,是仅有的普希金。

Александр Пушкин

Part4　　389

20　普希金：诗人与沙皇

[1]

一切要从普希金开始讲起。

读俄罗斯文学，你发现总会回到普希金：将陀思妥耶夫斯基的声望推到顶峰的，是他纪念普希金的演讲；俄罗斯诗歌的月亮——女诗人阿赫玛托娃在不能写作的漫长时光里，靠研究普希金支撑起自己的心力；就连早早就离开故土俄罗斯的纳博科夫，在异国耗去最多精力的工作，也是将普希金的长诗《叶甫盖尼·奥涅金》翻译成英文。

在讥讽的果戈理、虚无的屠格涅夫、细腻的契诃夫、痛苦的陀思妥耶夫斯基、出神入化的托尔斯泰之前，是仅有的普希金。而在普希金之前，只有冰天雪地的荒芜。在这个没有内生的文学传统的国度，他是横空出世、一生万物的起点。

那么，普希金的起点在哪里呢？

记忆的起点要从第一次感受到襁褓之外的冷空气开始，那是模糊意识到自我以外还有一个陌生的、无情的、不以自己的意志为转移的庞大现实。

1800年，动荡的19世纪刚开始，不到一岁的普希金被保姆带着在花园玩耍，当时的沙皇保罗一世突然到来，游人纷纷作鸟兽散，抱着普希金的保姆来不及躲闪，沙皇走到小小的婴儿面前，怒不可遏地说："这个胆大包天的孩子，在皇帝面前竟敢不摘下帽子！"

普希金的一生，在人格形成、天赋显露前早已写好，这件轶事便是他一生的写照：总是与皇帝狭路相逢，总是被迫摘下自己的帽子。

勒令普希金脱下帽子的沙皇保罗一世是伟大的女皇叶卡捷琳娜二世的儿子，他丝毫没有继承母亲的野心与能力，而是像丑陋阴郁的父亲。无能让保罗一世以为喜怒无常就是展现权力的方式，他时常严刑处罚贵族和军官，却不知道他的下属总在背后嘲笑他。

在位仅仅四年多，保罗一世就在宫廷里被曾经的近卫军暗杀。暗杀的过程很残忍，暴徒用枕头闷他，然后砸烂了他的脑袋，在沙皇断气之后继续殴打不休，直到尸体残缺不全。

此时，他的儿子亚历山大一世躺在楼下的卧室床上，对楼上正在发生的事一无所知又满腹狐疑，直到暴徒满脸兴奋地敲门通知他：都结束了，去开始你的统治吧。

年轻的新沙皇在次日清晨含泪走进宫

> 亚历山大一世（AlexanderⅠ）：罗曼诺夫王朝第14位沙皇，1801—1825年在位。领导反法同盟击败拿破仑，并统帅了战后欧洲神圣同盟，被称为"救世主"。后期沉浸于神秘主义研究，不被众人理解，被称为"两面神"。

廷，看到父亲被砸烂的脸，身边向他宣誓效忠的全是刺杀他父亲的凶手，亚历山大一世强迫自己面无表情，掩藏自己的恐惧，把自己也装扮成一个弑父者来换取安全。直到无人的时候，他才会和父亲惨死的记忆独处，用那具鲜血淋漓的尸体折磨自己，也警醒自己。

亚历山大一世从即位开始就是一个伪装大师。他高大潇洒，总显得无忧无虑，谦虚爱笑，在女人面前带着媚态。在"花花公子"的保护色下，他其实是一个城府极深的领袖，历史也给他匹配了一个旗鼓相当的敌人，那就是来自地狱的天才——拿破仑·波拿巴。

亚历山大一世和拿破仑的关系是现今最时髦的"相爱相杀"。两人曾有两个星期的神秘会谈，这是历史上最著名的峰会之一。会谈结束之后，亚历山大一世写信告诉自己的妹妹："笑到最后，才算笑得最好。"拿破仑则对自己的妻子说："如果沙皇是一个女人，我肯定会让他成为我的情妇。"

两个巨人统治的时代开始了。这是一个泛滥地使用"伟大"的时代，是托尔斯泰笔下《战争与和平》壮阔的时代。《战争与和平》拉开帷幕，沙皇宫廷女官家慵懒虚伪的舞会徐徐展开，彼时，俄国刚刚败给法国，拿破仑称帝。贵族们七嘴八舌议论战争时事，穿插着浪荡子与老处女的八卦。笨拙的主人公出场，格格不入地赞扬拿破仑的伟大。

这是托尔斯泰精心挑选的起点。他于1863年开始动手写这部小说，原本只想写一个发生在"当下"的故事，却发现要解释他所生活的俄国，必须回到1825年，从大量十二月党人被流放开始写起；要解释十二月党人，只能在1812年的俄法战争里找到他们的精神发端；要描述1812年惨烈的卫国战争，只能从1805年俄国败给法国开始。

从那时开始，俄国人的生活被填进了写好的曲谱：在激昂的战争奏鸣之中有间歇的和平小调，人们的诞生、相爱、死亡、悔悟、遗忘都缠绕在历史粗壮的脉络之上，聪慧的年轻人在命运沿着被时代决定的方向缓缓前行时，逐渐从懵懂中苏醒，挣扎寻找自由的空隙与逃脱的机会。

那时的普希金还是皇村中学的一名中学生。皇村中学在圣彼得堡郊外，如今已经是个著名景点，我去时发现中学的布置已经全部围绕着普希金，彼时顽劣之举现在全成了天才的证据，连他的随手涂鸦都精心保存了下来。

皇村离皇宫不远，年轻的学生们时刻关心着国家大事，1812年，拿破仑越过涅曼河，入侵俄国，战争再次悄然开始了。皇村中学的少年们兴奋地在栅栏后看着军队经过皇村，他们在法语课上把法语教科书扔在桌子底下，关注着每一场战役的结果。

这次战争，拿破仑的总兵力有61.5万，俄军则只有不到25万人。法国军队一路进攻，势如破竹，亚历山大一世不知是因为犹豫还是谋略，选择离开前线，远观战场，<u>让老资格的军人库图佐夫公爵指挥战争</u>。

米哈伊尔·格列尼谢夫-库图佐夫（Mikhail Golenishchev-Kutuzov，1745—1813）：俄罗斯元帅。在第七次俄土战争中大破奥斯曼帝国，在1812年俄法战争中击败拿破仑。

库图佐夫曾经两次在战争中被击中眼睛，头骨被打穿，一只眼睛失去了眼球，但这并没有让他丧失判断力，沙皇还在焦虑纠结时，库图佐夫早早判断出：短兵相接，拿破仑未必会取得胜利，但俄国一定不会赢。

决战在莫斯科不远的博罗季诺村展开，1812年9月7日，这是一战前战争史上最血腥的一天，硝烟被包裹在晨雾里，晨光刺破白色的浓雾，凝聚在士兵鲜艳的制服和刺刀上。仇恨把时间拖得漫长，钢铁炮身也承受不住而轰然炸裂，死尸被下一批疾驰赴死的士兵压进土里。到了夜晚，伤亡已达数万人，双方将领茫然不知战果，都惴惴不安地宣布自己的胜利。随后，逐渐醒悟俄军并没有赢的库图佐夫面临一个选择：继续战斗还是撤退？战斗意味着牺牲军队，丧失胜利的希望；撤退意味着放弃莫斯科，放弃最后的尊严，向敌人亲手奉上帝国版图的心脏。库图佐夫最终选择了后者，希望永远比尊严更重要。拿破仑则在后来的流亡中悔恨不已："我应该在这场战役中死去。"

在博罗季诺这场恐怖的平局之后，莫斯科失守了。整整五十万人逃离了这座城市，带着自己仓促收拾的家当，身后是冲天的火光，莫斯科湮没在漫天火海里。对于这场谜一样的大火，有人说是库图佐夫炸毁了弹药库，为了让法军一无所得，有人说是拿破仑军队酗酒后纵火的暴行，冷静的托尔斯泰则认为是居民用火不慎的结果。大火整整烧了五天，四分之三的建筑被毁掉，其中也包括普希金的故居、他留下快乐记忆的花园和叔父的图书馆。

但普希金和当时所有爱国者一样，认为这场摧枯拉朽的大火是敌人的炼狱，是对俄罗斯心灵的悲壮试炼，神灵从此在天平上挪动了砝码，胜利距离俄国更近了一些。

狡猾的库图佐夫想尽办法将拿破仑留在莫斯科，拿破仑也经受不住这座金色穹顶城市的诱惑，法军一共在莫斯科逗留了五个多星期，弹尽粮绝，在越来越迫近的严冬中饥寒交迫，库图佐夫则得到了充分的补充兵。等拿破仑终于醒悟过来，带领军队离开莫斯科时，法军已经溃不成军，时常在白色的迷雾中丧失方向，除了要应对斗志昂扬的俄军，还要面对在雪原中突然出现的拿着镰刀的农夫与哥萨克人[a]。低温是更无情的敌人，死者比活着的法国骑兵更幸运，在透明的冰面覆盖下，清晰可见的是挤挤挨挨地冻在河流中的死者。

到了圣诞节，俄国已经取得了全部的胜利。库图佐夫却并不准备追击逃散的拿破仑，希望大家放下武器，因为和平已经实现。而亚历山大一世却有着不一样的使命感，他希望充当整个欧洲的解放者，于是又开始了新的战争，只是这次的战场转移到了另一个国家。

1813年，库图佐夫去世，亚历山大一世终于不用考虑这个倔强的老头的意见。1814年，亚历山大一世以征服者

---

[a] 哥萨克人（Cossack）：13世纪开始生活在东欧的游牧社群，由多民族组成，本质上是一个半农业的军事武装团体。

的姿态挺进巴黎的凯旋门。

在托尔斯泰看来，俄国的胜利属于库图佐夫，这个把"忍耐和时间"作为座右铭的慢性子的人，这个在所有人都在求和时拒绝，在敌人退却时坚决主张不追击的倔老头。库图佐夫所有的决定都因为他是人民的奴仆，而非狂想的野心家。

那么普希金呢？彼时才十五岁的普希金并没有形成鲜明而坚决的历史观，他只是出于本能即兴画了一幅漫画——肥胖的亚历山大一世正在向狭窄的凯旋门走来，他的将军们则用大刀把凯旋门劈开。

同时，作为皇村中学出名的天才小诗人，普希金又奉命写了一首赞颂亚历山大一世的诗歌，他以夸张的口吻赞颂沙皇取得的胜利，赢得了皇室的好评。

那时，沙皇在普希金心目中只是遥远而矛盾的形象，一个民族神话里的重要角色，一个随时可以修改面目的诗歌素材。他真正的兴趣是恋爱和决斗。

少年普希金不是在求爱的路上就是在决斗，他去动物园会爱上售票处的姑娘，去剧场会故意挑衅邻座引发决斗，他试图用高强度的肾上腺素提醒自己是鲜活的，是年轻的，是自由的。

普希金的发展与俄国的胜利和扩张同步进行，他四处出击，因为在诗坛崭露头角给了他胡闹的本钱。可是，为什么自由的滋味如此让人厌倦，悲伤会在酒精散去之后突然袭来，衰老反而提前到来？普希金才二十岁，却感觉到热忱与生命力在急速流失，没有意义，什么都没有意义。

普希金并不是特例，与他同时代的很多青年有着同样的失落。他们大都出身贵族，很多当年与1812年入侵的法国士兵作战过，后来也随着亚历山大一世征战西欧，当英雄在鲜花簇拥下回国时，却感觉到了深深的无力。

那是在道义上的软弱无力，他们意识到祖国的农奴制是多么的可耻，自己的优渥生活完全依赖农民阶层的穷困潦倒，耻辱感是一旦唤醒就不会离开的野兽。我对屠格涅夫写的《木木》记忆犹新，他写身为农奴主的母亲如何残暴，下笔是我从未见过的对家庭彻骨的恨。

> 《木木》(Mymy)：屠格涅夫的短篇小说。1852年，屠格涅夫因撰文悼念果戈理被捕入狱，在狱中写出了《木木》。讲述聋哑农奴盖拉新与小狗木木遭到女主人暴虐对待的故事，立场鲜明地反对专制农奴制，遭到官方查禁。

在对欧洲的征战中，贵族青年们从小受到的西方教育和眼前欧洲人民的觉醒合二为一，俄国贵族用武力战胜了法国，法国却用习俗征服了他们。贵族青年心想：为什么我们解放了欧洲，自己却被困于枷锁当中？他们知道不能寄希望于亚历山大一世，因为战场上取得的胜利让沙皇失去了改革的动力。这些贵族青年逐渐萌发隐秘而危险的想法：沙皇爱俄国胜过爱俄国人民。他们模仿在法国看到的共济会，也开始秘密结社，成为了日后著名的"十二月党人"。

普希金并不是十二月党人的成员。他缺乏耐性，也没有组织能力，他所有的反叛就是写些嘲讽的诗歌，讽刺沙皇的大屁股。唯一的问题就是他实在写得太好了，随便几行诗句，从知识分子到看门人，从农奴到士兵都争相阅读、传颂。不知不觉，普希金的名声竟然超过了宫廷里那些御用的文人，仅仅二十岁就成为了俄罗斯第一文学偶像，当然，是在野的。

太早的名声带来的只有危险，亚历山大一世对这个民间神童的诗怒不可遏，让秘密警察去查封普希金的诗，得到消息的诗人赶紧把诗都烧掉了。普希金被带到了总督府，被问到那些诗歌时，他说都烧掉了，但一瞬间，骄傲突然战胜了怯懦，普希金意识到诗人的唯一道德就是对自己作品的忠诚，他指了指自己的脑袋，说"诗歌都在这里"。普希金坐在书桌前，一五一十地把那些诗歌默写了出来，让官员呈递给了沙皇。

这是普希金与沙皇继花园脱帽子事件之后的第二次交锋，对决完全在纸上进行，一端是诗人的年轻气盛，另一端是沙皇的疑神疑鬼，最后因为贵族们的求情，亚历山大一世对普希金从轻发落：命令他移居到南俄。

与沙皇的交锋结束了，同时终结的还有普希金的放纵、疲惫、无所事事和自由的幻觉，他离开了圣彼得堡——这大理石堆砌的浮华社会。

纵观普希金的创作，你会发现他重要的创作全部是在远离城市的郊外完成的，在枯燥的小乡村，在崎岖的高加索，在尘土飞扬的敖德萨，在荒凉的博罗季诺，在通往客厅、沙龙、妓院的门对普希金关上的时候，他才会待在书房，拿起笔，蘸着自己的胆汁，一笔一笔写下那些浪漫的句子，然后化身苛刻古板的读者撇去其中的轻浮，在孤寂中成为真正的普希金。可是，普希金不是托尔斯泰，托尔斯泰能在田园与劳作中获得宁静；普希金却不行，他始终向往着城市的热闹，然后，不可自抑地赴向罪恶之都，赴向哀愁与毁灭。

1825年，已经被放逐六年的普希金准备回到圣彼得堡。那一年，亚历山大一世患病去世，悬在头上的达摩克利斯之剑终于落下，普希金觉得自己的机会来了。

同样因为权力的真空而心存希望的还有他的贵族朋友们，十二月党人的青年。他们匆匆行动，12月14日（俄历）在参政院广场开始起义。

当我站在参政院广场，我就知道这是一场必败的斗争。抬头看看吧，不祥的预兆那么显眼，足足有二十英尺高，那是圣彼得堡的建造者——彼得大帝的青铜雕像，君主伫立在从卡累利阿地峡拖来的四十吨的花岗岩的顶上，彼得大帝骑在马上，马踩着象征着敌人的毒蛇，君主的余威威慑着这座他亲手建设的城。

十二月党人的起义在当天下午就失败了，他们被新的君主——<u>亚历山大一世的弟弟尼古拉一世逮捕</u>，五人被处死，其余

尼古拉一世（Nicholas I）：罗曼诺夫王朝第15位沙皇，1825—1855年在位。君主专制的坚定维护者，扼杀一切革命和变革思想。为扩大在黑海和高加索的统治，发动克里米亚战争。赫尔岑曾说他"隆重地用绞刑架开始了统治"。

一百余人被流放到了西伯利亚。多年之后,当陀思妥耶夫斯基到同一片土地上流放,他把在西伯利亚的经历称为"死屋"——在冰雪里,在日复一日的劳作里,在欺辱里,在精神的贫乏里,人活着,但已丧失了生命。

普希金非常幸运地躲过了一劫,因为他从郊外到圣彼得堡的路上耽误了时间,他在附近的村庄听到了自己的朋友们被逮捕的消息,只差一点点,被流放甚至被绞死的就是他自己。

普希金在村庄里待了好几个月,庆幸又羞愧。最终,他给新的沙皇尼古拉一世写了一封保证书,保证自己从来不曾参加过任何秘密社团,未来也不会参加任何秘密组织。

1826年9月,权力终于稳固的尼古拉一世决定亲自见见这个声名在外的诗人。

普希金兴奋赴约。诗人再次把命运交给未知的权力。

[2]

诗人对沙皇一无所知,沙皇对文学一无所知。

尼古拉一世从不赞赏不切实际的柔情。对他最刻薄的评价来自作家赫尔岑,他目睹了新沙皇在登基大典上对两个陈情的女孩不闻不问。赫尔岑写:"这样的冷漠和沉着是最普通的小人物才有的,那是出纳员和庶务员的性格,我常在邮局的营业员、戏剧和火车的售票员身上发现这种不可动摇的坚定精神，这些人经常受到干扰，每分钟都有人打搅，他们才需要学会这套本领，对别人视而不见，听而不闻。"

公平地说，尼古拉一世并不残暴或昏庸，他甚至不懒惰，他每天工作十几个小时，早起晚退，没有不良嗜好，唯一的兴趣就是散步和家庭聚餐。不同于俄罗斯历史上那些滥情张扬的政治强人，尼古拉一世是个勤勉的公务员。

尼古拉一世召见普希金全是因为好奇，他想看看这个声名远扬的意见领袖究竟是什么样子。

9月8日，那是一个星期三，两人见面了。沙皇和普希金几乎同龄，样貌却有天壤之别，普希金浑身泥浆，胡子拉碴，皮肤上还有花柳病留下的疮口。尼古拉一世则异常高大，丰满白净，目光坚定。

两人充满好奇地凝视彼此，尼古拉一世发现眼前这个矮小的男人不仅不让人生畏生敬，甚至还显得可怜可笑，他温和地告诉普希金：自己已经赦免了他。

普希金松了一口气，亲眼见到权力让他安心，权力不是他想象中的雷霆风暴，而是一个温和高大的同龄人，他甚至可以和权力在同一个壁炉前烤烤腿。

接下来，尼古拉问出那个关键的问题："如果你12月14日那天在圣彼得堡，你会做什么？"

普希金不卑不亢地回应了这个难题："我的朋友们都参加了这场阴谋，我会和他们一起。"

现在难题交给了沙皇，他会震怒于诗人的大逆不道，还是欣赏他的诚实？尼古拉一世身体里骑士的那一面赢了，他决定赞美普希金说了真话，随即问了一个关键的问题："你决定改变你的立场了吗？"

普希金似乎在刚刚那个回答上已经用尽了勇气，他犹豫不决的时候，尼古拉一世向他伸出了白白嫩嫩的手，普希金恍惚中握住了这只手，他并不知道他刚刚完成了一笔直至死亡才终止的交易：放弃一些自由，保住另一些可以创作的自由。普希金也不知道这一次握手奠定了沙皇此后几十年和俄国作家的关系：如保姆，如家长，如狱卒，如无所不在的监视之眼。

尼古拉一世宣布："从此我是你的检查官了！"然后，沙皇把普希金介绍给自己的廷臣，"这是焕然一新的普希金！这是我的普希金！"

普希金如释重负，迎接自己新的身份：被沙皇亲自检查的诗人。

在普希金身上，轻佻与严肃并存：当他躲在圣彼得堡的郊外，他一边为十二月党人朋友的受难而痛苦，一边还不忘和当地的姑娘打情骂俏。怯懦与英勇则更显眼地在他身上分裂着。看普希金的手稿，在那些隐藏着愤怒、冒犯与危险的诗句旁边，有他近乎无意识画下的十二月党人的绞刑架。

什么是怯懦，什么才是勇敢呢？勇者只需要瞬间的勇气；懦弱，却是一生的事业。白天谨小慎微，深夜鄙视自我，日复一日地循环。勇士一辈子只需要做一次计算——

对生命和死亡价值的掂量；而懦夫，每天都在做无数次的换算，在牺牲和回报之间衡量。懦夫愿意忍受这种没有尽头的痛苦，是想用这微不足道的生命榨取些永恒的东西，想用尊严去换取些什么，某些纯净的、在自己四分五裂的岁月结束之后才会闪耀的事物。

可是，一个人真的能如此泾渭分明地活着，把怯懦留给生活、把勇敢留给作品吗？每当他因为恐惧而低下头，压低声音，转移视线，危机过去之后侥幸自己幸存，获得了蛰伏、再多写一页的机会，他难道没有失去一部分自我吗？就像是海上航行多年的忒修斯之船，当每块甲板和螺丝钉都换了，还有什么可以证明他就是原来的自己呢？他还剩下多少勇气可以留在纸上？

到底，到底什么是怯懦，什么才是勇敢啊？我回答不出这个问题。

[3]

被沙皇洗礼过的新的普希金终于回到了圣彼得堡，此时离他去世只有十年的时间了。

在这十年的时间里，秘密警察如影随形，他们监视着普

---

1 一个有关身份更替的悖论：假定某物体的构成要素被替换，它依旧是原来的物体吗？

希金的一举一动，向沙皇报告。大多数的时间里，普希金都在玩牌，是个完全没有危害性的浪荡子。而一旦他开始写诗，监视者就开始紧张：他在写什么？诗歌封面上的蛇与匕首象征着什么？是愤怒和复仇的暗语吗？甚至连普希金的婚姻，都需要沙皇的同意。

三十一岁时，普希金准备结婚了。圣彼得堡的普希金故居里有两张年轻女性的画像很显眼，两个女人都是普希金所爱。<u>一张女主人公叫作玛丽亚</u>，一头黑发，穿着朴素，坚毅的眼神近乎冷淡；另一张主角是娜塔莉亚，她打扮得华丽，娇嫩的肩膀外露，魅惑地看着镜头。

前者后来成为了著名的十二月党人的妻子，跟随丈夫去了西伯利亚，普希金娶了后者——外表完美无缺、头脑空无一物的娜塔莉亚。

一段情感关系中最具摧毁性的，并不是不被爱，而是被爱错了。自己最骄傲的部分不被欣赏，毫不在意甚至嗤之以鼻的品行却被放大和鼓励。娜塔莉亚丝毫不觉得自己的丈夫有才华，在丈夫和其他诗人谈论文学的时候，她会故意显示出不耐烦，普希金只觉得妻子像个小女孩，从此在她面前闭口不谈文学。娜塔莉亚嫌弃普希金没钱，结了婚的普希金只有在乡村时有短暂的创作期，当他回到城市，大部分时间都在为了给妻子买新首饰和新衣服而赚钱，对书店老板发火要

> 玛丽亚·沃尔孔斯卡娅（Maria Volkonskaya，1805—1863）：著名将军谢尔盖·沃尔孔斯基公爵的妻子，1826年冬天，追随被流放的十二月党人丈夫前往西伯利亚。在离开莫斯科前夕，她的朋友和支持者聚集在当时最著名的文学沙龙中，普希金朗读了他的《致西伯利亚的囚徒》。

钱,去赌博,想办法弄到低息贷款。

某日在公园,普希金夫妇偶遇了尼古拉一世和皇后。尼古拉一世赞美娜塔莉亚的美貌,邀请她去皇宫参加舞会,娜塔莉亚受宠若惊地答应下来。尼古拉向普希金提出:为了陪同娜塔莉亚,你不如接受皇宫内廷近侍的职务——这一般是十八岁的小青年干的活,要穿着短小的制服,戴着插有羽毛的三角帽,唯一的任务是让皇室开心。

普希金人生中一共和三个沙皇狭路相逢。第一个沙皇让他脱下帽子,第二个沙皇将他流放,第三个沙皇则让他接受小丑一样的工作。从此,尼古拉一世将更为便捷地监视和羞辱他。

普希金夫妇第一次参加皇家舞会的时候,尼古拉一世就让娜塔莉亚训斥她的丈夫,说普希金穿错了衣服。在接下来的很多次舞会中,尼古拉一世都与娜塔莉亚整晚坐在一起,用法语调笑,直到凌晨四五点才回家。一次晚宴上,尼古拉一世还问娜塔莉亚为什么早上一直关着房间的百叶窗。

每个夜晚,普希金都被迫穿着可笑的服装,看着不远处的妻子与沙皇调情,当娜塔莉亚为交际上的成功越来越得意,普希金整晚任由失败咀嚼自己,无处可逃。

"内心的风暴
　使他听不见外界的闹声
　就这样他拖着一个躯壳

度过悲惨的岁月既不像人

又不像野兽既不像生灵

又不像阴间的鬼魂"（穆旦译）

1833年，普希金在进入皇宫当宫廷近侍的前一年，写下了长诗《青铜骑士》(Медный всадник)，预言了自己的命运。

《青铜骑士》讲了一个简单的故事：主人公欧根是个圣彼得堡的小公务员，在一次大洪水中，他心爱的女人被冲走了。欧根对着彼得大帝青铜骑士的雕像大骂，之后，他竟觉得那雕像活了过来，雕像一直追赶着他，要把他踩在脚下，欧根最后在疯狂中死去。

无处可逃，诗中人和写诗人都是如此。这首诗写完之后，普希金交给审查官，不久后收到沙皇批示的手稿，手稿上画了很多问号，那是震怒的尼古拉一世要求修改的句子。原本准备一行一行修改的普希金忽然厌倦了，决定不像欧根那样精疲力竭地折磨自己，决定不改了，不出版这部作品。直到普希金死后，伟大的《青铜骑士》才得以出版。

在皇宫舞会无止尽的欢快舞曲中，被冷落的普希金会在内心背诵这首不见天日的哀歌吗？

《青铜骑士》的楔子里，普希金再现的是圣彼得堡从无到有的过程。这是一座完全由彼得大帝规划的城市。彼得大帝钟情于大海，年轻时曾亲自去荷兰学习造船。他要俄国拥有自己的海军，有面向西方的窗口。彼得大帝在这涅瓦河的三角洲地带插下一根木棍，它就成为了建造圣彼得堡的起点。

这块沼泽遍布的地方并不具备建成城市的条件，但是没有什么能挫伤彼得大帝的雄心，他命令无数劳工来到这里参与建设，上万人死在沼泽之中。彼得大帝亲自圈定贵族名单，命令他们搬迁到圣彼得堡，不服从的人将被剥夺爵位甚至流放西伯利亚。最终，这座美轮美奂的城市建成了，它是彼得大帝的钢铁雄心与建筑工人的尸骨共同完成的奇迹。

在同时代的欧洲人看来，这座违背了重力法则的城市就像是在空中建好，然后被送到了海面上，因此才没有陷入沼泽。而在俄罗斯人看来，圣彼得堡因为没有历史，也缺乏记忆，所以就成为了承载神话的容器，大自然也在彼得大帝面前卑躬屈膝。

在接下来的几百年中，每当乌云从波罗的海团起，暴风命令涅瓦河冲向没有筑堤的圣彼得堡，房屋被毁、人仰马翻时，人们总向彼得大帝的青铜雕像祈求庇护。人群中，偶尔会有欧根这样苍白、佝偻、神经质的人，指控彼得大帝为什么在这环境恶劣的地方建起城市。

青铜骑士沉默不语。不是因为无言，而是因为高傲，因为他在保卫祖国与民族，至于个人命运这样的小事，并不在他的视野范围里。

到了1812年的卫国战争，在亚历山大一世最纠结的时刻,据说也是彼得大帝从雕像上走下来,劝说亚历山大一世放弃莫斯科,承诺:"只要有我在,我的城市就没有什么可怕的。"

沙皇的魔力一代代传递,血液是依据,青铜巨人是载体。到了尼古拉一世时,这种魔力变成了魔术师与观众的共谋。有这么一个故事,说一个轻骑兵诱拐了将军的女儿,并且娶了这个贵族女孩。将军很不满,向尼古拉一世抱怨,沙皇说:这事还不简单!他首先宣布婚事无效,接着宣布女孩的贞操被官方恢复了。

漫长时光里,沙皇的神话与人民的故事是割裂的,前者是抽象的神谕,后者是苍白的世俗。普希金《青铜骑士》第一次把沙皇与人民并置,欧根用发颤的声音对雕像喊道:"你等着!等着我给你算账!"

这是俄罗斯历史上第一次有人向尊贵的权力宣告:城市或许是君主所创造的,但人民不是。欧根仿佛被魔鬼附体一样的举动招致灾祸,他被追逐直至死亡。

从此以后,俄罗斯的文学有了主角:契诃夫笔下那个在将军后背打了一个喷嚏就吓死的小公务员,果戈理《外套》里寻找失窃的新外套未果、因为被将军斥责而失魂落魄至死的九品文官,难道他们不像欧根吗?一个小人物在青铜骑士脚边倒下去,又一个小人物在文学上复活,在圣彼得堡无处不在的柱廊中狂奔,

《外套》(*Shinel*):果戈理中篇小说,讲述了官僚制度重压下的小公务员之死,矛头直指农奴制和反动官僚制度。别林斯基称赞"全部俄国文学都出自果戈理的小说《外套》"。

东躲西藏,疯癫至死。

这种折磨是被谁终止的?在我看来,还是托尔斯泰。

我第一次看《战争与和平》时十分震惊:托尔斯泰在写亚历山大一世、拿破仑和一个士兵、一条狗、一棵树的时候竟然用了同样的笔力!他刻意做出这样公平的分配,因为他否认存在所谓的"巨人"——或许因为托尔斯泰就是写作上的巨人。

托尔斯泰甚至厌恶"伟大"的概念。他认为当一个人的行为违反人类公认的善甚至正义的准则时,历史学家就乞灵于"伟大"这一概念。"伟大"似乎可以免于善恶评价。当历史上某个人的野心与举动庞大到无法解释的时候,人们就会说:"这很伟大!"似乎伟大是英雄人物才配拥有的特殊属性。

然而,一旦认可了没有善恶标准的伟大,就是同时承认了渺小和不足为道,这让托尔斯泰感到愤怒。

"崇高同可笑只有一步之隔。"托尔斯泰说。人们赞美战争英雄的神秘莫测与出其不意,认为他们似乎和上苍有着特殊的沟通渠道,但在托尔斯泰看来,他们既恐惧又虚荣,既快乐又愤怒,他们被历史奴役,做着自己并不明白却被后世过度阐释的事。他们和普通人有什么区别?一次战争可能是因为一时受挫的自尊心,君王的中年危机需要千万人陪他一起颓唐,道理何在?

托尔斯泰用洋洋洒洒的巨著《战争与和平》解除了诅咒的口令,终于,欧根的魂灵不必再奔跑。

[4]

当某种不可逆转的事情即将发生的时候,大多数人会试图做徒劳的抵抗,少部分人让悲剧更快速、也更彻底地发生,以此来证明自己对于命运是有些许决定权的。

当普希金1836年收到那封匿名信开始,他就对自己的悲惨遭遇按下了加速键。

匿名信大意如下:

荣誉勋章协会、尊贵的绿帽子和骑士勋章协会,在其会长主持下召开了会议,大会一致同意任命亚历山大·普希金为该协会副会长和勋章历史编纂家。

普希金被戴了绿帽子,不,没有完全戴上。有人爱上了他的妻子。那是个名叫丹特士的异国军官,原本除了聪明的脑子和好看的皮囊一无所有,但幸运地认荷兰公使为义父[1],因此拥有了财富和头衔,跻身贵族行列。

丹特士对娜塔莉亚一见钟情,总是在舞会上对她献殷勤。而娜塔莉亚呢?她万分受用又深感痛苦,就像契诃夫笔下的贵族少妇,一次次去森林中见她的情人,每次都梨花带雨地恳求:"我们不要再见面了。"

娜塔莉亚始终没有在身体上背叛丈夫,但这并没有让这段婚姻变好。在普希金的人生之中,经常出现这样的故事:

---

[1] 根据阿赫玛托娃的研究,无妻无子的荷兰公使和丹特士或许有着情人的关系。

一个女人以自己也惊诧的炙热爱上了一个男人,却不得不出于道德拒绝了他,她留在婚姻里,余生以冷漠作为为情人守贞的方式。

但是在过去的故事里,普希金都是那个诱惑者,他怎么也想不到,有一天自己会变成那块拴住女人的冷硬石头、那个剥夺别人自由的角色。自由,他一生捍卫的不就是自由吗?

在收到了那封据说是由荷兰公使寄出的匿名信之后,普希金要求决斗。荷兰公使害怕了,想了一个办法:让丹特士向娜塔莉亚的姐姐叶卡捷琳娜求婚。这样,一方面"澄清了误会"——谎称丹特士一直追逐的是叶卡捷琳娜;另一方面,丹特士也能更方便地接近娜塔莉亚。

危机看似平息了:普希金放弃了决斗的念头;丹特士开始全心全意地调戏叶卡捷琳娜;一直暗恋这个英俊军官的叶卡捷琳娜收获了爱情;娜塔莉亚也不爱丹特士了,甚至一看他和姐姐在一起就觉得恶心。

——这一大家人维系着一种让人窒息的平衡。

但这种平衡是多么脆弱,因为它不是因为和解而达成的,而是每个人心不甘情不愿缔造的,一点点过了头的愤恨就会导致它的毁灭。

先破坏平衡的是普希金,他开始公然无视丹特士,拒绝见这个曾经的情敌,甚至把他写的信原路退回。丹特士觉得自己的退让换来的只是变本加厉的羞辱,内心只想复仇,便更加肆无忌惮地接近娜塔莉亚。

娜塔莉亚一旦被丹特士讨好,之前的愤恨就荡然无存,同时,也把接受殷勤当作对自己恪守妻子本分的奖赏。况且,和自己的姐夫聊聊天,有什么不可以的呢?到了晚上,娜塔莉亚甚至把这当作自己在道德上的成绩一五一十地讲给普希金。

整个俄国的上流社会都在旁观这场好戏,时而嫌剧情发展太慢,观众也要参与进来。

在1837年初的一次舞会上,普希金夫妇、丹特士和沙皇相遇。尼古拉一世让普希金相信妻子是贞洁的,口气很轻浮。

普希金咬牙切齿地说:"我怀疑您也在追求我的妻子。"

——这是普希金和尼古拉一世的最后一次对话,无休止的仇恨循环总需要一个结束。决斗再次启动了。

决斗的日子定在1837年1月27日[a],一个雪天。圣彼得堡是一座被冻结在世纪初的城市,没有高楼大厦,没有钢铁森林。当我在冬天落脚此地,看到的景致和为决斗做准备的普希金在窗口瞥见的一样:那是上帝严寒中匆匆画上几笔又赶紧缩回袖笼的抽象画,天地都是冷白,烟雾在屋顶上飘浮,枯树和行人是用炭笔涂上的,宫殿与青铜雕像都用厚厚的雪围巾裹住入眠,对人间不闻不问。

气温的下跌没有尽头,我原本计划从普希金的住处走到

---

[a] 俄历时间。公历时间为1837年2月8日。

他吃最后一次点心的地方,再走到他决斗的地方,走了一半就放弃了这个想法,回到温暖的普希金故居。

普希金故居的向导详尽地介绍普希金之死。那天早上,普希金起床时心情不赖,穿上了燕尾服,还洒了香水,这已经是他第三十次决斗了,他有些迷恋每次枪响后感受到自己的心跳,那有种重获新生的感觉。

决斗在傍晚进行,普希金和丹特士分别向界桩走去,规定到了界桩听到信号后就可以射击。然而丹特士违反了规定,还没走到界桩就开了枪,普希金的腹部被击中,鲜血流淌在雪地上。

躺在地上的普希金喊住了准备离开的丹特士,说自己还有力量开一枪。丹特士递给了他一把枪,普希金足足瞄准了两分钟,然后才开枪。

子弹飞进丹特士的肩膀,普希金兴奋地宣布:"打中了!"

但丹特士只是轻伤。普希金和对手约定,等自己身体康复之后再次决斗。这次,换作诗人来追逐死神。

死亡来得很缓慢。

决斗的日子落幕时,普希金只死了一半。向导指着书房的一张沙发床,介绍那就是他等待死亡的地方。

仆人进来了,又离开了。医生来了,又离开了。神父来了,又离开了。朋友们来了,他们看了看普希金,又在隔壁聊了很久,普希金听着,以为他们随时会推门而入。

推门而入的只有死亡。死亡磨磨蹭蹭的,一会儿探探他的鼻息，一会儿在他心脏重重击打，一会儿又把水蛭放在他的腹部来吸血，一会儿还想和他聊聊诗歌。

普希金不耐烦了，他从来不擅长等待，他让仆人从抽屉里拿枪来，仆人被迫遵命后通知了普希金的朋友，朋友让普希金交出枪，诗人只好不情愿地把枪从枕头下拿了出来。

还是让死亡慢悠悠地完成他的工作吧。普希金躺在沙发床上等待死亡，时间在活着的时候显得短暂，在等待死亡时却那么漫长，他立了遗嘱，与自己的子女们告别，一一见了朋友，交待自己的妻子守寡两年后改嫁，时光竟然还在滴答流逝。医生们又来了，他们观察着他，谨慎地改变着对他在世时间的预测：两个小时？不，一个小时就差不多了。

一个小时也足以让普希金在脑海里快速回放自己的人生。他真心诚意地原谅了自己的妻子，甚至也不怪罪丹特士。任何一个有些爵位的贵族都可以造他的谣，任何一个有些权力的军官都可以侮辱他的写作，够了，那些流放与训斥、严酷的审查和恩赐的自由，无休止的妥协，都够了。提出决斗的是普希金，而不是丹特士。

到了1月29日（公历2月10日）的中午，普希金让他的妻子喂他些甜食。等到贪嘴的死神吃完最后一口桑葚果酱，才完成最后的收尾工作，普希金完全死了。

得知诗人的死讯，尼古拉一世迅速派人去往他的住所，看似吊唁，其实是为了检查普希金的文件，看有没有谋逆的内容。

普希金的朋友们给普希金穿上了他七年前向娜塔莉亚求婚时穿的燕尾服，秘密警察连忙向沙皇报告，说普希金没有穿宫廷侍卫的军服。尼古拉一世很生气，觉得这个小文人到死还和他过不去。

上流社会的人纷纷前往荷兰大使馆，不是谴责丹特士，而是关心他的伤势，并且恭喜他为俄国除掉了一个讨人厌的角色。

报纸上一切对普希金的报道都被禁止了，圣彼得堡的高校禁止老师和学生悼念普希金。上流社会忙不迭地把普希金这具异族尸体扬弃，宫廷与宪兵队联合起来与诗人的鬼魂作战，他们不仅不允许民众纪念普希金，甚至要把诗人留在人们心头的句子也清除掉。

只有当诗人在死神搭建的牢房墙上刻下的"我曾来过"完全被抹去，沙皇才觉得彻底放心。

[5]

"我不会完全死去。"普希金曾这样写。

他借助《叶甫盖尼·奥涅金》（Евгений Онегин）永远地活了下来。这首长诗他写了八年时间，你或许觉得时间并不算那么长，但在普希金短暂的一生中，它可占据了超过五分之一的时光。

"他很早便学会了虚情假意

会隐瞒希望,也会嫉妒

会让你相信,也会让你猜疑

会装得憔悴,显得愁苦

有时不可一世,有时言听计从

有时全神贯注,有时无动于衷!"(智量译)

贵族少年叶甫盖尼·奥涅金出场了。他聪明过人,无所事事。在乡下的庄园,奥涅金和连斯基、连斯基的未婚妻奥尔加成为朋友。奥尔加的姐姐,纯情美丽的达吉雅娜爱上了奥涅金,颤抖着向他献出真心,奥涅金却拒绝了她,理由是:"我不是为幸福而生的……您的美对于我来说只是徒然。"

奥涅金接下来开启了自毁模式。他故意向连斯基的未婚妻奥尔加献殷勤,连斯基大怒,发起决斗。在决斗中,奥涅金打死了连斯基,悔恨中逃往国外。几年之后,回到圣彼得堡的奥涅金与达吉雅娜重逢,深深地爱上了她,但达吉雅娜此时已经是将军的妻子,这次,换作她拒绝他。

奥涅金再次丧失了人生的意义,呆立在终章的纸页中。作者并没有给他安排一个体面的下场,反倒自己从幕布后走了出来,面向观众,开始了哀伤的自白:"那些听过最初几行诗的朋友,如今有的远在天涯,有的已成鬼魂。"

普希金说的是那些十二月党人朋友。过去他们拒绝他,在勾肩搭背之后把他关在了秘密会议的门外；如今，他羡慕这些或受难或死去的朋友，因为他们能及早把满杯的美酒饮干，离开人生的华筵。而普希金只能和奥涅金永远困在一起。

相较于成王败寇的历史学，文学史有着更微妙也更神秘的评选标准，文学选择那渺小的、丑陋的、自私的、痛苦的灵魂，使之鲜活不朽，使之光亮如镜。例如那可鄙的阿Q、《活着》里佝偻的福贵，是现代中国人最亲切的角色。

奥涅金也是如此。他这样的人啊，在俄罗斯每走一步都会遇见。他是一个"多余的人"，一个对生活不抱希望、对他人没有益处、对社会没有帮助的人。

在每个时代交替的缝隙，都会出现大量的多余人，他们是旧世界的遗物、新时代的弃儿。在俄国，这个时代的缝隙格外宽阔，从高歌猛进的亚历山大时代结束，到呼天啸地的"十月革命"开始，之间经历了近百年的时间，那是一个长寿者的整个人生，其间，1848年革命把整个欧洲烧得如火如荼、寸草不生，可烧到俄国便偃旗息鼓，是这片冰冷的土地没有火种燃烧的土壤吗？还是耸立的青铜骑士扬手用洪水浇灭烈火？总之，奥涅金们经历了漫长的精神停滞期。

精神停滞期并不是一马平川的空白，而是持续不断的撕裂。

奥涅金们所遭受的，一方面是所受的教育和真实生活之间的撕裂。俄国的贵族青年并不闭塞，所有反叛进步的新知总是第一时间来到他们的视线，从希腊罗马的古老乌托邦，到热烈狂想的法国社会学家，到严谨的德国哲学家，他们无一不了若指掌。但是他们所掌握的知识在生活中却没有万分之一实现的可能，奴役的发展远比教育增长得更快。青年们在酒足饭饱后的聊天中也会谈及欧洲的新技术和变革的必要，但是问题总在答案的缺席中消散，话语总是以悲凉的叹息结束。到最后，空谈也变成了一种痛楚。

另一方面，奥涅金们也感觉到了自己所处的精英贵族阶层和底层民众之间的撕裂。

往上，是油盐不进的征服者；往下，是受压迫却沉默的群众。俄国的精英误以为自己振臂一呼，将会地动山摇，可作为领头羊的他们走了许久，却发现身后一个人也没有，俄国人民只觉得需要马铃薯，而并不觉得需要一部法典。知识分子谴责落后分子，可这两部分人离得太远，大声叫喊也听不见。

叶甫盖尼·奥涅金这样的多余人，进一步是革命党人——如同普希金的十二月党人朋友。但是不，奥涅金们太聪明了，革命的幻想蒙骗不了他们。

退一步，则是寻欢作乐的上流社会。随波逐流，在农奴的苦难上享受最后一点虚荣的泡沫。不，不行，奥涅金们又太有良心了，纸牌和葡萄酒让他们觉得可耻。

于是，奥涅金们只能在真空中活着，不做任何选择地活着。

但我第一次读完《叶甫盖尼·奥涅金》,主角在我脑海里留下的只有一连串的困惑与不适,而没有半点的喜爱和同情。因为他所有行为都缺乏理性和逻辑。奥涅金毫无道理地拒绝达吉雅娜,和奥尔加调情也没有什么缘由,杀死好友也没有理由,包括最后又爱上达吉雅娜也那么突兀。

后来我才意识到,那是因为他所做的所有事都是一种逃避自我的应激反应,仿佛每当在宁静中,意识要潜入灵魂深渊的时候,他就会立刻大喊大叫,做出激烈反常举动,来喝止意识的遁入。

依此,奥涅金的一切行为都可解了:他拒绝达吉雅娜是因为他惧怕爱情,他与好友交恶是痛恨生命,他又爱上了达吉雅娜是恐惧孤独。

奥涅金的整个生命,是在对抗"活着"这件事。他生命中充满了可疑的冷漠,以及积极的反讽,就像恶童对成年世界做出的鬼脸,流浪汉对着路过的马车投掷的石子,醉汉捶打墙壁的鲜血淋漓的拳头,他们用冷嘲去调和悲观,用痛感去填满阴沉而短暂的白昼。

《叶甫盖尼·奥涅金》第一次让一事无成的普通人成为了文学的主角。正因为如此,它曾招致了很多批评,批评者说:普希金究竟发现了哪些人类痛苦而必定要讴歌一番呢?第一是无聊和忧郁;第二是不幸的爱情;第三,第三竟然没有了!那时候可是发生了十二月党人起义啊!

可生活不就是这样吗？大时代从高空轰然砸地，落到生活中只剩下琐屑的悲剧，在街巷游荡，胡思乱想的"多余人"就成了捡拾陨石碎片的人。

很多人拿《叶甫盖尼·奥涅金》与《红楼梦》做比较，它们都是反英雄叙事，都是爱情悲剧，都是日常生活的百科全书。贾宝玉不也是一个多余人吗？在一开头，他梦游太虚幻境时就被提前预告了结局：为官的，家业凋零；富贵的，金银散尽；有恩的，死里逃生；无情的，分明报应；欠命的，命已还；欠泪的，泪已尽。

可梦醒之后，人生的路不还得带着未干的泪痕走下去。富贵闲人、混世魔王也好，多情公子、无事忙也好，贾宝玉在贾府造出这许多无事生非的热闹，不过是为了掩盖那个越来越迫近的预言：有一天，食尽鸟投林，落了片白茫茫大地真干净。

[6]

这大地真干净。

当普希金的作品被人民推崇为不可磨灭的经典、胜过尼古拉一世任何一次战争的胜利之后，上流社会假装对诗人的恶意没有发生过，他们在欺辱诬蔑普希金的沙龙场所里，挂上诗人的肖像；普希金手稿上那些被审查官涂掉的字迹被恢复；诗人的同代人纷纷从暗处走出来，开始回忆与纪念；之前被扔进垃圾桶的诗歌如今成为了民族遗产；一条条大街被改名为普希金大街；普希金声名远扬，震动欧洲，讽刺的是，诗人当年并没有被恩准得到游历欧洲的机会。

"我不会完全死去。"普希金博物馆里挂着的那幅肖像狡黠地说道。

他绝不借助贵族迟来的青睐活着，他也不在乎沙皇是否认输。他说：

"我不稀罕穹窿下的权利
高高在上令人晕眩的魅力
我不苦恼哪怕诸神拒绝让我为税收辩护
或是挫败国王们的战争；我也
毫不在意可怜的痴傻呆笨们是否享有
舆论自由，或者审查官们是否束缚了
涂鸦之辈一时的胡思乱想
这些不过为话语、话语、话语"[a]

文学从来不是话语的游戏，它不是俄国的官员们掌握了韵律和组合就可以在工厂里生产出的东西，也不是沙皇一声令下就可以恢复的贞操，它是心照不宣的微笑，是法令也禁

---

[a] 纳博科夫从俄语翻译的普希金的诗，摘自《俄罗斯文学讲稿》，丁骏、王建开译。

止不了的泪水,是两颗以相同节奏跃动的心脏。

当下一个作家提笔,无论那是在温暖的书房,还是在冰冻的荒原,普希金都将全部复活。

《战争与和平》 | 书籍

作者：[俄]列夫·托尔斯泰
出版社：上海三联书店
译者：草婴
出版年：2014

正如我文中所说：托尔斯泰本来想写一部关于十二月党人的小说，但却发现，要解释十二月党人的精神起源，需从1812年俄国的卫国战争开始讲起。《战争与和平》涵盖的历史年代，恰好就是普希金的一生。

《罗曼诺夫皇朝：1613—1918》 | 书籍

作者：[英]西蒙·塞巴格·蒙蒂菲奥里
出版社：社会科学文献出版社
译者：陆大鹏
出版年：2018

我关于沙皇俄国历史的启蒙之作。作者蒙蒂菲奥里文笔极好，把历史写得像小说一样精彩。

前些年蒙蒂菲奥里来到中国，我曾有幸和他对谈，他是个英俊倜傥的光头，妙趣横生地讲自己如何去追寻叶卡捷琳娜大帝的情人波将金的遗骨，像《夺宝奇兵》里的印第安纳·琼斯一样有魅力。

列夫·托尔斯泰
1828 / 9 / 9 - 1910 / 11 / 20

当托尔斯泰提笔，
是一个天神巨人勉强弯腰，
进入一个凡人的世界。

Лев Толстой

主人公

21 列夫·托尔斯泰：人与上帝

[1]

一个两岁男孩的母亲躺在病床上，马上就要去世了。

男孩万分痛苦，却不由地注意到了那个昏暗闷热房间里的一切细节。房间里几乎是昏暗的，很热，混杂着薄荷、香水、苦菊和霍夫曼药水的气味。过了一会儿，母亲去世，他被领走了。

第二天，男孩想再看一眼母亲，走进了停放她尸体的房间。他目不转睛地盯着那张熟悉的脸，几乎失神，过了一会儿，他怕别人觉得他是个冷酷的孩子，便哭了起来。

那天晚上，他睡得非常沉静安稳。次日醒来时，男孩闻到了一种令人窒息的强烈气味，它与香火的气味混在一起，在整个房间中弥散。男孩这才意识到这气味就是死亡，死亡以一种不容置疑的真实第一次来到男孩的世界。

嗅觉是与记忆和情感联结最强烈也最紧密的感官体验，当熟悉的气味袭来，人们会被调动起最久远也最生动的记忆，昨日近在眼前——一

> 马塞尔·普鲁斯特（Marcel Proust, 1871—1922）：意识流文学先驱。作为意识流小说的巅峰，《追忆似水年华》革新了小说传统，被誉为法国文学的代表作。小说共七卷，第二卷《在少女们身旁》获法国龚古尔文学奖。

勺掺着玛德琳蛋糕的茶的气息，唤起了普鲁斯特洋洋洒洒没有断绝的追忆。

母亲在去世之后散发出的死亡气味一直伴随着这个小男孩成为托尔斯泰。托尔斯泰，一个让人带着崇敬默念的名字，他以难以想象的精力和才华写下九十卷著作，没有一行字在偷懒，没有一个故事是卖弄雕虫小技。当托尔斯泰提笔，并不是以凡人之躯进入一个庞杂的文学世界，而是一个天神巨人勉强弯腰，进入一个凡人的世界。然后，托尔斯泰死去，我们恍惚又难以置信：天神也会死去吗？直到他也散发出如母亲一样令人窒息的强烈气味。

[2]

托尔斯泰发表第一篇自传式小说《童年》(Детство) 是在二十三岁，但是他早在十九岁就已经开始了成为托尔斯泰的历程，那一年，他开始写日记，决心以日记监督自己的生活。他写下自己作为一个父母双亡的年轻贵族庄园主的放纵，他沉迷赌博，和妓女鬼混，侵犯家中的女佣，再对此进行严格的自我观察和自我审判。他对自己的监督与审判持续了六十余年，扼住自己喉咙的手直到死亡也没有松开过。

这些日记最早的读者将是他的妻子。多年放荡的生活让托尔斯泰痛苦疲惫，他向往一种道德而稳定的生活，那么首先，他需要一个妻子。托尔斯泰对妻子有完美的想象：丈夫将把妻子叫作"小不点儿"，教她阅读、写作，让她在事业上帮助他。妻子将有一头黑色的头发，每天走进农民的茅舍，为农民张罗，然后带着满足感睡去。为此，丈夫将越来越爱她。

——托尔斯泰想结婚，并不是因为对爱情的向往，恰恰是因为对爱情的厌倦。

在日记里，托尔斯泰记录下对交往过的女人们苛刻的挑选——她太冷淡，她太粗俗，她已经衰老。三十四岁时，**他终于遇到了少女索菲亚**，非常短的时间内，他便向她求婚了。《安娜·卡列尼娜》（Анна Каренина）里最浪漫的段落，莫过于列文对心仪的姑娘吉娣写了一排粉笔字母，吉娣立刻猜出它是一句话的首字母："我没有什么要遗忘和饶恕的，我一直爱您。"

这桥段就是复刻了托尔斯泰向索菲亚求婚的过程。但同一件事在两人记忆里并不相同。托尔斯泰写下一排字母，索菲亚说自己立刻认出了那排字母所代表的爱意，而托尔斯泰对二人的心有灵犀惊喜不已。但托尔斯泰在日记里记述的却是："徒劳地给索菲亚写了许多字母"，后来，"她强迫我解

释那些字母,我很窘,她也是"。[a]

诚实是浪漫最大的迫害者。新婚之前,托尔斯泰出于坦诚把所有的日记给索菲亚看,希望两人之间从此没有秘密,索菲亚看到其中被细致地编号、记录了亲热时特征的女人,震惊得恸哭不已,带着泪水走进婚姻。

婚姻的最初几年是幸福的,三十五岁的托尔斯泰开始马不停蹄地写那本史诗性的《战争与和平》(*Война и мир*),他要求妻子陪在身边,索菲亚蜷缩在他脚边一张熊皮毯上,一遍遍地誊写书稿。

六年之后,《战争与和平》完成了。不要被这书庞大的标题和页码吓到,它的故事线很通俗,讲的是几个年轻人在时代中相爱与相忘的过程。

小说开始于1805年的一场贵族沙龙。彼时拿破仑在欧洲崛起,法国与俄国发生冲突,贵族们漫不经心地议论着时局,有个高胖笨拙的年轻人走进小说,他叫皮埃尔·别祖霍夫,刚刚继承了巨额财富,是拿破仑的崇拜者,他的观点让友善而虚伪的沙龙变得尴尬,贵族军官安德烈出场,帮皮埃尔解了围。

故事以此展开,高傲英俊的安德烈经历了战场上受伤、妻子难产死去,随后安德烈与活泼少女娜塔莎相恋并订婚,相约一年后结婚。但是娜塔莎在一年间却没有经受住寂寞,

---

a 托尔斯泰的日记,1862年8月28日。

被诱惑变了心。痛苦的安德烈再次上了战场,那是1812年,拿破仑再次向俄国宣战,俄国打响伟大的卫国战争。安德烈在战争中身负重伤,被娜塔莎在伤员中意外发现,娜塔莎一直照顾他直至他死去。

另一边,皮埃尔娶了梦中情人,却被戴了绿帽,妻子死去。当1812年法军入侵时,他在莫斯科,想要刺杀拿破仑,结果却成了法军的俘虏,差点被处决,好在等来了战争的胜利。最终,皮埃尔和娜塔莎结婚,"从此过着幸福美满的生活"。

"战争与和平"决定了生活的形态和密度:"战争"如炙热的火,让人升温、熔化、变形;"和平"是温和的空气,人性在其中冷却,逐渐淬炼为新的形状。

人总以为自己是自由且无所不能的——就像所有广告与电影宣扬的那样。当生命之重锤逐渐让我们意识到自己的无能时,我们也总会归咎于偶然的失误决定。但托尔斯泰却试图告诉我们:不,我们不是自由的。我们只是被历史塑造的产物,我们只是为了活下去,必须相信自己是自由的。

就连那些公认的"伟人"也不是自由的。有一种说法,认为时代是少数几个伟人所决定的,拿破仑这个马背上的小个子塑造了19世纪的整个欧洲。但托尔斯泰拒绝接受这种说法,在小说里他一遍又一遍跳出来向读者说,拿破仑也不过是历史的奴隶,受历史的规律和造物主的旨意所摆布。

造物主在托尔斯泰的小说里无处不在,作者是它的化身，代替造物主来摆布、试炼他笔下的人物。皮埃尔是一个天降大运、无故继承大额财富的人，托尔斯泰就要磨损他的运气，让他有一个放荡的妻子，且被迫放弃富足的生活，离开烧焦的莫斯科，踏上冰冻的土地，最终明白幸福的真谛；安德烈是一个骄傲而冷淡的人，托尔斯泰就要打压他的傲慢，让妻子难产死在他面前，让爱的少女背叛他，让战争破坏他的身体，当他负伤在沙场上看着浮云半昏迷半清醒，他终于感到一种生命的渺小——连伟大也是那么渺小，最终他在谦卑中死去；娜塔莎是一个活泼可爱的少女，托尔斯泰就要夺去她的无忧，让她在订婚之后被激情所诱惑，又被抛弃，因此失去了人生中最真挚的爱情，最终在"永失吾爱"的遗憾中变得平庸平静。

  托尔斯泰把每个角色的天赋和骄傲磨平，使其成为一块最普通、最没有棱角的普通石头。普通，这是托尔斯泰眼中最具美德的人类。重要的是，他们成为了普通的"俄国人"。在小说的一开始，皮埃尔崇拜拿破仑，而安德烈说着一口带有法国口音的俄语，那时的俄罗斯上流社会以法国文化作为时髦而高级的文化，但是经历了1812年伟大的卫国战争之后，法国文化被彻底剔除出了这个民族，俄国被历练成为了新的共同体，血与泪铸就了新的纯净的俄罗斯灵魂。

  《战争与和平》最神奇之处，就在于它不像是被书写出来的。所有的描述都是那么自然，像是这个世界开口叙述自己。

从拿破仑到某个仆人，五百多个角色没有一个模糊不清，托尔斯泰为了实践他的观点——并不存在所谓"伟大人物"，他给予了最微小的角色以个性和面目。其中一幕，伯爵要找几个舞者，说："去找吉普赛人伊柳什卡。在沃洛夫伯爵举行的舞会上，那个人曾穿着白色哥萨克式上衣跳舞，你把他拖来见我。"

——读者脑海中立刻勾勒出这个吉普赛人的面貌，即便这个角色只露过一次面。

我多次阅读《战争与和平》，依然能为其中的细节叹服。小说中没有一样无意义的事物，没有两棵相同的树。安德烈刚刚经历了妻子的难产，万念俱灰，忽然在去自己领地的路上看到了一棵树，那是一棵伤痕累累的老树，却展开了新鲜的绿叶，"不论是疙瘩流星的手指，不论是伤疤，不论是旧时的怀疑和悲伤的表情，都一扫而光了。""是的，还是这棵树。"安德烈想，一阵没有来由的欢乐和复兴的春天的感觉袭上了他的心头。

正是这棵树重新点燃了安德烈未老先衰的心灵，大胆地拥抱自己爱上了少女娜塔莎的事实。

另一棵树是在战场上。小说中的尼古拉在战场上看到一棵孤零零的树，"它本来在前面显得非常可怕的线中间，现在他们越过了这条线，不但没有什么可怕，而且越来越快活、兴奋。"

这棵立在前方不动不摇的树，成了某种胜利的标志物，只需战胜恐惧，轻车快马，总会到达未来。

　　托尔斯泰为了这种事无巨细的写作所付出的心血是难以想象的，为了让笔下的博罗季诺战役显得真实可信，他拿起地图起码在当年的战场上转了两天，从活着的战争幸存者那里搜集细枝末节；栩栩如生的人物也不是自然流淌出的，托尔斯泰缜密地思考，在人物一百万种可能的反应中，选出一种最接近真实的。

　　真实，这是托尔斯泰最高的准则，无论是面对自己，还是面对文学。皮埃尔、安德烈、娜塔莎所处的世界似乎比我们所生活的更真实、更清晰。太清晰了，反而显得忧伤。

　　小说最后，皮埃尔和娜塔莎历经劫难，"从此幸福快乐地生活在一起"。托尔斯泰拒绝童话结尾式的远景、淡出、收场，他把镜头拉得很近，历经沧桑的主人公们在交流些日常的琐碎，平淡中有种让人微笑的温柔，但是镜头再近一些时，读者心碎地发现娜塔莎变老了，她发胖，衣冠不整，不修边幅，还养成了吝啬的毛病，同时变得爱嫉妒。

　　而皮埃尔屈从于妻子的嫉妒，甚至不敢笑着和任何女人说话，他不敢离家过久，并且接受了妻子娜塔莎对自己的思想追求完全不懂。

　　托尔斯泰不是一个仁慈的造物主，他并不许诺圆满天堂；相反，他告诉我们，人会变老、变忧郁，然后日子会变得漫长。所有的岁月静好中都暗藏着挫败，所有的恩赐都要求牺牲，每一口甘汁都夹杂着苦涩。即便人经历了上天的种种磨难，也无法获得永恒的青春激情，所能得到的至高奖励，不过是和平时代中平静乏味的连续生活。

[3]

同皮埃尔和娜塔莎一样，托尔斯泰自己的婚姻生活近看也有很多细小的裂缝。

写作《战争与和平》期间，索菲亚除了把书稿誊写了好几遍以外，还生了四个孩子，除此之外还要料理他们所居住的庄园。托尔斯泰在家务上不仅不帮忙，还制造了很多麻烦。比如他一度因为崇高的道德感，解雇了所有的佣人，自己照顾农务，结果把猪全饿死了，地也荒芜了，他最终厌烦地走进书房，救赎半途而废。

索菲亚以惊人的充沛精力承担了写作以外的一切，偶尔也会抱怨，她曾经在日记写："我讨厌他和他的百姓。我感到，有我，就没有百姓；有百姓，就没有我。如果他不把心思放在我身上，如果我是一个玩偶，如果我仅仅是一个妻子而不是一个人，那么，我就不能那样生活，也不想那样生活。"

托尔斯泰对妻子的内心变化几乎一无所知，他也不关心，他所有的兴趣都在自己身上。在写完了《战争与和平》之后，那股母亲身上曾经散发出的死亡气味又回来了。

他在日记里写道："我问自己：'我愁闷什么，害怕什

么呢?'

"'怕我,'死神用听不见的声音回答道,'我在这里。'我不禁不寒而栗。"

写作是对付死亡的方式,因为当一个人物被创造出来,它就不会消失。托尔斯泰的小说人物都带着如此强烈的生命力,每当一个读者翻开书页,他们都能重获生命。很快,托尔斯泰将创造出其中最强大、最特别的"不死火鸟",她在我们的脑海里那么鲜活地存在着,附身于每一段关于爱、忠诚、耻辱的记忆。她就是安娜·卡列尼娜。

《安娜·卡列尼娜》的故事非常简单,用它那最著名的开头就可以概括:"幸福的家庭都是相似的,不幸的家庭则各有各的不同。"

小说的主线由两个家庭组成。一个是以列文为主角的幸福家庭,列文是作者的化身,身为富足的地主,娶了自己心爱的女孩吉娣,然后在乡村的劳作中沉思,与上帝对话,试图获得永恒的宁静。

另一个是以安娜为主角的不幸家庭。安娜的原型来自于作家住所附近一个地主的情妇,她在被情人抛弃之后卧轨自杀了,托尔斯泰打算把她变成笔下主角:一个受了诱惑出轨的妇人,最终只能去死。

在构思阶段,托尔斯泰对待安娜·卡列尼娜,就像一贯的角色设定一样,严谨有原则:《战争与和平》里的娜塔莎被激情诱惑,但迷途知返,因此勉强过关,被赐予幸福结局；安娜·卡列尼娜则执迷不悟，最后咎由自取。

肉欲的、激情的、自私的、不惜一切代价的爱是有罪的，只有宁静的、基于形而上的、符合基督教精神的、忠诚的、相互尊重的爱是可靠的。抱着这种笃定的想法，托尔斯泰开始了与安娜·卡列尼娜长达五年的旅程。

小说开始了。列文是那么淳朴可爱，十全十美，他去酒店用餐时对富丽堂皇的环境不满意，精致可口的大餐也不喜欢，只喜欢白菜汤和麦片粥。被问到对婚姻出轨的看法时，列文表示那是完全不能理解的，就像一个人吃饱喝足之后还转身去面包店里偷面包卷。

列文虔诚地爱着少女吉娣，当他远远地看着她，觉得她像太阳一样不敢让人直视，同时又无处不在。当列文向心爱的吉娣求婚成功之后，他是那么兴奋，去问酒店门卫结婚时是否爱自己的老婆，得到肯定的答案之后，列文非常高兴，就像是自己对婚姻的憧憬得到了全世界的确认。

他结婚之后，忠诚不仅没有因为约束而变得疲惫，反而成为了一种信仰。列文最大的爱好是猎熊（托尔斯泰把自己的爱好借给了他），但是他的妻子却不让他去猎熊，担心危险。这时，托尔斯泰为列文安排了一个无比精彩的反应：他并没有恼怒或遗憾，而是感觉到了巨大的爱与幸福，他不仅没有惋惜自己失掉的自由，反而说了一句令人震惊的话："使我高兴的，正是我所牺牲的自由。"

列文的话放在今天更为珍稀。在如今的两性关系里，男女争夺与捍卫的往往是自由,它意味着永不枯竭的选择。但是随着无限选择而来的,是迷茫、犹豫与妒忌。人赫然发现,自由原来意味着幸福以外的一切。列文早早敏锐地发现,在两性关系里,自由是被高估的权利。比自由更难得的,是知道愿意为了什么牺牲自由的笃定。选择权当然是可贵的,可是人若是始终害怕失去其他选项,而不做出最后的抉择,那么多如浩瀚的选择一无是处。

然而,金子般的列文在安娜·卡列尼娜面前是多么暗淡无光啊!以至于我小时候第一次读这本小说时略过了所有他紧锁眉头的沉思,飞快翻页,只为看安娜怎么样了。

在《安娜·卡列尼娜》最初的草稿里有句话说:"人们都恶意地议论着这些(家庭不幸的)人,否则就会无话可说,因为幸福的人是没有故事的。"不幸者永远更诱人。

安娜在小说里姗姗来迟。小说开头,安娜的哥哥出轨被嫂子发现,向妹妹求助,于是在圣彼得堡的安娜准备启程要去莫斯科的哥哥家,以一个婚姻修复者的形象出现(这伏笔是多大的讽刺)。然后,悲剧的齿轮缓缓启动,安娜在去哥哥家的火车上邂逅了英俊年轻的军官伏伦斯基(又是一处伏笔,安娜最终丧身于火车轮下),两人在莫斯科的社交场上短暂接触后,安娜启程回圣彼得堡的家,在火车上,她看本小说消遣时间,竟渴望自己代替小说中的女主角生活,她开始对周围环境感到恍惚,甚至不知道自己所在的火车是在前进还是后退(这是生活即将陷入混乱的预兆)。

火车到站了,安娜的丈夫卡列宁来接她。她忽然发现,丈夫的耳朵怎么长得有些奇怪,她之前从来没有注意过的、一双撑住礼帽边缘的大耳朵。

出轨从这一刻开始了。人想离开一段恋情就像想离开一座房子,忽然发现乱七八糟的踢脚线、带有污渍的墙、剥落的天花板都变得难以忍受。

在小说最初的几稿里,安娜·卡列尼娜是个无趣且庸俗的女人,而她背叛的丈夫则是一个圣徒,在妻子出轨之后,收养了她和情人的孩子。

但是随着小说的发展,这些初稿被推翻了,安娜变得越来越动人、破碎、让人怜爱,而她的圣徒丈夫则显得越来越虚伪、僵硬、不值得爱。

我们目睹安娜爱上了伏伦斯基,离开了自己的丈夫,我们不仅理解她的选择,甚至认为人人都有可能做出同样的选择。

当安娜在世人的审判中辩白:"难道我没有尽力,尽我所有的力量,去找寻生活的意义吗?难道我没有尽力爱过他吗?当我没有办法爱他时,难道我没有尽力爱过儿子吗?可是后来我明白了,我不能再欺骗自己,我是一个活人,我没有罪,上帝把我造成这样一个人,我需要恋爱,我需要生活。"

我们都被说服了,高喊:"如果安娜有罪,那么我们每个人都有罪。"

安娜·卡列尼娜比托尔斯泰笔下的任何一个角色都更像读者自己。托尔斯泰在每部小说里都会加入很多道德寓意，精彩的叙述经常戛然而止，开始了冗长的大道理。但在《安娜·卡列尼娜》里，列文那条线索分担了绝大部分道德说教，因此安娜获得了罕见的发展的自由。

我们因为安娜而心碎，同情之心在看到安娜因为不伦之恋承受舆论压力时为达顶点。安娜被人们回避、斥责、白眼以待，而情人伏伦斯基却几乎没有受到什么影响，依然被社交圈邀请，和那些看起来相当体面的女人相谈甚欢，而这些女人不愿意和安娜待上哪怕一秒钟。

托尔斯泰绝不会认为这种基于性别的虚伪与势利是公平的，他内心的天平在悄然发生着倾斜。

天平的另一边是幸福的列文。妻子吉娣为他生了一个孩子，可列文并没有像妻子那样被崭新的生活占据灵魂，而始终在进行信仰的沉思，列文甚至几次想到自杀，最后只能把绳子藏起来免得上吊。思考过程是那么孤独，思考的结果也无法与任何人分享，被美满家庭环绕的列文那么落寞，他想："在我的灵魂和其他人之间，甚至和我的妻子之间，仍然会有那道沉默的墙。"

列文的故事就这样"不完亦完"地结束了，那不像是一个小说角色的退场，而更像读完了作家某天的日记，第二天，他依然会继续未竟的探索与叹息。

安娜的故事也临近尾声，小说的最后十分之一是最精彩的部分，已经写得精疲力竭的托尔斯泰保持了最大的耐性，缓慢地展示了安娜与伏伦斯基关系的解体，安娜在权力失衡的两性关系中越来越没有安全感，最终决定惩罚恋人，"摆脱一切人，也摆脱自己"。最终，安娜迈着轻快的步子下到铁路轨道上，然后扑在铁轨上，她准备立即站起来，但是却跪了下去。

安娜死前的动作很轻盈，让人想到她在小说中的第一次出场——"她的身段那么丰满，步态却那么轻盈，真使人感到惊奇"。

她最初轻盈的步态暗示了她单薄的道德观，但是小说最后，她死亡的轻盈成为了一种释然。托尔斯泰已与自己最初的设想差了十万八千里，死亡对于安娜来说不仅不是惩罚，反而是解脱，离开了一个不配拥有她的世界，并且她是小说中唯一获得解脱的人。

掩卷之后再回看小说扉页上的引言——"伸冤在我，我必报应"。[a]这话出自圣经，指世间的一切自有上帝裁判。原意是暗示安娜的罪使人无权评判，上帝自有定夺。

到了小说最后，当活过、爱过、轻盈离开的安娜，与沉重、孤独、每一天都在艰难寻找意义的列文同时并列在我们面前，谁更像是受到上帝惩罚的那个呢？

---

[a] 出自《新约·罗马书》12章第19节："亲爱的弟兄，不要自己伸冤，宁可让步，听凭主怒。因为经上记着，主说：伸冤在我，我必报应。"

[4]

《安娜·卡列尼娜》是托尔斯泰唯一一部失控的小说，因此，它是作家写过的最动人的小说，某种程度上，它触及了世界上其他所有小说都没有到达过的高度。

到了最后，你发现让你揪心的并不是安娜·卡列尼娜与世俗道德的搏斗，而是托尔斯泰与安娜·卡列尼娜的搏斗。托尔斯泰原本打算拆解一出家庭悲剧，与他认为虚无主义的东西作斗争。但是当安娜带领托尔斯泰深入，用她那双亮晶晶、似喜似悲的眼睛引导托尔斯泰去看，作家见到了某种他从未见过的事物，他不仅无法宣布主角是有罪的，甚至自己也被主角动摇，道德立场变得模糊不清。

在写作《安娜·卡列尼娜》的过程中，托尔斯泰夭折了几个年幼的孩子，丧子的悲痛让作家宽恕了安娜，在给朋友的信里，托尔斯泰把安娜与他失去的孩子们并列，仿佛安娜也是他死去的女儿。比道德立场的动摇更可怕的是对信仰的动摇，托尔斯泰在书里书外都见证了一种无因的不幸，上帝始终对这个不幸的世界保持沉默。他在日记里写道："我的理智和基督教提供的答案落到了这样的境地：仿佛是两只手，它们拼命要合起来，但是手指却拒绝地撑起。"

写完了最伟大的小说《战争与和平》和最完美的小说《安娜·卡列尼娜》，实现了人类文学最高成就的托尔斯泰不到五十岁，陷入了巨大的信仰危机。

这场危机的结果，并不是托尔斯泰向安娜、向人性妥协；相反，像所有意志力超乎寻常的伟人一样，他以更强硬的姿态回到过去的轨道，比之前更决绝、更彻底。

五十岁之后的托尔斯泰厌恶艺术、厌恶音乐、厌恶戏剧，他对莎士比亚的攻击极其严厉，相反，他会赞美温暖平庸的鸡汤文学，认为那种正能量的文学能激发人向善，而莎士比亚作品里的狡黠与动人心魄的激情是邪恶的、不安定的、诱惑性的。

托尔斯泰过于高大，以至于他失去了凡人的视角。他不知道让我们对文学艺术上瘾发狂的，正是这种诱惑性。凡人并不期待一本小说能净化我们的灵魂，而是期待它能揭示那些我们因为软弱而不愿承认的东西，它能带我们看清世界随机而微小的细节。世界是凡人构成，又为了凡人而存在。世界的表象对凡人来说已经足够复杂迷人，但是对俯视的托尔斯泰来说却太简单，他试图寻找一种更深邃的精神世界，一条更艰难的追寻真理之路，他要找的东西，已经不在文学里。

托尔斯泰转向一种看起来更纯净，实际上更虚伪的生活。他脱下贵族的长袍，穿上农民的外套，亲自耕地扶犁，收割庄稼。他像笔下的列文一样，试图从割草中感到一种劳动的美德，这种劳动的美德将比无病呻吟的文学更接近真理。

但是陀思妥耶夫斯基早在《安娜·卡列尼娜》出版时就

下了断语:"像列文这样的人,只要他们愿意,他们就可以与人民共同生活,但他们绝对不会成为人民的一员,因为他们自命不凡,有意志力,变化无常。"

所有人都看得出托尔斯泰试图把自己变成"人民"的徒劳,他们静静地看着一个思想上的巨人,如何努力装出迟钝和土气。<u>画家列宾去拜访托尔斯泰</u>,作家坚持要展示自己如何耕地。在田地里,画家看到托尔斯泰庄园里的农民对主人礼貌性地无视,而其他村子里的村民,驻足看了挺长时间。"然后一件奇怪的事情发生了,"列宾回忆,"我这一辈子,从来没有在任何一个淳朴的农民脸上看到如此鄙夷的神情。"

托尔斯泰以为只要人人都胼手胝足地耕地劳动,世界将美好如天堂。有一天,一个美国农民找他,介绍了美国的农业发展,十分之一的人口生产的粮食足够喂饱全国人。托尔斯泰大为惊奇。

20世纪近在眼前,人们在车里,人们在海上,人们在城市中,发明接着发明,星星在城市上空消失。人人都在追赶已来的未来,托尔斯泰却还在极力挽留已经消失的生活,想通过倒退而前进。

托尔斯泰的农业试验,受害者除了那块可怜的田地,还有他的妻子。

索菲亚不理解丈夫的伟大理想。在后来的许多文学评述

> 伊里亚·列宾(Ilya Repin, 1844—1930):俄国画家,题材以描绘底层百姓生活为主,揭露社会黑暗,把现实主义绘画艺术发展到了高峰。代表作有《伏尔加河上的纤夫》等。

中，她不理解伟大的丈夫仿佛是一种罪过，是她太庸俗。实际上，她不同意托尔斯泰的做法，仅仅因为她是个正常且独立的人。

托尔斯泰不愿意让财富的罪玷污自己的灵魂，于是把所有的财富（包括土地）都分给了自己的家庭成员，从此拒绝自己的作品收取稿酬，同时开始大量慷慨的施舍。

索菲亚成为了偌大家庭里唯一生活在现实而不是真空中的人。她作为托尔斯泰的编辑和出版社的会计努力工作，寻找新的房屋，制作家具，给房子供暖，以便维持这个大家庭正常运转，她因为努力而置于被声讨的位置。丈夫认为她把他的思想变成了钱，这是有罪的；子女认为她没有弄来足够的钱，这是有罪的。

甚至连托尔斯泰的朋友都责备他竟然还和妻子生活在一起，应该早点丢下她，才能过上《福音书》允诺的那种没有负担的生活。

索菲亚，这个唯一努力维持他人生活的人，成为了"困住"大家的人。她被误解和冷漠逼疯了，被家庭成员视为"神经质"，于是，她就真的疯了。托尔斯泰的子女曾笑着回忆，他们的母亲有一天买一块画布，然后竟然把自己的一生原原本本告诉了这位陌生的商人。索菲亚还经常不穿外衣跑到街上，街上的每个人都认出了她，他们一定在想托尔斯泰为什么找了这样一位不体面的太太，他们一定在嫌恶她把家中的一切不幸和耻辱都抖搂出来，他们拒绝那个简单的结论：她太悲伤了，她真的太悲伤了。

[5]

托尔斯泰为什么会发生这样的变化？

我们不能分裂地理解这个巨人，而必须明确一个事实：说教者托尔斯泰和艺术家托尔斯泰是同一个人；乏味的托尔斯泰和精彩的托尔斯泰是同一个人；五十岁之后拒绝文学的托尔斯泰，和两岁时就贪婪地记住母亲去世时所有细节的小男孩是同一个人。

那个让托尔斯泰着迷的东西，从来没有变过，那就是死亡。

本雅明说："讲故事的人的权威来自死亡。"托尔斯泰是权威中的权威。他是描写死亡的专家，不仅像自己已经亲自死过，而且死过多遍，对多种死亡之间微妙的区别了然于胸。

《战争与和平》里那段安德烈的死亡是多么经典——

> "安德烈拼死命抵住门，即使来不及上锁，也得把门堵住，可是他的力气弱得可怜，那个叫人毛骨悚然的东西把门推开，接着门又关上了。那东西再次在门外推，安德烈使出最后所有的力气也没有用，两扇门被无

瓦尔特·本雅明（Walter Benjamin，1892—1940）：犹太人，德国思想家、哲学家、马克思主义文学批评家，被誉为"欧洲最后一位知识分子"。著有《发达资本主义时代的抒情诗人》《单向街》等。

声地打开了。它走进来,它就是死神。于是安德烈公爵死了。"(曹婴译)

安德烈被死亡收走。皮埃尔则被死亡改变。皮埃尔作为法军俘虏目睹行刑。前四个人已经被击毙了,轮到了第五个——一个年轻的男孩。在行刑前,被蒙上眼睛的男孩因为被布条勒得太紧,整理了一下后脑勺上的结。士兵让他靠在血淋淋的柱子上时,他调整了一下姿势,舒服安详地靠在柱子上。

枪响了,男孩被打死了,排在第六个的皮埃尔奇迹般地活了下来。男孩死前的每一个细节深深烙印在了他的脑海里。这种毫无意义地让自己舒服一点,就是生命所给予的自由。

托尔斯泰甚至着迷地去写一棵树是如何死的,小说《三死》（Трисмерти）里,他这样形容树死去——"那些活着的树木的枝叶也在倒下的死树上面庄严地微微晃动。"

对死亡的迷恋随着岁月流逝不减反增。在托尔斯泰几乎已经放弃文学,仅仅写些伦理小品的老年,他仍写出了不朽的小说,那就是《伊凡·伊里奇之死》（Смер-ть Ивана Ильича）。

小说一开始,法官伊凡·伊里奇已经死了。托尔斯泰用了一句无比平实却震撼的话概括他的一生：

"伊凡·伊里奇的一生最简单平凡不过,因此也最可怕。"

死者在作者的叙述中复活。伊凡出身于官员家庭,优雅博学,性格开朗,交游甚广。毕业之后,他找了一个漂亮纯洁的女孩子结婚,原因是他认识的那些最显赫的人们认为这桩婚事无可挑剔。

接下来,伊凡顺利升职,顺利有了几个孩子,人生在一条轻松、舒适、体面的轨道上,每次小的意外稍微把他撞出了这条轨道,他总能很幸运地回来。

直到有一次,他可能回不来了。

伊凡不小心撞了肋骨,小伤发展成了大病。到了第三个月,所有人对他的唯一兴趣是:他是不是快要空出他的位置了。

意识到死亡将至的伊凡·伊里奇第一次开始思考自己的一生,他自认为度过了美好快乐的一生,结果惊讶地发现自己的人生贫瘠得可怜,工作毫无价值,家庭生活令人生疑。

伊凡开始面对一种可怕的可能性:他的一辈子可能活错了。生命就像是一节行进中的火车车厢,他以为火车在向前推进,快到终点时才发现真正的方向是相反的,只是因为自己坐错了位置而无知无觉(就像安娜·卡列尼娜在火车上萌生出轨念头后产生的幻觉一样)。

生命之火马上就要熄灭的时候,伊凡开始乞求上帝的原谅,他不再挣扎求生了,他接受了疼痛:"你怎么了?你在哪里,疼痛?疼就疼吧。"然后,他接受了死亡:"还有死亡,你在哪里?"

接下来他看到的是光,一切都变得欢乐。在黑暗的洞口,他看见了一束光,这一切只发生在一瞬间,然后他战胜了死亡,因为他已经死了,死者再也不畏惧死亡了。

我读这篇小说不下十遍,每次都是同样的战栗,仿佛自己也站在人生的终点处怀疑:我这一辈子是不是活错了?

合上书才庆幸:还好我无须面对已知不远的死亡。"讲故事的人的权威来自死亡",本雅明这句意蕴不明的话忽然变得清晰了。是死亡让生活的意义显现出来:细节从记忆的底部翻涌而上,一个人忽然面对自己真实的所爱、所恨、所遗憾、所原谅。在那一刻,即便是最不堪、最可怜的人也比其他人更接近真相。

但人只能经历一次死亡,人们从死亡中领略的意义与经验再也没有运用的机会,甚至连记下来的力气都没有。唯有讲故事的人,从死神那里搜集一个又一个死者的故事,带回到活着的人那里。小说从不说教地展现他人的命运,而是用他人的命运燃烧了一团火焰,让我们在这火焰旁暖暖手,在我们冷得发抖、害怕得发颤的时候,有了一丝光明。

在所有往返从死神那里取走故事的人之中,托尔斯泰是最积极、最诚实、最勇敢的一个。我想,这并不是因为他不畏惧死亡,恰恰相反,是因为他太畏惧死亡了。

托尔斯泰体力上壮得像西伯利亚棕熊一样,能毫不疲惫地一口气工作十几个小时;在智识上无人能敌,是世上最伟大的作家;他作为文学大师名满天下,崇拜者无数,还养育过十三个子女（不算私生子）。可即便如此，托尔斯泰也会被死亡收走，像伊凡·伊里奇一样慢慢消失在"黑暗的口袋"中。不，托尔斯泰拒绝接受这个想法。

按照弗洛伊德的理论，人们的潜意识都不相信自己的既定之死。对托尔斯泰来说，这个潜意识尤为强烈，他甚至在1895年的一篇日记中写下一行神秘且坚定的字："不生不死，永远存在。"

托尔斯泰战胜死亡的方式就是选择让自己直面死亡，在生命最后的时光，他几乎每天的日记都以三个字母开头——"W、I、L"，这是俄语的一句话的缩写，那句话是"如果我活着"。

他把死亡拉进了生活里，拉进了身体里，拉进每一次的呼吸之中。

托尔斯泰不放过任何一个亲近死亡的机会。他知道自己的忘年交契诃夫罹患肺结核，病情急转直下时，非常兴奋地来到了契诃夫的病床前。当发现契诃夫精神状态良好的时候，托尔斯泰几乎非常失望。契诃夫一边往啤酒杯里咳血，一边被迫听托尔斯泰大谈死亡的神秘与虚幻的永生。最后，医生出身的契诃夫厌烦了，他认为死亡是一件自然且平实的事。托尔斯泰大为吃惊，发现契诃夫竟然能对死亡泰然处之，意识到死亡这个事实之后还能如常生活。这是托尔斯泰难以做到的。

死亡的神秘通向信仰。托尔斯泰在晚年也笃信上帝，但是他并非作为上帝的信徒，而是作为上帝的分身。

高尔基讲过一个著名的故事，说托尔斯泰把自己的日记给高尔基看，高尔基被其中一句话吓了一跳，那是："上帝是我的愿望。"

高尔基让托尔斯泰解释一下这句话，托尔斯泰笑着敷衍他，然后把本子卷进自己的大衣口袋。高尔基这才意识到，托尔斯泰与上帝的关系很不明确，"它们有时使我想起那个'一洞两熊'的关系"——也就是中国人所谓的"一山不容二虎"。

但晚年的托尔斯泰不像上帝，反而像他最厌恶的一个文学人物：莎士比亚笔下的李尔王。

托尔斯泰读完《李尔王》之后破口大骂，认为这出戏很愚蠢，难道不是因为他在其中认出了自己吗？

强大的国王李尔王放弃了自己的权力退位，准备把自己的国土分给三个女儿，却丧失了判断力，同时失去了曾经群臣的尊重。李尔王因而勃然大怒。

托尔斯泰不也如此吗？他放弃自己的领地、封号和著作版权，然而不仅没得到幸福，反而变得愈发孤独和易怒。他像李尔王一样，以为放弃权力能够得到爱，但他已然忘了爱是什么，爱是像安娜·卡列尼娜一样对不幸甘之如饴，爱是无助的证明，爱是交出支配权的投降白旗，爱是自愿一无所有的投名状。

——这种爱在托尔斯泰衰老时变得让他恐惧。不，他还要把人间改造成天堂,他不能投降。

于是,托尔斯泰和李尔王一样,孤身走进茫茫的黑夜。

[6]

托尔斯泰出走前的一年,家庭生活已经鸡飞狗跳,托尔斯泰觉得子女的生活毫无意义,妻子索菲亚常常假装自杀。

托尔斯泰在日记里写:"心情极端沉重,简直想离家出走。"

他把日记藏在皮靴里。因为索菲亚会满屋搜索他的日记,仔细检查,以便知道他留下了什么遗嘱。托尔斯泰极度沮丧,抱怨道:难道她不能让我单独和上帝待一会儿吗?

1910年10月底的一天,托尔斯泰躺在床上,听到妻子窸窸窣窣的声音——她又在寻找他的日记了。然后,索菲亚小心翼翼走进他的卧室,探问着丈夫的健康。厌恶和愤怒越来越增长,托尔斯泰喘不过气来,心想:必须要走了。

凌晨五点,八十二岁的托尔斯泰离家出走。他在寒冬的夜里漫无目的地走了十一天,他也不知道要走到哪里,大概是要走到一个荣誉、金钱和崇拜都追不上他的地方。

他上了一辆火车,不幸被一个旅客认了出来,于是全火车的人都传开了:"托尔斯泰来了!"所有人都挤到了车厢门口来看他，托尔斯泰生病了，体温越来越高，车停在了阿斯塔波沃（Astapovo）这个破败的车站。

全世界都在注视着阿斯塔波沃，列车一到这个车站，便放慢速度，不拉汽笛，静静驶过。人们知道，托尔斯泰将死在这里。地方官员们打报告，询问托尔斯泰能否死在这个地方，还是需要被转移到医院去。记者们都来了，在车站餐厅里喝酒喧闹，推敲着如何写这个最伟大作家的讣告。

索菲亚也来了，但是人们不让她到丈夫那里，她住在车厢里。直到托尔斯泰昏迷认不出她时，他们才让她见自己的丈夫。

这个喧闹的死亡是托尔斯泰理想死亡的反面，他想获得一个完美的死，一个朴素纯净的、没有谎言的、圆满的，只有他与上帝，只有圣洁的光的死亡。但是可悲的是，托尔斯泰死的时候，他逃避的妻子、媒体记者、侦探、宪兵、官员全部好奇地围绕着他。

这画面是他生命后期的完美写照：一个未遂的殉道者。他想爱世人，却在不被理解的孤独中更爱自己；他憎恶荣誉，但崇拜者却纷沓而至；他自我贬低，但是人们却崇拜他的真诚。最后，他甚至想被流放，就辱骂起了沙皇，但是尼古拉二世却恳求自己的大臣不要去碰托尔斯泰。

托尔斯泰如圣徒一样艰难地爬一座山，低着头，紧握着拳头，背负着自己制作的沉重十字架。山顶有什么？只有他自己知道,那将是完美的死亡,只有完美的人才能拥有的、没有恐惧的宁静的死亡。

　　最后,他倒在了离山顶最近的地方,虽然他失败了,但那已经是人类到达过的最远的地方。

《托尔斯泰最后的日记》 | 书籍

作者：[俄]列夫·托尔斯泰
出版社：天津人民出版社
译者：任钧
出版年：2020

写得非常平淡，接近流水账。但最让人触动的是，他每篇最后的结束大概都是"明天要是还活着的话"，而第二天早上的第一句总是确认自己还活着。看到最后，忍不住要哭出来。他看着死亡一点点向他走近，我们旁观死亡如何走近他。

《伊凡·伊里奇之死》 | 书籍

作者：[俄]列夫·托尔斯泰
出版社：东方出版社
译者：许海燕
出版年：2017

本书包含了托尔斯泰比较冷门的小说，其中包括两个短篇《克罗采奏鸣曲》《魔鬼》和一个中篇《伊凡·伊里奇之死》。

这几篇小说都写于托尔斯泰晚年。中年以前的托尔斯泰像神明一样写作，中晚年的他却活得像个囚徒，被情欲、道德与死亡焦虑囚禁。这几篇小说就是他作为囚徒去描述牢房的四壁。

《战争与和平》 | 剧集

War and Peace
（2016）

BBC 拍的迷你剧集。虽然远不及原著小说的壮阔，但很适合在读小说之前来看，消除对这本大部头的恐惧。看完剧之后，你会松了一口气：原来这只是个三角恋的故事啊。

《安娜·卡列尼娜》 | 电影

Anna Karenina
（2012）

虽然被很多人诟病，但我觉得是我心中最好的一版《安娜·卡列尼娜》。导演和编剧都是我私心认为在世唯一能改编托翁的编导。影片刻意营造的舞台剧感我也非常喜欢，隐约能看到契诃夫的影子。

费奥多尔·陀思妥耶夫斯基

1821 / 11 / 11 - 1881 / 2 / 9

陀思妥耶夫斯基的上帝
并不是一个带来奖赏的上帝，
而是一个惩罚的上帝。

Фёдор Достоевский

22 陀思妥耶夫斯基：人与苦难

[1]

1880年的6月，陀思妥耶夫斯基参加了普希金诞辰八十周年的庆典，他被安排在屠格涅夫之后发言，屠格涅夫得到的反馈还算热烈，但远远无法和陀思妥耶夫斯基得到的近乎疯癫的反应相比。

陀思妥耶夫斯基几乎每一句发言都会被掌声打断，观众像着了魔一样，妇女们争相去吻他的手，还有观众直接晕倒了。陀思妥耶夫斯基越来越激动，浑身像着了火一样。见到如此盛况，其他作家纷纷放弃了发言。

陀思妥耶夫斯基在信中讲述这次的成功："不，你永远无法想象它的效果。我在圣彼得堡做过的任何事和它相比都是零。"

这位被不公正地判决过、差点被处死过、流放过西伯利亚、失去过妻子、失去过孩子、为了逃债在国外流浪多年、穷困潦倒、疾病缠身的作家终于获得了从未有过的荣誉。

大半年之后，陀思妥耶夫斯基没来得及完成人生中最重要的小说，扔下笔，去世了。

[2]

陀思妥耶夫斯基十六岁时，母亲去世，同时去世的还有普希金。失去了过往的陀氏，开始展望一个文学的未来。他和哥哥来到了向往已久的《青铜骑士》中的圣彼得堡，第一件事就是去拜谒普希金被杀害的决斗地点，但圣彼得堡之旅真正对他起到决定性改变的却是另一件小事。

在驿站，陀氏看到一个信使狠狠地殴打一个马夫，马夫因为疼痛狠狠地扬鞭殴打马，信使的拳头和马夫的鞭子几乎以同样的频率落下。这场景给了陀思妥耶夫斯基很大的震撼，他意识到在俄罗斯遍地是两种存在：被侮辱的与被损害的。这片土地上，没有强者与弱者之分，只有强壮的施暴者和羸弱的施暴者。

这个场景我曾经看一个南非女作家挪用过，她笔下的女主角身处种族隔离的黑暗时期，一次看到黑人车夫正在被痛殴，挨打的车夫以加倍的暴力对待身前的马，女主角一脚踩下油门，眼含热泪地离开了这个国度。因为这里看不到尽头，仇恨无穷，卑微无尽，一个受尽了欺辱的可怜人会用最残忍的方式去折磨一只蚊子，不是因为他想，而是因为他可以。

尚且年轻的陀思妥耶夫斯基还心怀幻想，他认为社会的症结在于富人和地主的压迫与剥削。二十四岁的他,写下了自己的小说处女作《穷人》(Бедные люди),作品讲述了年老的低微文官和孤女相互取暖,逐渐产生了爱情,却因为官僚和地主的迫害不得不分开。

在这部小说里,"穷人"其实指的是那些精神贫瘠的富人。小说一经发表,文坛震动。陀氏继承了普希金以来的人道主义文学传统,为底层发声。鲁迅如此概括这篇小说:"世界竟是这么广大,而又这么狭窄;穷人是这么相爱,而又不得相爱;暮年是这么孤寂,而又不安于孤寂。"

鲁迅心有戚戚,因为他也在陀思妥耶夫斯基笔下看到了一个吃人的世界,陀氏对此提供了一个天真的解决方案:只要吃人者消失就好。就像鲁迅说的——"他们以为只要扫荡了旧的成法,剩下来的便是原来的人、好的社会了"。

初入文坛的陀思妥耶夫斯基用作品赢得了尊重,然后又用性格毁了它。

刚了解陀思妥耶夫斯基其人时,我就发现他笔下的主人公有个共同的特点:所有性格的转变都是受辱引起的。

《地下室手记》(Записки из подполья)里,主角和强壮的军官相遇时挡了道,被拎起来丢到路边,此后,主角告诉自己不要动摇,不要成为先让道的那个。在《卡拉马佐夫兄弟》(Бра́тья Карама́зовы)中,侮辱是在脑海中进行的,愚蠢丑陋的傻瓜老爹总是出丑,有一次他预想自己会因为出丑而招人嫌弃,就提前丑态百出。

后来我才发现，那是因为陀思妥耶夫斯基本人性格如此，他极容易被想象中他人的羞辱所激怒。

有一次，他未经邀请就冲进屠格涅夫的书房，对着还在写作的屠格涅夫开始忏悔："我必须对您说，我深深鄙视自己……"屠格涅夫惊惶未定，不知道该如何配合陀氏的表演，陀思妥耶夫斯基勃然大怒说："然而我更鄙视您！"然后夺门而出，离开这出独角戏。

陀氏尴尬地搭讪心仪的姑娘，问她昨晚做了什么，姑娘说参加了舞会，陀思妥耶夫斯基问："跳舞让你很开心吧？"姑娘一边缝补衣服一边漫不经心地承认，陀思妥耶夫斯基愤怒了，咬牙切齿地说："你是一个浅薄、愚蠢的女人。"

陀氏是一个召唤羞辱的魔法师：他在脑海里设想他人的耳光，因此怒从心头起，于是讥笑就真的到来了。他用一只手把自己绑在了荆棘柱上，然后用另一只手颤抖着记录下折磨与疼痛。

很快，厄运在他的召唤下敲响了房门。门打开，逮捕他的警察冲了进来。

陀思妥耶夫斯基的"罪与罚"，要从 1848 年开始讲起。那时，人道主义的火焰遍及欧洲，1848 年初，俄罗斯沙皇尼古拉一世获得一个惊人的消息：巴黎发生起义，法王路易·菲利普仓促退位。随即，欧洲的国王们纷纷被掀翻在地，"共和国"三个字成了尼古拉一世恨不得从词典里剔除的字眼，不过，表面看起来，俄罗斯帝国仍然如沉静水潭。

对于俄罗斯的波澜不惊，作家赫尔岑有精妙的解释，他认为俄罗斯的法律和权利概念很多是从西方习来的，就像圣彼得堡这座完全由向往西方的彼得大帝规划出的城市，舶来的理念随时可以弃之船外，从此轻装上阵，"租屋者本来就比自居其家者容易迁徙"。俄罗斯人民不会为了权利而抗争，因为人不会怀念自己从未拥有的东西；他们更不会因失去的自由揭竿而起，因为他们没有自由可失。

即便如此，1848年的欧洲革命还是给了尼古拉一世极大的冲击，他密切关注国内的风吹草动，在1849年抓捕了彼得拉舍夫斯基小组成员[a]，陀思妥耶夫斯基也在其中。

彼得拉舍夫斯基是个性格古怪的公务员，他所成立的小组与其说是个政治组织，不如说是一个狂想者和边缘人的互助小组。小组成员们每周五读书，分享欧洲的新闻，空谈些虚无缥缈的无政府主义理想。

幻想改变社会制度的陀思妥耶夫斯基也加入了小组，不过并不活跃，但是沙皇并不在乎他在其中是抨击了政府还是谈论了文学，一个凌晨，警察冲进陀氏的住处，他们搜查了整个房间，封存了手稿，把还在懵懂中的作家带上了马车。

我追随一百多年前的这辆马车去了彼得要塞，那是涅瓦河上的一个城堡，远远就看到教堂钟楼上如针尖般的金色尖

---

[a] 彼得拉舍夫斯基小组：1844年由彼得拉舍夫斯基创立的空想社会主义和民主主义社团。成员多为青年知识分子，他们憎恨现存体制，主张以和平手段实现社会主义。1849年4月全体被捕。

塔,让人想到那个著名的问题:一根针尖上能站立几个跳舞的天使?

天使从未光顾过此处,这里只有犯人的呻吟。彼得要塞昔日的监狱成了今日的景点,每间牢房门口都挂着曾住过的著名犯人的肖像,陀思妥耶夫斯基住过的牢房早已翻修消失,==我倒找到了高尔基和托洛茨基曾经住过的牢房==。从门上的小孔望进去,那像是如今流行的北欧性冷淡风的卧室,淡灰色的墙裙把小小高窗分割成两半,一张窄床,旁边是灯光照耀下的小桌。

> 列夫·托洛茨基(Leon Trotsky,1879—1940):俄国十月革命领导人,第四国际的主要缔造者。苏维埃俄国重要领导者。因政治愿景与斯大林不符,1927年被开除出党,两年后被驱逐出苏联。1940年8月在墨西哥遭暗杀。

这牢房是注意力不集中的作家的理想书房,陀思妥耶夫斯基在其中构思了三个短篇、两个长篇,他担心自己没有足够的时间完成。他的担心是对的,八个月之后,他跟其他九个狱友一起,被带到了谢苗诺夫刑场。

冬天的凌晨,厚厚的云层后闪烁的橙色圆球是犯人们已经许久没有见过的太阳,他们被这景色迷住,半晌才注意到不远处的行刑台。陀思妥耶夫斯基和其他犯人一起被绑在灰色的柱子上,木然地得知马上将被枪决。

在等死的瞬间,陀思妥耶夫斯基在想些什么?他曾经给自己笔下的人物这样安排过心理活动:"在五分钟内……两分钟跟同伴说再见,两分钟做内在的反思,剩下的时间就最后一次打量四周。"

五分钟之后,枪声没有响起;取而代之的,是命令行刑队后退的鼓声;随即,犯人们被松绑,塞回马车,重新送回了彼得要塞。

救陀思妥耶夫斯基的是尼古拉一世。

但这并不是沙皇在最后一刻读了作家的文学痛哭流涕悬崖勒马的故事,而是早已写好的剧本:尼古拉一世早就决定并不处死这些犯人,而是把他们发配到西伯利亚流放。然而他需要演这么一出戏,以显示是自己的宽宏大量给了犯人以生命。沙皇的戏码奏效了,在西伯利亚流放期间,陀思妥耶夫斯基反复在书信里表达自己对于沙皇的爱。

1849年圣诞节夜晚,陀思妥耶夫斯基戴着镣铐,被押送出城,他对圣彼得堡最后的印象是满城装饰着节日灯火的温馨房屋,他路过了弟弟友人的家,弟弟圣诞节要带着孩子去那里聚会。终于,橙黄色的灯光和热气腾腾的房子在身后被抛得越来越远。十几天之后,陀思妥耶夫斯基到达了暴风雪肆虐的西伯利亚,未来他将度过四年苦役的地方。

[3]

西伯利亚的行政中心托博尔斯克放置着一个大铜钟,它曾经被敲响以召唤三个世纪前的起义者,然后跟随叛乱者到了西伯利亚。铜钟被惩罚:被鞭打了十二下,然后抽出"舌头",它是第一个无生命的流放者,也是之后所有流放者坚硬而沉默的写照。

陀思妥耶夫斯基四年的流放苦役生涯经历了种种苦难：环境的恶劣——冬寒夏热的牢房散发着让人窒息的臭味；得不到的安宁——几年的苦役中，陀思妥耶夫斯基得不到一分钟独处，永远和两百多个狱友的咆哮共处；精神的贫瘠——只有一本《福音书》可以读；毫无意义的强迫劳动——整天进行诸如在两只桶中来回倒水之类劳作。

但最让他痛苦的，是他进入了一个不属于他的阶层。当一个普通农民来到西伯利亚服刑，他会很快和其他犯人打成一片，但这样的友谊不可能发生在陀思妥耶夫斯基身上，在其他苦刑犯看来，他是贵族，是"老爷"，是曾经折磨人民的敌人。因此，陀思妥耶夫斯基永远无法从其他犯人那里获得理解和信任，投向他的目光永远是阴沉而冷淡的，他遭遇的反应永远是幸灾乐祸。

这就是陀思妥耶夫斯基幻想拯救的阶层，设想用新的规则去赋予重生的人民：他们是那么我行我素，对罪行与惩罚的认知是那么任性，残暴对他们来说并不是受苦之后的应激反应，而是一种不断发展的习惯。

在描述这段流放岁月的《死屋手记》（*Записки из Мёртвого дома*）中，陀思妥耶夫斯基说他发现这些犯人几乎没有一点悔罪的迹象，没有一点对自己罪行的反思——无论他是一个抢劫犯，或是无缘由地杀死五岁男童的恶魔。

在入狱一年之后，陀思妥耶夫斯基逐渐发生了改变。他的流放笔记语气开始轻快,讲囚犯们如何献计献策为关押自己的狱方买马。两个因为盗马而服刑的囚犯甚至因为意见不同而争论起来,囚犯们兴高采烈,并且像在用自己的钱那样开始讨价还价。

我想起一位犹太作家写自己在集中营的经历,纳粹要求犹太犯人们垒墙,这些犯人在砌限制自身自由的高墙时也一丝不苟,异常认真,犯人们在劳动中丧失自我的瞬间,才感觉到自己是自由的。

陀思妥耶夫斯基开始在强盗中发现一些真正的人,一些美好的犯人,例如虔诚的教徒老者、开朗的抢劫少年,他们从彼此身上学到了很多东西。

"要爱具体的人,而不是抽象的人。"

——这句话似乎很适合用来概括流放期间的陀思妥耶夫斯基,它也是如今陀氏被引用最多的"金句"。奇怪的是,我并没有在他的任何一本小说里找到这句名言,反而在《卡拉马佐夫兄弟》中读到了完全相反的表达:"我越是爱整个人类,就越是不爱具体的人。"

陀思妥耶夫斯基在流放生涯的尾声爱上了其他囚犯,那些缺乏悔恨、寒心似铁的犯罪分子。表面的原因是他不再把这些底层人当作抽象的名词、写作的素材,而当作复杂的人。然而,更深层的原因,是陀思妥耶夫斯基把自己纳入了他们之中,找到一个更广阔的概念来包裹住所有的服刑者。

他们都是"不幸的人"。俄罗斯老百姓把犯罪称为"不幸",好像犯罪是一种不得已的委屈,而且这些囚犯是在替所有其他人赎罪。

《死屋手记》里最动人的情节,是讲囚犯们捡到了一只受伤的鹰,带回营房里豢养。这只骄傲不逊的老鹰总是以一种凶狠的目光盯着人类,绝不当着任何人吃东西,它孤独而愤怒地等待死亡,不相信任何人,也不与任何人和解。某一天,囚犯们不忍让它死在监狱里,决定把它放归天空。

老鹰被抛过围墙放回原野,大风吹得枯黄的草丛沙沙作响,老鹰拼命扇动受伤的翅膀,急于逃离这群照顾了它很久的囚犯们。

"看它!"一个囚犯若有所思地说。

"头也不回地走了!"另一个人补了一句,"弟兄们,一次也没有回过头啊,只顾跑了!"

"你难道以为,它会回来表示感谢?"第三个人说道。

"显然,它如愿以偿,感到无拘无束了。"

"这就是自由啊。"

"已经看不见了,弟兄们……"

"干吗还站着,走吧!"押送兵们大声叫道,于是大家默然无语,步履蹒跚地上工去了。

当这些犯人脑海中出现自由的原野时,他们会痛苦不已,以至于要求被狱方用鞭子抽打,以消灭对自由的向往。

流放后期的陀思妥耶夫斯基不再是一个误入底层世界的知识分子,他是与其他囚犯一起呆滞地目睹鹰越飞越远的人。当他和这些失足的兄弟姐妹一起祷告、去教堂接受施舍的时候,他感觉到宗教的幸福感;当他认真观察那些粗鄙、快乐、无耻的囚犯时,他不再像那时写《穷人》那样,觉得他们是不幸制度下的受害者,反而感觉到了一种巨大的精神力量,震撼于这些犯人对于本能的捍卫。陀思妥耶夫斯基感慨他们都是俄罗斯精神在严寒中锻炼出的结晶,都是伟大灵魂的拥有者。

陀氏爱上了这些犯人,不是因为他们是"具体的人";相反,他在他们身上找到了一种抽象的道德力量。

如果说,此前的陀思妥耶夫斯基同其他知识分子一样,思考的是如何改变社会制度,以减轻他人的痛苦,西伯利亚的流放生涯让他完全与人类的痛苦和解了,不仅和解,还渴望最充分地承受它们。

1853年,陀思妥耶夫斯基流放期的倒数第二年,俄罗斯与土耳其开战,战争激起的爱国情感为重生的陀氏注入了滚烫的血,他成为了崭新的人:沙皇的崇拜者、东正教的信徒、自豪的俄罗斯人。

[4]

沙皇尼古拉一世自诩为斯拉夫民族和东正教的保护者,心中从未放弃过扩张的帝国梦。1853年,他借宗教争端入侵多瑙河两公国(今属罗马尼亚),随即土耳其向俄国宣战。

次年，英法正式向俄国宣战。

经历了十八个月的战争，俄罗斯失败了。这场战争后来被称为"克里米亚战争"，它是俄罗斯乃至欧洲历史上一个重要的分水岭，让俄罗斯和其他西方国家渐行渐远，俄罗斯人感到自己受到了背叛：欧洲这些基督教国家竟然会背叛自己，和异教徒土耳其人站在一起。

俄罗斯为这场战争付出了惨烈的代价，损失了五十余万人，是英法联军死亡人数总和的两倍有余。战争还没打完时，尼古拉一世就落寞地病倒了，濒死之际，他反思自己似乎太爱战争了，然后叫来了自己的继承人亚历山大二世，对他说："拯救俄国。"将死的老沙皇攥紧拳头——"像这样，抓紧一切！"教完了统治术的最后一课，他死了。

> 亚历山大二世（Alexander II）：罗曼诺夫王朝第16位沙皇，1855—1881年在位。即位之初签订《巴黎和约》，结束克里米亚战争，着手进行政治、军事、司法、教育、财政等一系列社会改革。1861年下诏废除农奴制，并致力于推动俄国朝君主立宪制发展，被称为"解放者"。1858至1864年间，通过与清朝签订《瑷珲条约》《北京条约》及《勘分西北界约记》等，夺取中国150万平方公里的领土。

败局已定，新沙皇亚历山大二世在阴霾中登基，他特地把登基的日期推后到了俄罗斯1812年打败拿破仑军队的博罗季诺战役[a]胜利纪念日。新沙皇试图用这样的方式来美化这次的战败，把它和当年俄罗斯光荣伟大的卫国战争联系起来，用往日的辉煌再次团结人民。

---

a 博罗季诺战役：拿破仑侵俄时期规模最大的会战。双方伤亡惨重，法军表面获胜但未能歼灭俄军主力，此后战争主动权倾斜至俄国。

但对于知识分子来说，这种偷换概念的做法无疑是失败的。诸如托尔斯泰这样的知识分子非常清醒地意识到两次战争的不同：1812年与拿破仑的战争的胜利是人民的意志取得的，这次克里米亚战争的失败是沙皇一人野心的破败。

不仅如此，这次战争让俄罗斯人民长久以来的国家印象破灭了，原来它并不是世界上最强大、最富有的帝国，一直被轻视的英法小国对帝国的碾压是全方位的，不仅是军事上，还有工业化程度，等等。

战败的阴霾下，继任的亚历山大二世被迫踟蹰着进行改革，着手开始废除俄罗斯在西方制度与理念装饰下真正的核心：农奴制度。亚历山大二世一定没有读过那句著名的论断："历史的经验证明，被革命摧毁的政权几乎总是优于其前任政权，对一个坏政府来说，最危险的时刻通常就是它开始改革的时刻。"（托克维尔）

改革是危险的，它对于那些习惯了旧世界的人来说意味着崩溃。过去的价值观、法律、习俗、艺术，建立在旧道德基础上的权威全部崩溃了。旧时代的贵族不会认为自己拥有的雍容的泡沫是大量的血泪榨取出的，他们只觉得泡沫破灭的瞬间礼崩乐坏，天崩地裂。

而对于那些等待新世界的人来说，破坏又来得太慢了。年轻人对在位者那种走两步退一步的权衡既不耐烦又不信任，只想快点砸烂一切。

亚历山大二世当政的19世纪60年代，年轻一代知识分子成长起来了,他们大多出身低微,比不上普希金那一代贵族出身、受西方教育的精英。如果普希金们是"多余人",那么新一代就是"坏脾气",他们不相信特权的偶像,他们激进、粗鄙、凶狠,甚至厌恶艺术,认为逃避进韵脚和油画笔触里是一种懦弱的表现。

对纸上谈兵失去耐性的年轻人开始组织生疏但有威胁的恐怖活动,如同李安电影《色·戒》里把刺杀易先生当作暑期实践的大学生。一个叫作"地狱"的青年组织筹划刺杀沙皇,手枪打偏了。然而这只是开始,在那之后,刺杀沙皇成为了年轻革命者的挑战游戏。他们在路上带着手枪埋伏,在冬宫埋下炸弹,沙皇作为活动的靶子东躲西藏,示威游行和纵火案成了家常便饭,恐怖的氛围在圣彼得堡的每一条街蔓延。

中年精英对年轻人的看法有所保留,殊不知,年轻人早已把老派人扔进了历史的垃圾堆。

描述这个动荡时代最有影响力的作品就是屠格涅夫的《父与子》,他如实刻画了两代人的冲突,塑造了一个什么也不相信的年轻人,年轻人不仅否定沙皇制度、权威和美学,甚至连亲情也不屑一顾,屠格涅夫把他称为"虚无主义者"。

小说有段作者后来删掉的对话:

年轻人对中年人说:"你有内涵而没有力量。"

> 《父与子》(Fathers and Sons):屠格涅夫的长篇代表作。描写了19世纪50年代俄罗斯的矛盾现实:善良却软弱的祖父在豪华庄园里过着悠闲生活,新生却虚无的子辈们选择掀起变革,"让这一切取决于我自己"。

中年人对年轻人说："你有力量而没有内涵。"

这部小说一经出版就激起巨大反响，很少有作品能够同时激起激进者和保守者的剧烈反感。激进者觉得屠格涅夫对于年轻人是嘲讽，保守者则觉得全是溢美之词。

"到底谁是英雄，谁是坏蛋？"

读者因为困惑而愤怒，要求作者说个明白：你到底对虚无主义者是什么态度？屠格涅夫顶住了压力，选择一言不发，选择模糊不清，他拒绝了政治角色的裹挟，放任自己被误读。因为作家的任务既不是帮人们指认可以发泄愤怒的坏蛋，也不是指导人们该如何生活，而仅仅把那些难以辨认的情感与人性造成一间屋子，邀请人们步入其中，迷失在其中。

或许屠格涅夫自己也是迷路者，他不知道该对这些年轻的虚无主义者如何反应。他恐惧又着迷，一方面敬佩年轻人的力量与勇气，敢于摧毁腐朽的敌人——那是老派人没有勇气做的事，但另一方面，屠格涅夫惊恐地发现年轻人的目标不仅是腐朽之物，而是地面上目之所及的一切。

正直而敏感的知识分子都有过这样的心理过程。曾盲目赞美年轻人的鲁迅日后也感慨："我至今为止，时时有一种乐观，以为压迫、杀戮青年的，大概是老人。这种老人渐渐死去，中国总可以比较有生气，现在我知道不然了，杀戮青年的，似乎大概是青年，而且对于别个的不能再造的生命和青春，更无顾惜。"

杀戮在1869年的俄罗斯到达了顶峰。一个叫作涅恰耶夫的年轻人横空出世，他是一个标准的虚无主义者，曾经写过一段著名的革命者宣言："革命者是注定要灭亡的人。他既无个人需要，也无个人事务、感情依恋……他是这个世界不共戴天的仇敌，如他仍生活其中，就是为了更有力地毁灭它。"

涅恰耶夫成立了一个秘密小组，目的是制造恐怖事件，刺杀沙皇。小组中的其他成员对他来说只是材料，供他使用。其中一位大学生不满他的独断专行，想要告密，结果被涅恰耶夫和朋友们杀死，尸体抛入湖中。

在报纸上读到这个新闻之后，在国外躲债的陀思妥耶夫斯基异常激动，他在涅洽耶夫身上看到了自己早年在彼得拉舍夫斯基小组的样子，那些被无政府主义狂想激起的战栗、否定荣誉之后感到的巨大满足，这不都是过去的自己吗？

陀思妥耶夫斯基迅速动笔，《群魔》(Бесы)诞生了。小说的题词来自普希金同名的诗作：

"打死我，也找不着道路
我们迷了路，有什么法子？
看来有魔鬼领着我们
在我们四周转圈"（臧仲伦译）

"群魔"是魔鬼附身在了迷失的人身上。在小说中，陀思妥耶夫斯塑造了三个被魔鬼附身的人。

第一个是斯塔夫罗金,虚无主义的精神领袖。他是文学史里最迷人、最复杂也最邪恶的形象。一个美男子,面孔白皙,牙齿像珍珠,嘴唇像珊瑚,高傲自信,勇敢无畏,同时也极其古怪。在斯塔夫罗金心中,善良和邪恶没有什么本质的区别,在他的行为上找不到逻辑和一致性,他侵犯幼女,又娶跛脚的女人为妻;他在决斗时让两个无辜的人死在面前,同时又在面对殴打时不还手。

斯塔夫罗金是某一类标准的反社会人格,他们彬彬有礼、善解人意,但那恰恰是因为他们灵魂深处空无一物,无法和任何人、任何事共情,反而可以面不改色地做出任何最合理的反应。他的灵魂早已到了无限的远方,那行走微笑的美男子不过是一具躯壳。

第二个被魔鬼附身的人叫作彼得。他是斯塔夫罗金的信徒,如现实中的涅恰耶夫一样组织了秘密小组。小组以改变世界为梦想,每天却煞有介事地讨论各种恐怖的理论,比如把人区分成两部分——十分之一的人统治十分之九无限服从如畜生的人,还有"砍掉一亿人的脑袋世界就变好了"。

彼得无意义地谋杀身边人,导致这些匪夷所思的设想逐渐变为现实。

读《群魔》这本书时,我几次因为无法克制的恐惧而放下书。一切细节都太真实了,读者仿佛无意中加入了一个秘密团体——开始以为是兴趣小组,后来发现是个恐怖组织,身边全是革命分子、告密者,读者被迫与其他人的命运紧密相连,发现时已经像被海草缠住一样不能脱身,离被迫向完全无辜的人开枪只有一步之遥。

这是一本伟大的虚无主义者预言之书,预言了本世纪社会新闻里常见的主角。如果你试图了解新闻里那些无理由地残害他人者的心理,那么你不妨读读《群魔》,其中就隐藏着这些或痛苦或已经死亡的灵魂。他们不能爱,恨他人更恨自己,他们有愿望,却无法萌发善意或孵化信仰。

小说里这些"群魔"到底是怎么产生的?陀思妥耶夫斯基怪罪他们的父辈——第三个也是最早的"群魔":19世纪四五十年代亲近西方的知识分子,更指名道姓地说吧,就是屠格涅夫这些人。

《群魔》对屠格涅夫进行了人身攻击式的影射,其中一个人物以屠格涅夫为原型,作者不遗余力地攻击描述他的娘腔腔、虚伪的问好姿势,以及躲去国外的懦夫行为。陀氏恨屠格涅夫们,因为他们认为俄罗斯的未来在于学习西方。陀氏认为,正是这种想法让俄罗斯失去了信仰,也失去了上帝,最终教育出了那些杀人放火不眨眼的小恶魔们。

《群魔》不是陀思妥耶夫斯基广受好评的作品,却是我心目中陀氏的《叶甫盖尼·奥涅金》,那是看着自己的肉身在地上拖出的长长落日余影写出的彷徨之书。

奥涅金的痛苦是一代俄罗斯人的精神危机:上半截肉身向往着西方的文学与艺术,下半截肉身却深深扎根在俄罗斯的土壤里，上下半身各自为政，极致分裂。二十年后，群魔们砍掉了自己的下半身，彻底否定了俄罗斯的道德与信仰，却发现当下半身消失时，上半身也迅速腐败枯死，整个灵魂被全部摧毁。经历过这一切的陀思妥耶夫斯基写下这些迷茫时驾轻就熟，如今，他已经不再迷茫了，《群魔》标志着他已让魔鬼离开了灵魂，找到了救赎。

[5]

找到救赎的陀思妥耶夫斯基曾经让我迷惑不解。沙皇对他没有半点恩赐，可他在苦刑之后却愈发支持沙皇；祖国并没有给他半点优待，可他却愈来愈坚定地爱俄罗斯；上帝对他没有半点怜悯，夺走了他的健康、幸福，甚至毫无预兆地夺走了他深爱的孩子的性命，但是他愈来愈笃信上帝；命运对他没有半点好脸色，些微的好事总是预示着更大的灾难，可他反而愈发迷信命运，陀氏是一个嗜赌如命的人，把自己的家底和妻子的首饰输得精光。

为什么如此？

当然，我们可以简单地概括为"斯德哥尔摩综合征"：当人落入无法摆脱的痛苦时，就会把这种痛苦当作幸福以换取解脱。抑或，我们可以把陀思妥耶夫斯基视为一个赌徒：输得越多，越难以离开牌桌。

但陀思妥耶夫斯基过于才华横溢，他拒绝接受如此粗暴的解释，因此借《卡拉马佐夫兄弟》中的"宗教大法官"一节自己写下了答案。

那是文学史上最凝练、最精彩、最铿锵有力和目眩神迷的篇章，也是文学史上最接近神迹的文字。

这一章节以两兄弟——伊万和阿辽沙的对话组成，是故事外的节外生枝。没有耐心看完整本书的读者也不会跟不上情节。

伊万是个无神论者，而阿辽沙是个虔诚的信徒。在讲"宗教大法官"的故事以前，伊万首先提出了对上帝的攻击，他认为上帝竟然允许一个孩子受难的世界，这是不可宽恕的。如果所有人的幸福与和谐将建立在孩子的一滴眼泪上，那么这和谐的代价太高，他愿意退掉人间的入场券。

而阿辽沙则认为上帝能原谅一切，宽恕一切。

接下来，伊万就讲了"宗教大法官"的故事。故事发生在16世纪，人们渴求上帝已久，在一个安宁的夜晚，上帝来到了塞维尔城的街道，他让已死的孩子复活以自证身份。

这时，九十岁的宗教大法官来了，他带着军队把上帝抓进了监狱。在监狱中，宗教大法官的诘问开始了，他要求上帝离开——人间不需要你。

宗教大法官的挑战集中在两点：第一，上帝说人们在大地上所受的苦难在天国可以得到回报；第二，上帝允许人们自由地活着，因此，邪恶就是自由的代价，魔鬼也应该被允许存在。

宗教大法官对第一点的反驳，是未来的幸福不值得用现在的苦难来换；而第二点反驳更石破天惊：自由真的那么好吗？对于少数强者来说，自由是可贵的，但是对于绝大多数精神上的弱者来说，自由意味着混乱、暴力、溅满鲜血的大地。

所以，上帝，人间不需要你。

这个故事以一种神圣的肃穆结束：上帝默默吻了大法官苍白的嘴唇。大法官把上帝的监狱之门打开，让他走，"你走吧……永远不要再来了，永远"。

如果有任何人问你"文学有什么好读的？"，那你不妨把"宗教大法官"这个章节拿给他看。在我看来，文学对人起到的改变就是状态的变化，当你合上书之后，你忽然有些恍惚，觉得熟悉的世界变得陌生了。越优秀的作品，产生的状态变化就越强烈，"宗教大法官"就是其中翘楚，读者读完后耳朵里仿佛还回响着飘渺的音乐，人如同置身于多彩玻璃的屋顶之下，看到的是被改变的现实。"宗教大法官"在读者脑海中置入了此前从未出现过的问题，我们知道，我们被这些问题永久地改变了。

伊万和宗教大法官是谁？他们当然是陀思妥耶夫斯基的化身。他们对上帝进行了种种质疑，怀疑上帝存在的必要性。

我们期待阿辽沙予以回应，一一反驳，但是阿辽沙并没有，因为无法回应，他只是像上帝亲吻宗教大法官一样亲吻了哥哥。

阿辽沙依然选择相信上帝,就像是陀思妥耶夫斯基依然选择相信。唯一的理由是你必须相信。

因为上帝不存在的世界太可怕了。"没有上帝,一切被允许",这是陀氏的小说反复论证的问题,《罪与罚》里,主角随意地杀死房东太太;《群魔》里,虚无主义者杀死无辜者,全都是因为他们不相信上帝,于是一切行为都取决于自己,取决于自我的观点和想法。观点是杀手。但是上帝不是一个观点,它是一个必须存在的存在。

既然上帝必须存在,那么我们就必须接受它的存在。陀思妥耶夫斯基的上帝并不是一个带来奖赏的上帝,而是一个惩罚的上帝。只有这样,才能解释命运的无理。

"这里没有为什么。"这是一个犹太作家在集中营里听到的最多的话,当一个守卫在极度饥渴的囚犯面前掰断冰凌,当囚犯头目在作家的肩膀上擦干净手上的油污,当一个囚犯随机被选择死去时,他不断被告知的就是这句话。

陀思妥耶夫斯基在西伯利亚流放的经历也大抵如是,他逐渐接受所有人无理由地作恶。

后来,当陀思妥耶夫斯基的第一任妻子死去,当他最爱的孩子死去,当他卑微地在银行里恳求一点点钱财时,他反复被告知的也是这句话:这里没有为什么。

所有发生在他身上的事都有一种毫无意义的残酷,正因为意义的缺失,所以需要他自己寻找解释:因为上帝要雕刻他的命运,要用烈火、坚冰和铁锤把他锻造成某种坚不可摧的、永恒的东西。一定,一定是这样的。

他所受的苦难并不是因为日后会有报偿,苦难本身就是报偿,苦难本身就是意义。

[6]

"命运的馈赠,早已暗中标好了价码。"——这句话是很多人赖以生存的信念,因为它背后还隐藏着一个逻辑:命运的剥夺,早已暗中准备好了奖励。

我们相信命运左手赋予的、右手还会收回的公平。比如一个天才必然被收走了情商,而一个俗人则被恩赐了人情的练达。世事必须如此,我们才有理由继续努力,继续行善。

但现实真的如此吗?我们看到那些上帝没有关上一扇窗的幸运儿——例如爱因斯坦同时也是社交场上的红人,我们也看到了被上帝关上每一扇门的不幸者——大部分自闭症患者并没有被赋予天才。历史上,有多少被苦难历练的诗人,就有数倍没有挺过来的文人。

不,命运不做公平的交易。那些发生在我们自己身上的厄运又该如何解释呢?如果苦尽没有甘来,好人不得好报,我们的等待又有什么意义呢?

对于这种不公平,有人选择随波逐流,及时行乐,活在当下,尽己所能地欺骗、作弊、获利,反正天地不仁,以万物为刍狗,自私自利就是唯一的准则。

陀思妥耶夫斯基拒绝这种可怕的生活,他提供了另一种方案:承认苦难的存在,相信它,享受它,用它照亮自己。然后,痛苦便消失了。

但是,陀思妥耶夫斯基的方案反而让我产生了更多的疑问:

难道不存在毫无意义的时光、毫无意义的牺牲、毫无意义的劳动和毫无意义的苦吗?

如果拒绝承认无意义的苦难,我们又该如何辨别有意义的生活呢?

如果我们坦然接受命运所赋予的一切,会不会不自觉地为不公辩护呢?

如果我们同愤怒、痛苦和解,那么我们用什么来守卫自由与尊严呢?

可惜陀思妥耶夫斯基没有足够的时间去写《卡拉马佐夫兄弟》的第二部,我的问题也许永远得不到回答。

[7]

"我认为,俄罗斯人民最主要和最基本的需求是受难,不断地受难,难以满足渴求地受难。"陀思妥耶夫斯基如是说。

他在人生的最后十年深信俄罗斯这片土地是承载神明

的，因此俄国的一切都是正确的，因此俄罗斯人民才会不断受难。沙皇则是神明和人民的中介，是惩罚的上帝在人间的化身。

在庆祝普希金诞辰八十周年的典礼上，陀思妥耶夫斯基做了让受众疯狂的演讲，赞颂普希金代表了独一无二的俄罗斯精神，显示了俄罗斯人民在未来的伟大使命。

那伟大使命是什么？陀思妥耶夫斯基最后并没有说清楚。大半年之后，他写下一篇文章，为俄罗斯帝国向亚洲扩张摇旗呐喊，这是他生前最后一篇文章，写完便撒手人寰。

当我读到那篇文章时，我想到年幼时读过的托尔斯泰的一篇短篇小说，名为《一个人需要多少土地》，讲一个农民总是嫌弃自己的土地太小，于是不断扩张土地，最后竟累死了。当他埋入土里，才发现最后他需要的土地只有从头到脚六英尺那么一小块。[a]

"我还是选择托尔斯泰。"站在陀思妥耶夫斯基的故居，我无法抑制地这样想。向陀氏故居入口处展示的黑帽子最后告别，我便带着歉意离开了房子，进入圣彼得堡的寒冷雾气中。

"假如这片雾气散布开来，向上空升腾，这个气候恶劣的、滑腻腻的城市会不会随雾气升腾并像烟雾似的

---

a 托尔斯泰 1886 年创作的一篇寓言式小说。

消散,只剩下了原先存在芬兰湾的沼泽,而在沼泽中间一尊坐在一匹已经筋疲力尽、气喘吁吁的马上的骑士铜像巍然屹立,这大概是作为点缀的吧?"(岳麟译)

陀思妥耶夫斯基在《少年》(*Подросток*)中曾经这样写道,在一切信仰的迷雾散去之后,在内心光明与黑暗的斗争结束之后,陀思妥耶夫斯基跪倒在青铜骑士的雕像之下,成为了它忠实的信徒。

《托尔斯泰或陀思妥耶夫斯基》　　　　　　　　　　　　| 书籍

作者：[美] 乔治·斯坦纳
出版社：浙江大学出版社
译者：严忠志
出版年：2011

　　大评论家乔治·斯坦纳（George Steiner）的经典作品。他从小说的起源开始讲起，用对托尔斯泰和陀思妥耶夫斯基两个小说家的分析贯穿起西方小说的传统与内在逻辑。

　　斯坦纳无疑是二十一世纪最伟大的评论家，我在看了许多他的书之后，发现他有一个固执的文学观点，那就是苦难才能造就伟大的艺术，江山不幸诗家才能幸。

　　事实真的如此吗？的确，托尔斯泰和陀思妥耶夫斯基在沙皇俄国熠熠发光，但还有更多残酷时代是荒芜且沉默的，例如德意志第三帝国时期、南非种族隔离期，等等。

　　我曾经看过乔治·斯坦纳和诗人布罗茨基的电视辩论影像。乔治·斯坦纳滔滔不绝于压迫如何会产生更好的文学作品，曾经因"游手好闲罪"被判流放苦寒之地数年的布罗茨基抽着烟，笑容中有轻蔑，仿佛在说：亲爱的斯坦纳先生，恕我直言，您对真正的压迫一无所知。

《俄国思想家》　　　　　　　　　　　　　　　　　　| 书籍

作者：[英] 以赛亚·伯林
出版社：译林出版社
译者：彭淮栋
出版年：2011

　　思想家伯林的代表作，论述俄国的"知识阶层"为什么不同于西方意义上的"知识分子"。著名的"狐狸与刺猬"的理论也出自本书。

| 《彼岸书》 | 书籍 |

作者：[俄]赫尔岑
出版社：四川人民出版社
译者：张冰
出版年：2016

我时不时就会翻看的一本书。

陀思妥耶夫斯基在沙皇俄国动荡的后期思考、写作，赫尔岑面对同一种现实，做出了另一种思考与回应。

《彼岸书》是赫尔岑在1848年欧洲革命"波及俄罗斯失败"后写的一本"幻灭之书"。1848年前，赫尔岑对革命的摧枯拉朽与西方价值观充满希望，在1848年之后，他逐渐失望，发现"彼岸"没有答案，此地（俄国）没有未来。

这本书是以对话体的方式呈现，总让我想起鲁迅。赫尔岑与鲁迅似乎都是用肩膀扛起黑暗的闸门，在无物之阵中举起投枪。进亦忧退亦忧。

托尔斯泰在八十多岁的日记中写道："读了赫尔岑的《彼岸书》，非常惊叹。应该写他，让当代人了解他。我们的知识分子已经堕落到不能理解他的地步。"

弗拉基米尔·纳博科夫

1899 / 4 / 22 - 1977 / 7 / 2

他说他永远不会回到俄国；
他说，我永远也不再返乡，
我永远不投降。

Vladimir V. Nabokov

主人公

23　纳博科夫：作家与记忆

[1]

纳博科夫讨厌陀思妥耶夫斯基。

他是这样形容陀氏的：

"陀思妥耶夫斯基在西伯利亚的四年苦役生活是与杀人犯、窃贼一起度过的……为了不在这样的环境中发疯，陀思妥耶夫斯基不得不寻求某些解脱的方式。后来他在一种神经质的基督教信仰中找到了解脱，这种信仰是他在这几年中建立起来的。

他周围的犯人，除了可怕的兽行之外，偶尔也表现出一些人的特性，这是很自然的。陀思妥耶夫斯基把这些表现当作素材收集起来，并在此基础上对普通俄国人作了一种非常不自然的、完全病态的理想化。"（丁骏、王建开译）

纳博科夫嘲笑陀氏对命运的夸张嚎叫，亦不喜欢他笔下的那些人物——那些不停地喃喃自语,动辄崩溃倒地的、可怜的、扭曲的灵魂,他认为陀氏试图用疯子的反应去解释人世间的问题总归会失败。

纳博科夫在课堂上教授关于俄罗斯文学的课程,有学生表示自己喜爱陀氏,自己能讲一堂课他的文学。纳博科夫大怒,要求开除这个学生。

此时,纳博科夫身在美国,距离他离开祖国俄罗斯已经过去了几十年,有人问他是否会回到俄罗斯,他说:"不,永不。"

[2]

纳博科夫的故事,从他厌恶的陀思妥耶夫斯基讲起吧。

陀思妥耶夫斯基逝世于1881年,去世时间比他所敬仰的沙皇亚历山大二世早将近一个月。

解放了农奴的亚历山大二世在生命的最后光景还在推进着改革,认为俄国不能再"依赖于一千把刺刀和一大群官员",但是陀氏笔下的"群魔"已经不耐烦了,他们鲁莽的恐怖行动与亚历山大二世怯生生的改革在同一个跑道上彼此追赶。

1881年3月1日清晨,亚历山大二世批准了改革诏书的公告,这将是走向宪政的重要一步。下午,他乘马车行驶在圣彼得堡的街道上,一个年轻人向马车投掷了一枚炸弹。

幸而马车并没有遭到太大破坏，奇迹般地逃过了第六次暗杀的沙皇走出马车查看爆炸现场，然后，又一个年轻人向他脚边投掷了一枚炸弹。

二十余人都倒在血泊中，全城在巨响中震颤。亚历山大二世全身血污，第三名刺客看到沙皇已经奄奄一息，意识到自己不再需要行动，他改变了主意，救护了沙皇。

沙皇伤得太厉害，整个下半身血肉模糊，被抬回宫殿不久便去世了，后世以"解放者"的名号铭记他。他的继位者是儿子亚历山大三世，绰号叫作"巨人"。他身材魁梧，性格坚毅，在父亲的灵柩前，亚历山大三世交给匆匆赶来的司法部长一个纪念品，那是他从父亲溅满鲜血的衬衫上摘下的一粒纽扣。这位司法部长，就是作家纳博科夫的祖父。

亚历山大三世坚信悲剧的根源就在于那该死的改革，向西方学习让俄罗斯丧失了其神圣性，他宣布：改革的时代结束了，到了该恢复东正教神圣传统的时候了。

亚历山大三世在父亲遇刺的地点修建起了一座传统的东正教堂——滴血大教堂。那是圣彼得堡最著名的景点之一，珐琅镶嵌的"洋葱头"在阳光下闪闪发光，童话般梦幻。

当我漫游在圣彼得堡，我发觉了一个有趣的现象：那些

---

a 据说曾有巫师预言，亚历山大二世一生将遭遇7次暗杀。1881年3月1日，年轻人向马车投掷炸弹，沙皇身边有人死亡，但他自己安然无恙，沙皇以为已经平安度过7次暗杀，放松了警惕（此前他已经经历了6次暗杀），谁知下一个炸弹要了他的命。

建造时间晚的建筑，看起来更传统、保守、严格遵循东正教传统；那些建造时间久远的建筑，则更西化，是意大利和法国建筑师肆意搭建起的。大理石在圣彼得堡无处不在的河流倒影里，逆时间之流摇曳。在这座逆时代生长的城市中，你可以清晰地辨认每座建筑的主人，哪一幢属于圣彼得堡的创立者、向往欧洲的"青铜骑士"彼得一世，哪一幢属于拒绝欧洲的"巨人"亚历山大三世。

从滴血大教堂出发，步行不久就到了圣彼得堡最繁华的涅瓦大街，普希金在决斗前就是在这条街的咖啡馆片刻休息。再走一段，向南转弯，就可以看到世界上最大的东正教堂之一的圣以撒大教堂，沿着教堂纯金穹顶投下的阴影前进，到了一幢两层楼高的佛罗伦萨式建筑，那便是纳博科夫出生的地方——大海街四十七号，他一生唯一拥有过的家。

纳博科夫出生于1899年，那一年，刚好是普希金诞辰一百周年。圣彼得堡四处在为诞辰盛典忙碌地准备，这氛围或许浸染了尚在襁褓中的纳博科夫，在以后的写作生涯里，没有其他任何一个俄国文人如普希金那样对纳博科夫产生了如此深远的影响，陀思妥耶夫斯基宣称普希金的伟大在于他是"完全俄罗斯的"，而纳博科夫则把普希金小心珍藏在怀抱里，漂泊至欧洲、美国，在笔尖与稿纸的摩擦间把他再释放，让普希金再次成为世界的普希金。

大海街四十七号的纳博科夫故居的豪华让我惊骇，不是奢侈，而是种极力掩饰财富的低调厚重，无论是拼字游戏的模块还是蝴蝶标本、打字机，都暗示小主人度过了极其富足的童年。

很多俄国作家都是贵族出身（除了可怜的陀思妥耶夫斯基，他一生都是圣彼得堡的局外人），但他们往往痛恨自己被农奴的牺牲所豢养的愚昧父母；纳博科夫则不同，他生于农奴制已经废除的新时代，母亲是矿业豪门的女继承人，对西方文学了如指掌，父亲则是有名的法律工作者、犯罪学专家、记者、自由派政治领袖。父亲在性犯罪研究中一个重要方向是未成年人保护。多年后，当纳博科夫让笔下的亨伯特站在陪审团前巧言令色陈述对洛丽塔的爱时，不知他是否将父亲也放置在法庭之上。

纳博科夫说自己三岁就开始写作，他很早就熟练掌握英语与法语，在花园里对捕蝶和生物学产生了浓厚的兴趣，从小坐在天鹅绒包厢里听柴可夫斯基的歌剧。热爱阅读的父亲教给他文学与智识，而母亲则给他画了无数透明水彩画，教他看蓝红混合如何长出丁香树，教他在花园里用眼睛收藏春天树叶的逐层变化、冬天小鸟在雪上留下的楔形爪痕。

纳博科夫的父母给了他最优秀的教育，教育的不只是知识，还有文化。何谓文化？文化是忘记了所学的一切而最后剩下的沉淀。沉淀下来的有美好的记忆，也有用眼睛和头脑去收藏生命中一切的能力。

纳博科夫谦虚地说他们这一代的俄国儿童都经历了一段天才时期，天赋就是储藏印象，把快乐、诗歌、亲情、艺术都收入脑海中,仿佛预感到不久之后,自己熟悉的世界会全部消失。

旧世界在缓慢崩塌。大宅子里与外界隔绝的纳博科夫也懵懂有感知。纳博科夫五岁时翻阅保姆订阅的英文报纸,在那里看到了日本艺术家画的战争画面,内容是俄军在贝加尔湖的冰面上铺铁轨,俄国的火车头将怎样沉入湖底。

那时,"巨人"亚历山大三世早已病逝,即位的是儿子尼古拉二世。亚历山大三世虽然顽固强硬,固守传统,却是俄国历史上最爱好和平的沙皇,在位期间没有经历过一场大规模的战争,战争反而降临在瘦弱羞涩、一丝不苟的尼古拉二世身上。

1904年,日俄战争爆发。战争爆发时俄国人口高达一亿多,海军拥有两百多艘战舰,却意外地败给军事力量远不如自己的日本。这场被称为"第零次世界大战"的战争为两国都带来了悲剧,它使日本野心膨胀,为日本后来的疯狂扩张侵略埋下了祸根,对俄国来说,则为延续了三百多年的罗曼诺夫王朝的覆灭拉开序幕。

战败之后,俄国国内针对沙皇的反对之声愈来愈强,承受巨大压力的尼古拉二世只能加大惩罚的力度,把越来越多的反对者流放到偏远的西伯利亚。从1905年到1912年,被处流放的人从六千五百人上升到了三万人。

西伯利亚的流放经历把陀思妥耶夫斯基历练成为了帝国的坚定支持者,但对绝大部分流放者来说,达到的却是相反的效果。帝国在培养它的敌人，刑罚的扩大化让大部分正直而有同情心的人意识到妥协没有意义——既然早晚都会迎来苦役和脚铐。

没有什么比对抗共同的敌人更有凝聚力的了。流放地不仅没有把反对之声浇灭冰冻，反而成为了革命的学堂，资深的"罪犯"创造革命理论，而新的"罪犯"学习。尼古拉二世忙于应付圣彼得堡里的怨愤与耳语，却不知道，日后让自己尸骨无存的火药桶远在千里之外的西伯利亚。

1914年，德国向俄国宣战，俄国正式卷入了第一次世界大战。即便对于俄罗斯来说，这场战争也过于惨烈了，到了1917年，死伤人数已经到达六百万至八百万人，粮食供应极度短缺，罢工潮一浪高过一浪。

到了1917年3月（俄历2月），二月革命爆发，尼古拉二世不得不退位，资产阶级所主导的临时政府成立，纳博科夫的父亲在其中担任官职。

一个多月之后，一个不起眼的男人来到了圣彼得堡的芬兰车站，在月台上发表了热情洋溢的讲话，最后坐着装甲车离开。他曾经在西伯利亚流放过三年，三年中不停息的思考和写作给了他新的人生，也给了他新的名字——列宁。

10月，列宁带领拥护布尔什维克的工人、士兵和水兵围困冬宫，推翻了资产阶级临时政府，几乎没有经过流血就夺取了政权。

作为临时政府官员的纳博科夫的父亲带着全家流亡到了

克里米亚。那时，少年纳博科夫感受到了远离家园的痛苦，他在克里米亚的柏树和月桂之间感受到了普希金踱步留下的痕迹，普希金也曾经流放到这里，不久之后诗人又回到了圣彼得堡。

纳博科夫却再也没能回到故乡，他越走越远，到了西欧，又到了美国，最终在瑞士的酒店度过晚年。

直至生命结束，他再也没有买过一栋属于自己的房子——因为没有任何一栋房子能比得过童年的宅子与花园，也没有做过在任何一个地方永久安家的决定——因为他一旦有定居的念头，头脑里就会响起雪崩的巨鸣，卷走脑海里的房屋与家具。他深知终有一日，白茫茫大地真干净。

无比富足的童年教给了纳博科夫一件重要的事情，那就是不屑依恋物质财富，这样，他才不会在革命废除那些财富时感到悲哀痛苦。

[3]

童年教给纳博科夫的另一件事，就是永远做一个独立的人。

身处政治世家，纳博科夫原本有观察革命最好的机位，但他没有贪婪地用眼耳记录下材料，做一个时代的见证与幸存者，而是背过身去，移开目光，去看那些不被关注的小事。

火热动荡的 1917 年，纳博科夫正处于高中的最后一年。他清楚地记得自己因为拒绝参加政治宣言和游行示威，而被老师和学生痛斥为"陌路人"。在一堂文学课上，老师让学生分析一篇果戈理的小说，要求学生说出作者对于某个角色的描写揭露了哪些社会阴暗面，但纳博科夫回答：果戈理只是想告诉读者，这个角色穿的是深红色的睡衣。

多年之后，当纳博科夫在课堂上教授文学课，他要求学生回答：卡夫卡的《变形记》里，主角究竟变成了哪种甲虫？安娜·卡列尼娜冬天穿的是什么外套？以及《曼斯菲尔德庄园》里，庄园外曲径的落叶松是怎样松软，又组成了怎样的形状？

对细节的雕琢，暗含的是对宏大叙事的蔑视与抵抗，这一点对于习惯了"文以载道"的中国读者来说很陌生，对俄国文学来说也是从未有过的叛逆。俄国文学从来不仅仅是文学，无论是托尔斯泰、陀思妥耶夫斯基、屠格涅夫还是果戈理，他们都用文学行使社会责任，用小说拥抱道德，把每一行字当作公众舞台的证词，把任何对公众责任的推卸都视为十恶不赦。只有纳博科夫宣布：不，我对你们的主义与现实都不感兴趣。

这种漠视让纳博科夫成为一个异常孤独的人，尤其当他置身于西欧大群俄国流亡者之中。

十月革命之后，有大量旧俄知识分子流亡到了欧洲，几十万远离故土的知识分子聚集在柏林，1921—1924 年间在德国出版了大量的俄语书刊,俨然一个独立王国。

那是怎样一群充满活力的失落者啊。他们必须面对残酷的现实:自己还在盛年,却已变得无足轻重,无论他曾经在俄国是怎样一言九鼎、追随者众的人物,此时的他只是一粒尘埃。生活不在别处,生活在过去,未来是一片飘渺的暗淡,他们的脑袋永远向后,对着昔日美好与苦难流下泪水。

他们的议题停留在遥远的祖国,这些流亡者们在酒馆里争论着故土上悬而未决的问题:泛斯拉夫主义、西方主义、东正教,等等。在酒精作用下,他们假装不知道自己激烈的争论对俄国的影响还不如苍蝇扇动翅膀。

纳博科夫很快领悟到这些失落的激情是何等荒谬可笑,他也早于同侪意识到:回不去了,罗曼诺夫王朝一去不复返了。纳博科夫决定对革命的后遗症视而不见,一如高中时对火热的革命视而不见。

在这期间,纳博科夫写下了他最动人的作品《天赋》(*The Gift*)。它是所有纳博科夫小说中我最深爱的,是我心目中更好版本的"追忆似水年华"。在《天赋》中,我看到了一个作家为了创造力能持续而付出的最艰辛、赤诚的努力,那是一个作家跳入回忆之河,用往昔修改当下,成为崭新自我的过程。

《天赋》的主人公叫作费奥多尔,他是一个流亡到欧洲的俄罗斯诗人,小说并无太多情节,唯一的线索就是费奥多尔发展自己诗歌天赋的过程,这过程亦可用一句话概括——

"做普希金,而不是车尔尼雪夫斯基。"

车尔尼雪夫斯基是 19 世纪 60 年代重要的俄国作家,也是列宁最钟爱的作家,他的作品核心关键是:艺术应该服务于社会。

车尔尼雪夫斯基对于艺术有一套硬邦邦的理解方式:现实先于艺术,艺术模仿现实,并且希望改善现实。

这观点貌似正确,实则乏味,让我们换个思路吧:也许是生活在悄然模仿艺术。王尔德说过一句俏皮话:"不知道你们注意到没有,这段时间,大自然变得越来越像科罗笔下的风景画了。"

大自然当然没有逛过美术馆。王尔德此话的意思,是画家科罗提供了一种看待自然的目光,当观众熟悉了这种目光,他们自身也被赋予了一双更辽阔也更细致的眼睛,从此身处草原森林之中,就能看到风中也有笔触。

将艺术看作是现实的镜子和奴仆,这种"谦卑"让纳博科夫愤怒。车尔尼雪夫斯基流行的 19 世纪六七十年代,亦是对普希金批判最盛的时期,批评家认为普希金的诗歌是无病呻吟,对人们的现实处境毫无益处。在《天赋》里,纳博科夫试图为普希金正名。

小说引用了普希金的一首小诗,讲一个皮鞋匠来到画家的工作室,指出皮鞋画得不对,画家立刻抓起笔修正,皮鞋

> 尼古拉·车尔尼雪夫斯基(Nikolay Chernyshevsky,1828—1889):俄国作家,革命民主主义者。抨击地主迫害农奴的罪行,号召农民团结起来对抗权力阶级,1862 年被捕,后流放西伯利亚。

> 科罗(Jean Baptiste Camille Corot,1796—1875):法国画家,擅长写实主义风景画和肖像画,被誉为 19 世纪最伟大的风景画家之一。

匠立刻来了精神，接着说："我觉得脸画得不很端正……这个胸脯是不是露得太多了……"画家不耐烦地打断："朋友，不要对超过皮鞋之上的部分进行评判。"

那些提着工具箱、拿着放大镜研究普希金作品里哪些部分"有用"的作家与评论家就是鞋匠，对于艺术之美、天才之谜，他们指指点点，却一无所知。

俄国批评家写过大量普希金的评论，写诗人与沙皇俄国的关系，把奥涅金作为时代的病人进行诊断，但是在纳博科夫看来，这些是对天才的独特性的一种庸俗化解读。人们有种普遍的认识：伟大的时代催生伟大的艺术家，厚重的土壤孕育厚重的作家。但纳博科夫否认这种看法，他认为天才完全独立于环境，天才既不需要压迫才能发幽怨之声，也不依赖掌声才能唱出曼妙歌曲，而是不借助任何外力的存在。并不是时势造天才，而是先有了天才，才有了被天才所照亮的四周。至于天才所需的题材，根本无须在街头巷尾躬身寻找，而全在其脑海之中。使一部艺术作品免遭腐蚀的不是它的社会意义，而只是它的艺术价值。

对普希金的发现自然是主角（以及作者）发展自我天赋的过程。纳博科夫在普希金身上投射了自我，他意识到自己必然面对一个落寞的世界，在异乡过着次要的生活，他不愿和其他旧俄流亡者一样把希望寄托在重返家园的幻觉上，面对无法改变的环境，他所能做的唯有像农夫一样耕种自己才华的园地。

普希金对于纳博科夫还有另一重意义——他是父亲最爱的诗人。1922年,柏林的一处礼堂里,纳博科夫的父亲在一次讲座中为同侪挡刺客的子弹,死在三枪之下。

纳博科夫从深夜的敲门声中得知自己父亲的死讯,但是在后来的自传《说吧,记忆》(*Speak, Memory*)中,作家说不在场的自己看见了父亲的死亡,他看到的是普希金如何在雪中决斗,第一枪已经受了致命的伤,仍然不屈地坐起身子,把枪里的子弹射向丹特士,枪声在两行冷杉树之间的纷飞大雪中震颤。

纳博科夫用雪地中的枪声覆盖了礼堂里的枪声,既是为了弥补父亲最后时刻自己不在身边的遗憾,也是为了极力绕过情感的深渊,唯恐自己的想象一旦触及父亲带血的衣角,就会无法抑制地涕泪滂沱。

在《天赋》里,普希金的形象与主角的父亲合二为一,理解普希金就是理解了父亲,当主角搅动冥河找到父亲,便是与过去告别的时刻。

再说一次诀别,与逝去的父亲、遥远的家园、祖国、俄语。在普希金逝世一百周年时完成《天赋》之后,纳博科夫再也没有用俄语写作。

他说他永远不会回到俄国,因为他所需要的一切都已经带着了:文学、语言和在俄国度过的童年。他说:"我永远也不再返乡,我永远不投降。"

[4]

在柏林，纳博科夫娶了犹太人妻子薇拉，生下独子。到了 30 年代，希特勒上台，纳粹在德国兴起，到了 1936 年，薇拉因为反犹浪潮而失去工作[a]，1937 年，纳博科夫一家结束了在德国长达十六年的旅居，逃到法国，直到纳粹德国继续进军法国，他们只能前往美国，纳博科夫没有一起离开的弟弟后来死在了集中营。

在美国，纳博科夫过着清贫而辛苦的生活。他平常靠教授文学拿一份微薄的工资，认真备课以外，他花了大量的精力把普希金的诗歌译成英文，几乎片刻不停地写小说，唯一的消遣，就是每年暑假的游牧生活，从一家便宜旅馆到另一家便宜旅馆，只为了寻找蝴蝶的栖息地。

直到几次被拒稿、被禁的《洛丽塔》震惊世人，默默无闻的纳博科夫才声名大噪，获得他应有的名气与读者，也终于不再为了让全家吃饱饭而发愁，可以在全世界任意选择居住地，他最终选择了瑞士日内瓦湖畔的豪华酒店，那里彬彬有礼的侍者就像他童年大宅里的家仆，兜兜转转，回到人生起点。

海明威曾说，一个人想要成为作家，只需要一个不幸的

---

a 1933—1945 年，希特勒施行反犹主义，无数犹太人被关进集中营杀害，或被迫从事繁重的体力活动，造成约 600 万人死亡。犹太人纷纷出逃欧洲，前往世界各地避难。

童年。但是纳博科夫的例子是对这句话最有力的反驳,纳博科夫度过了完整而极度幸福的童年与青春,人生开头的二十年从此成为他一辈子的源泉、养料和童话乐园。

纳博科夫笔下有个孩子,八岁时对母亲说自己想要画空气。空气该如何画呢?这可难不倒孩子,他把很多物体(比如铅笔、苹果、梳子之类的)放在一杯水的背后,发现所有的物体都发生了奇异的扭曲,圆苹果变成了红带子,笔直的铅笔变成了弯曲的蛇,梳子的齿在杯子里流淌。于是,空气就被画出来了。

这个故事实则是纳博科夫在介绍自己的工作方法。所有的作家都试图描述"真实",可是真实就像空气一样无所不在又难以捕捉,于是,纳博科夫就求助于记忆——记忆是一个人的真实被落日拖出的长长倒影,通过不断求助记忆来把握真实。

纳博科夫笔下的人物总把回忆当作避难所,有时是在困窘的现况中躲进美好的往昔,有时是生病谵妄时梦回幼年时光。恶棍亨伯特在法庭上,准备被审问之时,也开始旁若无人地回忆穿着短袜的洛丽塔,他的生命之光、欲望之火。

记忆是不真切的,人们会随着自己现状的变化而不断修改记忆,时而增添细节,时而删除冗余,时而夸大悲惨,时而盲目美化。有一个公式是颠扑不破的:当下越是凄凉,人们就愈爱美化过去。

中国古人就明白这道理。一首诗写得最明白:

"岐王宅里寻常见,崔九堂前几度闻。
正是江南好风景,落花时节又逢君。"

杜甫江南偶遇李龟年——那是玄宗最宠幸的乐人,两人曾相识于盛唐的宴会上。再相逢时已是安史之乱之后,杜甫到了人生末尾,还在奔波,已然无力再回到京城,李龟年则流落民间,靠在宴会上唱歌谋生。

两人异乡重逢,惊喜与尴尬交织。共同的记忆扑面而来,撞得人几乎站不稳脚跟:初相见时,李龟年昔日摄人心魄亦无忧无虑的歌声绕梁,高朋满座,对即将到来的大劫难一无所知。

诗人慌忙停止召唤旧日的鬼魅,制止记忆的蔓延,抬手指认眼前的风景:"你看,正是江南好风景。"仿佛在说:"不,我们不要再继续想下去了。"眼前是落花纷纷,风景虽好,可已到了尾声,马上将进入萧瑟时分,一如王朝轮转,也如他们俩的人生。这种戛然而止的记忆,难道没有折射出最苦涩的真实吗?

作为旧俄遗子的纳博科夫笔下一直在重复这种丰富的乡愁。他不断把自己最珍贵的回忆给予笔下的主角,在小说《天赋》里,他把自己对父亲的崇拜、对鳞翅目昆虫的热情给了主角费奥多尔;在另一部小说《防守》(*The Defense*)里,他则把法语女家教、袖珍象棋、好脾气、自家有围墙的花园里拾到的桃核,统统赋予了主角卢仁。

把记忆交给文学意味着什么？意味着记忆从此不属于自己。

纳博科夫坦承："我常常发现，当我将昔日自己的某个珍爱事物赋予我小说中的人物后，它就会在我把它如此唐突地放置其中的人造世界中日益憔悴。尽管它仍在我脑际逗留，但它特具的温暖、怀旧时产生的感染力已经消失了，用不了多久，它就会和我的小说而不是过去的自己有了更密切的认同。在过去的我身上，它似乎曾是这样安全，不会受到艺术家的侵扰。"

作家一辈子的工作，就是不断失去。作家一次次地回身，重返记忆，在其中发觉当初经历时匆匆掠过的风景，仔细搜集起来，当作人生的物证，用喜悦和眼泪将记忆复活，然后把记忆全部交出，眼睁睁地看着它如突然暴露在空气中的文物一样氧化褪色，消失无踪。于是再次回身，重返这个过程。

一次次注定失去的寻觅之旅，出发时仍要保持欣喜与期待。纳博科夫的自传《说吧，记忆》，开头是一家三口牵着手在乡村别墅的小径中散步，四岁的纳博科夫惊讶地意识到那个二十七岁、穿着柔和的白色和红色衣服、拉着自己左手的人是他的母亲，那个三十三岁、穿着白色和金色衣服、拉着自己右手的人是他的父亲。那是他第一次意识到时间是什么，以及自我与他人的区别。

在自传的结尾，纳博科夫和妻子、六岁的儿子走在法国西海岸的花园中，他看到在杂乱的环境中有一艘巨轮的烟囱时隐时现。他没有把巨轮指给儿子,而是等待着儿子自己发现,当小男孩发现澡盆里的玩具舰船的原型是如此巨大时,他该多么震惊、狂喜和欢乐。

这一刻的惊奇将永远伴随着儿子,那是意识的奇迹,一扇窗忽然向一片明媚的风景敞开。

就像那首最温柔的诗所说的:

"当你启程前往伊萨卡
但愿你的道路漫长
充满奇迹,充满发现"[a]

[5]

纳博科夫的伊萨卡岛是人造的。

纳博科夫笔下的俄罗斯美好得不真实,那是一座大花园,熏人的微风吹拂,蝴蝶翩飞,浆果遍地,穿着粉红裙的金发少女坐在树下。

这个世界不仅是片面的——只有贵族与庄园,没有农民和泥土,也是静态的——对俄罗斯在20世纪的巨大动荡视而不见。

纳博科夫并不是出于犬儒而做了历史的逃兵,而是认为

---

a 希腊现代诗人卡瓦菲斯的《伊萨卡岛》。

历史是一种幻觉，20世纪的那些主义与阵营之争最终会过去，对强权最好的回应并不是把自己绑在与之对抗的战车上，而是蔑视它的存在。

1939年末或1940年初，当时纳博科夫因严重的肋间神经痛在家休养，他在报纸上看到一则新闻：植物园里的猩猩，在被一位科学家哄诱数月后，画出第一幅出自动物之手的炭笔画，描绘的是这只可怜的动物身处的兽笼栅栏。

——这个故事后来出现在《洛丽塔》的后记里，被视作小说的灵感。洛丽塔自然是那只被囚禁的猩猩，囚禁不是物理意义上的禁锢，而是外在的环境禁止她对自己产生独立的看法，因此，她自我意识的轮廓，就是牢笼的模样。

猩猩的故事并没有在《洛丽塔》里讲完，直至死亡，纳博科夫都在用一生一遍一遍重述：不，我不是那只猩猩。

纳博科夫拒绝被任何兽笼栅栏关住。他拒绝像其他流亡者一样，一旦去国，就开始一遍遍描述故国对自己造成的伤害。

有一个评论家曾经如此评价纳博科夫，说艺术创造源于创伤，纳博科夫的作品中每个人始终在受辱。"因为他本人自从离开俄国而父亲又被刺杀后一定饱受羞辱。"

纳博科夫回应道："他以为我遭受了不幸、恐怖和障碍，这些其实都是他怪诞的想象……他甚至懒得去翻翻《说吧，记忆》，那是对幸福流亡的记录与回忆。事实上，这种流亡从我出生之日就开始了。"

纳博科夫拒绝为自己的人生寻找一个单一的凶手，更不会让自己的文学当追捕、惩罚、咒骂凶手的工具，他的教养甚至不允许他暴露自己的伤痕。

纳博科夫是一个骄傲的唯心主义者。在他看来，意识才是世界上唯一真实的事物，是一切神秘之物中最神秘的一种。

和其他 20 世纪的作家相比，纳博科夫并没有更幸运，他被历史追赶得颠沛流离，但他似乎从没有怨言，也谨慎地避免和历史发生关系。他始终以惊人的体力和创造力一本接一本地写着，一生待在意识和记忆中的时光，远远大于在现实里逗留的岁月。

20 世纪的历史教会了纳博科夫一件事，那就是个体对于现实世界没有影响。一个婴儿降临在一个房间之前，房间没有变化；一个老者在一个房间死去之后，房间也没有变化；纳博科夫离开俄国与否，并不会影响俄国的当下与未来。"常识告诉我们，我们的存在只是一道短暂的光缝，介于两片黑暗的永恒之间。"

那么，人能够左右的，就只有自己的精神世界，用智识和审美包围自己，这也是人唯一能够获得自由的方式。

生命的尾声，纳博科夫还在构思最后的作品《劳拉的原型》(*The Original of Laura*)。在病床上，他不停地大声朗读着，面对的是"有围墙的花园里的一小群梦幻中的听众。我的听众包括孔雀、鸽子、去世多年的父母、两棵柏树、几个蹲在一边的年轻护士,还有一个家庭医生,他老得几乎看不见了"。

最后的时刻到了,儿子向他说晚安,纳博科夫的眼里忽然充满了泪水,说某只蝴蝶已经飞起来了。话音未落,溘然长逝。

蝴蝶飞起来了,扇着翅膀飞入纳博科夫脑海中的世界,飞入他魂牵梦萦的圣彼得堡南郊名叫维拉的乡村别墅,然后沿着涅瓦河飞入城市,在大海街四十七号的佛罗伦萨式建筑的二楼窗台上短暂停留,继续飞,最后落在青铜骑士的雕像上。

雕像将瞬间粉碎。在纳博科夫的世界里,这就是一只蝴蝶的重量。

《俄罗斯文学讲稿》| 书籍 |

作者：[美]弗拉基米尔·纳博科夫
出版社：上海三联书店
译者：丁骏，王建开
出版年：2015

  本书是纳博科夫在康奈尔大学的讲稿，阅读时犹如在现场听了纳博科夫的文学课，如痴如醉。

  读完也佩服他看小说时的详细和毒辣，其中他详解《安娜·卡列尼娜》的部分尤其有启发，仿佛拿着手术刀在拆解。任何一个写小说的人读完之后都会像医学生上了一堂解剖课一样获益颇多。

《防守》| 书籍 |

作者：[美]弗拉基米尔·纳博科夫
出版社：上海译文出版社
译者：逢珍
出版年：2021

  纳博科夫的小说中我偏爱的一本冷门小书。小说讲一个孤僻的象棋天才少年如何在对弈中成长，一路应对父母、对手、现实困境、体力和心智的衰退、不断要把他从象棋世界拽回现实的妻子，最终走入死局。

  我钟爱这本小说，因为主人公卢仁（Luzhin，又译为"卢金"）的童年细节像极了我自己，比如他总被老师催促"你为什么不和别的孩子一起玩"，卢仁听到后，就会从柴堆上站起来，找个离同学不远不近的地方玩耍，等老师走后，他就回到柴堆上——这是他上学头一天就选好的地方。

  我完全能理解卢仁：他选择了一种"防守"的活法。终其一生并没有野心和欲望，唯一的使命，就是守卫自己意识的世界，而这，已经耗尽了一个人全部的力气。

《卢金的防守》 — 电影

The Luzhin Defence
（2000）

改编自纳博科夫的小说《防守》。

在小说里，卢仁（即卢金）是一个走不出童年的人。童年他接受的严苛的围棋训练是他悲剧的源头，可也是他一生唯一的舒适区。只有让意识待在那个进一步、退一步、黑白分明的世界才让他感受到安全。他的妻子既是他唯一的救赎的希望，也是要把他拉出舒适区的危险分子。他对亲密关系渴求又抗拒。

电影很难拍出这种复杂的张力，只能简化为一个爱情童话：一个完美的女人无私地爱着一个古怪天才。

《俄罗斯方舟》 — 电影

Русский ковчег
（2002）

用一镜到底的拍摄方式和奇幻的手法介绍沙皇俄国的历史。所有与我一起看这部电影的人都哈欠连天，频频看表，只有迷恋罗曼诺夫王朝历史的我看得津津有味。